KB034527

냉전과 식민의 글로벌 동아시아문학 총서 001

동아시아 식민지문학 비교연구

중일전쟁 이후를 중심으로

동아시아 식민지문학 비교연구 중일전쟁 이후를 중심으로

초판인쇄 2021년 12월 20일 **초판발행** 2021년 12월 31일

엮은이 김재용 **펴낸이** 박성모 **펴낸곳** 소명출판 **출판등록** 제13-522호

주소 서울시 서초구 서초중앙로6길 15, 2층

전화 02-585-7840 **팩스** 02-585-7848

전자우편 somyungbooks@daum.net **홈페이지** www.somyong.co.kr

값 28,000원

ISBN 979-11-5905-665-9 93800
979-11-5905-664-2 (세트)

이 책은 2018년 대한민국 교육부와 한국연구재단의 지원을 받아 수행된 연구임(NRF-2018S1A5A2A03033890)

동아시아
식민지문학
비교연구
THE COMPARATIVE STUDY OF EAST ASIA COLONIAL LITERATURE
중일전쟁 이후를 중심으로 —
김재용 엮음
냉전과 식민의
글로벌 동아시아문학 총서001

차례

1부

『보리와 병정』과 동아시아

2부

제국 일본과 동아시아 식민지 문학

1부

『보리와 병정』과 동아시아

『보리와 병정』과 동아시아

김재용

1. 중일전쟁 이후의 동아시아 문학 다시 읽기

중일전쟁 이후 특히 무한삼진 함락 이후 중국마저 제국 일본의 영향권하에 들어가면서 동아시아는 전에 볼 수 없었던 상호연관성을 갖게 되었다. 제국 일본의 정책을 지지하는 경우는 당연하고 심지어 반대하는 경우에도 그 밀접성이 뚜렷하게 되었다. 그렇기 때문에 1937년 이후의 동아시아의 문학장은 그 자체로 볼 수 없고 제국 일본을 위시한 동아시아 전체를 놓고 볼 때 비로소 그 진상이 제대로 드러날 수 있다. 하지만 1945년 이후 제국 일본이 해체되면서 동아시아는 이 시기의 문학을 전체적으로 보는 관점을 잃게 되고 오로지 자국의 문학사적 맥락에서만 보는 사고의 습성을 가지게 되었다. 일본은 더 이상 자신들이 식민지 혹은 점령지역들과 맺었던 관계를 끊고 오로지 독립적으로 이 시기의 문학을 들여다 보고 해석하게 되었다. 그러다 보니 식민지 및 전쟁과 관련된 자국 문학의 흔적을 지우게 되는 결과를 낳았다. 한국의 경우 이 시기의 문학은 그동안 거의 관심을 끌지 못하다가 2000년대 이후 연구의 핵심으로 등장하여 많은 연구를 낳았다. 하지만 이 시기의 문학을 이해할 때 제국 일본과의 관련성을 깊이 있게 따지는 연구는 거의 없었다. 중국 역시 동북지역의 문학을 제국 일본의 협력으로만 보았기에 그 실상을 따지기 싫어했기에 묻혀버리고 말았다. 1990년대 이후 서서히 부상하기 시작했지만 여전히 자국의 범위를 넘어서지 못하고 있다. 이러한 동아시아의 연구 상황을 고려할 때 중일전쟁 이후의 각국의 문학을 동아시아 연관성 속에서 규명하는 일은 매우 긴요하다.

히노 아시헤이의 『보리와 병정』은 중일전쟁 이후 동아시아 지역의 문학이 얼마나 밀접하게 연관된 채 진행되었는지를 아주 잘 보여주는 사례라 할 수 있다. 또한 그런 점에서 이 시기의 연구를 단위 국민국가가 아닌 제국일본이 패권을 확장하는 동아시아의 과정 속에서 읽어야 할 당위성을 일깨워 주는 것이라 할 수 있다. 『보리와 병정』은 일본에서 발간된 이후 경성을 위시하여 상해, 신경 그리고 타이페이에서 번역 출판되었다. 또한 이 작품은 영어로도 번역되었고 반대로 이 출판이 동아시아 문인들에게 영향을 미치게 되었다. 그렇기 때문에 당시 동아시아 문학 전반이 밀접하게 연관된 채 진행되었음을 아주 잘 보여주는 텍스트라 할 수 있다.

2. 제국 일본의 새로운 선전 전략—핍진성 속의 국책

중일전쟁 이후 일본군 보도부는 이전과 다른 선전책을 고안하게 되었다. 단순히 전쟁에의 참여를 독려하는 선전방식은 일본 국민은 물론 전쟁에 참여한 군인들의 가슴을 흔들지 못하였다. 군인들이 전장에서 겪는 고통스러운 모습을 보여주면 그 참상에 놀란 젊은이들과 군인들이 전쟁에 염증을 느끼고 반전으로 기울 수 있기 때문에 가능한 이러한 참상에 가까운 군인들의 어려움과 때로는 공포를 느끼는 군인들의 내면을 쓰는 것을 금지하였고 철저한 검열을 통하여 걸러냈다. 그러다 보니 전쟁 참여를 독려하는 홍보물들이 진짜 군인의 내면과 실상을 담아내지 못하기에 가슴으로부터 나오는 감동을 주지 못하였고 겉돌기 마련이었다. 이러한 한계를 잘 알고 있는 보도부는 새로운 방식을 고안하기에 이른다. 즉 군인들이 겪는 참상과 어려움을 겪는 내면을 잘 보여주면서도 이것이 반전으로 이어지지 않고 오히려 적에 대한 증오심으로 이어지는 방식을 생각하게 된 것이다. 이를 위해서는 전쟁의 모습을 핍진하게 그려내면서도 그 속에서 국책을 환기시키는 새로운 선전인 것이다. 이를 수행하기 위해서는 일반 선전부원으로는 어림도 없기 때문에 작가를 내세울 필요가 있었다. 당시 전쟁에 참여하였다가 아쿠다카와 상을 전장에서 수상한 바 있는 히노 아시헤이는 매우 적절한 인물이었다. 중국에 파견된 일본군 보도보는 히노 아시헤이를 보도부원으로 만들어 본격적으로 전장에 투입시켰다. 그러고는 일본 내부의 미디어에 발표시키게 만들어 일본 국민과 병사들의 마음을 움직이게 하였다. 히노 아시헤이의 『보리와 병정』은 바로 이러한 노력의 산물이었다. 다음 일절은 당시 일본의 이러한 노력이 얼마나 잘 진행되었는지를 잘 보여준다.

> 생사의 경계선에 완전히 몸을 던진 바 되어버렸다. 죽기를 결심하였다. 지금까지 그저 담대한 양으로 알았던 것이 근거없는 것인 것처럼 흔들리고 있다. 총알쯤이야 맞지 않는 것이라고 야릇한 자신 비슷한 것을 가지고 있었다. 그런 것은 마음을 놓게 하는 데 지나지 않는다. 박격포탄은 몇 번이나 내 몸을 가까이 떨어져 터진다. 그럴 적마다 여러 사람의 희생자가 생기고 붉은 피를 보게 된다. 다만 그 폭탄이 내 머리 위에 곧바로 떨어지지 않는다는 한 가지 우연만이 내게 생명을 주고 있는 것이다. 나는 귀중한 생명이 이렇게도 하염없이 짓밟힌다고 하는 것에 대하여 격렬한 분노의 감정에 사로잡혔다. 한 생명을 지금까지 길러온 데는 필설로 다하지 못할 귀중한 노력이 아낌없이 들어있는 것이다. 여기까지 길러온 이 생명은 또 하여야만 할 귀중한 장래를 가지고 있는 것이다. 게다가 여기 있는 모든 병정들은 남의 아들인 동시에 고향에는 아내가 있는 남편이오 여러 자녀를 두고 온 아버지 모두 그런 사람뿐이다. 우리나라의 가장 귀중한 사람들뿐이다. 병정들은 또 향수에 잠기고 개선할 날의 몽상을 보배처럼 다 가슴 속에 간수하고 있다. 그런데 총 한 방의 우연만이 이것을 눈 깜작일 사이에 장사해버리는 것이다. 새삼스럽게 생각할 것은 아니다. 이것은 전장에 있어서의 가장 평범한 감상이다. 그것은 나라를 위해서 버리

는 목숨을 아까워하는 의미는 아니다. 그러나 나는 암만해도 용솟음치는 분노의 감정을 억제할 수가 없다는 것이다. 구멍 속에 있었을 때 나는 병정들과 함께 돌격하려고 생각하였다. 우리 동포들을 이렇게까지 괴롭게 굴고 또는 내 생명을 위협하는 지나병이 몹시도 밉살스러웠다. 나는 병정들과 함께 돌입해서 적병을 내 손으로 쏘고 베어주고 싶다고 생각하였다. 나는 조국이라고 하는 말이 뜨거운 무엇처럼 가슴에 가득히 퍼져오는 것을 느꼈다. 돌격은 실행 못되고 시간만 흘렀다. 나는 죽고 싶지 않다고 생각하였다.지금 여기서 죽고 싶지 않다. 나는 병정으로서 싸움하며 지냈을 때에는 죽음의 길을 여러 번 뛰어들어갔었다. 나는 군인으로서 결코 비겁하였다고는 생각지 않는다. 도리어 나는 용감하였다고 믿고 있다. 그러나 나는 여기서 죽고 싶지 않다. 그러나 죽을지도 모른다. 구멍 속에 있는 병정들은 하루 밤 지낼 흙구덩이를 파는 것이라고 말하며 삽으로 구멍 속에 구멍을 파기 시작한다. 부드러운 모래와 같은 흙이라 나는 손으로 조금 파보았다. 나중에 삽을 빌려주지요 하고 병정이 말함으로 손으로 파는 것은 그만두었다. 머리가 찌르르하고 울리는 것 같다. 나는 파헤치던 구멍 속의 흙 위에다가 '부' '모'라고 손가락으로 글씨를 썼다. 몇 번이나 지우고는 다시 썼다. 아내의 이름과 아이들의 이름도 썼다.

生死の境に完全に投げ出されてしまった。死ぬ覚悟をして居る。今迄變に大胆であったように思ったことが根拠のないもののように動揺して居る。弾丸なんか当たらぬと變な自信のようなものを持っていた。そんなことは気安めに過ぎない。迫撃砲弾は幾つも身辺に落下し炸裂する。その度に何人も犠牲者が出て、血の色を見せられる。ただ、その砲弾が、私の頭上に直下して来ないという一つの偶然のみが、私に生命を与えて居る。私が貴重な生命がこんなにも無造作に傷つけられるということに対して劇しい憤怒の感情に捕われた。一つの生命をここまで育てるには筆紙に盡されぬ尊い努力が惜しみなく払われている。ここまで育てられたこの生命は又為すべき貴重な将来を持たせられて居る。然も、ここに居るすべての兵隊は、人の子であるとともに、故国に妻を有する夫であり、幾人かの子を残して来ている父ばかりである。我々の国の最も大切な人間ばかりである。兵隊は又郷愁をたのしみ、凱旋の日の夢想を大切なもののように皆胸の中にたたんでいる。然も、一発の偶然がこれを一瞬にして葬り去ってしまうことだ。今更考えることではない。これは戦場に於ける最も凡庸な感想である。それは国のために棄てる命を惜しむという意味ではない。しかし私がどうしても溢れ上がって来る憤怒の感情を押さえることが出来ないのだ。穴の中に居た時、私は兵隊とともに突撃しようと思った。我々の同胞をかくまで苦しめ、且つ私の生命を脅かしている支那兵に対し劇しい憎悪に駆られた。私は兵隊とともに突入し、敵兵を私の手で撃ち、斬ってやりたいと思った。私は祖国という言葉が熱いもののように胸いっぱいに拡がって来るのを感じた。突撃は決行せられず、時間ばかりが流れた。私は死にたくないと思った。死にたくない。今此処で死にたくない。私は兵隊として戦闘して来た時には、死の中に何回も飛び込んで行った。私は軍人として決して卑怯であったとは思わない。むしろ、私は勇敢であったと信じている。しかし、私は、今此処では死にたくない。しかし、死ぬかも知れない。穴の中にいた兵隊は一夜を過ごす穴を掘るのだと云って、圓匙で穴の中に穴を掘り始めた。柔らかい砂のような赤土なので私も手で少し掘ってみた。後で圓匙を貸しますよ、と兵隊が云ったので、手で掘ることを止めた。頭の中がじいんと鳴るようだ。私は掘りかけた穴の土に、父、母、と指で書いた。何度も消しては書いた。妻の名や子供の名を書いた。

가족의 일원으로 다른 가족원들을 보고 싶어 하면서 향수를 느끼는 대목이라든가, 죽고 싶지 않다고 하면서 죽음을 두려워하는 대목 등 전장에서 병사들이 느끼는 실감 등이 인도주의적 정서를 핍진하게 그려낸 것이 한 축을 이룬 반면, 그 반대쪽에는 조국에 충성을 바치기 위해 죽음을 감수하면서까지 중국 병사를 죽이려고 하는 애국주의적 국책도 여지없이 드러나고 있다. 핍진한 인도주의적 묘사 위에 생경한 애국주의적 국책이 포개져 있는 형국, 이러한 것이 당시 일본 군대 보도부가 노렸던 새로운 선전이다.

히노 아시헤이는 보도부의 이러한 전략에 맞추어 글을 썼기 때문에 당시 제국 일본의 국민들의 마음을 움직였던 것으로 보인다. 보도부의 정교한 전략하에서 이 글을 종합지인 '개조'에 실었고 이후 단행본으로 많이 팔렸다. 전쟁문학의 탄생이라고 할 정도로 이 책은 당시 일본 독자들의 마음을 사로잡았고 이후 대부분의 일본 작가들의 향방에 강한 영향을 미쳤다.

3. 조선총독부 주도의 번역과 친일 문인들의 호응

히노 아시헤의의 조선어 번역 과정은 다른 지역과는 매우 다른 특징을 갖는다. 가장 현저하게 눈에 띄는 것은 조선총독부의 개입이다. 실제로 일본어 창작과 그 유통과정에서 일본군의 개입은 매우 강하였음은 이미 언급한 바 있다. 하지만 단행본으로 나왔을 때 거기에는 일본군의 직접적인 개입의 흔적은 찾을 수 없다. 히노 아시헤이의 머리말에서 육군보도부 지도부에 대한 감사의 말에서 어느 정도 짐작할 수 있을 뿐이다. 그런데 조선어판에는 이 머리말은 물론이고 조선총독부 과장의 말이 직접 실려 있다.

> 『보리와 병정』은 황군의 서주공략전에 보도반원으로 참가한 일 군조 필명 화야위평군가 군무의 틈을 타서 저작한 보고문학으로서 비린내 나는 피로써 물들인 전장의 실감을 그린 모든 기록은 읽은 사람으로 하여금 측연한 마음을 느끼게 하여 사변이나 전쟁문학 중에서 가장 훌륭한 것으로 널리 국민의 각층에 찬독된 것이다. 본부에서는 국어를 모르는 반도 동포에게 이 책을 소개하기 위하여 원 저자의 승낙을 얻어 통역관 서촌진태랑군으로 하여금 번역케 하여 이에 보급판으로써 세상에 널리 분포케 하는 것이니 성전 인식의 좋은 자료가 되기를 바라는 바이다.
>
> 조선총독부문서과장 신원성

조선총독부문서과장의 머리말은 일본어판은 물론이고 만주국

대만 그 어디에서도 발견할 수 없는 매우 이례적인 것이다. 이러한 사정이기에 번역자도 일본어를 잘하는 조선인들이 많이 존재함에도 불구하고 총독부 소속의 통역관을 시켜서 한 것이다.

총독부는 무슨 이유로 이렇게 직접 개입하여 이 책의 번역을 주도하고 유통시켰는가? 가장 중요한 이유는 조선총독부는 내선일체의 바탕에서 조선인들의 전쟁 동원을 독려하기 위한 것이다. 이 무렵 조선총독부는 전쟁에 조선인들을 동원하기 위하여 지원병 이름으로 청장년들을 모집하였고, 나아가 후방의 일반 조선인들을 생산 증강에 동원하려고 온갖 노력을 다할 때이다. 그렇기 때문에 이미 일본에서 그 효과가 입증된 이 책만큼 좋은 자료가 없었던 것이다. 다른 선전수단보다는 이렇게 인도주의적 전쟁 실상에 대한 묘사 위에서 애국주의적 국책을 담아낸 것이 무미건조한 단순한 선전보다는 훨씬 마음을 움직일 수 있다고 판단하였기 때문이다. 친일 조선 작가들이 이 책을 번역하면 더욱 효과적이겠지만 쉽지 않았다. 1939년 초 무렵에는 무한 삼진 함락 이후 전향한 친일 문학인들이 서서히 태도를 바꾸어나갈 무렵이지만 아직도 이 책을 번역할 만큼 당당하지는 않았던 것 같다. 대부분의 조선 문인들이 여전히 친일을 비판하는 분위기에서 이런 책을 나서서 번역할 친일 문학인은 드물었기 때문이다. 하지만 이 책의 번역은 마냥 기다릴 수 있는 것이 아니기 때문에 이렇게 총독부 통역관을 시켜서 번역케 하였던 것으로 보인다. 총독부의 의도는 다음과 같은 기사에서도 확인된다.

총후 일본 전쟁문학의 최고봉을 차지한 화야위평 씨가 저작한 보리와 병대란 소설을 조선총독부에서 조선어로 번역하여 널리 반도 민중에게 소개하기로 되었다. 종래 총독부에서는 시국인식을 철저케 하고저 각종 조선에 반포하고 시국에 비추어 지도를 하여 왔는데 그것은 전부 총후미담 전지에서의 무용전 뉴스 등 단편적인 것에 불과하고 오늘까지 전쟁에서 황군용사의 전면적 생활 혹은 용감무비한 활동을 묘사한 장편인 것은 없었음으로 이번에 보리와 병대에 관하여 조선어 번역권과 출판권의 무상양도를 받아 전도 민중에게 무료로 반포할 계획인데 방금 경무국에서는 동경 주재의 좌좌목 파견원을 통하여 관계방면과 교섭중인 바 번역은 경무국 도서과 통역관 서촌진태랑 씨가 담당하기로 되어 동씨는 전력을 다하여 저작자의 참뜻을 총후 반도 민중에게 향하여 그대로 소개코저 하는데 총독부에서 문학적 저작을 번역하는 것은 이번이 처음으로 그 성과를 매우 기대하고 있다.

단편적인 총후미담이나 전쟁 뉴스와 같은 이전의 선전 수단 방식의 한계를 절감하여 문학 작품을 통하여 전쟁을 알리고 조선인들을 전장과 후방에서 동원하려는 새로운 방식을 개발하려고 하는 의지를 확인할 수 있다. 이미 일본에서 확인된 바 있기에 스스럼 없이 이런 결정을 내린 것으로 보인다. 당시 무한 삼진 함락 이후 중국과의 전쟁이 장기화되면서 이러한 필요성이 한층 강화된 것이다. 총독부의 이러한 열망이 너무나 강하였기에 이제 막 친일의 길에 들어선 조선 문인들을 설득할 시간적 여유가 없었기에 이들은 통역관을 통하여 이 일을 행하고 무료로 배포하고자 했던 것으로 보인다.

반년간의 준비를 거쳐 1939년 7월 조선어 번역본이 발간되자 협력과 저항으로 막 양분화되기 시작하던 조선 문단은 이 책에 대하여서도 완전히 다른 입장을 보여주었다. 협력하는 이들은 앞다투어 서평을 썼고, 저항하는 이들은 언급을 회피하였다. 친일 문인들의 서평 중 이 책이 갖는 새로운 선전 수단으로서의 성격에 대해 짚은 이는 최재서이다. 최재서는 이 책 중에서 인도주의와 애국주의를 적절하게 섞어 독자의 가슴을 울렸던 예의 대목을 인용하면서 다음과 같이 말하였다.

> 그것은 역사적인 대사변의 와중에 뛰어든 한 병대의 눈과 귀에 부딪히는 모든 사상을 꾸밈없이 기록한 것이다. 그러나 그 안엔 장래할 전쟁문학에 대한 풍부한 소재가 들어 있다. 그것은 결국 전쟁이라는 복잡한 사상을 다만 외면적으로만 그리지 않고 일일이 인간성으로 안받침되어 있기 때문이다. 이 책이 국내에선 물론 널리 각국말로 번역되어 더욱이 아메리카에서 환영을 받고 있는 것은 이러한 저자에 대한 예술적 신뢰가 있기 때문이 아닌가 생각한다. 일청전쟁이나 일로전쟁에 비하면 전쟁의 형태 그 자체도 변하였겠지만 전쟁문학도 확실히 변하였다. 火野씨의 『보리와 병정』은 확실히 새로운 전쟁문학의 한 전형이 아닐까 한다. 그것이 서구에서 흔히 볼 수 있는 몹시 센세이션날한 동시에 자칫하면 반전적 기분으로 이끌기 쉬운 그러한 작품이 아닌 것은 말할 것도

> 없거니와 명치시대의 전쟁문학 — 예를 들면 우리가 교과서 기타에서 오랫동안 익숙하여온 櫻井중좌의 '육탄'이나 水野씨의 '此一戰'과 같이 비분강개에만 쏠리는 낭만적 문학도 아니다. 그것은 현대문학의 산문정신의 세련을 받지 않은 사람으로선 쓸 수 없는 일종의 보고문학이다. 그것은 이 작품이 일부러 감격적인 장면만을 골라서 흥분만을 위주로 하지 않는 것을 보면 요연하다.

애국주의를 목소리 높여 이야기하던 기존의 것과도 다를 뿐 아니라 반전을 고취하는 『서부전선 이상 없다』 식의 인도주의적 방식도 아닌 새로운 방식으로 전쟁문학을 만들어 냄으로써 새로운 전쟁문학의 미래를 열었다는 것이 최재서의 평가이다. 그 대표적인 대목으로 앞서 인용하였던 대목을 거론하였던 것이다. 친일 문학인들의 다른 평[1]이 대단히 평면적이고 단순화된 것인 반면 최재서의 이 평은 이 작품이 당시 갖고 있던 위상을 정확하게 짚었다.

---

1 홍종인, 「조선말과 서촌 씨 – 『보리와 병정』의 역저(譯著)를 읽고」, 『조선일보』, 1939.7.22; 홍효민, 「구수한 조선말로 된 『보리와 병정』」, 『동아일보』, 1939.7.26; 박영희, 「『보리와 병정』 명저 명역의 독후감」, 『매일신보』, 1939.7.25~26; 정인섭, 「구주대전과 전쟁문학」, 『동아일보』, 1939.9.19~26(3회 연재); 정인택, 「『보리와 병정』 – 신간평」, 『문장』, 1939.8.

4. 중국어권의 다면성과 텍스트 전복의 저항

히노 아시헤이의 『보리와 병정』이 중국어권에서 번역되고 유통되는 과정은 매우 특이한 양상을 보여준다. 조선과는 매우 처지가 비슷한 대만 그리고 다르지만 비슷한 조건에 처해 있던 만주국에서는 별반 특이한 양상을 보여주지 않는다. 최재서가 인도주의와 애국주의의 혼효를 그 특징으로 들면서 이 텍스트를 해석한 것처럼 만주국의 친일 지식인들도 그러한 양상을 그대로 보여준다. 만주국판의 앞에 나오는 추천사는 비록 짧지만 최재서의 그것과 그 핵심은 같다.

> 이 작품은 살아있는 전쟁문학으로서 내용은 생동하고 핍진하며 문체는 중후하고 유려하다. 또한 그의 작품을 통해 신속하고도 과감한 일본 군대의 정신이 가감없이 여실히 드러나기도 했다. 출판되자마자 이 작품은 독자들이 앞 다투어 구독하는 작품이 되었고 시중에서 불티나게 팔려나가기 시작했다. 그야말로 진선미의 현대 전쟁문학이라는 이름에 걸맞는 명실상부한 작품이 되었던 것이다.

이러한 점은 대만의 경우도 크게 다르지 않다. 인도주의적 측면을 강조하면서 국책을 강조한 것이다. 그런데 같은 시기에 나온 상해판은 전혀 다른 양상을 보여준다. 당시 상해는 일본이 완전히 점령한 지역이 아니기 때문에 식민지 조선이나 완전히 점령한 만주국을 비롯한 중국의 다른 지역과 달리 어느 정도 저항의 공간이 존재하였던 곳이다. 그렇기 때문에 조선이나 만주국과는 매우 다른 번역이 가능하였다.

상해의 번역자는 일본의 침략에 저항하는 입장을 갖고 있었기 때문에 사실 이 텍스트를 번역할 이유가 없다. 조선의 저항 문인들이 이 작품에 대해 아무런 언급을 하지 않았던 것을 생각하면 그렇게 하는 것이 당연하다. 그런데 이 역자는 한 걸음 더 나가 이 텍스트를 활용하여 저항의 수단으로 사용하려고 기획하였다. 앞서 말한 것처럼 이 텍스트는 인도주의의 묘사 위에 일본의 애국주의가 덧칠된 상태이기 때문에 경우에 따라서는 애국주의의 대목을 걷어내면 훌륭한 반전의 텍스트가 될 수도 있는 것이다. 이 역자는 이 텍스트의 이러한 성격을 잘 이해했기 때문에 이를 놓치지 않았다. 조선과 같은 식민지 조건에서는 어떤 저항 작가도 생각할 수 없는 것을 이 역자는 고안했던 것이다.

그는 황군의 전형적인 인물로 인정되고 있다. 하지만 사실 사상적인 깊이에 있어서는 이시카와 다츠조에 미치지 못한다. 전쟁이 인간의 인성에 미치는 영향에 대해서 그는 깊이 깊은 탐구가 없었고 일본군의 각종 행각에 대해서는 폭로할 의사가 애초부터 없었다. 하지만 일정한 정도에 한해서는 객관적으로 사실을 기록할 수 있었으며 이것이 또한 우리가 그의 글을 읽는 이유이기도 하다. 우리는 희망한다. 일본의 종군인원 중에 백 명 천 명의 이시카와 다츠조가 나타나 그들 스스로를 폭로함으로써 각성하기를 바란다. 하지만 현재와 같은 이런 상황에서 이는 거의 불가능한 일이다. 따라서 우리는 그 차선책으로 그중에서 상당히 객관적인 것들만을 취할 수밖에 없다. 우리는 믿는다. 독자들이 일말의 정확한 안목을 가지고 있다면 그중에서 무엇인가를 찾아낼 수 있을 것이라고.

전쟁의 참상을 핍진하게 그려내는 대목은 그대로 두고 일본의 정신을 고취하는 애국주의적 대목만 걷어낼 수 있다면 이러한 악조건하에서 좋은 항전의 자료가 될 것이라고 보는 이러한 안목은 매우 특이한 것이다. 조선과 같은 식민지에서 저항하는 문인이아 지식인들은 검열 때문에 상상할 수 없는 것으로 상해와 같은 미점령 지역에서 가능한 방법이다. 역자는 이 책의 대부분을 그대로 두고 오로지 일본의 애국주의적 대목만을 삭제하는 방식을 취하였는데 앞서 거론한 대목은 그 삭제가 가장 집중되어 있는 부분이다. 예를 들어 보자.

追擊砲彈好譏次落在身邊炸開, 也不知犧牲了多少人, 地上一片鮮紅. 只是砲彈偶然沒有從自己頭上落下來, 才保全了自己這條生命 ——— ①想到這裏的兵士, 都是上有父母, 下有妻室, 身爲別人之父的人. 都是我們國家最重要的人物. 士兵們個個都是鄕愁滿懷, 渴思能早日歸國. 可是只消偶然一顆子彈, 刹那間就把這一切葬送了! ———②我不願死, 我不願死! 我不願死在這裏! ——— ③我雖相言自己不乏勇敢, 但却不願現在就死在這裏! 可是誰又說得定自己不死在這裏呢? ———④我用手掘起了一些穴中的柔砂. 感到頭腦中像在耳鳴一樣饗着. 我就在掘起來的土上用手指寫起父母的字來.[2]

——— 로 표시된 대목이 삭제된 것으로 그것을 살리면 다음과 같다.

① 나는 귀중한 생명이 이렇게도 하염없이 짓밟힌다고 하는 것에 대하여 격렬한 분노의 감정에 사로잡혔다. 한 생명을 지금까지 길러 온 데는 필설로 다하지 못할 귀중한 노력이 아낌없이 들어있는 것이다. 여기까지 길러온 이 생명은 또 하여야만 할 귀중한 장래를 가지고 있는 것이다.

② 이것은 전장에 있어서의 가장 평범한 감상이다. 그것은 나라를 위해서 버리는 목숨을 아까워하는 의미는 아니다. 그러나 나는 암만해도 용솟음치는 분노의 감정을 억제할 수가 없다는 것이다. 구멍 속에 있었을 때 나는 병정들과 함께 돌격하려고 생각하였다. 우리 동포들을 이렇게까지 괴롭게 굴고 또는 내 생명을 위협하는 지나병이 몹시도 밉살스러웠다. 나는 병정들과 함께 돌입해서 적병을 내 손으로 쏘고 베어주고 싶다고 생각하였다. 나는 조국이라고 하는 말이 뜨거운 무엇처럼 가슴에 가득히 퍼져오는 것을 느꼈다.

2 숫자는 인용자의 것임.

돌격은 실행 못 되고 시간만 흘렀다.

③ 나는 병정으로서 싸움하며 지냈을 때에는 죽음의 길을 여러 번 뛰어 들어갔었다. 나는 군인으로서 결코 비겁하였다고는 생각지 않는다.

④ 구멍 속에 있는 병정들은 하룻밤 지낼 흙구덩이를 파는 것이라고 말하며 삽으로 구멍 속에 구멍을 파기 시작한다.

역자는 고향의 가족을 생각한다든가 전장에서 죽지 않고 싶다는 것 등의 대목은 원래 그대로 둔 반면, 중국 군인을 향한 증오심, 전장에서 비겁하지 않으려고 애쓰는 모습 그리고 정돈된 전투 준비 모습 같은 것을 담고 있는 대목은 모두 삭제하였다. 텍스트를 전복시켜 중국을 향한 전쟁을 도발한 제국 일본에 대한 저항을 환기시키는 작가의 의도를 충분히 이해할 수 있다. 대만이나 만주국은 물론이고 식민지 조선에서도 상상할 수 없는 일을 한 것이다.

5. 영어 번역과 동아시아적 파장

1939년 식민지 조선에서 발간된 문학잡지 『문장』에는 친일문학인 정인택이 막 출간된 『보리와 병정』 평을 쓰면서 영어번역본과 펄 벅의 평가에 대해서 쓴 대목이 나온다. 『보리와 병정』이 영어본으로 번역된 후 다시 이 소식이 동아시아 문학장에 전해지면서 불러일으킨 파장을 가늠함에 있어 매우 중요한 텍스트이기 때문에 그 대목을 인용한다.

> 『보리와 병정』에 대한 세평은 이미 높다. 그것은 새삼스러이 이곳에서 논의할 여지를 남겨두지 않았다. 나로서는 최근 『보리와 병정』이 영역되어 미국서 출판되자 맹렬한 반향을 일으키고 일본에 대하여 좋은 감정을 가지고 있지 않던 펄 벅 여사까지가 격찬하였다는 사실을 소개함으로써 족하다고 생각한다.[3]

식민지 조선의 친일문학인이 자신의 태도를 정당화하기 위하여 히노 아시헤이의 영어역과 그에 대한 펄 벅의 반응을 거론하는 것을 보면 당시 영어번역본은 미국에 그치지 않고 동아시아에 남다른 파장을 주었음을 알 수 있다.

이것은 비단 식민지 조선에 그치지 않는다. 중국 특히 제국 일본에 저항하는 지식인들과 문인들에게도 영향을 미쳤기에 동아시아 전체라고 말할 수 있다. 왕임숙王任叔은 「關於『麥與兵隊』」[4]라는 글에서 이 책이 영어로 번역된 후 미국에서 고평을 받고 있으며 특히 펄 벅이 이 작품을 칭찬했다는 것을 언급하며 분노한다. 이런 책을 높이 평가하는 펄 벅을 이해할 수 없었던 그로서는 오히려 펄 벅을 깍아내리는 쪽으로 방향을 잡는다. 즉 펄 벅은 중국도 일본도 잘

---

3 정인택, 『보리와 병정』, 『문장』, 1939.9, 187쪽.

4 『文藝陣地』 제4권 5기, 1940.1.

이해하지 못하는 이라고 비판한 것이다.

흥미로운 것은 제국 일본에 협력했던 조선의 친일 문인 정인택과 제국 일본에 저항하려고 하였던 중국의 문인 왕임숙이 그 입장의 반대에도 불구하고『보리와 병정』에 대한 펄 벅의 고평은 공통적으로 다루고 있다는 점이다. 정인택은『보리와 병정』의 우수성을 뒷받침하기 위하여 펄 벅을 호의적으로 인용하였고, 왕임숙은『보리와 병정』의 저열성을 강조하기 위하여 펄 벅을 동아시아에 대해 잘 모르는 사람으로 치부하였다는 차이뿐이다. 모두 펄 벅이 이 작품에 대해 고평했다는 점에 대해서는 공통적으로 전제하고 시작한 것이다.

펄 벅은 과연『보리와 병정』에 대해서 고평을 했는가? 펄 벅은 결코 이 작품에 대해서 고평하지 않았다. 그런데 왜 이 두 사람은 이렇게 제국 일본에 대한 정치적 입장의 차이에도 이런 공통된 의견을 가질 수 있었을까? 이를 해명하기 위해서는 펄 벅의 평과 이에 대한 영어본 번역자 이시모토 시즈에石本靜枝의 왜곡의 과정을 들여다 보아야 한다.

이시모토 시즈에는 일본에 대해서 호의적이지 않은 미국의 여론에 호소하기 위하여 히노 아시헤이의『보리와 병정』을 발췌해 번역하여『흙과 병정』의 완역과 함께 묶어 미국 뉴욕의 출판사에서 1939년 5월에 출판하였다. 이 작품에 대한 미국의 평은 크게 찬반으로 나누어졌다. 이 작품을 읽은 펄 벅은 1939년 6월 7일 발행의 *The New Republic*에 "A soldier of Japan"이란 글을 발표하였다.

펄 벅은 이 작품이 일본 병사가 전장에서 겪는 생생한 모습을 그린 것을 높이 평가하면서도 자신이 살았던 중국 지역의 민중들을 침략하는 일본군의 태도라든가, 일본 정신으로 무장되어 전쟁을 치루는 일본군의 모습에 대해서 대단히 비판적이었다. 그런데 이시모토 시즈에는 마치 펄 벅이 자신의 번역을 통하여 『보리와 병정』을 높이 평가한 것으로 왜곡하는 글 「아메리카의 보리와 병대」를 일본의 종합지 『개조』 1939년 8월호에 발표한다. 이 글에서 이시모토는 펄 벅의 글 중에서 유리한 대목만을 인용하면서 마치 전체적으로 높이 평가한 것처럼 소개하였다. 이 글을 읽은 중국의 왕임숙은 펄 벅을 비난하면서 『보리와 병정』을 깎아내렸고 식민지 조선의 정인택은 펄 벅을 적극적으로 평가하면서 『보리와 병정』을 높였다. 당시 국책에 이바지하려고 하였던 이시모토의 지적 왜곡이 동아시아 전체에 전혀 예측지 못했던 결과를 가져왔다. 미국에서 발간된 펄 벅의 글을 직접 읽을 수 있는 처지가 되지 못하였던 중국과 조선의 지식인들은 농락당하고 말았던 것이다.

이시모토의 왜곡은 여기서 그치지 않는다. 이시모토는 『보리와 병정』을 번역할 때부터 일본의 국책에 이바지하기 위하여 텍스트를 조작하였다. 당시 미국에서는 일본이 중국을 침략한 것에 대해서 좋지 않은 여론이 많았기 때문에 이를 희석시키기 위하여 이 텍스트를 자신 마음대로 발췌하여 번역하였다. 중국인에 대한 일본 군인들의 애정이라든가 일본 군인들의 인간적인 면모에 관한 대목을 번역하여 일본인이 비록 전쟁을 하고 있지만 얼마나 인간적인가를 보여주었다. 반면에 일본 군인의 전투욕이라든가 애국주의 정신에 관련된 것들은 모두 삭제해버렸다. 다음은 그 대표적인 대목이다.

Years of worry, anxiety and hope, had gone into bringing every one of us to manhood; parents, wives, children, whom the men never tired of talking about and even dreamed of, longed for the day when their loved ones would return, with radiant hopes for the future : yet all this was wiped out in a second by a bullet or shell. Such were the thoughts which I and all soldiers dwelt on at such times; the ordinary common thoughts which no one could suppress, although no single man grudged giving his life for his country. While lying in the shell-hole I was seized with a passion to rush out and lead those eight men who were with me to attack the enemy. I felt such an anger towards those Chinese soldiers who were killing my comrades and threatening my life that I wanted to shoot them and slaughter them with my hand. The word 'fatherland' filled my heart with burning passion. I waited for the order to attack, but it did not come and the time passed emptily by. Then I began to think I did not want to die. I did not want to die —at least, not now not here. When I fought as a soldier I jumped into any risk I did not think I was a coward soldier, in fact, I believed I was brave, but somehow I did not want to die then. The men started to dig a hole within the hole so that we might have a decent shelter during the night. The soil was so soft clay and I began to claw it with my hand. A soldier saw me and said, "I'll lend you my spade later", So I stopped clawing. I sat down by the the pile of earth and found myself unconsciously tracing characters in the clay with my ginger. I had written 'Mother and Father' and the names of my wife and children.

위의 대목은 이 글의 처음에 인용한 것과 동일한 내용이다. 밑줄 친 부분은 이시모토의 번역에서 삭제된 대목인데 당시 영국에서 번역된 다른 역자의 번역본[5]의 것을 참고로 따온 것이다. 내용인즉 일본인 병사들이 전장에서 이런 고생을 하게 만든 중국군인들에게 분노를 느껴 총을 들고 나가 쏘아 죽이고 싶다는 것이다. 이런 내용은 일본 내지, 식민지 조선, 대만 그리고 만주국 등에서는 통할 수 있지만 미국에서는 일본군에 대한 나쁜 인상만을 줄 것이라고 보았기에 이렇게 삭제한 것이다. 그 앞뒤에 있는 일본군인의 전장에서의 인간적인 대목은 하나도 빼지 않고 번역하였던 것이다. 이것이 한낱 우연이 아니고 의도된 것임을 보여주는 다른 증거가 있다. 이시모토의 일기에서는 다음과 구절이 있다.

이 책은 인간의 본심과 선전, 두 부분이 교착하고 있지만 인간적인 부분만을 한 병사의 목소리로 소개하는 것을 나는 재미있는 작업이라고 생각했습니다.[6]

---

5 Ashihei Hino, *War and soldier*, London : Putnam, 1940.

6 加藤シヅエ, 『加藤シヅエ日記』, 新曜社, 1988(강여훈, 「미디어로 살펴본 히노 아시

이시모토의 이러한 번역 전략을 고려할 때 위의 인용문에서 중간 대목이 삭제된 것은 결코 우연이 아니다. 이런 번역이 미국에서 나왔음에도 불구하고 펄 벅을 위시한 몇몇 사람들은 부정적인 평가를 내렸던 것이다. 만약 이런 대목을 삭제하지 않고 그대로 나갔다면 펄 벅을 비롯한 이들 평자들의 평가는 더욱 가혹했을 것이다.

이시모토는 좌파 활동을 하다가 중일전쟁 이후 전향을 한 인물이다. 이러한 전력을 해소하기 위해서 더욱 이러한 국책에 이바지하는 일을 했는지 모르지만 그의 이러한 의도로 인하여 당시 동아시아에서는 뜻하지 않은 혼란이 가중되었던 것이다.

헤이의 흙과 병사」, 『일본어문학』 43에서 재인용).

제국의 전쟁과 식민지 전쟁문학

이상경

1. 머리말

1937년 하반기 제6회 아쿠타가와상을 수상한 신진 작가 히노 아시헤이가 중일전쟁 현장에서 쓴 일기 형식인 「무기토헤이타이麥と兵隊」는 잡지 『카이조우改造』 1938년 8월호에 발표되어[1] 큰 반향을 얻고 곧바로 단행본 『무기토헤이타이麥と兵隊』로 출간되었다.[2] 이 단행본은 베스트셀러가 되었고 그 기세를 타고 히노는 「츠치토헤이타이土と兵隊」『文藝春秋』, 1938.11, 「하나토헤이타이花と兵隊」『朝日新聞』, 1938.12 연재 시작 순으로 작품을 발표하였다. 카이조우사改造社에서는 1939년 12월 이 세 작품과 다른 작품들을 묶어서 『신일본문학전집新日本文學

1 火野葦平, 「麥と兵隊」, 『改造』, 1938.8.

2 火野葦平, 『麥と兵隊』, 改造社, 1938.9.

全集 제26권』으로 다시 발간했다.[3]

'병대3부작'으로 불리는 이 작품들은 1939년부터 1944년까지 영어본, 중국어본, 한글본을 비롯해서 20여 개 국어로 번역되었다.[4] 아마도 당시 동아시아에서 산출된 문학 작품 중에서는 가장 많은 언어로 번역된 '세계적'인 작품일 것이다. 또 『麥と兵隊』는 실제 전쟁에 참가하고 있는 일본인 군인 자신이 치르고 있는 전쟁을 일기 형식으로 그려낸 보고문학으로서 그것이 전쟁을 선전하는가, 전쟁의 비참함을 전달하는가, 휴머니즘을 고취하는가, 파시즘을 고취하는가, 전쟁문학은 어떠해야 하는가 하는 등의 논의를 낳았다.

여러 번역본 중에서 필자는 영어본과 중국어본 그리고 한글본에 주목하고자 한다. 영어본은 도쿄와 뉴욕에서 서로 다른 판본으로 출판되었다. 1939년 2월 도쿄에서 먼저 출간되고 1940년 런던에서 다시 출간된 판본은 그것을 저본으로 서구의 여러 언어로 중역되었다. 1939년 5월 뉴욕에서 출간된 판본은 미국에서 서평도 몇 편 나오면서 미국에서 호평을 받았다는 선전에 힘입어 다시 일본이나 식민지 조선에서 작품의 성가를 높이는 데 이용되었다. 중국어본은 신경과 상하이라는 서로 다른 정치적 상황에 놓인 지역에서 각각 다른 목적을 가지고 서로 다른 두 판본으로 번역 출간되었다.

---

3 火野葦平, 『新日本文學全集』 第26卷, 東京 : 改造社, 1939. 이하 각각의 판본을 구별하고 번잡함을 피하기 위하여 히노 아시헤이의 일본어 작품 「麥と兵隊」, 『麥と兵隊』, 「土と兵隊」, 「花と兵隊」에 대해서만 일본어 그대로 쓰기로 한다.

4 전반적인 번역 상황은 河田和子, 「従軍作家における戦争の表象－火野葦平『麦と兵隊』論」, 『국제언어문학』 5, 국제언어문학회, 2002, 51~66쪽에 정리되어 있다. 이 글에 빠진 것으로 스페인어 판본과 백화문으로 된 타이완 판본을 확인했다.

그런데 지금까지 살펴본 바로는 식민지 조선에서처럼 식민 당국자인 조선총독부가 번역 출판을 기획하고 조선총독부의 노련한 일본인 검열관이 번역을 맡아서 출간한 예는 없다. 일본어 작품을 조선어로 번역하는데 왜 그 많은 일본 유학생 출신 조선인 문인이나 번역가를 쓰지 않았을까? 또 나름 아쿠타가와상을 받은 작가의 문학 작품인데 왜 전문출판사가 아닌 조선총독부가 직접 출판자로 나섰을까? 바로 이 점이 한글 번역본 『보리와 병정』이 동아시아 문학에서 가진 독특한 위치를 보여준다. 일본의 주류 평론가들이 이 작품에 대해 중일전쟁에 참가하고 있는 일본군의 민중성과 인간성을 보여주는 훌륭한 작품이라고 선전했으나 당시의 많은 조선의 작가들은 거기에 동의하지 않았기에 빚어진 일이다.

해방 후 우리나라에서 이루어진 이 작품 자체에 대한 연구는 김재용이 채만식의 일제 말 친일문학을 다루면서 채만식의 글 「나의 '꽃과 병정'」이 히노 아시헤이의 「花と兵隊」를 받아서 쓴 것임을 밝히면서 언급한 것[5]이 처음이고, 이어서 장영순이 작품과 작가에 대한 소개와 그에 대한 일본에서의 평가의 변화 등을 본격적으로 다루었다.[6] 1939년에 나온 박영희의 『전선기행』이나 임학수의 『전선시집』을 논하면서 그 계기가 된 작품으로 이 작품을 논한 경우가 있고[7] 번역자인 일본인 니시무라 신타로西村真太郎를 논하면서

5 김재용, 『협력과 저항』, 소명출판, 2004, 102~103쪽.

6 장영순, 「전쟁과 종군 작가의 '진실'」, 김재용 외, 『재일본 및 재만주 친일문학의 논리』, 역락, 2004.

7 정선태, 「총력전 시기 전쟁문학론과 종군문학」, 『한국동양정치사상사연구』 5-2,

이 작품을 언급한 연구가 있다.[8] 작품 자체에 집중하여 '병대3부작' 전체를 다룬 것은 이상혁의 논문[9]이 유일하다. 이들 논의는 주로 『보리와 병정』의 내용에 대한 논의와 전쟁 협력에 관련된 평가에 치중했고, 식민지 조선에서 이 작품이 특별히 조선총독부의 검열관에 의해 번역되고 조선총독부가 직접 발행하여 보급했다고 하는 것이 가지는 의미와 맥락에 대해서 주목한 연구는 아직 없다. 일본문학 연구자인 강여훈은 한글 번역 과정의 텍스트 변개 문제와 미국에서 출간된 영어 번역본의 문제를 다루었지만 사실에서 문제가 있고 또 일부를 대상으로 하는 데 그쳤다.[10]

본 연구에서는 영어본 중국어본의 번역의 실상과 의미를 간략히 살펴보고 이들 번역과 구별되는 한글본 『보리와 병정』이 조선총독부의 기획 출판이라는 점에 주목한다. 그리하여 왜 그런 기이한 방식으로 번역본이 나오게 되었는지 하는 물음에 답을 하는 과정에서 중일전쟁 발발 후의 일본이 내세운 '전쟁문학'에 대한 조선 문단의 반응을 밝히고자 한다. 이를 통해 제국의 전쟁에 대응한 식민지의 전쟁문학이 가진 입장의 차이와 그 거리, 제국의 전쟁에 동

한국동양정치사상사학회, 2006, 131~153쪽.

8 박광현, 「검열관 니시무라 신타로(西村真太郎)에 관한 고찰」, 『한국문학연구』 32, 동국대 한국문학연구소, 2007, 93~127쪽.

9 이상혁, 『히노 아시헤이의 '병대3부작'론－전체주의와 개인』, 고려대 석사논문, 2014.

10 강여훈, 「일본인에 의한 조선어 번역－히노 아시헤이의 『보리와 병정을 중심으로」, 『일본어문학』 35, 한국일본어문학회, 2007, 377~394쪽; 강여훈, 「미디어로 살펴본 히노아시헤이의 『흙과 병사』」, 『일본어문학』 43, 한국일본어문학회, 2009, 333~347쪽. 구체적인 것은 논의 과정에서 언급하겠다.

원되기를 거부하고자 했던 조선 문인의 논리와 구체적 면모가 드러나기를 기대한다.

2.『麦と兵隊』 출간 상황과 검열, 판본 문제

히노 아시헤이가 중일전쟁 현장에서 쓰고 발표한 '병대3부작'은 「麦と兵隊」→「土と兵隊」→「花と兵隊」의 순서로 발표되었지만 히노 자신의 체험이나 작품 속에 전개되는 사건의 시간적 순서는「土と兵隊」→「花と兵隊」→「麦と兵隊」으로 발표 순서와는 다르다.

「土と兵隊」는 1937년 10월경 일본을 떠나서 11월 15일 항주만에 닿을 때까지의 항해 과정과 상륙 작전을 다루었다. 히노의 부대는 항주만 북사에 상륙한 후 12월 16일 남경을 거쳐서 12월 26일에는 항주성에 들어가서 경비를 하며 주둔하게 되었다.「花と兵隊」는 항주 경비대로 주둔한 기간을 다루고 있다.「麦と兵隊」는 그 이후의 서주회전徐州會戰을 다루었다. 나중에 히노가 자신의 작품집에 넣을 때는 실제 발생한 사건의 순서를 따라「土と兵隊」,「花と兵隊」,「麦と兵隊」의 순서로 수록했다.「土と兵隊」와「花と兵隊」 사이에 1937년 12월 13일 남경이 함락되면서 일본 군인이 2주간 자행한 잔인한 남경학살사건이 있었는데 이 사건의 흔적이「花と兵隊」에 전혀 없다는 점은 주목할 만하다.

히노가 이렇게 중국의 전쟁터에서 고생하고 있는 동안에 일본에서는 히노의 「분뇨담糞尿譚」이 1937년 제6회 하반기 아쿠타가와상을 받았다. 「분뇨담」은 히노가 군대에 들어가기 전에 발표한 작품이었다. 1938년 3월 항주 경비대에 있는 히노를 평론가 고바야시 히데오小林秀雄가 『분게이순쥬文藝春秋』의 특파원 자격으로 직접 찾아가서 수상 소식을 전하고 상품으로 시계를 주었다. 이 일이 히노의 부대에 알려지면서 히노는 일반 병사에서 육군 보도부원으로 전속되었고 전쟁을 기록하는 임무를 맡게 되었다. 그 이후 히노는 서주 회전에 참가했고 이 전투의 기록이 「麥と兵隊」이다.

「麥と兵隊」는 1938년 5월 4일부터 5월 22일까지의 일기로 구성되어 있다. 『보리와 병정』에 실린 히노 자신의 머리말에 이런 사정이 다음과 같이 나와 있다.

> 이 『보리와 병정』이라는 책은 한 병정인 내가 육군보도부원으로 이른바 역사적 대전쟁이었던 서주 회전에 종군한 일기입니다. (…중략…) 이 서주 종군일기는 한 병정이 쓴 「나의 전기戰記」라고나 이름을 붙일 3부로 된 사사로운 것의 마지막입니다.
>
> 이것은 어떤 사정으로 종장에 속한 부분이 첫 장보다 먼저 발표케 된 것입니다. 이것은 서주 전선에서의 전반적인 전황이라든지 작전에는 아무 관계도 없는 것으로 다만 내가 종군하는 동안에 날마다 적은 일기를 정리하고 다시 썼음에 불과한 것입니다. 본시 소설은 아닙니다.[11]

---

11 火野葦平 著, 西村眞太郎 譯, 『보리와 兵丁』, 朝鮮總督府, 1939, 5~8쪽. 이하 한글 번역본의 인용은 특별한 언급이 없는 한 이 책에 의하고 쪽수만 밝힌다.

순서를 바꾸어 가장 나중에 일어난 사건을 제일 먼저 발표하게 된 "어떤 사정"이란 당시 히노가 전쟁을 둘러싼 선정주의와 상업주의에 편승한 사정으로 보인다. 1938년 3월 고바야시 히데오가 히노를 만나 아쿠타가와상을 주고 상품으로 시계까지 전해주었다는 소식 이후, 1938년 5월 16일 일본군과 중국군 사이에서 전투가 가장 치열했던 이 날의 전투에서 히노가 실종되었다는 소식이 5월 18일 일본에 뉴스로 전해졌다. 사람들이 작가의 생존을 걱정하고 있는데 곧바로 5월 19일 히노의 생존 소식이 전해졌다.[12] 이렇게 극적인 상황이 있은 후 사람들의 관심에 부응하기 위해 히노는 서주회전을 다룬 「麥と兵隊」를 먼저 발표했을 것이며, 또 전쟁에 가족을 내보낸 일본인들의 관심을 더 크게 끌게 되었을 것이다. 『麥と兵隊』에는 5월 16일의 일기가 서술 분량이 제일 많고 또 전쟁터에서 병사가 겪는 삶과 죽음의 문제가 집중적으로 다루어져 있다.

하지만 무엇보다도 이 작품을 발표하는 데에는 히노 개인의 사정을 넘어서서 전쟁선전문학을 필요로 하는 일본 군부의 사정이 더 중요했다. 제1회 아쿠타가와상 수상자인 작가 이시카와 다쓰조石川達三가 1937년 12월 2주일여 자행된 남경학살사건 직후 『주오코론中央公論』 특파원으로 남경에 가서 그 사건의 흔적을 목격하고 작품 「살아 있는 병사生きている兵隊」를 1938년 3월호 『주오코론中央公論』에

12 이 상황은 鈴木正夫의 「『麥と兵隊』と『生きている兵隊』の中國における反響に關する覺え書」(『日中間戦争と中国人文学者–郁達夫、柯霊、陸蠡らをめぐって』, 横浜市立大学新叢書, 横浜市立大学学術研究会, 春風社, 2014)를 참조함.

발표했다가 압수 당한 사건[13]을 무마할 필요가 있었던 것이다.[14]

식민지 조선에서의 번역 상황과 그에 대한 조선 문인의 반응을 논하기 전에 우선 이 작품에 대한 검열 상황과 번역의 저본으로 사용한 판본을 확인해 둘 필요가 있다. 당시 일본과 식민지 조선의 검열 체계를 생각하면 히노의 「麥と兵隊」과 『麥と兵隊』는 다음과 같은 단계를 거쳤다고 추측할 수 있다.

① 완전히 자유로운 상태에서 구상된 작가의 머릿속의 작품
② 각종 기제를 통해 내화된 자기 검열을 거쳐서 쓴 원고인 히노의 일기
③ 군대의 내부 검열과 출판사 편집 단계에서 삭제 혹은 복자 처리 등으로 자체 검열을 하고 다시 검열을 거쳐 발표된 결과물
「麥と兵隊」, 『改造』, 1938.8.
④ 잡지에 일차 발표된 후 다시 검열을 받고 출간한 단행본
『麥と兵隊』, 改造社, 1938.9.
⑤ 『신일본문학전집』 제26권[15]에 '我が戰記'의 제3부로 들어간

13 책을 서점에 깐 다음 날, 내무성은 발매 금지를 『中央公論』에 통고했다. 이시카와 다쓰조는 '신문지 법 위반'으로 기소되어 뭐라고 금고 4개월, 집행 유예 3년의 판결을 받았다.

14 이 사건에 대해서는 가와하라 미치코, 이상복·오성숙 역, 『전쟁과 검열』, 맑은생각, 2017에서 자세하게 다루고 있다. 이시카와의 작품과 히노의 작품 사이의 관계에 대해서는 고미부치 노리쓰구(五味渕典嗣), 「펜과 병대－중일전쟁기 전기(戰記) 텍스트와 정보전」, 정근식 외편, 『검열의 제국－문화의 통제와 재생산』, 푸른역사, 2016, 282~306쪽을 참조.

15 이 전집은 원래 개조사가 기획하고 있었던 것인데 제일 마지막 권인 히노의 작품집이 제일 먼저 나왔다. 즉 전집 기획 단계에서는 아직 히노가 들어가 있지도 않았는데 상업적 의도에 의해 갑자기 나오게 된 것이다.

「麥と兵隊」, 改造社, 1939.12.

⑥ 상황이 좋아져서 검열된 부분을 복원하거나 가필한 '완전판'

『土と兵隊 · 麦と兵隊』, 新潮文庫, 1953.1.

이런 상황이라면 특정 시기에 독자가 읽을 수 있는 텍스트는 한정되어 있고 연구자의 입장에서는 어떤 판본을 기준으로 작품을 논하고 평가할 것인가의 문제가 발생한다. ①은 이론적으로만 존재할 뿐이고 ②는 남아 있을 수도 있고 없을 수도 있는데, 여러 형편상 남아 있는 경우가 드물다. 그렇지만 상황이 바뀌고 작가가 생존해서 과거 검열 당했던 부분을 복원하고 가필한 경우의 ⑥을 ②와 같거나 ②에 가깝다고 말할 수 있다. 하지만 독자의 입장에서 보면 어떤 시공간에서 어느 텍스트를 읽느냐에 따라 인식에 차이가 나게 된다. 보통 독자가 접할 수 있는 텍스트는 ③, ④, ⑤, ⑥ 중의 어느 하나이고 지금까지 일본에서 널리 읽히는 것은 ⑥이었다.

작가 히노에 의하면, 「麥と兵隊」은 ②와 ③ 사이, 즉 원고가 군대 내부 검열과 출판사의 손을 거치면서 이미 27군데가 삭제 당한 뒤에 1938년 8월 ③으로 잡지에 발표되었고, 그것이 인기를 얻자 한 달만인 1938년 9월 ④의 단행본으로 나왔고 다시 히노의 여러 작품을 모아 1939년 12월에 ⑤의 단행본으로 나왔다. 그래서 일본의 패전 후 1953년 1월 ⑥으로 낼 때 히노 자신이 그렇게 삭제된 부분의 일부를 복원해 넣었다고 한다. 그런 점에서 ②와 ⑥ 사이가 매우 가깝다는 것이다. 이런 식으로 보았을 때 히노가 원고에서 삭제

되었다고 하면서 나중에 ⑥에 추가한 부분은 히노가 1938년 당시에 독자에게 전하고 싶었으나 전달되지 못한 부분이다. 선행 연구들에서 지적한 대표적인 것이 마지막 대목에서 끝까지 항일을 주장하는 중국인 포로 3인을 목을 베어 죽이는 장면이다.

> 물어보니 그것들은 어디까지든지 항일을 주장할 뿐 아니라 묻는 말에 대하여 아무 대답도 안 하고 어깨를 으쓱 하고 발을 들고 발길질하려고 한다. 나는 눈을 돌렸다. 나는 악마귀가 되지는 아니하였다. 나는 그것을 깨닫고 깊이 안심하였다.[16]

그런데 이것은 ⑥『麥と兵隊』1953에는 다음과 같이 강조한 부분이 보충되어 있다.

> 물어보니 그것들은 어디까지든지 항일을 주장할 뿐 아니라 묻는 말에 대하여 아무 대답도 안 하고 어깨를 으쓱 하고 발을 들고 발길질하려고 한다. **대담하게도 놈은 이쪽 병사에게 침을 뱉는다. 그래서 처분한다는 것이었다. 따라서 가다 보면 마을 바깥 넓은 보리밭이 나왔다. 여기서는 어디를 가도 보리뿐이다. 이전부터 준비했던 것처럼 보리를 베어내어 조금 평평하게 된 곳에 가로로 길고 깊은 구덩이가 파져 있었다. 결박된 중국 병사 세 사람은 그 구덩이 앞에 앉혀졌다. 그 뒤에 둘러서 있던 조장 한 명이 군도를 뽑았다. 소리를 지르며 칼을 내리치자 머리통이 공처럼 날고 피가 분출했다.**

16 『보리와 병정』, 250쪽.

> **중국인 병사 세 사람은 차례로 죽었다.** 나는 눈을 돌렸다. 나는 악마귀가 되지는 아니하였다. 나는 그것을 깨닫고 깊이 안심하였다.[17]

강조한 부분을 빼고 읽으면 문맥이 자연스럽게 연결되지 않는다는 점에서 처음의 원고에는 있었으나 잡지에 발표될 때 빠졌다는 히노의 말은 신뢰할 만하다. 전쟁의 어두운 면, 일본인 병사의 잔인한 모습을 보여주는 것이어서 삭제 당한 것으로 짐작된다.

③의 잡지 발표본「麥と兵隊」과 ④의 단행본『麥と兵隊』초판 사이에는 큰 차이가 없는 반면, ④가 쇄를 거듭하면서 중간에 검열에 의해 바뀌거나 삭제되면서 ⑤가 되었다.[18] 5월 10일자 일기에 연기에 그을린 초라한 움막을 일본 역사에 나오는 모리나가 신노護良親王가 살던 곳에 비유하는 대목이 있는데 불경죄를 피하기 위해 모리나가 신노라는 이름을 복자 처리한 것과 또 5월 11일자 중국인 포로 뇌국동雷國東의 죽음에 관련된 부분을 일부 삭제한 것이 대표적이다. 이 중 5월 11일자 마지막 부분에 중국인 포로 뇌국동을 실컷 조롱한 뒤 죽이는 장면을 보자.

---

17 고딕 강조 부분은 1953년 판에만 있는 것이고 당연히『보리와 병정』(1939)에는 없다. 이하 글에서 고딕 강조는 모두 본서의 필자 것이다. 또한 여기서 고딕체 부분의 번역은 필자.

18 이러한 삭제 혹은 변개에 대해 가와타 가츠코는, 제10쇄에서 시작되었을 것이라고 추론했는데(河田和子, 앞의 글), 일본에서 최근에 나온 연구는 제7쇄에서부터 시작되었다고 밝히고 있다(越前谷 宏,「火野葦平『麦と兵隊』論－検閲をめぐる攻防」, 日本文学協会 編,『日本文学』Vol.65 No.12, 2016, 36~48쪽).

위병소 기둥에 사로잡힌 사람을 묶어서 매었다. 사나운 낯판대기를 하고 있다. 통역이 여러 가지 묻는다. 어떤 누구와 비슷하다고 생각하였더니 문득 내가 아는 갑甲의 얼굴이 떠오른다. (…중략…) 가죽 주머니 속에는 구멍 뚫린 한 푼짜리와 주사위 둘과 편지 한 장이 들었다. 펴 보니 그 줄글은 연연한 정회를 부른 정서情書였다. "뇌국동 씨 나의 사랑하는 이여. 글월은 16일에 받았나이다. 마음은 기쁨으로 찼나이다"로 시작하고 "저는 당신을 진정으로 사랑합니다. 저는 당신과 부부가 되고 싶습니다. 저는 암만해도 백년해로의 약속을 하고 싶습니다"에 이르고 "정은 길고 종이는 짧습니다. 꼭 회답 주셔요. 류옥진 상서"로 끝 막았다. 이 '짧은 종이에 긴 정회'를 야속하게 생각한다는 줄글을 읽는 일본 병정을 뇌국동은 지극히 무표정한 얼굴로 바라보고 있다.[19] **이미 그는 각오하고 있었던 것이 틀림없다. 저녁때, 총을 든 군인 3명이 뇌국동을 둘러싸고 보리밭을 가로질러 갔다. 차츰 작아지더니 보리밭 바다 속에서 보이지 않게 되었다.**[20]

강조한 부분은 ④『麥と兵隊』의 제7쇄1938.10.14 이후로는 빠지고 없다. 흥미로운 것은 그렇게 검열 당한 부분을 히노는 ⑥『麥と兵隊』1953를 낼 때 불경죄와 관련되었던 모리나가 신노의 이름은 복원한 반면, 뇌국동의 죽음에 관련된 부분은 복원하지 않고 그대로 두었다는 점이다.

19 『보리와 병정』, 91~92쪽.

20 既に彼は観念して居るに違ひない. 夕刻, 銃を持つた三人の兵隊に護られて, 雷国東は麦畑の中を連れ去られた. 次第に小さくなり, 麦畑の海に見えなくなつてしまつた.

왜 히노가 뇌국동의 죽음과 관련된 대목을 복원하지 않고 그대로 두었는지 알 수 있는 자료는 없다. 하지만 두 방향으로 추측해 볼 수는 있다. 하나는 1953년에 새로 낼 때 처음의 발표본이나 초판본을 가지고 있지 못한 상태에서 기억에 의존하여 삭제된 부분을 보충했을 수 있다는 것이다. 작품의 마지막 중국인 포로 세 명을 참수하는 장면은 매우 중요하고 인상적인 대목이니까 작가 자신도 뚜렷하게 기억하고 있었던 데 반해, 중간의 뇌국동 부분은 그렇게 강렬하게 기억하지 못하고 있었을 수도 있다. 그러나 작가 자신의 체험임을 강조했던 작품에서 뇌국동 부분은 꽤 특이한 사건이기에 기억의 문제로 돌리는 것은 너무 안이한 해석이다.

그렇다면 다른 방향으로 패전 후 '문화 전범' 1호로 몰리고 전쟁협력의 혐의로 공적 활동에서 추방당한 히노의 입장에서는, 전쟁 당시 선풍적인 인기를 끌었던 자기의 작품이 처음부터 전쟁에 무비판적인 묘사로 적개심을 북돋우고 전쟁을 선동하려 했던 것이 아니라는 점을 보여주고 싶었던 것이 아닌가 한다. 자신은 오히려 인간이 가진 나약함이나 서로에 대한 연민, 전쟁의 참혹함을 보여주고 싶었는데 그러한 자신의 진의가 검열 때문에 제대로 전해지지 못했음을 주장하고 싶었기 때문에 선별적으로 복원했으리라는 것이다. 그래서 작품의 마지막 대목에서 일본 군인의 잔인함과 히노 자신은 그 장면을 차마 감내할 수 없었고 거기에 가담하지 않았음을 드러낼 수 있는 부분은 일부러 복원/수정한 반면, 중간에 뇌국동의 연서를 읽으며 희롱하다가 그를 죽여버리는 장면의 경우에는 히노 자신도 뇌국동을 괴롭히는 행동에 동참한 상태로 서술자로서의 비판적 거리가 확보되어 있지 않았기에 그를 죽였다는 대목을 굳이 복원하지 않은 것으로 볼 수 있는 것이다.

한글본 번역 『보리와 병정』의 경우 일본 역사에 등장하는 모리나가 신노라는 이름은 익명화되어 있고 뇌국동에 대해서도 희롱하는 장면까지만 있다. 이러한 삭제는 한글본에 특별하게 적용된 것은 아니고 상관의 명령을 받아 니시무라가 번역할 때 저본으로 삼은 판본이 ④ 『麥と兵隊』1938.9의 제7쇄 이후의 것이거나, 초판본을 저본으로 삼아 번역했더라도 출간할 때는 그 시점의 검열 기준에 맞추어야 했기 때문일 것이다. 『麥と兵隊』에는 조선인이 등장하지 않고 그런 만큼 조선총독부와 검열관 출신 번역자가 특별히 식민지 조선의 상황에 맞추어 바꿔야 할 내용도 없기 때문이다.[21]

따라서 본 연구에서는 『麥と兵隊』과 『보리와 병정』 사이에는 번역자의 언어 감각을 논할 수는 있어도 내용상의 변개는 없는 것으로 본다.

21 강여훈은 「일본인에 의한 조선어 번역 – 히노 아시헤이의 『보리와 병정』을 중심으로」에서 니시무라가 한글로 번역할 때 여기서 지적된 부분을 뺌으로써 '휴머니즘' 언설을 강화시켰다고 니시무라를 비판했는데 이는 판본 상황에 대한 오해에서 비롯된 주장이다.

3. 영어 번역본에 대한 과장된 선전

『麥と兵隊』는 20여 개국의 언어로 번역되었다고 하는데 여기서는 영어본과 중국어본 번역의 맥락을 살펴봄으로써 식민지에서 전쟁문학론의 출발점이 된 한글 번역본의 특수성을 드러내고자 한다.

『麥と兵隊』는 1939년 2월 영어로 번역되었다. 야마가타 고등학교山形高校의 교수였던 영국인 루이스 부시가 『麥と兵隊』를 일본인 부인과 함께 영어로 번역하여 *Barley and soldiers* 라는 제목으로 일본에서 출판했다.[22] 그러고서 1년 후에는 히노의 '병대3부작'에 「광동진군초広東進軍抄」까지 붙인 *War and soldier*를 영국에서 출간했다.[23] 유럽의 중심인 런던에서 영어본이 출간된 소식은 당시 식민지 조선에도 보도되었다.[24] 이 영어본을 저본으로 하여 독일어, 이탈리아어, 포르투갈어, 체코어 등으로 번역되었으며,[25] 스페인어 번역본도 나왔다. 태평양 전쟁 발발 후 부시는 영국군으로 참전했

---

22 Hino Ashihei, trans. by K. & L. W. Bush, *Barley and soldiers*, Tokyo : Kenkyusha, 1939.2.

23 Hino Ashihei, trans. by K. & L. W. Bush, *War and soldier*, London : Putnam, 1940.1. ※「土と兵隊」·「麦と兵隊」·「花と兵隊」·「広東進軍抄」(=「海と兵隊」 *Sea and Soldiers*) 포함.

24 화아위평의 병대3부작은 전 세계의 독서계를 풍미하고 있거니와 전쟁이 진행되고 있는 영국에서는 『전쟁과 병대』라고 제하여 런던의 푸트남 서점으로부터 출판되어 신년 벽두 굉장한 평판을 일으키고 있다. 그리고 일류 신문은 붓을 가지런히 하여 신간 소개에 "이 책은 구라파가 지까지 가져온 일본이나 지나에 대한 관념을 바로 정정해 주는 힘을 가졌다" 하고 평가하였다고 한다. 「병대3부작－런던서 절찬」, 『매일신보』, 1940.1.24(2).

25 이들 언어권 번역 상황은 河田和子, 「従軍作家における戦争の表象－火野葦平『麦と兵隊』論」, 『국제언어문학』 5, 국제언어문학회, 2002, 51~66쪽 참조.

다가 일본군의 포로가 되었고 스파이 노릇을 한 것 아니냐는 심문을 받았다고 한다. 루이스가 적국의 군인이 된 탓인지 1944년 일본의 영문학자인 이노우에 토시오井上思外雄의 새로운 번역판이 출간되기도 했다.[26]

루이스가 도쿄에서 영어 번역본을 낸 조금 뒤인 1939년 5월에 이시모토 시즈에石本シヅエ, 1897~2001가 「土と兵隊」와 「麦と兵隊」를 묶어서 번역한 *Wheat and soldiers*[27]가 뉴욕에서 출간되었다.[28] 이시모토 시즈에는 항주 상륙작전을 기록한 「土と兵隊」는 전체를 번역하였으나 서주 회전을 다룬 「麦と兵隊」는 대폭 축약하고 재편집하여 실었다. 실상 도쿄에서 출간된 루이스의 번역보다는 뉴욕에서 출간된 이시모토의 번역본이 먼저 서구의 독자를 만났고 서평도 여러 편 나왔다.[29] 특히 바로 직전 노벨문학상을 받은 작가 펄 벅이 호평을 했다는 기사가 나오면서 일본에서 이 작품의 성가는 더 높아졌다. 그런데 이런 기사가 펄 벅의 서평을 왜곡 전달한 것이었다는 점에서 문제적이다. 이를 좀 구체적으로 살펴보겠다.

이시모토 시즈에는 이시모토 남작과 결혼하여 당시 이시모토

26 Hino, Ashihei trans. by Inoue Toshio, *Corn and Soldiers*, Tokyo : Kenkyusha, 1944.1.

27 이는 '밀과 병사'가 되는데, 도쿄에서 먼저 출간된 *Barley and soldiers*와 구별하기 위하여 이렇게 번역했을 것이다.

28 Corporal Ashihei Hino, trans. by Baroness Shidzue Ishimoto, *Wheat and soldiers*, New York : Farrar & Rinehart, 1939.4.

29 이시모토 시즈에의 번역본에 대한 당시의 서평 및 관련 자료를 구하면서 한국과학기술원 도서관의 이보람 선생님과 인문사회과학부의 동료 이승욱 교수의 도움을 받았다. 이 자리를 통해 감사의 말씀을 드린다.

남작 부인으로 불렸는데, 1920년대 초 2년 정도 미국에서 살았고 마가렛 생어와 교류하면서 일본에서 산아제한 운동을 펼친 여성이다. 일본에서 외교관, 선교사 기자 등 도쿄의 외국인 사회와 교류가 많았다.

시즈에는 당시 크리스찬 사이언스 모니터의 기자이던 챔버린William Henry Chambelin을 통해 『AP통신』의 도쿄 지국장이던 모린Relman Morin을 만났고, 모린의 제안으로 번역에 착수하게 되었다고 한다. 모린은 중국과 일본 사이에 무슨 일이 벌어지고 있는지 잘 모르는 미국의 독자들에게 중일전쟁에 관한 정보를 주기 위해서 보고문학인 「麥と兵隊」를 번역할 것을 제안했다는 것이다. 시즈에의 입장에서는 우선 작품에 감동을 받았고 돈도 필요했고 또한 일본의 사정을 미국인들에게 알리고 싶어서 번역을 하게 되었다는 것이다. 챔버린도 서문을 써주겠다며 적극적으로 권유했다. 이시모토는 1939년 1월부터 2월까지 번역작업을 했고 5월 하순에 책이 미국의 서점에 깔렸다.[30] 챔버린은 서문에서 이 책이 중국과 일본 사이의 충돌을 보여주는 첫 번째 책이며, 저자인 히노 아시헤이는 일본측 군인이지만 전쟁을 선전하는 요소는 없다고 하면서 이 책을 레마르크의 『서부전선 이상 없다』에 비겼다.

미국에서 책이 출간되었다는 소식을 일본 신문은 대서특필했다. 『도쿄니치니치東京日日신문』은 1939년 5월 31일자에서 이 책이

---

30 이시모토 시즈에가 영어 번역본을 내는 과정은 Helen M. Hopper, *A New Woman Of Japan : A Political Biography Of Kato Shidzue*, Westview Press, 1987, pp.124~130 참조.

미국에서 호평을 받고 있다고 소개했고, 『도쿄아사히東京朝日신문』은 8월 3일자에 펄 벅이 이 책에 찬탄했다는 기사를 실었다.[31] 바로 전 해에 『대지』를 비롯해서 중국을 무대로 한 소설들로 노벨문학상을 수상한 바 있는 펄 벅이 중국에서 벌어지고 있는 중일전쟁에 대해 일본인 병사가 쓴 작품을 상찬했다는 소식은 매우 흥미롭고 놀라운 일이었다.[32] 펄 벅이 이 작품을 엄청나게 칭찬했다고 하는 소식은 일본의 독자들을 흥분시켰다. 이시모토 시즈에 자신도 펄 벅이 서평에서 "전쟁을 하면서 이 사람들은 정반대의 온정을 보유하고 있다. 이것은 우리 입장에서 보면 불가사의하다고 생각되는 일본인의 국민성이다", "일본인을 이해하려고 하는 사람들에게 나는 이 책을 한번 읽어보라고 권한다"라고 했다고 자랑했다.[33]

그러나 『도쿄아사히신문』의 보도는 문맥과 상관없이 몇몇 단어 어구를 떼어와서 호의적인 서평으로 바꾸어 놓은 것이고 이시모토의 소개 역시 펄 벅의 서평 중 비판적인 대목은 제외한 것이었다. 실제 펄 벅의 서평은 이들 발췌본과는 달리 일본의 비인간성을 질책하는 것이었다. 중국에서 성장한 펄 벅은 중국에 유대감을 가지고 있었고 일본군은 펄 벅이 너무나 잘 알고 있는 도시와 마을로 진군하고 있

---

31 「'麦と兵隊' アメリカで大好評 石本静枝夫人の英訳出版」, 『東京日日新聞』, 1939.5.31; 「パール・バック女史も讃嘆『偉大なる戰争文學·麦と兵隊』」, 『東京朝日新聞』, 1939.8.3, 이 서지사항은 鈴木正夫의 앞의 책을 참조함.

32 이 소식을 들은 정인택은 "일본에 대하여 좋은 감정을 가지고 있지 않던 펄 벅 여사까지가 격찬하였다는 사실"을 소개하는 것으로 이 책에 대한 평가를 대신한다고 말할 정도이다. 정인택, 「『보리와 병정』—신간평」, 『문장』 8, 1939.9.

33 石本静枝, 「アメリカの『麦と兵隊』」, 『改造』, 1939.8.

었기 때문이다. 실제 펄 벅의 서평에는 아래와 같은 내용이 담겨 있다.

> 나는 내 얼굴에 있는 주름을 알고 있듯이, 내가 쓴 시골의 구석구석을 잘 알고 있다. 항저우는 내 부모님이 중국에서 처음 머물렀던 곳이고, 나도 그곳에 오래 있었다. 수조우푸와 다른 모든 촌락들도 내가 그곳에 있는 내내 알던 곳이다.
>
> 그래서 일본인이 쓴 이 책을 읽으면서 그가 쓴 이런 것들이 내가 아는 작은 마을들, 내가 앉아 차를 마시고 평화롭게 이야기를 나누고 내가 사랑한 사람들과 함께 마음을 나누던 곳에서 일어났다는 것을 깨닫자 그가 행군하던 곳, 농민들이 죽어 누워 있는 그 시골이 내가 선하고 악의 없는 사람들과 함께 걷고 함께 지내던 땅이고, 그렇게 잘 알고 있던 시골길에서 지금 그들이 죽었거나 누운 채 죽어가고 있다는 생각이 들어 견디기가 어렵다. 나는 이 책을 사심 없이 평할 수 없다.[34]

이보다 더 신랄한 비평도 있었다. 미국의 동아시아 전문가였던 비송T.A. Bisson은 "이시모토 남작부인의 번역은, 원문의 직접적이고 구체적인 문장에 미국식의 관용어로 옷을 입힌 것으로, 그 자체가 문학적 성과이다. 나아가 그녀는 그 번역을 통해 그녀가 반전 경향을 가졌을지도 모른다고 하는 의혹을 완화시켜야만 했다. 그녀는

34 Pearl S. Buck, "A Soldier of Japan", *New Republic* Vol.99, 1939.6.7; 번역은 피터 콘, 이한음 역, 『펄 벅 평전』, 은행나무, 2004, 362~363쪽에서 재인용.

반전 성향 때문에 1937년 12월[35]에 수감된 바 있었기 때문이다"라고 썼다.[36] 이 밖에도 이시모토가 군국주의 일본을 좋게 보이려고 하는 군국주의자와 공모했다고 해석하는 서평도 나와서 미국에서 이 책은 얼마 팔리지 못하고 반품되기 시작했다고 한다.[37] 사정이 이런데도 일본에서는 "미국에서만 50만 부가 팔렸다"고 선전했고 이 선전은 식민지 조선에도 그대로 전해져서 식민지의 문학인들을 주눅 들게 했다.[38]

4. 상반된 입장의 두 중국어 번역본

1939년 3월에는 중국어 번역본 두 판본이 동시에 나왔다. 하나는 일본과 전쟁을 벌이고 있던 중국 상해에서 『보리와 병사麥與兵隊』라는 제목으로 나왔고[39] 다른 하나는 일본 제국에 편입되어 있던 만주국 신경에서 『보리밭의 병사』라는 제목으로 나왔다.[40] 두 번역

---

35 1937년 12월의 인민전선 사건을 가리킨다. 1937년 7월 중일전쟁 발발 이후 12월 15일 일본무산당, 일본 노동조합, 전국평의회 활동가 470여 명이 일제히 검거된 사건이다.

36 T.A. Bisson, "Japanese Soldier", *Saturday Review of Literature* 1939.6.3. Thomas Arthur Bisson(1900~1979)은 미국의 동아시아 전문가.

37 Helen M. Hopper, *A New Woman Of Japan : A Political Biography Of Kato Shidzue.*

38 이 글의 제5장의 〈그림 1〉 참고. 미국에서의 번역본 출간과 펄 벅의 서평을 비롯한 각종 서평에 대한 일본에서의 왜곡과 그 영향에 대한 구체적 논의는 별고에서 본격적으로 다룰 예정이다.

39 哲非 訳, 『麥與兵隊』, 上海 : 雜誌社, 1939.3.

40 雪笠 訳, 『麥田裡的兵隊』, 新京 : 滿州國通信社 出版部, 1939.3.

본은 서로 다른 의도에서 번역된 상황을 선명하게 보여주고 있어서 흥미롭다. 두 번역본에 실린 역자의 말을 통해서 그 차이를 간략히 살펴보고자 한다.

상해판의 번역자 철비哲非는 히노의 작품을 이시카와 다쓰조石川達三의 작품과 비교해서 사상적 깊이가 없고 일본군의 만행도 기록되어 있지는 않지만 전쟁과 관련된 객관적인 사실, 특히 일본 군대의 움직임 등을 기록하고 있기 때문에 '항전'에 도움이 될 것이라고 기대했다.

> 이 책과 이시카와 다쓰조石川達三의 『죽지 않은 병사未死的兵』는 공히 일본군의 중국에서의 작전 상황에 대해 기록한 책임에도 불구하고 입장은 전연 다르다. 『죽지 않은 병사』에서 작가는 인도주의적인 입장에서 간략하게나마 일본군의 잔인함에 대해 폭로하고 또 그 잔인함의 원인에 대해서도 암시하고 있다. 뿐만 아니라 감상적인 필치가 유독 농후했는데 결국에는 이것이 군의 위엄軍威에 저촉된다는 죄명하에 한때 옥살이를 하기도 했다(현재는 『주오코론中央公論』의 특파원으로 다시 중국에 와 있다). 하지만 『麦与兵隊』의 저자의 경우는 상황이 많이 다르다. 그는 일본군皇軍의 전형적인 인물로 인정되고 있다. 하지만 사실 사상적인 깊이에 있어서는 이시카와 다쓰조에 미치지 못한다. 전쟁이 인간의 인성에 미치는 영향에 대해서 그는 깊은 탐구가 없었고 일본군의 각종 행각에 대해서는 폭로할 의사가 애초부터 없었다. 하지만 일정한 정도에 한해서는 객관적으로 사실을 기록할 수 있었으며 이것이 또한 우리가 그

의 글을 읽는 동기이기도 하다. (…중략…) 마지막으로 비방하거나 과장된 수사 부분은 모두 삭제하였음을 밝혀둔다.

중국에서 히노 아시헤이의 작품이 발표되기 얼마 전인 1938년 3월호 『주오코론中央公論』에 실렸다가 곧바로 압수당하여 화제가 된 이시카와 다쓰조의 「살아 있는 병사生きている兵隊」[41]가 번역되어 있었다. 이시카와 다쓰조는 1937년 12월 2주일여 자행된 남경학살사건 직후 『주오코론』 특파원으로 남경에 가서 그 사건의 흔적을 목격하고 작품 「살아 있는 병사」를 썼다. 간략하게나마 일본군의 잔인함과 중국인의 피해를 묘사한 것으로 해서 서점에 깔린 바로 다음 날 검열에 걸려 압수되었는데도 어떤 경로로인가 중국에 입수되어 번역되었다. 이시카와의 작품과 비교하여 히노의 『麦と兵隊』는 전쟁을 선전하는 '준명문학尊命文學'이라고 혹평했다.[42] 그럼에도 불구하고 철비가 히노의 작품을 번역한 이유는 전쟁 상황에 대한 객관적 사실을 파악하기 위해서였다. 그래서 철비는 그런 객관적 사실 파악에 도움이 안 되는 (중국인에 대한) 비방과 (일본군의 무공에 대한) 과장된 수사는 삭제했다는 것이다. 번역자인 철비는 이 책을 간행한 상해 잡지사雜誌社의 주필 오성지吳誠之의 필명이었고

---

41 책을 서점에 깐 다음 날, 내무성은 발매 금지를 『中央公論』에 통고했다. 이시카와 다쓰조는 '신문지법 위반'으로 기소되어 금고 4개월, 집행 유예 3년의 판결을 받았다.

42 이 상황은 鈴木正夫, 「『麥と兵隊』と『生きている兵隊』の中國における反響に關する覺え書」, 『日中戰爭と 中國人文學者』, 春風社, 2014, 387~432쪽을 참조했다. 논문 자체는 1999년 3월에 발표된 것이다.

당시 중국공산당에 관계하고 있었다.

이에 비하면 신경판을 번역한 설립雪笠은 "이 작품의 탄생으로 말미암아 비로소 성전聖戰의 의의와 총후의 각오…… 이 모든 것들이 더욱 선명해지기 시작하였다"고 하면서 "일만일심일덕日滿一心一德의 불가분의 관계를 비롯하여 우리도 일본 우방과 동일하게 국민정신총동원을 실시하였고 이와 같은 국민정신총동원의 정세하에 우리 만주의 삼천만 민중은 실로 『보리밭의 병사麦田裡的兵隊』를 일독一讀할 필요가 있다"고 쓰고 있다. 설립은 만주국의 국책회사인 '만주국통신사'의 직원으로 일본 유학생 출신이고 부인이 일본인이었던 것 같다. 만주국 국책회사 직원이 회사 상관의 격려를 받으며 번역을 했고 바로 그 국책회사의 출판부가 번역본을 발행했다는 점에서 만주국의 국책 차원에서 기획된 번역으로 볼 수 있다. 이 점에서 한글본 번역과 유사해 보이기는 하나 만주국통신사와 조선총독부는 기관의 명령 혹은 압력의 직접성에서 차이가 있었을 것으로 보여 단언하기는 어렵다.

5. 조선총독부의 기획 번역으로서의 『보리와 병정』

『麥と兵隊』의 한글 번역본은 미국이나 중국보다 늦게 1939년 7월에 『보리와 병정』으로 출간되었다. 조선총독부가 번역과 출판의 전 과정을 기획했을 뿐 아니라 번역 자체를 경무국 산하 검열관인 일본인 니시무라 신타로西村眞太郎가 했다. 니시무라가 1938년 12월 25일부터 1939년 3월 30일까지 번역을 하여 1939년 7월 10일에 초판을 발행했고, 그해 10월 15일에는 제20판을 발행했다. 조선총독부가 거의 무료로 뿌려서 베스트 셀러가 되었지만 나머지 「土と兵隊」과 「花と兵隊」는 일부분만 발췌 번역되었을 뿐 '병대3부작'으로 전체가 번역 출간되지는 않았다.

조선총독부가 이 작품을 조선어로 번역해서 보급을 하고자 한 의도와 관련 상황은 당시 번역 출간을 예고하는 기사와 번역본 제일 앞에 나오는 조선총독부 문서과장 노부하라 사토루信原聖가 쓴 「서문」, 출간 후의 광고 문안과 번역자 니시무라가 발표한 「역자후기」에서 명백하게 드러난다.

다음은 번역 출간을 예고하는 기사의 일부이다.

> 종래 조선총독부에서는 시국 인식을 철저하게 하고자 각종 조선에 반포하고 시국에 비추어 지도를 해왔는데 그것은 전부 총후 미담, 가화, 전지에서의 무용전武勇戰, 뉴스 등 단편적인 것에 불과하고 오늘까지 전쟁에서 황군 용사의 전면적 생활 혹은 용감무비한 활동을 묘사한 장편인 것은 없었으므로 이번에 『보리와 병정』에 관하여 조선어 번역권과 출판권의 무상 양도를 받아 전 도 민중에게 무료로 반포케 할 계획인데.[43]

43 「전쟁문학의 금자탑 『보리와 兵丁』 번역; 총독부서 전 선(鮮)에 무료로 반포」, 『매일신보』, 1938.12.25.

즉 일본군 병사의 일상 생활과 전투 장면을 전면적으로 전달할 필요가 있었다는 것이다. 『보리와 병정』의 서문도 같은 내용이다.

『보리와 병정』은 황군皇軍의 서주徐州 공략전에 보도반원으로 참가한 일 군조軍曹, 필명 火野葦平 군[44]가 군무軍務의 틈을 타서 저작한 보고문학으로서 비린내 나는 피로써 물들인 전장의 실감을 그린 모든 기록은 읽는 사람으로 하여금 측연한 마음을 느끼게 하며 사변이 낳은 전쟁문학 중에서 가장 훌륭한 것으로 널리 국민의 각 층에 찬독贊讀된 것이다.

본 부에서는 국어를 모르는 반도 동포에게 이 책을 소개하기 위하여 원 저자의 승낙을 얻어 통역관 서촌진태랑 군으로 하여금 번역케 하여 이에 보급판으로서 세상에 널리 분포케 하는 것이니 성전 인식의 좋은 자료가 되기를 바라는 바이다.

총독부 문서과장 노부하라 사토루(信原聖)[45]

『보리와 병정』을 인쇄한 『매일신보』사에서 발간하던 순간旬刊 잡지 『국민신보國民新報』는 『보리와 병정』이 출간되면서부터 『보리와 병정』을 전면 광고했다.(〈그림1〉) 광고 문안 중 "싸움하는 사람 자신이 피가 끓고 살이 뛰고 하는 전장에서 친히 붓을 들고 실감을 그대로 실경을 그대로 종이 위에 쏟아 놓은 걸작이다. 더구나 저자는

44 군조(軍曹) : 과거 일본 육군의 하사관 계급의 하나.

45 信原聖, 「서」, 『보리와 병정』, 3쪽.

보통의 '병정'이 아니요, 신진 기예의 문사이다"[46]라고 하는 구절은 광고답게 공급자의 입장에서 이 작품의 핵심을 가장 잘 축약했다. 그리고 이후 이 작품을 읽고 쓴 독후감이나 평론은 모두 전쟁터와 군인의 실상을 실감나게 묘사했다는 점은 인정하면서 독자-수용자의 입장에서 그것에 대한 의미부여를 달리했다.

지나사변이 벌어진 이래로 전쟁 이야기를 쓴 문학이 수없이 많이 '전쟁문학' 가운데서 어느 것이 가장 많은 독자의 심금을 울리고 제일 많은 부수를 발행하고 뛰어나게 널리 알려졌느냐 하면 모든 사람이 이구동성으로 그것은 화야위평 씨의 『보리와 병정』이라는 책이라고 대답한다. 『보리와 병정』은 싸움하는 사람 자신이 피가 끓고 살이 뛰고 하는 전장에서 친히 붓을 들고 실감을 그대로 실경을 그대로 종이 위에 쏟아 놓은 걸작이다. 더구나 저자는 보통의 '병정'이 아니요, 신진 기예의 문사이다. 그런 고로 『보리와 병정』은 발행 즉시로 내지에서만 수백만 부를 매진하였고 **이 책의 영문 역은 미국에서만 이미 발행부수 50만 부를 돌파하였다.** 지금 와서는 세계에서 『보리와 병정』을 모르는 사람이 없다. 이같이 최고의 성가(聲價)를 가진 『보리와 병정』을 이번에 저자의 쾌락(快諾)을 얻어가지고 **조선어 문연구의 권위 서촌 통역관**이 **각고 노력 번역**한 **명역**을 **희생적 보급판**으로 꾸며 **천하**의 **독서자**에게 보내는 바이다.

광고 문안을 현대어로 바꾼 것

〈그림 1〉『國民新報』 광고

『국민신보』의 광고에서 두드러지는 것은 제3장에서 살펴본 바 미국에서 대호평을 받았다는 '가짜 뉴스'를 선전하고 있는 것이다. '중국통' 펄 벅이 칭찬하고 미국에서 책이 인기를 끌고 있다고 하

46 『국민신보』 제18호, 1939.7.30. 이 전면 광고는 제50호(1940.3.10)까지 계속되었다.

는 선전이 반복되면서 이 책에 대한 비판적 접근을 어렵게 한 것 같다.

그런가 하면, 번역자인 니시무라가 쓴 「번역 후기」는 이 과정이 좀 더 미묘한 상황이었음을 암시한다. 니시무라의 번역 후기인 「『보리와 병정』을 조선어로 번역하고」는 『보리와 병정』에는 실리지 않고 1939년 11월의 『모던 일본 조선판モダン日本 朝鮮版』에 실렸다. 자기가 번역한 책에 번역 후기를 직접 싣지 못했다는 것 역시 니시무라가 조선총독부의 관료로서 '업무'를 수행했다는 것을 보여주는 것이다. 좀 길게 인용한다.

> 종래에는 없던 파격적인 일로, 좋게 말하면 **탁월한 기획**으로서 미하시三橋 조선총독부 경무국장의 허가하에 '자네가 한번 『麥と兵隊』을 조선어로 번역해 보게'라고 조선총독부 후루카와古川 도서과장이 나에게 명령했다. (…중략…) 왜 『麥と兵隊』을 조선어로 번역하는가. 그것은 작년 말의 일인데 후방의 조선인이 적성赤誠을 보이고는 있으나 실제 전쟁이라는 것이 어떤 식으로 이루어지는 것인지 모르는 자가 많다는 의견이 있어서 황군이 어떻게 고생하고 있는가를 확실히 주지시킬 수가 있고 황군에 대한 감사의 마음을 불러 일으켜 후방의 국민으로서 각오를 올바르고 강하게 할 수 있다면 바람직할 것이라고 상상들 사이에 합의가 이루어져 내가 번역을 명령받게 된 것이다. (…중략…) 출판 후 **야바위꾼을 이용한 비평**이든 무엇이든 간에 평판이 좋았다는 것도 운이 좋았다고 할 수밖에 없다.

(…중략…) 조선 민중에게 읽혀진다면 발행권인지, 저작권인지 그런 것은 일절 초월하여 무조건 그 번역은 승낙한다는 단호한 답장이 왔다고 하니 정말 훌륭한 사람이라고 생각하는 것은 나 자신보다도 세상 사람들 쪽일 것이다. 무엇이든 무조건 승낙은 하지만 **능숙한 사람에게 번역을 시켜달라**고 하는 '애정'에서 나온 조건은 있었다고 한다. 그 권위 있는 번역자로서 내가 선정된 것이므로 이를 감사하지 않고 무엇에 감격할 수 있겠는가. 세상에 일반적인 평범한 번역자와 원저작자와의 계약과는 전혀 다른 색다른 계약관계가 성립한 점에, 또한 이 책이 평판이 좋다는 것도 나도 눈치채고는 있으나 모든 사정을 종합하여 원저자에 대한 예의와 책임의 견지에서만은 아닌 중대한 책임이 역자의 미약한 힘에 달려 있었다.[47] (강조는 인용자)

이 글에서 니시무라가 종래에는 없던 '탁월한 기획'이라고 한 말에 우선 주목할 필요가 있다. 알려진 바이기는 하지만 이것은 조선총독부의 기획이다. 그 기획 의도는 반복된 신문 기사, 번역본의 「서문」, 『국민신보』의 광고 문안에 분명하게 제시되어 있다. 하지만 당사자가 자기의 입으로 '탁월한 기획'이라고 자랑하는 것은 또 다른 의미가 있다. 조선총독부의 기획으로 조선총독부의 일본인 검열관이 번역했다고 하는 상황 자체가 이 작품의 '전쟁문학'으로서의 위상을 그대로 드러내는 것이다. 당시 일본의 논자들뿐 아니

47 니시무라 신타로, 「『보리와 兵丁와 병정』을 조선어로 번역하고」, 윤소영 외역, 『일본잡지 모던일본과 조선 1939 (완역)』, 어문각에서 인용함.

라, 조선의 평론가나 독자가 이 작품에 대해 전쟁을 생생하게 그렸고 인간에 대한 이해가 깊은 '휴머니즘' 문학이라고 아무리 문학적 평가를 내려도, 이 번역본을 전쟁에 조선인을 동원할 목적으로 조선총독부가 기획하였다고 하는 사실은 그 모든 평가나 의미부여를 무색하게 하는 것이다.

『보리와 병정』에 쏟아진 기사나 독후감, 서평 등을 역자 자신이 '야바위꾼을 이용한 비평'이라고 말하는 것은 또 무슨 의미인가. 야바위꾼이라는 것이 바람잡이로 속여서 사람을 끌어모아 돈을 갈취하는 일일진대, 니시무라는 출간 이후 쏟아진 독후감, 평론들이 진심에서 우러난 자발적인 것이기보다 특별한 의도에 부응하는, 대부분 기획에 따른 것임을 잘 알고 있다는 것이다. 이 점은 우리가 이 시기 『보리와 병정』에 대한 평을 읽을 때 유의해야 할 점이다.

번역은 1938년 12월에 시작되었고 출간은 1939년 7월에 이루어졌다. 1938년 4월에는 조선육군특별지원병령이 공포되고 지원병을 모집하기 시작했지만 전쟁은 아직 조선인의 관심사가 아니었다. 오히려 '만주 개척'에 관심이 쏠려 있었다. 그래서 강제로 전쟁분위기를 조장하려고 하는 일임을 피차간에 알고 있는 상황인 것이다. 실제로 당시 『보리와 병정』을 거론한 논의들은 내용에 대해서는 『국민신보』의 광고 문안과 유사한 상투적인 평을 늘어놓고 일본인 검열관이 일본어에서 조선어로 번역했다는 사실에 대해서 찬사든 비판이든 나름 진지하게 비평하고 있다.

원작자인 히노가 '능숙한 사람의 번역'을 원했다고 콕 짚어서 밝힌 것을 보면 저간의 사정을 짐작할 수 있다. 총독부인들 '능숙한' 번역자를 구하고 싶지 않았겠는가. 중등교육 이후는 일본어가 교수어였고 일본 유학 경험도 많았다. 교양 체험도 일차적으로는 일본어 책을 통해서 이루어졌다. 그러니 일본어로 창작을 하는 것은 세대에 따라서 다를 수 있겠지만 조선의 문인들이 일본어를 읽고 이해하는 것은 자유로웠다. 그리고 문인이 번역을 하면 조선어를 훨씬 자유자재로 유려하게 구사할 수 있다. 그런 많은 문인들을 두고 '오죽하면' 통역관-검열관이 번역을 하겠다고 나섰겠는가. 매우 기이한 상황이다. 니시무라 자신 '개국경무국 개국 이래' 처음 있는 일이라고 하고 있다.

조선 문인들은 일본어 책을 통해서 정보를 얻고 교양을 쌓았지만 당시 잡지를 보면 번역 문학은 유럽의 작품을 대상으로 하고 있다. 그 번역이 원어에서 직역한 것이든 일본어를 통한 중역이든 많은 번역 문학을 싣고 있지만 일본 문학은 번역하지 않았다. 그 잡지를 읽을 만한 독자라면 웬만하면 일본어는 해득하고 있기에 번역할 필요가 없었을 것이다. 좀 더 솔직히는 번역하고 싶지 않았을 것이다. 피식민지의 지식인이 제국의 지식을 수용하는 모순적인 태도이기도 하다. 이런 상황에서 식민지 조선인을 제국 일본의 전쟁에 끌어들이고자 하는 선전문학을 번역하려고 할 문인을 조선총독부는 아직 구하지 못했던 것이다. 『보리와 병정』 출간 당시 『문장』 편집부에 있었던 정인택은 이 부분을 "벌써 그 조선어 역이 출현했어야 할 것이어늘 원작이 세상에 나온 지 1년여인 이제야

겨우 서천 씨의 손을 빌어 조선어 역을 가졌다는 것은 과연 우리들의 태만"이라고 자책하는 듯한 말을 했으나 사실은 작가들이 번역을 회피/기피했다고 추론하게 해준다.[48]

이 점은 1939년 황군위문사절단에 뽑힌 김동인의 아래와 같은 말에서도 알 수 있다.

> 황갈색 피부를 가지고 키가 그리 크지 못한 인종인 대화大和 민족, 조선 민족, 만주 민족 및 지나 민족은 대동단결을 하자. 전세계가 한 뭉치가 되어 평화를 즐김은 가장 이상적일 바이겠으나 그것이 한 개의 이상론에 그치고 실현의 가능성이 보이지 않는 바엔 적어도 동계同係의 민족만으로라도 평화를 보장하자. 이계異係 민족의 조종받는 인형 노릇은 그만두자. (…중략…) 이런 위대한 황색 민족의 대운동이 불행히도 조선민중에게 철저하게 알려 있지 않다. (…중략…) 이것을 조선민중에게 보고하고 그 몽蒙을 깨닫게 할 중대한 사명과 의무가 우리들 조선문사의 어깨에 지워져 있다.[49]

1938년 가을이란 『麥と兵隊』이 일본에서 출간되어 인기를 끌게 된 시점이다. 그것을 보면서 조선 문단에서도 중국 전선에 문인을 파견해서 '전쟁문학'을 일으켜 보자는 논의를 하게 되었는데 그

---

48 정인택, 「『보리와 병정』－신간평」, 『문장』, 1939.8.

49 김동인, 「북지전선(北支戰線)을 향하여－'조선문단사절' 특집, 북지전선에 황군 위문 떠남에 제(際)하여」, 『삼천리』 11－7, 1939.6.1.

이유는 일본에서 나오는 잡지를 구해서 읽을 수 있는 도시의 지식인 극히 일부를 제외하고는 일반 조선 민중은 '성전'의 참 뜻을 알 길이 없기 때문이라는 것이다. 그러니 '조선민중'에게 읽힐 수 있는 내용과 형식을 가진 '전쟁문학'이 필요하다는 것이다. 김동인은 여기서 내용에 대해서는 '성전'의 '본의'라고 해서 당시 일본의 전쟁문학의 내용을 답습하고 단지 형식에서 '조선어'로 된 것을 널리 보급함에 중점을 두었다. 이런 김동인의 논의대로라면 히노 아시헤이의 『보리와 병정』이 거기에 딱 들어맞는 것이다.

6. 『보리와 병정』이 야기한 전쟁문학론

『보리와 병정』이 조선총독부의 기획에 의해 출간된 후 온갖 신문 잡지의 지면에 서평과, 독후감 그리고 평론이 실렸다. 그리고 출간 자체가 총독부의 기획이었던 만큼 그에 대한 식민지 조선의 독자와 평론가의 반응 역시 순전히 자발적이었다고는 보기 어려울 것이다. 『보리와 병정』의 번역을 회피하여 총독부의 검열관이 번역을 할 수밖에 없었던 사정이 있었던 것처럼, 식민지 조선의 문인들의 『보리와 병정』에 대한 평가 역시 미묘하다.

작품 자체에 대한 감상과 비평은 많은 경우 내용이나 문학적 가치에 관한 것은 이미 일본 문단에서 논의된 공식적인 문구를 답습하고, 조선어 번역본의 의의에 대해서는 번역자인 니시무라가 조

선말을 너무나 잘 구사하고 있다는 것을 높이 평가하는 것에 치중했다.[50] 그러고서는 '전쟁'문학을 다룬다는 명분하에 '전쟁문학'이란 무엇인가, 어떠해야 하는가로 논점을 옮겨갔다. 이미 일본에서 『麥と兵隊』를 둘러싸고 전쟁문학 논의가 진행되고 있었기에 그에 영향을 받아 한글본 출간 이전에도 논의가 소개되었지만 『보리와 병정』 출간은 본격적인 논의를 낳았다.

『보리와 병정』을 계기로 전개된 전쟁문학론은 크게 두 방향으로 나뉘었다. 제1차 세계대전 당시의 전쟁문학을 돌아보면서 전쟁 와중에 산출된 『보리와 병정』은 시야가 좁고 사상이 없는 보고문학이어서 시공간을 초월하기는 어려운, 문학으로서는 수준이 낮은 것이라는 주장이 한편에 있고 다른 편에서는 『보리와 병정』을 높이 평가하면서 현대 산문정신의 세례를 받은 보고문학이야말로 새로운 전쟁문학이라고 주장했다.

대부분의 전쟁문학론은 전자의 입장, 즉 제1차 세계대전 시기에 여러 종류의 전쟁문학이 나왔지만 보고문학류는 문학적 수명이 길지 못했고 결국 전쟁이 끝나고 시간이 흐른 뒤에야 그 사건을 반추하면서 좋은 전쟁문학이 나올 수 있었다고 하면서 전쟁 와중에 나온 『보리와 병정』에 유보적인 입장을 취했다. 김진섭은 독일의 전쟁문학을 다루는 글이어서 『보리와 병정』을 직접 논하지는 않았

---

50 홍종인과 홍효민의 글이 대표적이다. 이 두 글에 대해서 니시무라는 자신의 번역 후기에 콕 찍어서 감사의 뜻을 표하고 있다. 홍종인, 「조선말과 서촌 씨－『보리와 병정』의 역저(譯著)를 읽고」, 『조선일보』, 1939.7.22; 홍효민, 「구수한 조선말로 된 『보리와 병정』」, 『동아일보』, 1939.7.26.

지만 전쟁 와중에 씌어진 것들은 시간이 지나면 대부분 잊히게 되는 데서 우울을 느낀다는 식으로 보고문학류를 부정적으로 보았다.[51] 정인섭은 전쟁문학을 애국주의에 기반한 주전문학, 뚜렷한 주장이 없는 전쟁보고문학, 어정쩡한 자세의 회의적 고민문학, 인도주의적인 신이상주의 문학, 전쟁을 부정하는 비전非戰문학으로 나누었을 뿐 특별한 가치 평가를 하지는 않았다.[52] 백철은 처음에는 일본문단의 동향을 따라 새로운 '인도주의' 전쟁문학이라고 평가했으나[53] 한글번역본이 나온 뒤에는 『麥と兵隊』는 사상이 없고 전쟁에 대한 뚜렷한 관점 없기에 시공간을 초월하여 읽히기는 어려울 것이라는 견해를 피력했다.

> 『麥と兵隊』는 일본출판계 이래 초유의 성적으로 실로 낙양의 지가를 폭등케 했다고 하는 것이나 독자들이 이 작품을 탐독하는 기분 위에는 독자 자신의 지우 또는 친족을 직접 전장에 보낸 흥분된 감정이 다분히 기분을 조장하는 것이 있다. 금일의 전장 작품이 일반으로 독자에게 다독되는 데는 그런 점이 여세餘勢를 이루고 있다. 그러나 만일 이 여세가 지나간 뒤, 50년이나 100년을 지난 후세대의 독자가 이 작품을 읽었을 때는 과연 금일과 같은 흥분을 그들이 느낄까? 무엇보다도 이 작품들이 전쟁에 취재한 줄은 알면서도 그것이 어떤 역사적 성질의 전쟁

51 김진섭, 「전쟁과 독일문학」, 『조광』, 1939.2.

52 정인섭, 「구주대전과 전쟁문학」, 『동아일보』, 1939.9.19~26. (3회 연재)

53 백철, 「전장문학을 계기로 인도주의가 대두」, 『동아일보』, 1939.1.6; 백철, 「'사실'과 '신화' 뒤에 오는 이상주의의 신문학」, 『동아일보』, 1939.01.19도 논지는 같다.

을 그린 것인지는 전연 상상을 못하리라. 이 작품들에선 어디서나 전쟁에 대한 콩크리트한 인상을 얻을 수가 없는 것이다.[54]

이헌구도 유사한 입장이다.

『보리와 병정』 (…중략…) 은 비교적 충실하고 생생하게 한 작가가 어느 시일을 두고 전장에서 체험한 사실과 인간적 감정을 여실히 묘파한 점은 있다. 그러나 이 사변이 후일 다시 문학적 표현으로 나타날 때 반드시 이 정도에만 그치리라고는 볼 수는 없다. 더 크고 더 위대한 하나의 기록인 동시에 문학으로 완성되려면 작가로도 위대해야 하려니와 그 관찰과 표현에 있어서 상당한 시일을 요하지 않을 수 없다.[55]

이렇게 전쟁문학에 관한 논의는 대부분 『보리와 병정』은 기록문학, 보고문학에 지나지 않는다고 하면서 좀더 시일이 지난 후에 제대로 된 전쟁문학이 나올 것이라고 하여 당시 일본 제국의 국책으로 강요되던 직접적인 전쟁 동원 문학에 아직 유보적인 입장을 취했다.

반면, 박영희는 "단순한 전투의 기록만도 아니며 또는 일 병졸의 전쟁 일기만도 아니"며, "생생한 실전의 정황과 아울러 성전聖戰의

54 백철, 「전장문학 일고」, 『인문평론』 창간호, 1939.10.
55 이헌구, 「전쟁과 문학」, 『문장』 9, 1939.10.

이상이 있"다고 고평했다.[56] 나아가 최재서는 『보리와 병정』을 현대적인 산문정신의 세련을 받은 '새로운 이념의 전쟁문학'이라고 적극적으로 평가했다.

> 히노 씨의 『보리와 병정』은 확실히 새로운 전쟁문학의 한 전형이 아닐까 한다. 그것이 서구에서 흔히 볼 수 있는 몹시 센세이셔널한 동시에 자칫하면 반전적 기분으로 이끌기 쉬운 그러한 작품이 아닌 것은 말할 것도 없거니와 메이지 시대의 전쟁문학 (…중략…) 과 같이 비분강개에만 쏠리는 낭만적 문학도 아니다. 그것은 현대문학의 산문정신의 세련을 받지 않은 사람으로선 쓸 수 없는 일종의 보고문학이다. 그것은 이 작품이 일부러 감격적인 장면만을 골라서 흥분만을 위주하지 않는 것을 보면 요연하다.[57]

뒤에 최재서는 군인들의 편지와 일기를 수준 낮은 문학으로 여기는 경향을 비판하면서 『보리와 병정』 같은 보고성을 띤 작품이야말로 "현재 전쟁을 계속하고 있는" 사람들에게 필요하고 가능한 "유일한 전쟁문학"이라고 좀 더 구체적으로 전쟁문학론을 펼쳤다. 특히 제1차 세계대전에 나가서 전사한 독일 학생들이 생전에 쓴 편지를 모아서 1918년에 출간한 『독일 전몰학생의 서한집』을 예

56 박영희, 「『보리와 병정』 명저 명역의 독후감(하)」, 『매일신보』, 1939.07.26; 박영희, 「전쟁과 조선문학」, 『인문평론』 창간호, 1939.10도 논지는 유사하다.

57 최재서, 「서촌진태랑 씨 번역의 『보리와 병정』 독후감 (하)」, 『매일신보』, 1939.7.24.

로 들면서 신념애국주의, 전우애, 상대편의 비전투원에 대한 인류애가 드러나는 그들의 편지야말로 '국민주의'와 '전우 감정'을 기조로 하는 새로운 전쟁문학의 모델이라고 평가했다.

> 종래로 우리가 전쟁문학이라 일컬어 온 것 (…중략…) 은 그 인간 취급에 있어서 대체로 음울하고 또 비관적이었다. 전쟁에 있어서의 피로와 고통, 공포와 절망, 무가치와 허무 등을 특별히 강조하여 자칫하면 전쟁 기피의 관념을 유발한다는 것이 공통된 경향이었다. 대전 직후에 일어난 독일의 표현주의나 또 그 반동으로서 일어난 신즉물주의는 모두 다 이 경향을 대표하는 유파였고 그중 대표작은 말할 것도 없이 레마르크의 『서부전선 이상 없다』였다. (…중략…) 국제정세가 일변한 오늘에 와서 이들 반동적 문학은 구라파에서 일체로 배격되고 있는데 그중에서도 독일에선 나치스의 숙청 이래 그것은 전연 자취를 감추고 말았다. 그 대신 국민주의와 전우 감정을 기조로 하는 새로운 전쟁문학이 대두하여 (…중략…) 레마르크 식의 센세이셔널리즘과 허무주의를 깨끗이 청산하고 조국의 건설을 위하여 전우들과 손을 맞잡고 악전 고투하고 있는 용사들의 건전한 모양을 나타내고 있다. (…중략…) 전쟁이라는 우리의 일상생활을 초월한 생활 세계에 있어서는 모든 체험이 비범할 뿐만 아니라 또한 인간 능력을 최대한도로 발휘시키고 인간성을 그 최고의 경지에까지 고양시킨다는 의미에 있어서 우선 그것은 보고될 가치가 있는 것이다. 이러한 엄숙한 체험에 대하여 우리는 인위적인 혹은 예술적인 가공을 하기 전에 우선 그것을 소재 그대로 받아들이는 겸허한 태도가 필요

할 줄 안다. 첫째로 그것이 전쟁에 희생된 용사들에게 대한 총후국민으로서의 의무이고 둘째로 장래의 진실하고 위대한 전쟁문학을 창조하는 데도 밑바닥이 되기 때문이다.[58]

여러 평자들이 히노 아시헤이의 작품을 레마르크의 작품에 비길 만한 훌륭한 작품이라고 평한 반면, 최재서는 레마르크의 작품의 허무주의를 넘어선 데 히노의 작품의 가치가 있다고 평가했다. 일본이 중국에서 벌이고 있는 전쟁을 한 병사의 눈을 통해 있는 그대로 보여준다고 하면서 일본인 병사가 죽음 앞에서 살고 싶다고 하고 가족을 떠올린다거나, 죽은 엄마 품에 있는 중국인 아기에게 연민을 표하는 모습뿐만 아니라 그 병사가 자신이 치르는 전쟁의 의미나 목적에 대해서 전혀 회의하지 않고 태연히 중국인 병사와 농민을 죽이면서 적군에 대한 적의와 동료에 대한 전우애, 애국심을 드러내는 모습을 그린 것이야말로 '새로운' 전쟁 문학이라는 것이 최재서의 논지이다. 최재서의 이러한 평가는 얼핏 보아서는 전쟁터의 휴머니즘만을 보여주는 것 같은 『보리와 병정』을 왜 조선총독부가 나서서 적극적으로 번역하고 보급하였는지 그 본질을 선명하게 드러낸다.

---

58 최재서, 「전쟁문학」, 『인문평론』, 1940.6.

7.『문장』의 '전선문학선'과 항일·반전문학론

최재서가『보리와 병정』을 새로운 전쟁문학으로 적극적으로 평가한 반면, 이태준과 정지용이 주재하던 잡지『문장』은 1939년 3월의 제2호부터 제19호까지 매호 '전선문학선'이란 명칭의 기획란을 따로 꾸려 전쟁문학을 요구하는 시국에 부응하면서도 항일전쟁에 참가하고 있는 중국작가의 작품을 슬쩍 끼워 넣거나 '전선문학선' 꼭지 바깥에 항일 전쟁에 참가하고 있는 중국작가의 근황을 전하는 기사나 반전/비전문학론을 번역하여 배치하는 식으로 당시의 전쟁문학론을 활용했다.

『문장』이 창간된 1939년 2월은 1939년 7월의 중일전쟁 발발 이후 남경 함락, 무한 삼진 함락이 이루어지면서 일본이 한창 기세를 올리던 시기였다. 이미 '내선일체'를 내세웠지만 중일전쟁 발발 이후 조선총독부는 '제3차 조선교육령 개정', '조선육군특별지원병령'을 시행하면서 조선인을 전쟁에 동원하는 각종 정책을 밀어붙이던 시기였다.『문장』은 이태준, 정지용, 이병기가 주도하면서 1941년 4월 폐간될 때까지 '조선문학', '순문학'을 견지한 것으로 알려져 있다. 그런데 사실은 창간호부터 '종군미술' 전시회에 대한 감상문이 실렸고[59] 제2호부터 제19호1940.8까지 거의 매호 '전선문학선' 이

59 "일본육군종군화협회, 육군성 주최, 조선군 보도부 제20사단사령부 후원으로 1938년 11월 27일부터 12월 4일까지 三中井화랑에서 개최되었다. (…중략…) 물론 종군화가의 입장으로서 전지에 대한 기록적 기념 작화에 불과한 것이지만 그러나 이미 그들의 명성이 대가 혹은 중견의 지위를 가지고 있는 것이라 출품 진열된 작품

라는 꼭지명으로 일본 작가의 종군기를 번역해서 싣고 있다.[60]

이 꼭지에서 제일 많이, 여러 번 번역 소개된 작가는 히노 아시헤이이다. 『麥と兵隊』가 일본에서 인기를 모으고 조선총독부에서 번역 출판을 기획하여 니시무라가 번역을 하고 있는 상태인 시점에 『문장』이 창간되었기에 『문장』에는 『麥と兵隊』가 아닌 『土と兵隊』와 『花と兵隊』의 일부를 수차례 나누어 소개했다. 그런데 번역자의 이름이 없고 분량도 매우 적은 것으로 미루어 잡지를 유지하기 위한 구색 갖추기로 보인다. 그런데 더 흥미로운 것은 그런 일본 작가의 글 위주의 꼭지에 전쟁의 상대편인 중국측 작가의 전쟁 관련 글을 끼워 넣거나 그 꼭지의 주변에 중국 작가의 '항전' 근황을 소개하고 서구 작가의 '반전'적인 글을 소개하는 '편집의 묘'를 보이고 있다는 점이다.

특히 『문장』 창간 1주년을 맞은 『문장』 1940년 2월호에는 '전선문학선'으로 오자키 시로우尾崎士郎의 「산문시」를 실으면서 같은 지면 아래쪽에 「지나支那 항전 작가의 행방」을 배치했다. 「지나 항전 작가의 행방」은 중국에서 나온 신문 기사를 번역한 것인데 이 시기

들의 기공(技功)을 감상한대도 우리의 배움이 적지 않을 줄 믿는 바이다." 김진화(金眞火), 「지나사변 종군화 전람회를 보고」, 『문장』 창간호, 1939.02.

60 『문장』의 이 기획에 주목한 바 있는 박광현은 이에 대해 "전시체제라는 시국 속에 경무국 도서과의 검열관(통역관) 니시무라가 『보리와 兵丁』을 번역한 것은 『문장』의 편집진이 단독으로 기획한 것이 아니라는 점은 짐작할 수 있다. 다시 말해, 그것이 경무국의 의도에 따른 기획일 가능성이 크다"고 보았다. 박광현, 「검열관 니시무라 신타로(西村真太郎)에 관한 고찰」, 『한국문학연구』 32, 동국대 한국문학연구소, 2007, 93~127쪽.

항일 운동에 참가한 정령丁玲, 모순矛盾, 노사老舍, 욱달부郁達夫 등 중국 작가의 행방을 전하는 내용이다. 공산군에 투신한 정령이 순회극단에 참가하여 전선 각지를 돌아다니다가 병에 걸려 연안에 돌아와 마르크스 레닌학원에서 연극이론을 공부하고 있다든지, 홍콩에서 『문예진지文藝陣地』를 편집하던 모순이 신강新疆에 가 있다든지, 노사는 중경重慶에서 문화협회 일을 보고 욱달부가 싱가포르에서 의기충천해서 문학 관련 일을 하고 있다는 등의 소식을 전하고 있다. 이런 작가들이 있는 연안, 홍콩, 중경, 싱가포르 등은 일본군이 점령하지 못한 곳이거나 전쟁터이다. 신사군新四軍[61]에 참가한 황원黃源의 편지를 통해 중국 군대 내에서의 문학 활동 소식도 전했다. 즉 전쟁에 종사하는 중국 작가의 소식인 셈인데 그들이 관여하고 있는 전쟁은 '항일'전쟁이다. 당시 유행하던 '전쟁문학'의 담론을 다루는 척하면서 항일 작가의 소식을 식민지 조선에 전한 것이다.

또 『문장』 1940년 2월호는 '전선문학선' 바깥에 '스크랩SCRAPS'라는 꼭지를 마련해서 전쟁문학론이라 할 만한 서구 작가의 '반전'적인 글을 번역해서 실었다. E.M. 포스터의 「전쟁과 독서」는 전쟁의 시기일수록 국가의 이념을 넘어서는 독서를 해야 한다는 주장을 담고 있다. "애국심만으로는 충분하지 못"하고 외국 작가의 글을 읽어서 균형을 잡아야 한다는 것이다. 그리고 실제 내용은 하이

61 1938년 국민정부의 지시에 따라 호남(湖南), 강서(江西), 복건(福建), 광동(廣東), 절강(浙江), 호북(湖北), 하남(河南), 안휘(安徽) 등 8개 성의 홍군(紅軍) 유격대를 규합하여 '신편제4군(新編第四軍)'이라는 부대명(약칭 신사군)으로 편성했다. 형식적으로는 중국 국민정부군에 속해 있었으나, 조직은 중국공산당의 주력군이었다.

네를 읽지 못하게 하는 독일의 폭정을 비판하고 "'국가'가 아닌 것에 대한 상념"을 내포하고 있는 괴테의 문학을 높이 평가했다.[62]

같이 실린 세실 코놀리[63]의 글 「문학자는 무엇을 써야 할까」는 전쟁의 시기에 작가는 직접 전쟁을 다루지 않는 '도피가逃避家' 가 되어야 한다는 주장을 담고 있다. 제1차 세계대전 이후 영문학의 르네상스를 이끈 조이스나 엘리어트, 울프 같은 작가들은 전쟁 목적이나 독일인에 대한 공격 같은 것을 명확하게 언급하지 않았음을 예로 들고, 작가 지식인이 직접 뛰어들었던 스페인 내전이 파시스트 프랑코의 승리로 종결된 것, 좌익작가들의 기대를 배신하고 소련이 히틀러의 독일과 독소불가침 조약을 맺은 것, 영국 정부가 검열을 강화하는 것과 같은 상황 아래에서는 전쟁 선전도, 반전 선전도 아닌 '도피'가의 문학이 필요하다는 취지이다. 코놀리의 글은 다음과 같이 노스탤지어가 예술의 근본 동기라는 말로 끝난다.

> 노스탤지어가 가장 건강한 창조적인 감정의 하나로 돌아올 것이다. 그것이 자유에 대한 노스탤지어든 혹은 태양이나 눈에 대한 노스탤지어든 지금 여기서 물을 바가 아니다. …은 문명의 꼬리에 달린 생철통이요, 그것은 동시에 예술가에게 최상의 것 이외의 것을 우리에게 주지 않

62 E.M. 포스터, 「전쟁과 독서」, 『문장』, 1940.2.

63 이런 이름의 문학평론가를 아직 찾지 못했다. 다만 맥락으로 보아 시릴 코놀리(Cyril Connolly, 1903~1974)가 아닐까 한다. 시릴 코놀리는 영국의 문학평론가로서 문학잡지 *Horizon*(1940~49)의 편집자를 지냈다.

게 하는 기회이기도 하다.[64]

이 세실 코놀리의 글이야말로 당시 '순문학'을 지향한 『문장』지의 입장을 오롯이 담고 있는 인상적인 글이다.

'전선문학선' 마지막쯤에는 중국인 작가 두 명의 글이 들어 있다. 한 사람은 『여병자전女兵自傳』으로 유명한 사빙영謝冰瑩이고 또 한 사람은 노신의 제자였던 주문周文이다. 사빙영의 글 「밤의 화선火線—문학소대장文學小隊長」1940.4은 작가로서 전투에 참가한 자신을 소대장이 알아보지 못한 채로 자신의 글을 좋아한다고 말하는 것을 들은 경험을, 「공포의 일일」1940.5은 '한간漢奸' 색출기를 쓴 것이다. 이때 사빙영은 '부녀전지복무단'에 참가하고 있었다. 주문의 「방공호 내에서」에서는 작가 노사老舍와 함께 방공호 속에서 폭격을 피한 작가의 경험을 썼는데 「중경 피폭격기重慶被爆擊記」에서 발췌했다는 부기를 붙임으로써 이것이 일본군의 폭격임을 알려주고 있다.

8. 맺음말

히노 아시헤이의 『麦と兵隊』은 일본 당국과 일본의 주류 평론가들이 중일전쟁에 참가하고 있는 일본군의 민중성과 인간성을 보

64 세실 코놀리, 「문학자는 무엇을 써야 할까」, 『문장』, 1940.2.

여주는 작품이라고 선전하고 가족을 전쟁터에 내보낸 일본인들의 궁금증을 해소해 주면서 인기를 모았고 세계 각국어로 번역되었다. 그중 미국에서 출간된 영어본은 펄 벅의 서평을 일본 신문이 왜곡 소개하면서 '세계성'을 입증하는 데 이용되었다. 중국어본은 중일전쟁의 현장인 상해에서는 전쟁의 실상과 적군의 동향을 짐작하는 자료적 가치로 번역되었고 일본 제국의 비공식적 식민지였던 만주국에서는 국책기관의 기획으로 번역된 것으로 보인다. 식민지 조선에서는 번역을 잘할 수 있는 일본 유학생 출신 문인이 많이 있고 경영난을 겪고 있던 출판사 역시 많이 있었음에도 불구하고 식민 당국자인 조선총독부의 일본인 검열관이 『보리와 병정』이라는 제목으로 번역한 것을 조선총독부가 직접 발행하여 염가로 뿌렸다. 아무도 나서지 않았다는 것, 당시 식민지 조선의 작가들이 이런 전쟁동원문학의 번역을 기피하는 식으로 제국의 전쟁에 동원되기를 거부했기에 할 수 없이 조선총독부와 검열관이 나서서 번역 출판할 수밖에 없었다는 점이 한글본 『보리와 병정』이 동아시아 문학에서 가진 독특한 위치를 보여준다.

이러한 저항의 흔적을 구체적으로 보여주는 것이 『문장』지의 전쟁문학 관련 지면이다. 중일전쟁이 발발하고 무한 삼진도 함락된 후인 1939년 2월 창간된 『문장』지는 '전선문학선' 특집을 이어갔는데 히노 아시헤이의 「土と兵隊」, 「花と兵隊」의 일부를 비롯하여 일본 작가의 종군기, 전쟁보고문학을 발췌 소개하면서 거기에 슬쩍 중국쪽 작가가 쓴 전쟁 관련 글을 끼워 넣었다. 또 『보리와 병정』을 기화로 벌어진 '전쟁문학' 논의를 빌려 중국의 '반전항일' 작가의 근황을 소개하거나 훌륭한 전쟁문학이란 반전문학이거나 아예 전쟁과의 관련을 의도적으로 회피하는 비전문학이라는 식의 전쟁문학론을 싣기도 했다. 『문장』은 '순문학', '조선적인 것'을 추구하면서 조선총독부의 억압적 문예정책에 동원되는 것을 어떤 식으로든 피하려고 했던 것이다. 이것이 중일전쟁 시기 일본 제국이 강요한 전쟁과 전쟁문학 『麥と兵隊』에 대응한 식민지 조선의 전쟁문학론이다.

〈표 1〉 『문장』에 실린 '전선문학선'과 전쟁문학 관련 글 목록.
강조(고딕체)는 '전선문학선'에 들어 있지는 않지만 '전쟁'에 관련된 글

연/월	통권	작가	작품	원작 출전	비고
1939/3	2	火野葦平	「흙과 兵隊」 「담배와 兵隊」		
		林芙美子	「戰線」		
1939/4	3	林芙美子	「별밝던 하로밤」	「戰線」에서	
		火野葦平	「敵前上陸」	「흙과 兵隊」에서	
		德永進	「大部隊의 敵」	「雪中從軍日記」에서	
		예이츠	**「창살에 남은 詩句」**	**희곡, 임학수 번역**	
1939/5	4	尾崎士郎	「上空一五00米」	「文學部隊」에서	정인택 편집부 합류
		木鍋牛彦	「特務兵隊」	「中間部隊」에서	
		林芙美子	「戰場의 道德」	「戰線」에서	
1939/6	5	丹羽文雄	「觀戰」	「돌아오지 않는 中隊」에서	
		尾崎士郎	「陸軍飛行隊」	「文學部隊」에서	
		上田廣	「建設戰記」		
1939/7	6	**임학수**	**「北支見聞錄」1**		
임시 증간호	7				창작32인집

연/월	통권	작가	작품	원작 출전	비고
1939/8	8	竹森一男	「駐屯記」		
		尾崎士郎	「非戰鬪員」	「戰場노-트」에서	
		稲村隆一	「匪賊」	「海南島記」에서	
		芹澤光治良	「病院船」	「잠 못 자는 밤」에서	
		임학수	「北支見聞錄」 2		
1939/9	9	火野葦平	「東洋의 南端」	「海南島記」에서	
		細田民樹	「蘇聯機空襲」	「大興安嶺을 넘어서」에서	
		정인택	「보리와兵丁와兵丁－신간평」	*서평	펄 벅이 격찬했음을 소개
1939/10	10	火野葦平	「달과 닭」	「東莞行」에서	
		大江賢次	「湖沼戰區」		
		이헌구	「전쟁과 문학」		『보리와 병정』 비판
1939/11	11	火野葦平	「戰場의 正月」①	「꽃과 兵丁」에서	
		尾崎士郎	「將軍의 얼굴」	「文學部隊」에서	
		정인섭	「動亂의 歐洲를 생각함」 (上)		
		윤규섭	임학수 저 『전선시집』	신간평	
		정인택	박영희 저 『전선기행』	신간평	
1939/12	12	火野葦平	「戰場의 正月」②	「꽃과 兵丁」에서	
		尾崎士郎	「戰場雜感」		
		정인섭	「動亂의 歐洲를 생각함」 (下)		
1940/1	13		「興亞展望」		
		火野葦平	「戰場의 正月」③	「꽃과 兵隊」에서	
			「총후보국」		*반도 총후의 미담 가화 소개 (지원병 관련)
1940/2	14	尾崎士郎	「散文詩」		
		E.M 포스터	「전쟁과 독서」		*독일의 문학 통제 비판
		세실 코놀리	「문학자는 무엇을 써야 할까」		*전쟁에 거리를 둔 도피자로서
			「支那 抗戰 作家의 行方」	『申報』에서 전재	*정령, 모순 등의 근황 소개

연/월	통권	작가	작품	원작 출전	비고
1940/3	15	林芙美子	「戰線」		
1940/4	16	謝冰瑩	「밤의 火線 : 文學小隊長」	「女兵」에서	
1940/5	17	謝冰瑩	「恐怖의 一日」	「女兵」에서	‘한간’ 색출기
		周文	「防空壕内에서」	「重慶被爆擊記」에서	중일전쟁에서 중국측의 기록
		앙드레 모로아	「전선에 나가면서」		프랑스 군인으로 영국군과의 연락 장교로 나가는 심경 피력
		피에르 마콜랑	「감상문화」		
			「興亞 전망」		왕정위의 남경정부 수립 소식
1940/8	19	大佛次郎	「襄東作戰從軍記」	「『文藝春秋』 소재 宜昌從軍記」에서	

전쟁의 번역과 번역의 전쟁

이재연

1. 들어가며

제2차 세계대전은 그 규모나 반복적 성격으로 인류에게 큰 충격을 준 역사적 사건이었다. '유럽대전European War'으로 부를 정도로 유럽 내외의 국가에 국한되었던 제1차 세계대전에 비하면 교전지역이 아시아와 태평양 지역까지 확장되었고, 전쟁규모나 사상자도 이전과 비교 불가능할 정도로 커졌다. 무엇보다 전혀 예상하지 못했던, 전 지구적 규모의 참상이 역사적으로 반복될 수 있음을 각인시킨 것은 충격이자 교훈이기도 했다. 보통 1939년 독일의 폴란드 침공을 제2차 세계대전 시작의 중요한 계기로 보지만, 아시아 및 태평양 지역의 전세형성 측면에서 보면 1937년 중일전쟁과 1941년 일본의 진주만 공습을 더 중요한 계기로 볼 수도 있다. 이 1937년과 1941년 사이 일본제국은 전방의 전쟁준비와 더불어 총후의 전쟁동원을 가속화하였다. 군국주의 정부는 '아시아 신질서'라는 새로운 정책을 통해 황인종 우월주의를 내세워 아시아의 단결을 요구하는 한편, 소위 백인 중심의 세계질서에 반기를 들었다. 이 정책은 일본의 식민지 내외부에서 속국의 사정에 맞게 조금씩 변화된 양태로 전개되었지만 국가적 차원에서 문학, 영화, 연극 등을 동원하여 전쟁선전을 하던 사정은 대동소이했다.

이 전방의 전쟁과 총후의 조력을 잇는 중요한 통로가 전쟁문학 장르였다. 특히 기자나 작가의 종군기록이나 작품은 젊은 아들들을 사지로 보낸 가족들에게 크게 어필하였다. 여러 종군기자와 작가 중, 히노 아시헤이火野葦平, 1907~1960, 본명 : 다마이 카츠노리(玉井勝則)는 당시 가장 주목을 받은 작가였다. 「분뇨담」이라는 단편소설로 아쿠타가와상을 수상하며 필력을 인정받았을 뿐만 아니라, 1937년 중일전쟁에 참여하며 겪은 온갖 경험을 병사시리즈로 발표하며 실감 있게 소설화했기 때문이다. '병사3부작'의 첫 소설인 『보리와 병사』는 1938년 9월 『가이조改造』에 연재되자마자 호평을 받았다. 그러자, 히노는 같은 해 11월 『흙과 병사』, 이듬해 8월 『꽃과 병사』를 잇달아 출간하였고 전쟁기 300만 부 이상을 판매한 베스트셀러 작가가 되었다. 여가시간과 물자가 부족한 전쟁기에 베스트셀러 작가가 되었다는 것도 흥미로운 사실이지만 더 놀라운 사실은, 그의 소설과 에세이가 여러 언어로 번역되어 영국, 미국, 독일, 필리핀 등 세계 각국에서 출판되었다는 점이다. 또한 서구 독자의 반응이, 인간적이라거나 편파적이지 않다는 소극적 지지부터, 레마르크의 『서부전선 이상 없다』1929와 같은 소설과 필적할 만한 일본 전쟁문학의 업적이라는 적극적 지지까지, 호평이 많다는 사실도 간과할 수 없다.[1]

히노 아시헤이의 작품이 국문학계에서 연구되기 시작한 이래 그의 작품에 대한 연구는 그간 크게 두 가지 방향을 포괄하고 있다고 할 수 있다.[2] 히노의 작품이 한국어로 번역된 과정과 식민지 조선문단에 미친 영향,[3] 그리고 히노의 전쟁소설에 담긴 전체주의와 휴머니즘의 엇갈린 해석 문제와 전전과 전후 일본의 엇갈린 평가가 그것이다.[4] 그러나 아직 히노의 문학이 영어권 독자들에게 번역된 맥락과 양상에 관해 관심을 기울인 연구는 거의 없었다고 할 수 있다. 따라서 이 글은 히노 아시헤이의 병사 삼부작, 『보리와 병사』, 『흙과 병사』, 『꽃과 병사』가 영어로 번역된 과정을 추적하며, 전쟁문학 작품의 번역이 놓인 문화적 맥락을, 아직 제2차 세계대전이 본격적으로 전개되지 않았던 시기, 중일전쟁 이후 확전을 준

---

1 "Japanese Corporal Writers a Bestseller", *Observer*, December 25, 1938; Basil de Selincourt, "Books of the Day : The Unknown Solider Boredom and Boots", *Observer*, January 7, 1940, p.3.

2 김재용 외, 『재일본 및 재만주 친일문학의 논리』, 역락, 2004.

3 정선태, 「총력전 시기 전쟁문학론과 종군문학-『보리와 병정』과 『전선기행』을 중심으로」, 『한국 동양 정치사상사 연구』 5.2, 2006, 131~153쪽; 강여훈, 「일본인에 의한 조선어 번역-히노 아시헤이의 『보리와 병정』을 중심으로」, 『일본어문학』 35, 2007, 377~394쪽; 이승원, 「전장의 시뮬라르크-박영희의 『전선기행』을 중심으로」, 『정신문화연구』 30.4, 2007, 223~249쪽.

4 이상혁, 「히노 아시헤이-『병대 삼부작』론」, 고려대 석사논문, 2014, 1~110쪽; 이 주제에 관한 외국의 연구는, David M. Rosenfeld, *Unhappy Soldier : Hino Ashihei and Japanese World War II Literature*, Lanham, MD : Lexington Books, 2002 참조.

비하던 일본의 역사적 상황과 연계하여 살펴보고자 한다. 이를 위해, 번역서의 서문을 주된 분석의 대상으로 삼을 것이다. 영역서 서문에는 번역자가 번역을 맡게 된 이유, 작품에 대한 나름의 평가, 영어권 독자에게 강조하고 싶은 작품의 성격, 번역에 참여한 조력자의 이름 등등이 등장하고 때로 저자 자신의 서문이나, 자국의 영향력 있는 인물에게 받은 소개 글이 따로 제시되기도 하기 때문이다.

번역된 소설텍스트의 본문 자체보다 본문 앞에 놓인 서문과 작품 소개를 주된 분석대상으로 삼는다는 점에서 본 연구의 독해는 제라르 주네트Gérard Genette가 언급한 패러텍스트paratext를 이해하는 방식이다.[5] 본문의 내용은 번역자에 따라서 크게 달라지지 않지만(물론 그렇지 않은 경우도 있다), 번역서의 서문은 번역서가 대상으로 한 독자나, 번역서가 놓인 역사적 상황에 따라 그 내용이나 구성이 달라진다. 따라서 각 번역서의 파라텍스트를 분석하는 작업은 히노의 번역작품에 대한 영어권 독자들의 반응을 구하기가 쉽지 않은 상황에서 이를 간접적으로나마 이해할 수 있는 유용한 방식이 될 것이라고 믿는다. 특히, 본 챕터에서는 번역서 서문에 작가나 번역자가 언급하거나 강조한 내용을 파악하고, 서문에 언급된 인물들과 작품들을 찾아 그 의미와 맥락을 찾으면서, 축약된 번역이 있다면 그렇지 않은 번역과 비교하여 삭제된 부분과 수정된 부분

5 Gérard Genette, *Paratexts : Thresholds of Interpretation*, trans. Jane E. Lewin, Cambridge : Cambridge University Press, 1977(Rosenfeld, Ibid., 2002, 12~13쪽에서 재인용).

의 의미를 파악하고자 한다.

후술하겠지만 각각의 번역서가 번역되고 출간된 상황은, 하나하나가 독립적이라고 할 수 있을 정도로 당시의 일본이나 조선과는 매우 다르다. 그리고 이 번역이 놓인 파라텍스트적 상황은 당대의 독자들이 히노 작품이 지닌 문학적 의미나 가치를 판단하는 데에 적지 않은 영향을 미쳤다. 다시 말해, 번역자와 혹은 번역자들이 구성한 텍스트 밖의 문맥은 히노 문학의 장점으로 거론되는 양가성—일본인으로서 일본의 전쟁참여를 정당화하는 수사와 병사로서 사지를 넘나들며 직접 겪은 삶과 죽음의 의미—에서 하나의 선명한 정치적 의미를 부여하는 방식으로 자국의 출간을 맥락화해 나갔다. 일본인 번역자의 서문이 지향한 정치적 초점과 유력인사가 쓴 번역 소개의 초점이 다른 경우도 있었는데, 이는 히노의 '병사3부작'이 일본어 원작 밖에서 또 다른 싸움을 이어갔음을 시사한다. 이 글은 아시아와 태평양으로 전쟁이 확대되던 1938년에서 42년 사이, 일본 전쟁소설의 번역이 의도하지 않게 열어놓은 하나의 세계문학을 비판적으로 이해하는 예비적 연구가 되길 바란다.

2. 히노 아시헤이 소설의 영어번역서

1937년 12월경, 일본군의 한 축은 중화민국 수도인 난징南京을 점령한 뒤 계속 북상하였고, 다른 한 축은 북쪽으로부터 남하하여 톈진天津과 난징을 연결하려 하였다. 이러한 전선을 두고 중국군과 일본군이 쉬저우에서 격돌한 싸움이 쉬저우 전투徐州會戰이다. 중국 측 60만 명, 일본 측 24만 명이 참전하여 결국 중국이 승리하였지만, 중국병사의 사망이 훨씬 큰 전투였다. 히노는 이 쉬저우 전투에 군 보도부원으로서 참전하여, 자신의 경험을 일기 형식으로 소설화하였는데, 그것이 『보리와 병사』이다. 이후 출간한 『흙과 병사』는 시기상으로는 '병사3부작'의 가장 처음에 해당하는 부분으로, 히노가 일본에서 출발하여 상하이 근처 항저우杭州만에 상륙하는 과정을 소재로 삼았다. 항저우만에 닿기까지 배 위에서 느끼는 초조함과 뭍으로 내려와 열세 명의 분대원을 이끌고 몇 주간의 진흙탕 속 전투를 거쳐 지아산嘉善시에 도착할 때까지 지난한 여정을 동생에게 보내는 편지형식으로 그렸다. 마지막으로 『꽃과 병사』는 『흙과 병사』와 같은 대규모 전투가 아니라 항저우시의 경비가 초점이다. 캠프에 주둔하고 있는 일본 점령군과 중국인들 사이의 생활을 멜로드라마적 요소를 가미하여 담았다. 특히 전쟁이라는 일상을 다른 방식으로 겪어내는 중국인들의 여러 군상을 다채롭게 보여주고 있다. 발표는 『보리와 병사』, 『흙과 병사』, 『꽃과 병사』 순이지만, 소설 구성상의 시간적 연결은 『흙과 병사』, 『꽃과 병사』, 『보리와 병사』 순이다.

히노의 '병사3부작'은 일본 내의 전례 없는 인기와 또 총후의 전쟁동원 및 선전이라는 국책적 필요성에 의해 일본 안팎에서 활발하게 번역되었다. 아래의 차트는 1939년에서부터 1942년 사이 영어로 번역된 히노의 작품과 번역자 이름 및 출판정보를 종합한 표이다. 가장 눈에 띄는 번역가는 영국의 루이스 부시Lewis Williams Bush, 1907~1987다. 그는 1939년 『보리와 병사』, 『흙과 병사』를 번역하고, 1940년 『꽃과 병사』, 『바다와 병사』1939, 이후 제목이 『관동행진곡』으로 바뀌었음[6]를 연달아 번역하였다. 각 번역서는 모두 도쿄의 겐큐샤研究社에서 출간되었다. 이후 부시는 네 작품을 하나로 묶어 『전쟁과 병사 *War and Soldiers*』라는 제목으로 1940년 영국의 푸트남Putnam 출판사에서 단행본으로 출판하였다.[7] 부시의 아내 가네코 부시Kaneko Tsu-jimura Bush는 번역자 표기와 상관없이 옆에서 번역을 계속 도와주었다. 루이스 부시는 제2차 세계대전 뒤에도 일본에 남아 여행기, 일본어 사전, 일본 관련 역사서를 집필하였는데, 그는 어떠한 이유로 히노의 작품을 한 편도 아니고 네 편이나 번역하고, 이를 또 묶어 일본 밖에서 출판한 것일까?

히노의 작품을 단 한 권만 번역했지만 번역자 중에서 사실 당시 가장 저명했던 인사는 이시모토 시즈에 남작부인石本シヅエ, Baroness Shidzué Ishimoto, 1897~2001이었다. 일본의 산아제한 운동의 선구자이고 여성운동가였던 그녀는 정통 사무라이 집안의 딸로 이시모토 게이키치 남작과 결혼하였다. 노동운동에 관심이 있던 자유주의자 남편과 함께 1919~20년 미국에 머무르면서 사회운동가들을 알게

6 Ibid., p.29.

7 Lewis Bush, trans. and ed., *War and Soldiers* by Ashihei Hino, London : Putnam, 1940.

되었다.[8] 그들을 통해 그녀는 미국 산아제한 운동을 이끌던 마가렛 생어Margaret Sanger, 1879~1966를 만나고 그녀의 영향을 받고 귀국하여 1930년대 일본에서 산아제한 운동을 일으켰다. 이러한 경력의 여성운동가가 히노의 전쟁문학 작품을 번역한 사실이 매우 흥미롭다. 1939년 이시모토는 히노의 『보리와 병사』, 『흙과 병사』를 같이 번역하여 *Wheat and Soldiers*라는 이름으로 북미에서 출판하였다.[9] 이 번역서는 '*Wheat and Soldiers*'라는 제목이 무색하게 『흙과 병사』에 더 많은 분량을 할애하였고 『보리와 병사』는 심하게 압축하여 번역하였다. 어떤 이유로 이 여성운동가는 히노의 작품을 번역하였고 또 당시 더 잘 알려진 『보리와 병사』보다 『흙과 병사』 집중하여 번역하였을까?

히노의 '병사3부작'의 영역에서 간과할 수 없는 사실은, 『바다와 병사』까지를 포함하는 그의 주요 작품이 루이스 부시에 의해 모두 번역되고, 두 편은 이시모토에 의해 다시 번역된 뒤에, 『보리와 병사』는 1943년 세 번째로 번역되었다는 점이다. 번역자는 이노우에 시게오Shigeo Inouye, 제목은 *Corn and Soldiers* 이며 역시 도쿄의 겐큐샤에서 출판되었다.[10] 히노의 '병사3부작' 전권이 번역되어 이

8 Helen Rappaport, "Ishimoto, Shizue (Kato Shizue)", Encyclopedia of Women Social Reformers, Santa Barbara, Calif. : ABC-CLIO, 2001, http://proxy.uchicago.edu/login?url= https://search.credoreference.com/content/entry/abcwsr/ishimoto_shizue_kato_shizue/0?institutionId=170.

9 Shizue Ishimoto, trans. and ed., *Wheat and Soldiers by Corporal Ashihei Hino*, New York and Toronto : Farrar & Rinehart, 1939.

10 Shigeo Inouye, trans., *Corn and Soldiers* by Ashihei Hino, Tokyo : Kenkyusha, 1943.

〈표 1〉 히노 아시헤이의 '병사3부작' 영어 번역(1939~1943)

연도	번역자	제목	출판사	서문 유무	비고
1939	루이스 부시와 가네코 부시	*Barley and soldiers*	도쿄 : 겐큐샤	○	번역자 서문
1939	이시모토 시즈에 남작부인	*Wheat and soldiers*	뉴욕 및 토론토 : Farrar & Rinehart, inc.	○	윌리엄 챔벌린의 서문과 번역자 서문 두 종류 『흙과 병사』, 『보리와 병사』 순으로 합본. 『보리와 병사』는 축약하여 번역
1939	루이스 부시와 가네코 부시	*Mud and Soldiers*	도쿄 : 겐큐샤	○	루이스 부시의 서문
1940	루이스 부시	*Flower and Soldiers*	도쿄 : 겐큐샤	○	
1940	루이스 부시	*Sea and Soldiers*	도쿄 : 겐큐샤	○	
1940	루이스 부시	*War and soldier*	런던 : Putnam	×	'병사3부작' 및 『바다와 병사』 합본
1943	이노우에 시게오	*Corn and Soldiers*	도쿄 : 겐큐샤	○	히노 자신의 서문과 번역자의 서문 2종

미 영국과 미국에서 출간된 상황에서 왜 또 『보리와 병사』가 번역되어야만 했을까? 이러한 몇 가지 궁금증은 번역자들에 관한 백과사전적 자료, 번역자들이 남긴 저서들, 또한 번역서에 실린 서문과 소개글을 주목하게 한다.

3. 번역자 루이스 부시와 『보리와 병사』1939, 『흙과 병사』1939, 『꽃과 병사』1940, 『바다와 병사』1940

루이스 부시에 관해서는 국내의 연구서가 거의 없어서,[11] 그가 남긴 저작이나 전쟁기록을 통해 전전과 전후의 행적을 조각모음 해야 한다. 그는 가네코 츠지무라와 결혼하였고, 1936년부터 40년까지 일본에서 영어교사 일을 하였으며1936~1940[12], 1945년 전부터 또 종전 이후에도 『제팬 타임즈*Japan Times*』1897~에서 칼럼리스트로 일하였다. 그가 생전에 쓴 작품과 사후에 출간된 저작, 또 그에 관한 기록을 일본어와 영어로 망라하면 48권이 되며, 그 종류도 번역, 사전, 역사서, 수용소 기록 등 매우 다양하다.[13] 그중 히노 아시헤이의 번역과 직간접적으로 연관된 서적으로 살펴보면, 일본에 대한 문화사전류인 『제팬날리아*Japanalia*』 초판1938[14]과 2판1956[15], 제2차 세계대전 전후 시기의 일본과 동아시아 역사서인 『잠자리의 나라*Land of the Dragonfly*』1959[16], 제2차 세계대전 동안 일본의 포로수용

---

11 학술연구정보서비스(RISS), DBpia, 한국학술정보(KISS) 등의 데이터베이스에 '루이스 부시' 혹은 'Lewis Bush' 라는 키워드를 넣고 검색한 결과 그에 관한 한국어 논문은 한 편도 찾지 못하였다.

12 Lewis Bush, "Bush, Lewis William (Oral history)", Interview, Creator : Thames Television(1972), https://www.iwm.org.uk/collections/item/object/80002916

13 "Bush, Lewis William 1907−", OCLDC WorldCat Identities, http://www.worldcat.org/ identities/lccn−n50−33797/

14 Lewis Bush and Yoshiyuki Kagami, *Japanalia*, London : J. Gifford, 1938.

15 Lewis Bush, *Japanalia*, Tokyo : Okuyama, 1956.

16 Lewis Bush, *Land of the Dragonfly*, London : Robert Hale Limited, 1959.

소에서 겪은 일을 기록한 『가엾어라－도쿄 포로수용소 영국병사의 기록おかわいそうに：東京捕虜收容所の英兵記錄, 1956』[17] 등이 있다.

히노 작품의 번역가이자 일본문화 연구자였던 부시의 약력에서 눈길을 끄는 부분은 그가 제2차 세계대전 기간 동안 영국군 포로였다는 점이다. 이를 기록한 위의 책을 현재 구할 수 없어 인터넷의 자료를 검색해 보면 부시는, 히노의 작품 네 편을 묶은 『전쟁과 병사』를 영국에서 출간하고 난 뒤 1년 후인 1941년, 일본군에게 붙잡혔다. 영국의 대영제국 전쟁박물관Imperial War Museum 웹사이트는 그를 1940~41년 홍콩에서 영국의 해안방위대Coastal Forces 소속 고속어뢰정 플로틸라호2nd Motor Torpedo Boat Flotilla에서 복무한 것으로 소개하고 있다. 1941년에 홍콩에서 붙잡혀 여러 포로수용소를 전전하다 오오모리에 있는 수용소에 1945년까지 있었고, 종전 후 1946년에는 일본에 남아 영국해군Royal Navy 장교로 근무했다고 적혀있다.[18] 일본의 포로수용소에서 겪은 여러 가지 참혹한 경험은 그가 쓴 보고서에 잘 나타나 있는데, 자신을 영국해군 예비군R.N.V.R. 중위로 밝힌 부시는 홍콩의 에버딘Aberdeen 해군기지가 일본에게 점령당하자, 아내 가네코와 함께 일본군에게 연합군 스파이인지 취조당했다고 한다.[19] 일본군 헌병대는 그가 번역한 일본어

17 ルイス·ブッシュ, 明石洋二 譯, 『おかわいそうに：東京捕虜收容所の英兵記錄』, 東京：文藝春秋新社, 1956.

18 Bush, 앞의 글, 1972.

19 Lewis Bush, "Report of Lieut. Lewis M. Bush, R.N.V.R. (H.K.)" http://www.mansell.com/pow_resources/camplists/tokyo/omori/lewis_m_bush_report.doc.

문서를 책상 위에 올려놓고, 영국군 정보국British Intelligence Service 일원으로 일하며 반전 선전과 스파이행위를 했다고 추궁했고 그렇기에 부시는 총살당할 것으로 염려했지만 여러 포로수용소를 전전하며 살아나왔다고 적고 있다. 또한 그는 리포트를 통해 수용소 내의 위생문제, 인간적인 모욕감, 적십자 구호물품의 절도, 상습적인 폭행과 살해 등을 고발하고 있다.

이러한 경험을 가진 그가 어떠한 이유로 히노의 전쟁문학작품을 번역한 것일까? 히노의 소설에 감동받아 자발적으로 번역을 시작한 것일까, 아니면 전쟁선전이라는 국책사업에 의해 강제로 번역에 동원된 것일까? 만약 부시가 단순히 번역에 동원되었다면 일본 내 출판사인 겐큐샤에서 각 소설을 출간한 뒤, 왜 이를 묶어 영국에서 다시 출판하였을까? 또한 전쟁포로로 겪은 온갖 고초를 뒤로 하고 전후에도 계속 일본에 남아 일본 관련한 왕성한 저작활동을 한 이유는 무엇일까? 일단, 그의 행적을 종합해 보면, 겐큐샤의 출판을 통해 일본의 전시 문화동원에 강제로 참여한 듯 보였던 부시의 번역활동은 영국 해군 장교로 참전했고 이후 일본의 포로수용소를 전전했다는 기록에 의해 부정되는 듯싶다. 그에 관한 여러 궁금증을 잠시 뒤로 하고 번역서 서문을 통해 히노의 작품을 소개한 그의 입장과, 영어권 독자에게 히노의 작품이 수용됨에 있어 그가 끼친 영향에 관해 추론해 볼 차례다.

1) *Barley and Soldiers* 서문

서문에서 부시는, 히노가 이 작품은 쉬저우에서 일본 육군으로 참전했을 때 쓴 일기일 뿐이라고 "겸손하게 주장"하지만, 정말 "대단한 일기"가 아닌가 하고 치켜세운다.[20] 히노의 "놀라운 관찰력과 인간에 대한 통찰력, 그리고 중국군이든, 일본군이든, 군인동료를 사랑하는 마음"이 독자의 마음을 움직이고 있기 때문이라고 덧붙인다. 한 발 더 나아가 그는 이렇게 국적을 가리지 않고 동료를 사랑하는 마음을 볼 때, 독자들이 에드먼드 블런든Edmund Blunden, 1896~1974이 쓴 『전쟁의 저류*Undertones of War*』1928와 필적할 만한 작품을 일본에서 찾는다면 이 작품을 꼽게 될 것이라고 소개한다.[21] 여섯 번이나 노벨문학상 후보로 거론된 블런든의 경력을 고려해 볼 때 그의 작품과 히노의 작품을 동격으로 놓은 번역자의 평가는 히노에 대한 상당한 상찬으로 이해된다.

영국의 시인 블런든은 제1차 세계대전에 소위로 참전하여 1917년 훈장을 수여받는 등 큰 공을 세웠다. 그러나 참전 이후 정신적 상흔에 시달리다 1919년 제대하고 이후 전쟁의 경험을 시와 산문으로 남겼는데, 『전쟁의 저류』는 그가 1928년 출간한 제1차 대전의 회고록이다. 블런든은 일본과도 인연이 깊었다. 제1차 대전 후 그는 일본으로 건너가 도쿄대 영문과에서 시를 가르쳤고1924~1926, 귀국하여 옥스퍼드 대학에서 잠시 교편을 잡았다가 1931, 제2차 대

20 Lewis Bush, trans., *Barley and soldiers* by Ashihei Hino, Tokyo : Kenkyusha, 1939, p.i.

21 Ibid., p.i.

전 종전 후 영국의 연락책으로 다시 일본에서 근무하였고1947~1949, 1953년부터 홍콩대학에서도 가르쳤다.

『전쟁의 저류』와 『보리와 병사』 사이의 내용상 유사성이나 차이점은 다른 글에서 좀 더 살펴보아야 할 것이지만, 두 작품의 동일시가 독자에게 끼친 영향은 어느 정도 추론해볼 수 있다. 먼저, 블런든의 회고록과 히노의 소설을 같은 위치에 놓고 설명한 번역자의 태도 때문에 독자들은 히노의 작품을 소설이 아닌 실제를 기록한 일기로 이해했을 가능성이 있다. 그리고 이 가능성은 히노가 자신의 작품을 일기라고 주장했다는 번역자의 언급에 의해 좀 더 강하게 전달되었을 것 같다. 히노 아시헤이 연구자인 데이빗 로젠펠트는 히노가 종전 전과 후에 걸쳐 자신의 작품의 성격을 다르게 규정하며 그것을 자신의 정치적 위치를 강화하는 방식으로 이용하였다고 밝힌 바 있다. 특히 종전 전의 히노는 자기 작품을 전쟁소설 대신 전쟁기록으로 정의하며, 자신은 일개 사병이 겪은 경험을 "여과하지 않고unmediated", "구성 없이unorganized" 전달하였을 뿐임을 강조하였는데, 여기서 얻는 효과는 전쟁에서 겪은 원체험의 진성성authenticity을 두드러지게 만들었다는 것이다.[22] 다시 말해, 소설적으로 극화되지 않은(사실이 아니지만) 날 것 그대로의 경험을 강조하는 방식은 소설의 주인공이 아닌 히노 자신이, 국적에 상관없이 인류를 사랑했다는 휴머니즘의 논리를 강화시키는 기제로 작동했던 것이다. 일본 독자를 상대로 구축했던 체험의 진성성과 휴머니즘의 연결고리는, 부시가 서문에서 히노의 말(이 작품은 일기라는)을 그대로 옮기면서 의심하지 않았기 때문에 영어권 독자들에게도 그대로 옮겨갔을 것이다. 즉, 영어권 독자들이 히노의 작품을 읽고 전쟁을 뛰어넘는 보편적 인류애를 느꼈다면, 그것은 작가뿐만 아니라 번역자였던 부시의 역할도 크다고 할 수 있다.

그렇다면, 에드먼드 블런든과 루이스 부시 사이에는 개인적인 친분이 있었을까? 부시의 『제팬날리아』 증보판1956에 실려 있는 블런든의 서문을 보면 그 친분을 확인할 수 있다. 프린트가 아닌 필기체 손글씨로 쓴 서문은, 『제팬날리아』의 이전 판본1938이 얼마나 자신에게 유용했었는지를 감사하는 문구로 시작해서 그 유용함을 독자도 발견하기를 바라는 기대로 마친다. 자연경관, 예술, 풍습에 이르기까지 일본이라는 나라는 항상 새로움을 추구하면서도 전통이 번성하는 운이 좋은 나라로 전제하며, 블런든은 그러한 신구의 다채로움 속에서, 어떤 것이 의미하는 바가 무엇인지 궁금할 때 이 책만큼 풍부한 정보를 주는 책은 찾지 못할 것이라고 단언한다. 저자인 부시만큼 "열정적으로 또 사려 깊게" 일본 문화를 관찰하고 있던 이는 많지 않을 것이기 때문이라는 것이다.[23] 블런든의 서문을 보면, 2차 세계대전을 일으킨 추축국인 일본에 대한 비난이나 승전국의 자만이 전혀 드러나지 않는다. 패전국에서도 새로움을 배우고 또 그것을 이해하는 데에 도움받고자 하는 품위 있는 태도

22 Rosenfeld, op. cit., 2002, 37~39쪽; 히노 소설이 전쟁체험을 절대화하고 이를 "우리"라는 감각으로 확장시켜 제국주의적 이념을 담은 과정에 관한 논의는 이상혁, 앞의 글, 2014, 66~74쪽 참조.

23 Lewis Bush, op. cit., 1956, p.2.

를 보여주고 있는데, 히노에 대한 부시의 태도도 이와 비슷하다.

2) *Mud and Soldiers* 서문

1939년 두 번째 번역 *Mud and Soldiers* 출간하면서 부시는 서문에 히노에 관한 정보를 좀 더 추가하였고, 『흙과 병사』에 관한 그의 간략한 감상을 실었으며, 번역을 도와준 이들을 열거하였다. 히노는 와세다대학 영문과 출신이며 영국시인 어네스트 도슨Ernest Dowson, 1867~1900의 전집을 일본어로 번역한 적도 있다는 약력을 전하며, 저자 자신이 시인이기도 한데 그러한 문체적 특징이 번역을 통해 드러나지 않는다면 그것은 번역자의 책임이라며 몸을 낮춘다.[24] 그리고 첫 번역서에서처럼 부시는 이 작품이 소설인지 아닌지 직접 언급을 피하며, "히노의 두 번째 전쟁저서the second of Hino's war books"라고만 소개한다.[25]

부시는 항저우만 전투를 담은 이 작품은, 히노가 전쟁의 포화에 노출되어 극한의 어려움을 겪는 내용을 담고 있고, 그 어려움은 "일본 군인"으로서 필요할 때 조국의 부름에 응해야 한다는 의무감뿐만 아니라, "어떤 국적의 군인"이라도 겪는 전쟁의 어려움과 생존을 위한 몸부림임을 지적한다.[26] 이러한 논평을 보면 저자에 대한 부시의 일관된 애정을 발견할 수 있다. 전쟁이라는 것은 싫건

24 Lewis Bush, trans., *Mud and Soldiers* by Ashihei Hino, Tokyo : Kenkyusha, 1940, p.i.
25 Ibid., p.i.
26 Ibid., pp.ii~iii.

좋건 간에 참전하게 되면 자신의 조국을 위해 싸울 수밖에 없고, 일단 시작하였으면 끝을 봐야 한다는 것이다. 그리고 어느 편에 서 있든 삶과 죽음을 가르는 순간은 찾아오는데, 히노는 그 생과 사의 갈림길, 즐거움과 괴로움의 순간을 예리하게 관찰하고 세밀하게 드러내는 데에 성공했다는 것이 부시의 시각이다.

이 *Mud and Soldiers*의 서문에서 특히 눈에 띄는 곳은 번역에 도움을 준 인물들을 언급한 부분이다. 아내인 가네코를 제외하고, 나카야마 쇼자부로Shosaburo Nakayama, 히가 슌쵸Shuncho Higa, 다나베Tanabe와 고사카이Kosakai 등 네 인물을 더 호명하고 있다. 겐큐샤 출판사 인물로 소개된 다나베와 고사카이[27]를 제외한 나카야마와 히가의 정보는 이차 자료를 통해 상대적으로 간단히 찾을 수 있다.

히노의 친구로 소개된 나카야마 쇼자부로中山省三郎, 1904~1947는 이바라키현 출신의 시인이자 유명한 러시아문학 번역가이다. 와세다 대학 노문과에 진학하여 이후 러시아문학을 연구하며 러시아 출신 작가나 화가의 작품을 번역하였다.[28] 트루게네프의 『산문시』1933, 화가 샤갈Marc Chagall, 1887~1985의 『자서전』1933, 도스토예프스키의 『백치』1934, 『카라마조프가의 형제들』1934~1935 등 주요한 러시아 문학작품을 번역했고, 1936~37년에는 『푸쉬킨 전집』 1~3권을 공역하여 가이조사에서 출판하였다.[29] 나카야마는 러시아 평론가이

27 부시가 고사카이 가문의 어느 인물을 호명하는 것인지 알 수 없으나 고사카이 겐이치로는 겐큐샤를 설립한 창업자.

28 「中山省三郎」, 『ウィキペディア(Wikipedia)』, http://ja.wikipedia.org/wiki/中山省三郎.

29 「中山省三郎」, 위의 자료.

자 철학자인 셰스토프Lev Isakovich Shestov, 1866~1938의 글을 이미 1934년 가이조사에서 번역, 출판하며 인연을 맺었던바, 부시가 히노의 소설을 두 번째로 번역한 1939년 근방의 나카야마는 가이조사와 돈독한 관계를 유지했을 것으로 사료된다. 나카야마의 40년대의 행적은 '대동아문학자 대회'를 통해 추론해 볼 수 있다. 1942년 5월경, 일본 군부와 일본문학보국회는 일본, 중국, 만주, 대만, 조선의 문학자들을 한데 모은 '대동아문학자 대회'를 기획하였다. 이 준비위원 명단에서 나카야마 쇼자부로의 이름을 확인할 수 있다.[30] 1939년 히노의 작품을 영어로 번역하는 데에 나카야마가 도움을 준 행적과 1942년 사이에 나카야마가 황국문화를 선양하는 데 일조한 역사적 사실은 그의 일관된 정치적 입지점을 시사하는 바가 아니었을까?

부시가 *Mud and Soldiers* 서문에서 언급한 다른 조력자, 히가 슌쵸比嘉春潮, 1883~1977는 오키나와 출신의 오키나와 역사연구자, 사회운동가, 그리고 에스페란토 운동가이다.[31] 오키나와 사범대학을 졸

30 "준비위원은 미우라 하야오(三浦逸雄), 하루야마 유키오(春山行夫), 가와바다 야스나리(川端康成), 오쿠노 신타로(奥野信太郎), 가와모리 요시조(河盛好蔵), 하야시 후사오(林房雄), 이지마 다다시(飯島正), 이치노헤 쓰노무(一戸務), 요시야 노부코(吉屋信子), 호소다 다미키(細田民樹), 나카야마 쇼자부로(中山省三郎), 기무라 기(木村毅), 구사노 심페(草野心平), 다카하시 히로에(高橋広江), 가네코 미쓰하루(金子光晴), 장혁주였다." (尾崎秀樹, 『近代文學の傷痕－旧植民地文學論』, 東京 : 岩波書店, 1991, 19쪽; 이혜진, 「문인 동원의 병참학－아시아, 태평양 전쟁 하의 대동아문학자 대회를 중심으로」, 『한국현대문예비평학회 24차 전국학술대회 '한국문학과 전쟁의 트라우마' 발제문』(2013.11.2), 86쪽에서 재인용).

31 「比嘉春潮」, 『ウィキペディア(Wikipedia)』, http://ja.wikipedia.org/wiki/比嘉春潮.

업하고 오키나와에서 교편을 잡기도 하고 신문기자로 일하기도 하다가 1923년 도쿄로 건너갔다.[32] 개조사 출판사에서 편집자로 근무를 하며 야나기다 구니오柳田国男의 연구에 참가, 이후 민속학과 역사학에 몰두하였다. 정치적 성향은 좌파적이다. 1920년대 노동자를 위한 에스페란토 운동에 참가했고 일본 에스페란토 협회가 전시 시국에 영합하는 모습을 보이자 과감하게 탈퇴하였다. 전후에는 '오키나와인 연맹'을 만들어, 미국의 영유권으로부터 오키나와를 반환하고 오키나와 문화의 독자성을 찾는 운동을 이끌었다. 미국의 베트남전에 반대하여 분신자살을 시도하기도 하였다.[33] 부시의 번역에서 히가의 이름이 가이조사 관계자로 언급된 것은, 1920년대 개조사에서 편집인으로 일한 경력이 이유인 것으로 보이나 어떻게 이러한 좌파적 인물이 히노 작품의 영역에 도움을 주었는지, 그와 부시와의 관계는 어떠한 것이었는지 등등은 아직 알 수 없다. 어쨌든 이와 같은 일본의 주요 작가, 번역자, 출판인의 이름이 부시의 서문에 등장한다는 것은, 그만큼 당시의 일본 문단 내에서 부시의 인적 네트워크나 영향력이 상당했음을 시사한다. 부시는 히노의 일개 번역자로 치부해 버릴 인물이 아닌 것이다.

---

32 "Higa Shunchô", *Nihon jinmei daijiten* 日本人名大辞典, Tokyo : Kodansha, 2009. http:// kotobank.jp/word/比嘉春潮−862994.

33 「比嘉春潮」, 앞의 사이트.

3) *Flower and Soldiers* 서문

1940년 세 번째 번역 *Flower and Soldiers* 역시 책 내용을 개략적으로 설명하고 책에서 흥미로운 부분을 짚은 뒤, 번역에 도움을 준 사람들 순으로 기술하고 있다. 부시는, 이 작품이 실제 전투를 다루는 이야기는 아니라고 운을 뗀 뒤, 항저우의 한 호수 근처 도시에 주둔하고 경비를 서면서 그곳의 중국인들과 함께 생활하며 겪는 애환이 주된 초점이라고 설명한다. 관찰자로서 히노는 적진에서 신년맞이를 준비하는 과정을 본국의 독자들에게 생생하게 전달하면서 한편으로 두 나라가 떠밀려 놓인 "슬픈 상황the unhappy position"과 "불운한 중국인들에 대한 이해와 동정sympathy and understanding for the unfortunate people"을 드러내고 있다고 언급한다. 이 이해와 동정 때문에 중국인 친구(나중에 밝혀지지만 중국인 스파이)에게 쉼터를 제공하게 되고, 이것은 히노와 동료들이 일본에 대한 사랑을 발견하는 계기로 작동했다는 것이다. 이 중국인에 대한 "이해와 동정"이, 거시적인 시각에서 모든 사람을 포함하는 보편적 인류애의 발현인지, 아니면 이 작품에서처럼 일본에 대한 사랑을 재발견하는 계기인지 확실히 문제적이지만, 이 적군에 대한 적개심이 아닌 "이해와 동정"을 바라보는 부시의 공감은 『보리와 병사』의 번역 때부터 계속된, 히노의 작품을 긍정하는 흔들림 없는 기조라고 할 수 있다.

번역에 도움을 준 사람들을 보면, 히노 작품의 두 번째 번역, *Mud and Soldiers*에서 등장했던 아내 가네코, 겐큐샤의 고사카이와 타나베 및 오키나와 출신의 히가 슌쵸가 다시 언급되었고, 여기에 부시의 친구라고 소개된 밀러 대위Capt. A. B. Millar와 번역자의 동료라고 소개된 다나카 기쿠오Kikuo Tanaka가 추가되었다. 밀러 대위는 부시가 전후에 일본의 문화사전인 『제팬날리아』 증보판을 낼 때 옆에서 인덱스 작업과 철자교정을 도와준 인물로 다시 소개되었다. 56년 당시에는 인도 육군Indian Army에서 소령으로 진급했고, 전역했다고 되어있다.[34] 밀러에 관해서는 더 이상의 자료를 찾기 어려워 부시와의 관계를 밝히기가 쉽지 않다. 제2차 세계대전 중 영국해군이라는 부시의 신분과 히노 작품의 번역자라는, 언뜻 관계없어 보이는 두 이력을 연결시키는 위치에 밀러가 있는 것은 아닌지 상상해본다. 다나카 기쿠오田中菊雄, 1893~1975는 일본의 영어학자, 영일사전 편찬자이다.[35] 홋카이도 출신인 그는 상경하여 철도원관방문서과鉄道院官房文書課에서 일하며 야간에는 세이소쿠正則 영어학원에서 영어를 수학하였다. 1925년 고등학교에서 영어를 가르치며 겐큐샤의 『新英和大辞典』 편집에 관여하였고 1930년에는 도호쿠제국대학 교수 등과 함께 7년에 걸쳐 『岩波英和辞典』을 편집하였다. 다나카가 부시의 번역 조력자로 언급된 것은, 아마도 그가 1920년대 겐큐샤를 통해 영어사전을 발간한 경력과 관련이 있을 듯싶다.

이렇게 문학과 언어학을 망라하는 전문가들이 번역에 함께 참여한 것은 히노 작품의 번역이 단순히 일본의 베스트셀러를 소개하는 일회적 성격의 이벤트가 아니었음을 시사한다. 그보다는, 당

---

34 "Author's Preface", Bush, op. cit., 1956.

35 「田中菊雄」, ウィキペディア(Wikipedia), http://ja.wikipedia.org/wiki/田中菊雄.

시 일본의 문화적 능력을 총동원하고 테스트하는 국가적 차원의 거대 프로젝트였던 것이다. 만주사변1931과 중일전쟁1937 이후 만주를 포함하는 아시아 일대의 맹주가 일본임을 설파하고 영어권 독자의 지지를 얻기 위한 목적이었을 그 프로젝트 안에서, 번역자는 작품에 대한 애정과 작가에 대한 존경을 품고 나름의 인력과 네트워크를 가동하여 독자적으로 움직였을 가능성도 있다. 그렇지만 전쟁이 아시아를 넘어 태평양쪽으로 확전될 기미를 보이자, 부시도 결단을 내려야 하지 않았을까?

4) *Sea and Soldiers*1940

앞서 언급한 바와 같이, 부시는 히노의 전쟁소설 네 편을 묶어 *War and Soldiers*라는 제목으로 영국에서 출간하였다. 그런데 출간 시기를 보면 *War and Soldiers*가 1940년 1월, 네 작품 중 마지막 편인 *Sea and Soldiers*가 1940년 7월로, 전자가 먼저 출간되어 일본에서 간행된겐큐샤 *Sea and Soldiers* 서문에 흥미롭게도 *War and Soldiers*의 영국 반응이 포함되어 있다. 런던의 유력한 진보적 일요신문 『옵저버*Observer*』1791~, 현재는 『가디언』 신문의 일요판으로 흡수됨는 정기적으로 신간 리뷰를 하던 바실 드 셀린코트Basil de Selincourt 말을 인용하여, "히노의 작품을 묶은 『전쟁과 병사』는 이름 없는 병사의 책이며, 그의 경험은 어디서 싸우든 당신 아들의 경험일 수 있다"고 적고 있다.[36]

---

36 Selincourt, op. cit., p.3 (Lewis Bush, trans., *Sea and Soldiers* by Ashihei Hino, Tokyo : Kenkyusha, 1940, p.1에서 재인용).

사실, 『옵저버』에 히노의 작품이 언급된 적은 이번만이 아니었다. 1938년 히노의 첫 전쟁소설 『보리와 병사』가 출간되자, 도쿄 특파원의 말을 빌려 이 책을 곧장 소개하였다. 1938년 12월 25일 신문 한 면의 왼편 중하단 칼럼 하나 분량을 할애한 기사에서 이름이 밝혀지지 않은 특파원은, 이 작품은 히노라는 사병의 '전쟁일기 a war diary'로 소개하고, "전쟁을 사실적이면서도 인간적으로 따뜻하게 묘사한" 그의 필치는 "딱딱하고 판에 박힌stiff and stereotyped" 전쟁 기록과 대별되는 부분이라고 지적한다.[37] 이 작품이 500만 부 가까이 팔린 인기를 이해할 수 있다는 것이다. 큰 스케일은 아니지만, "자연주의적 서사시naturalistic epic"와 같은 이 작품의 풍미는 레마르크의 『서부전선 이상 없다』와 필적할 만하다고도 적고 있다. 도쿄 특파원은 레마르크 작품과의 직접 비교는 피하면서 히노 문학의 자연주의적 성격에 관해 좀 더 덧붙인다.

> 이 작품에는 전쟁 선동의 흔적이 없다. 이 작품은 일본을 지지하지도, 반대하지도, 전쟁을 찬성하지도, 반대하지도 않는다. 이것은 단지 히노와 동료들이 지난 봄 군사작전 속에서 겪고 이겨낸 일들을 적은 생생한 기록이다.[38]

---

37 "Japanese Corporal Writers a Bestseller", op. cit., 1938.

38 "It has no trace of propaganda. It is neither pro-Japanese nor anti-Japanese, neither pro-war nor anti-war. It is simply the living record of what Mr. Hino and his comrades experienced and endured during the campaign last spring" ("Japanese Corporal Writers a Best Seller", Ibid., 1938).

1938년 도쿄 특파원이 언급한 "사실적이면서도 인간적인" 전쟁 작품이라는 논조는 1940년 드 셀린코트의 소개에서는 한발 더 나아가 히노는 중국인들에게 "최고의 친근함friendliest feelings"을 보인 인물이며, 그는 길 위에서 굶고 있는 중국인들을 고국에서 오랫동안 보고 싶었던 친구와 닮았다고 묘사한다고 적고 있다. 따라서 히노의 가장 괴로운 적은 중국군이 아닌, 지루함boredom이며 그 다음이 군화boots라는 것이다. 사병인 그가 행군해야 할 때 군화 때문에 괴로워하는 장면이 계속 등장하는 것이 그 이유이다.[39]

평자들의 연이은 호평 속에 자신감을 얻은 푸트남 출판사는 드 셀린코트의 리뷰가 나온 직후인 1940년 1월 14일 책 광고를 크게 냈다. 그 광고에는 드 셀린코트의 리뷰에서 인용한 "보편적이고 인간적인 기록" 이라는 글귀와 『선데이 타임즈』의 랄프 스트라우스Ralph Straus에게서 따온 "솔직하고 대담한 (…중략…) 진정으로 감동시키는 가장 흥미로운 기록"이라 문구가 담겨있다. 히노의 작품에 거는 출판사의 기대를 짐작케 한다. 책 선전에 드 셀린코트의 추천이 아니라, "서적인 연합회Book Society"의 추천이라고 언급된 부분이 눈에 띄는데, 1921년 휴 월폴Hugh Walpole 경에 의해 설립된 이 단체는 원래는 서적 판매에 관계된 모든 전문 인력을 모은 조직이었다.[40] 이후 작가, 서적상, 사서, 저널리스트, 인쇄공들도 회원이 되었고, 웹사이트를 보면, 회원들은 지금까지도 정기적, 부정기적으로 만나서 서적

39 Selincourt, op. cit., p.3.

40 "About Us," The Book Society, http://www.thebooksociety.org.uk/about-us.

판매에 관한 여러 사항과 신간서적에 대한 토론을 벌인다고 한다.

한 마디로 말해, 히노의 1940년 1월에 출간된 전쟁소설 번역집 *War and Soldiers*는 『옵저버』의 비평가들과 서적인연합회를 통해 영국 지성계의 한복판에 놓이게 된 셈이다. 이와 같은 영국의 반향을 이끈 첫 번째 공신인 번역자 부시는, 『바다와 병사』의 서문을 통해 히노에 대한 변함없는 애정을 표현한다. 히노는 열정적인 애국자이긴 하지만 중국인을 포함하는 병사들을 애정 어린 시각으로 바라봄에 있어서는 "작가로서 또한 한 사람으로서 그에게 진정한 존경과 흠모"를 갖지 않을 수 없다는 것이다.[41] 부시가 『잠자리의 나라』라는 일본역사서를 1959년 영국에서 출간하면서 "스티븐과 히노 아시헤이에게For STEPHEN and HINO ASHIHEI"라고 감사의 표현을 하는 모습을 보면, 일본의 포로수용소에서 겪은 인간적 모욕에도 불구하고, 히노에 대한 존경과 흠모는 전후까지 식지 않았음을 확인할 수 있다.[42] 즉, 부시는 일본의 전시 문화 정책에 동원되었다기보다는 자신의 문학적 소양과 판단에 의해 히노의 작품을 번역하고 영국에 소개했다고 보는 것이 타당할 듯싶다.

시기적으로 보면 『전쟁과 병사』가 출간된 1940년 1월은 유럽에서 2차 세계대전이 확전되던 기간이었다. 1939년 9월 독일은 폴란드를 침략했고 영국과 프랑스가 이에 맞서 선전포고를 하였으며, 1940년 4월 독일이 노르웨이와 덴마크, 5월에 중립국이었던

41 "Preface", Bush, op. cit., *Sea and Soldiers*, 1940.

42 Bush, op. cit.

벨기에, 네덜란드, 룩셈부르크 등을 연달아 침략하던 때였던 것이다. 이 시기는 1937년 중일전쟁을 일으킨 일본이 1940년 9월 독일 및 이탈리아와 삼국동맹을 맺기 전, 침략의 발톱을 안으로 숨기고 있던 시기이기도 했다. 이 기간 동안 영국의 독자들은, 히노와 같은 "인간적인" 작가를 보유한 일본이 독일과 동맹을 맺고 영국의 반대편에 서서 몇 년 뒤 아시아를 넘어 미국을 치리라고는 상상도 하지 못하지 않았을까?

4. 번역자 이시모토와 『보리와 병사』1939

부시 부부가 히노의 『보리와 병사』와 『흙과 병사』를 번역하고 있을 거의 동시에, 이시모토 시즈에 남작부인도 같은 작업을 하고 있었다. 『여성사회개혁가 인명사전』에 따르면, 1920년대에 마가렛 생어에게 영향받아 일본에서 산아제한 운동을 일으켰던 이시모토는 1930년대 중반에 다시 도미하여 생어가 운영하던 뉴욕의 연구소에서 산아제한에 관한 의학적, 과학적 지식을 배웠다.[43] 당시 이미 미국 상류사회의 일원이 되어 있었던 그녀는 미국으로부터 자금을 협조받고 귀국하여 피임과 산아제한을 위한 클리닉을 운영하였다. 이러한 산아제한 운동은 이전부터 일본정부와 갈등

43 Rappaport, op. cit.

관계에 있었으나, 1937년 중일전쟁 이후 더 많은 젊은이들의 참전이 필요하게 되자 정부는 실력행사에 나섰다. 클리닉을 강제로 폐쇄시키고 그녀를 투옥시켰다. 이 사건은 그녀를 지지하던 미국의 후원자들을 격분시켰고, 이들의 로비로 이시모토는 풀려나지만 클리닉을 다시 열 수는 없었다.

『여성사회개혁가 인명사전』의 저자는 이 1937년부터 45년 사이를, 이시모토가 일본정부에 "침묵의 저항silent resistance"을 한 시기로 묘사하고 있는데,[44] 바로 이때 그녀는 히노의 두 소설, 『보리와 병사』, 『흙과 병사』를 묶어 영어로 번역하여 미국에서 출판하였다. 이 번역은, 산아제한 운동을 펼친 여성주의자의 전쟁문학에 대한 관심이라는 측면에서 흥미롭지만 그것을 넘어 번역의 계기, 번역의 방식, 번역서가 놓인 역사적 상황을 살펴볼 때 매우 문제적인 작품이다. 히노의 원문에 충실하고자 했던 부시의 영역과는 달리, 이시모토는 『보리와 병사』를 선별적으로 번역하였고 소설 상의 시간관계를 바꿀 정도로 줄거리를 바꾸었으며 번역의 방향 역시, 부시나 영국의 비평가가 확인했던 인류애적 보편성을 탈각시키키는 한편, 일본 찬양과 애국을 노골적으로 부각시켰기 때문이다.

이시모토의 번역집 *Wheat and Soldiers* 서문에서는 히노의 작품을 번역하게 된 계기와 『보리와 병사』보다 『흙과 병사』의 번역에 더 치중한 이유를 살펴볼 수 있다. 이시모토는 이 작품을 번역하게

---

44 Ibid.

된 이유를 "내 나라에 대한 헌신"과 히노의 작품에 대해 보인 "미국 지인들의 관심"에 부응하기 위해서라고 밝히고 있다.[45] 어떻게 미국의 지인들은 히노의 작품에 관해 이시모토만큼 빨리 알고 있었을까? 정말 그 말은 사실일까? 영국의 일요신문 『옵저버』에 도쿄 특파원의 말을 빌려 히노의 일본어 작품을 소개한 것이 1938년 12월이고, 이시모토가 번역집 서문을 쓴 날짜가 1939년 2월, 『옵저버』를 읽고 작품 번역을 시작한 것은 시기적으로 맞지 않는다. 일본어를 할 줄 아는 미국인이 일본에서 히노의 책을 보고 번역을 권했을 가능성이 있지만 이는 좀 더 조사해 봐야 한다. 이시모토의 진술에 의심의 여지가 있는 가운데 한 가지 확실한 것은, 이시모토가 자신의 번역이 놓일 지점을 명확하게 알고 있었다는 것이다. 서문 마지막에, "동양에 새로운 문명이 깃들기를 바라는 기도와 함께 나의 번역을 미국에 있는 친구들에게 바친다"고 한 문구를[46] 보면, 이 전쟁소설의 번역이, 히틀러가 폴란드에 포문을 열어 유럽에 전운이 감도는 상황에서, 일본을 바라보는 미국의 여론에 영향을 줄 것임을 의식하고 있었던 것은 명확해 보인다. 서구가 그간 세계의 문명이었듯, 일본이 동양의 새로운 문명임을 바란다는 이시모토의 바람은 그녀가 여성운동가이기 이전에 서양의 영향을 받은 제국주의자이기도 했었음을 시사한다.

이러한 입장에서 이시모토는 『보리와 병사』보다 『흙과 병사』에

45 Ishimoto, op. cit., 1939, pp.xi~xii.

46 Ibid., p.xii.

초점을 맞춰 번역집을 구성하였다. 그 이유는 그녀의 서문을 보면 짐작할 수 있다. 번역자는 『흙과 병사』에서 묘사한 항저우 전투가 『보리와 병사』에서 다룬 쉬저우 전투보다 중요하다고 보았던 것이다. 100만의 병사가 참전하고 6주 동안 참혹하게 싸운 항저우 전투는 "일본 육군의 가장 중요한 진군"이라고 평가하는 반면, 쉬저우 전투를 담은 『보리와 병사』 중 특히 뒷부분은, 히노 개인의 불운한 사고misadventure를 다루고 있다고 본 것이다.[47] 이와 같은 견해를 뒷받침하듯, 번역서는 『보리와 병사』를 축약하여 담았다. 부시의 번역집 *War and Soldiers* 안에 담긴 *Wheat and Soldiers*와 이시모토의 번역집 *Wheat and Soldiers*에 있는 *Wheat and Soldiers*를 비교해 보면 축약된 번역의 형식적 특성이 곧장 드러난다. 원소설의 형식은, 1938년 5월 4일부터 5월 22일까지의 일기로 부시의 번역에 의하면 156페이지 정도이다. 이시모토는 이 일기형식을 없애고 분량도 36페이지 정도로 줄였다. 책 크기나 폰트 크기를 고려하지 않고 단순비교를 해도 전체길이의 1/5 정도로 축약한 것이고, 원문의 일기형식을 없앴기 때문에 이시모토의 번역은 일인칭 수필처럼 읽힌다.

이시모토의 번역에서 날짜가 삭제되어 어느 부분이 축약되었는지 파악하기 어렵지만 간단하게나마 부시의 번역과 대조를 해보면, 그는 소설의 시간적 순서와 그에 따른 사건 순서까지 바꿔놓았음을 알 수 있다. 역자 서문에는 축약을 위해 주인공이 상하이부터

47 Ibid., pp.x~xi.

쉬저우에 도달하기까지의 "사건 없는uneventful" 이동은 생략하였다고 적고 있는데 부시의 번역으로 계산하면 책의 앞부분 40페이지 이상이 사라진 셈이다.[48] 이시모토 번역의 시작은 5월 10일, 히노가 쉬저우 지역에 들어가 가와쿠보Kawakubo를 만났을 때부터 시작하지만 몇 페이지 지나지 않아 5월 22일 『보리와 병사』의 백미인 마지막 장면, 즉 중국인 포로를 처형하는 에피소드가 이미 삽입되어 있다. 이 장면은, 히노의 일본군 동료들이 포로로 잡힌 중국인 수 명을 심문하다 완강한 저항을 받고 그들을 밖으로 끌고나가는 장면이다. 히노는 그들에게서 눈을 돌리며 마음속으로 '아직 나는 악마가 되지 않아 다행'이라고 안심하는 장면이기도 하다. 어떤 중국인 패잔병을 처형시킬 것인지를 결정하며—적극적으로 항저우로 가는 길을 알려주겠다며 살려달라고 하는 패잔병과 아무 대답도 없이 발로 차며 저항하는 패잔병의 대조를 통해—고조되는 긴장감과 삶과 죽음 사이를 바라보는 주인공의 착잡함이 팽팽하게 줄다리기를 벌인다. 밖으로 끌려가는 패잔병을 뒤로 하고 자신은 아직 악마가 아니라는(비평가들에게 "인간적"이라고 평가된), 이율배반적 감상을 자아내는 장면이기도 하다. 이시모토는 이 장면의 세부사항은 번역하지 않고, 중국인 포로를 처형하는 장면을 상당히 가벼운 터치로 묘사했다. 주인공은, 마치 자신에게 주어져도 마땅했을 임무를 다른 동료가 수행해주어 감사와 안도를 느끼는 나약한

---

48 Ibid., p.154.

일본 군인처럼 묘사되었다.[49]

강인하지 못한 일본 군인의 모습이 축소되는 대신 강조된 것은 일본 국기에 대한 찬양이다. 이시모토는 원소설의 마지막 장면 뒤에, 시간을 거슬러 올라가 5월 21일의 에피소드를 삽입하였다. 이 장면은 원래 히노와 동료들이 Yuchwang이라는 지역을 떠날 때 그곳에 머물러 있던 중국인 피난민들로부터 환대를 받아 놀랐고 그들이 각양각색의 일본기를 들고 나와 흔드는 모습이 마치 일본의 국경일처럼 느껴졌다는 에피소드이다. 원작은 중국 농부들이 길에 나와서 적국 군인들에게 호감을 표현했다는 사실보다는, 광활하게 펼쳐진 들 위에 집안 살림을 이고지고 끊임없이 이어진 피난민의 행렬과 전쟁통에서도 곡식을 키우고 가축을 치고 일본군과 장사를 하여 살아남는 사람들의 이야기, 즉 너른 들판의 주인은 중국인도 일본인도 아닌 농부들임을 시사하는 뉘앙스가 강하다.[50] 그러나 이시모토는 일본 국기를 둘러싼 다양한 삶의 군상과 표상을 뒤로 한 채, 많은 중국인들이 일본 국기를 자신들의 동네를 보호하는 상징으로 인식한다는 내용만을 골라 번역에 담았다.[51] 그 뒤에는 몇 시간의 행군 뒤라는 단서를 달았지만 일본기의 애국적 심사와는 동떨어진, 젊은 중국인 연인이 살았을 법한 집과 향기로운 냄새가 풍기던 침실에 대한 묘사5월14일를 이어 붙였다. 이와 같

49 Ibid., p.161. "I turned my eyes away from them, unable to watch them die. It occurred to me that at least I was not a complete captive of the devil. I was glad of that."

50 Bush, op. cit., *War and Soldiers*, 1940, pp.438~440.

51 Ishimoto, op. cit., 1939, pp.160~161.

이 이시모토는 히노의 소설을 재편집하여, 5월 16일의 에피소드로 마무리하였다. 즉, 대대적인 전투 속에서 길을 잃고 헤매다 간신히 본부로 돌아온 뒤, 그곳에서 상자에 들어있던 병아리를 만지며 자신이 살아있음을 느끼는 장면으로 마무리하였다. 이시모토의 편집방향은 앞서 언급한 것과 같이, 부시와 영국의 비평가들이 호평하였던, 전쟁을 겪는 사병의 휴머니즘적 요소를 줄이고 사지死地로 뛰어가는 일본 군인의 용맹함이나 일본군을 자신들의 보호병처럼 환대하는 중국인들의 모습에 초점이 맞춰져있다.

이렇게 일본의 애국심을 자극하는 편향된 이시모토의 번역 서문과 번역서 편집은, 역자 서문보다 앞에 실린 윌리엄 헨리 챔벌린William Henry Chamberlin, 1897~1969의 감상 초점과 일관되지 않아 흥미롭다. 이시모토의 번역본을 처음 접했을 때 필자는, 혹시 이시모토가 일본어를 모르는 챔벌린에게 자신의 영역본을 읽힌 뒤 그 감상을 받은 것이 아니었나 하고 가정했었다. 그러나 그러기에 챔벌린은 일본과 러시아를 포함하는 동아시아의 지정학적 상황을 꿰뚫어 보고 있었던 듯하다. 미국의 역사학자이자 저널리스트인 챔벌린은 보스턴 기반의 잡지 『크리스챤 사이언스 모니터*The Christian Science Monitor*』1908~의 특파원으로 모스코바 특파원을 지내며1922~1934 러시아 혁명에 관한 책을 집필하였다.[52] 특파원 초기에는 혁명에 공감하였으나 이후 러시아 공산주의에 대한 회의를 품게 되고, 독일 나

52 "William Henry Chamberlin" Wikipedia, https://en.wikipedia.org/wiki/William_Henry_Chamberlin.

치즘의 집단주의에 반발하면서 1937년에는 반전체주의자가 되었다.[53] 또한 그는 아시아로 확장해가는 일본 제국의 세력과 이를 위해 전쟁을 불사하지 않는 군부의 정책에 관해 잘 알고 있었다. 1938년에 출간한 『아시아를 넘보는 일본*Japan over Asia*』이라는 책의 서문에는 그가 『크리스챤 사이언스 모니터』의 극동특파원 부장Chief Far Eastern Corespondent이었고, 도쿄에 2년 이상 거주하면서 중국, 만주국, 필리핀 등지를 돌아보며 일본의 군사적 확장 과정을 주시하고 있었음을 밝히고 있다.[54] "일본의 아시아 진출이 최근 10년 사이 일어난 중요한 사건 중 하나"라고 지적한 그는 "일본의 팽창주의에 대한 비난이나 지지 없이" 세력 확장 과정에의 "주요 사건과 그 이유"를 설명하기 위해 이 책을 썼다고 적고 있다.[55] 챔벌린은 국가의 주요 결정이 한 사람에 의해 좌우되지는 않지만 소수의 권위적인 인물들에 의해 결정된다는 점에서 일본을 "준-파시스트semi-Fascist" 국가로 규정한다.[56] 외국 특파원의 언론 통제와 검열(일본을 비방하는 기사를 쓴 기자는 입국 불허), 외국 관광객들에 대한 짐 수색(각자가 소지한 책의 목록을 적어 경찰에 보고) 등 개인의 자유가 침해되고 있는 사례들을 열거하며 일본이 소련과 같은 공산주의 독재로 갈 가능성은 매우 희박하지만, 독일이나 이탈리아의 독재 모델

---

53 William Henry Chamberlin, *Collectivism : A False Utopia*, New York : The Macmillan Company. 1937.

54 William Henry Chamberlin, *Japan over Asia*, London : Duckworth, 1938, p.viii.

55 Ibid., p.vii.

56 Ibid., p.239.

로 귀결될 가능성은 매우 큰 것으로 염려한다.[57]

이 정도로 당시 아시아의 국제 정세나 일본의 아시아 팽창 야욕에 관해 정확하게 파악하고 있었던 챔벌린이 어떠한 이유에 의해 이시모토의 번역에 히노 작품에 관한 감상을 실었는지는 아직 의문이다. 그렇지만 그의 감상에서 한 가지 분명한 점은, 이시모토의 애국주의와는 달리 챔벌린은 휴머니즘에 초점을 맞춰 작품을 평가하였다는 점이다. 이는, 앞서 살펴본 번역자 부시나 영국 비평가의 입장과 유사하다. 사실, 챔벌린의 감상은 『옵저버』에 소개된 일본 특파원의 기사와 여러 곳에서 겹친다.

그의(히노의) 작품은 어떠한 선동적인 요소도 완전히 배제하였다는 점에서 단순한 '전쟁 관련 저서'를 훨씬 뛰어넘는다. 히노는 전쟁을 찬성하지도, 반대하지도, 일본을 지지하지도, 반대하지도 않는다. 그가 심혈을 기울였고 내가 보기에 매우 성공했다고 생각하는 부분은, 그도 참여한 일본의 수저우 진격에서 인간적인 면을 드러냈다는 점이다. (…중략…) 『보리와 병사』는, 레마르크의 『서부전선 이상 없다』를 세계전쟁의 수작으로 손꼽히게 만든, 서사시의 변함없는 성격을 보여주고 있는 것이다.[58]

---

57 Ibid., pp.229~242.

58 "[T]he first quality that lifts his work far above the general run of 'war books' is the complete absence of any propagandist element. Hino is neither prowar nor antiwar, neither pro-Japanese nor anti-Japanese. What he endeavors to do very successfully is to give the human side of the Japanese drive for Suchow-fu, in which he participated, to show himself and his fellow-soldiers not as legendary heroes but as credible men, their moments of despair and weakness blending with act of great courage and

히노의 작품은 전쟁 선동 요소가 없고, 전쟁 찬성이나 반대가 없으며, 어떤 전쟁 참여 군인도 느낄만한 보편적이고 인간적인 요소에 초점을 맞춘 점은 레마르크가 쓴 『서부전선 이상 없다』의 '서사시적' 성격과 닮았다고 한 챔벌린의 논평은 앞서 『옵저버』에서 언급한 일본 특파원이 혹시 챔벌린이 아닐까 하고 상상하게 만들 정도로 사용된 어휘나 논리 전개 방식이 닮았다.

그러나 그 특파원이 챔벌린인가 아닌가는 부차적인 질문이라고 할 수 있다.[59] 그 보다 중요한 것은, 히노의 소설에서 휴머니즘을 강조하는 비평이 영국과 미국의 지리적 차이에도 불구하고, 문예지가 아닌 신문과 잡지의 서평, 또한 번역서의 짧은 서문을 통해 회자되고 있었다는 점, 휴머니즘을 강조하는 지점에서 레마르크의 소설과 비교된다는 점, 그 비교의 초점은 차이점보다는 공통점을 찾는 방향이라는 점, 그래서 서평이나 서문에서 두 작품의 차이를 논하는 심도 있는 대조는 찾아보기 어렵다는 점이다.[60] '히노의

---

devotion. "*Wheat and Soldiers* posses some of the timeless, epic character that made Remarque's *All Quiet on the Western Front*, by general agreement, the outstanding book on the World War" (Ishimoto, op. cit., 1939, p.vii).

59 Chamberlin, op. cit., 1938, p.240. 부시는 A. Morgan Young 이라는 *Manchester Guardian* 지의 일본 특파원이 필화사건을 겪고 일본으로의 재입국이 불허되었다고 적고 있는데, 『옵저버』는 나중에 『가디언』의 일요판 신문이 되는 바, 이 『옵저버』의 익명의 특파원은 모건일 수도 있다. 이 가정이 사실이 아니라고 하더라도, 당시 일본에 거주하던 저널리즘 관계자들이 서로의 기사를 읽고 근황을 파악하고 있었음은 자명해 보인다.

60 레마르크의 소설이 제1차 세계대전에서 패한 독일군의 입장에서 그려졌고 담임교사의 선동에 의해 주인공과 반친구들이 입대하게 되었으며 주인공까지 죽는 장면을 통해 전쟁반대의 메시지를 전하는 반면 히노의 소설은, 주인공의 참전의 이유가 불분명하고 주인공은 전쟁의 참상을(중국인 포로를 처형하는 장면) 회피하며 끝까

전쟁작품=휴머니즘=레마르크의 『서부전선 이상 없다』'라는 기호가 저널리즘에 의해 만들어져 영어권 독자들에게 수용되고 있었던 셈이다. 번역집이라는 같은 공간 안에 다른 목소리로 공존했던 이러한 표상은 물론 전투장면의 생생함과 일본 병사의 용맹함을 강조하는 이시모토의 시각과는 다르다는 점에서 신선하다. 그러나 그 시각의 비판성은 번역집보다 1년 먼저 "일본은 '준 파시스트' 국가"라고 던졌던 경고에는 한참 못 미치는 것이어서 의아함보다 기이함까지 느껴진다. 윌리엄 챔벌린은 『크리스천 사이언스 모니터』 지의 특파원뿐만 아니라, 『아시아*Asia*』, 『예일 리뷰*Yale Review*』, 『포린 어페어즈*Foreign Affairs*』, 『현대역사*Current History*』와 같은 유력한 잡지에 계속해서 기고를 해왔던 인물인 바, 그가 히노나 이시모토를 알게 된 경위나 이 번역집에 감상을 싣게 된 배경을 살피는 일은 중요해 보인다.[61] 혹시 『아시아를 넘보는 일본』이라는 책의 비판적 시각이 일본 군정의 비위를 거슬려, 이를 무마하기 위해 이곳에 감상을 실은 것은 아니었을까? 외국 특파원의 기사에 게재된 몇 단어의 표현도 잡아내어 추방시키거나 세간에 공표하지 않고 구속시켰던 당시 일본 정부의 행태를 보건대, 그러한 가정은 합리적인 것으로 보인다.[62]

지 살아남는 등, 반전의 요소가 많지 않다.

61 Chamberlin, op. cit., 1938, p.viii.

62 Ibid., pp.240~241.

5. 나가며

본 작품은 한낱 이병에 불과한 사병이 적은 단순한 전쟁기록일 뿐이다. 그러나 나는 진정한 일본군인, 타의 추종을 불허하는 충성심과 용맹함을 지닌 그들을 과장 없이 묘사하는 데에 최선을 다했다. 자신의 조국을 위해 목숨을 아끼지 않는 일본인들의 정신은 절대적인 사실이다. 이를 표현하는 데에 어떤 과장도 어떤 형이상학적 설명도 필요하지 않다. 그리고 바로 이 절대성으로부터 일본 병사의 아름답고 고귀한 정신과 영혼이 나온다. (…중략…) 일본 병사가 가장 높이 희구하는 것은 죽음을 통해 얻는 영생의 기쁨인 것이다.[63]

자신의 작품을 영역한 저서들이 출간될 때마다 저자의 입장을 밝힐 수 있었음에도 침묵하고 있었던 히노는, 1943년 드디어 입을 열었다. "조국을 위해, 조국의 부름에 응하여 징집되는 것은 사병으로서 큰 영광이다"라는 문장으로 서두를 뗀 그는 일본 군인의

63 Inouye, op. cit., 1943, pp.iii~iv. "The present work is nothing more than a simple record of war kept by a mere private. But I did my best to depict, without exaggeration, the real Japanese soldiers, whose royalty and valour are unsurpassed. The spirit of the Japanese who do not grudge their lives for their Fatherland is an absolute reality. For this, no exaggeration is required, nor is any metaphysical explanation necessary, and from the absolute indeed is brought forth the beautiful, lofty spirit and soul of the Japanese soldier (…중략…) The highest desire of the Japanese soldier is the joy of eternal life through death."

충성심과 저돌성을 찬양하고 나라를 위한 죽음을 통해 아름다움과 영생을 얻는다는 가미가제식 미학까지 거침없이 늘어놓는다. 히노의 친구인 러시아 문학가 나카야마 쇼자부로가 여전히 도와주고 있지만, 번역자는 이노우에 시게오Shigeo Inouye라는 인물로 새롭게 바뀌었고, 부시가 항상 감사를 표하던 겐큐샤의 다나베나 고사카이도 서문에 보이지 않는다. 부시의 번역과 이시모토의 번역이 이미 영국과 미국에서 출간된 상황에서, 그리고 주요 매체에서 호평을 받은 상황에서 다시 다른 번역자들에 의해 새로운 이름으로 『보리와 병사』를 출간했다는 것은, 그간의 번역서가 놓인 출판, 문화적 맥락을 완전히 지우겠다는 시도와 다름이 없다. 1943년 일본 군부의 입장에서는 전쟁휴머니즘 따위의 비평은 성에 차지 않았던 것이다.

이 시도 위에 히노의 "과장 없이"가 놓여있다. 그간 영어 번역자들과 영어권 비평가들은, "과장 없이"라는 표현을 사용하여 히노가 전쟁을 몸으로 겪고 있던 자들의 육체적 정신적 고통을 있는 그대로 생생하게, "선동 없이" 전달하였음을 상찬하였다. 반면 저자 자신은 1943년의 번역서 서문에서 같은 작품을 두고, 죽음도 불사하는 일본 군인의 "충성심과 용맹함을" 가감 없이 드러냈다는 뜻으로 달리 적용하였다. 물론, 히노의 『보리와 병사』가 처음 영역된 1939년과 새로운 번역 진용을 갖추어 다시 출간된 1943년 사이 일본은 진주만 공습1941과 이에 따른 미국의 참전에 의해, 패전으로 향하는 돌아올 수 없는 길을 건너고 있었다. 그러나 이를 고려하더라도, 저자 자신이, 영어권 독자들의 경탄의 대상이었던 전쟁 휴머니즘을 버리고 노골적인 국가주의로 나아가는 모습은 실망스럽다. 히노의 문학은 이제 제국의 폭주와 함께하는 다른 엔진이 되었음을 의미하기 때문이다. 일본의 포로수용소에서 비인간적인 고통을 겪고 있던 부시가 당시 이 번역본과 서문을 읽을 수 있었다면 어떤 반응을 보였을까?

이 글은 히노 아시헤이의 '병사3부작'의 번역이 놓인 문학적, 문화적, 정치적 문맥을 파라텍스트적으로 추적하였다. 그 추적의 결과는 크게 두 가지로 요약할 수 있다. 각각의 번역서가 놓인 당대의 맥락은 한두 가지의 결로 유형화하기는 어렵다는 것, 두 번째는 그럼에도 불구하고 번역자를 포함하는 영어권의 독자들은 공간의 제약을 넘어 히노의 작품에서 보편적 인류애나 전쟁터 속 휴머니즘 같은, 어느 정도 일관된 해석을 하고 있다는 것이다. 그렇게 비슷한 비평적 시각의 뒤에는 당시의 저널리즘, 특히 일본 특파원들의 존재가 부각된다. 익명의 도쿄 특파원 — 번역자 부시 — 『옵저버』지의 드 셀린코트–서적인연합회는 영국에서 히노의 전쟁소설이 수입되고 수용된 하나의 채널이었고, 미국에서 출판된 이시모토의 번역에 감상을 실은 챔벌린은 그 자신이 『크리스챤 사이언스 모니터』의 도쿄 특파원이자, 일본 관련 역사서를 저술한 인물이었다. 따라서, 히노가 저술한 전쟁소설의 영어권 수용에 있어 영미 저널리즘이 구체적으로 개입한 방식은 앞으로 좀 더 살펴봐야 할 지점으로 보인다.[64]

이밖에도 관련 자료의 부족이나 필자의 해석 능력 부족으로 추측이나 질문으로 남은 사항들이 있다. 부시는 일본 정부의 문화정책에 동원되었다기보다는 히노에 대한 인간적 흠모나 존경에 의해 그의 작품을 번역한 것이 아닌가, 또 챔벌린은 아시아를 넘보는 일본의 무력 팽창에 관해 잘 알고 있음에도 불구하고 어떤 이유에서 이시모토의 번역 서문에서 이를 적극적으로 경고하지 않고 오히려 그의 휴머니즘을 부각시켰나 하는 질문들이다. 더불어, 서문에서 언급된 영국시인 에드먼드 블런든, 러시아문학 연구자 나카야마 쇼자부로, 오키나와 문학 연구자 히가 슌쵸, 겐큐샤 출판사의 고사카이와 타나베, 부시의 동료 밀러 대위, 영어학자 다나카 기쿠오, 새로운 번역자 이노우에 시게오 등등이 어떻게 영어 번역의 컨텍스트에 관계하고 히노 소설의 수용 과정에 영향을 미쳤는지 파악하는 일도 필요하다. 이는 이시모토가 어떻게 히노의 소설 텍스트를 자신의 목적에 부합하게 축약, 변형, 순서 바꿈 하였는지 아는 일만큼 중요해 보인다.

---

64 이 번역을 둘러싼 거시적인 문화사적 맥락에 관해 한 가지 덧붙이고 싶은 것은, 40년대 전후 영미권 독자를 대상으로, 중일전쟁의 당사자인 중국과 일본이 영어 서적을 펴내며 상당한 여론전을 펼쳤다는 사실이다. 1938~1939년 주미 일본대사관의 참사관(counsellor)였던 스마 야키치로(Yakichiro Suma, 1892~1970)는 *Where Japan Stands : Address Delivered in America on the Sino-Japanese Conflict* (Tokyo : The Hokuseido Press, 1940)이란 책을 펴내어 일본의 입장을 설명하였고, 쑨원의 아들 쑨커(Sun Fo, 1891~1973)는 *China Looks Forward* (New York : The John Day Company, 1944)를 써서 중국 내 국민당 활동을 대변하였다. 본문에서 언급한 챔벌린 외에도 팀펄리(H.J. Timeperley) 같은 특파원(『맨체스터 가디언』)은 *Japanese Terror in China* (New York, Modern Age Books, Inc. : 1938)를 써서 중일전쟁 이후의 참상을 전하고 있다. 이러한 전쟁 보고의 여러 맥락들과 일본의 영역 정책, 번역본을 읽은 영미 독자들

여기에 더하여 히노 소설의 비영어권 번역이나, 히노 에세이의 아시아권 내 영어 번역 방식 역시 앞으로 더 연구가 필요한 주제다. 특히 1940년 알렉시스 폰 초이나츠키Alexis von Choinatzky에 의해 독일에서 번역된 『보리와 병사』는 당시 일본의 독일대사 구루스 사부로来栖三郎, 1886~1954의 서문을 싣고 있다.[65] 구루스는 1940년 독일과 이탈리아와 함께 미국과 러시아 등에 대항하는 삼국동맹을 체결한 장본인인바, 추축국과의 연맹의 입장에서 그가 어떻게 히노의 소설을 소개하였는지 궁금해진다. 한편, 필리핀에서는 1942년 히노의 영문 에세이집 *The Flowering of Racial Spirit*민족정신의 개화, 民族精神の開花가 출간되었다. 니시나 카지오Kazi-o Nisina가 번역한 이 모음집은 히노가 필리핀의 일본 부대에 종군하며 필리핀의 일본어 신문에 기고한 여러 에세이를 묶은 책이다.[66] 일본제국의 안에 위치한 비서구권 영어 사용자들에게 히노는 어떤 논리로 전쟁 참여를 독려했을지, 또 그것은 구루스가 서구권 동맹국들에게 행한 방식과 어떠한 면에서 비슷하고 다를지 궁금해진다.

이렇듯 히노가 쓴 작품의 번역 맥락을 더듬어 가는 일은, 단순히 일본에서 베스트셀러였던 작품을 비일본어로 번역한 과정을 파악하는 일이 아니다. 이것은, 전쟁이 의도치 않게 열어놓은 1930년

의 반응을 함께 논의한다면 놓이는 히노 작품의 영어 번역이 놓이는 거시적 문화사의 맥락을 좀더 심도 있게 찾을 수 있을 것이라 생각한다.

65 Alexis von Choinatzky, trans., *Weizen und Soldaten. Kriegsbriefe, Aufzeichnungen und Tagebücher eines japanischen Unteroffiziers* by Ashihei Hino, Stuttgart : Cotta, 1940.

66 Kazi-o Nisina, trans. and ed., *The Flowering of Racial Spirit* by Ashihei Hino, Manila, Philippines : publisher unknown, 1942.

대 말과 40년대 초반의 동아시아와 서구가 접촉한 문화사적 흔적을 찾아가는 일이고, 파스칼 카사노바 식으로 말하자면, 식민지 확대로 인해 부각된 동아시아의 일본어사용권 문예공화국과 영미의 영어사용권 문예공화국이 맞닿아 세계전쟁이라는 역사적 사건을 재편했던 과정을 추적해 가는 일이다. 앞으로 세계문학의 큰 시각에서 히노 아시헤이의 작품을 파악한 국문학 연구가 많이 나타나길 기대해 본다.

2부

제국 일본과 동아시아 식민지 문학

1. 일본

2. 조선

3. 대만

4. 만주국

제1장

일본

모호한 전장戰場 전기戰記 텍스트에서의 타자의 표상

고미부치 노리쓰구 / 박지영 역

1. '적의 얼굴'의 부재

중일전쟁기 · 아시아 태평양 전쟁기의 일본어 전시戰時 프로파간다 특징으로 종종 '적의 얼굴'의 부재가 지적된다. 사토 다쿠미는 제1차 세계대전부터 냉전 시대에 이르는 각국의 프로파간다의 도상을 분석한 샘 킨의 『적의 얼굴 증오와 전장의 심리학』이 "일본인이 그 '적'을 그린 포스터"를 한 장도 내걸지 않은 것을 언급하면서, 일본의 전시 선전宣伝에서의 '적의 얼굴'의 모호함은 "좋든 나쁘든 '적'을 의식적으로 배제한 우리나라의 쇄국적 문화 시스템의 특징"에서 유래되었다고 한다. 1980년대에 쓰인 다우어의 고전적 저작인 『가차없는 전쟁』에서는 종종 '일억'이라는 숫자를 주문처럼 되풀이하는 전시 하의 일본의 각종 구호와 "1930년대 말부터 40년대 초까지의 일본 가요"가 "적을 지명하는 일은 거의 없다"고

한다. 같은 시기에 제작된 다우어의 또 다른 저작인 "일본 전쟁영화의 많은 것"에서는 "또렷한 적의 모습이 완전히 나타나"지 않고 "초점은 거의 전적으로 순수한 자기에게 맞춰진 채였다"고도 지적되고 있다. 다우어에 따르면 일본어 전시 프로파간다에서는 동시대의 미국과 비교해 '우리'에 대치하는 '그들'을 재현할 때, 인종주의적 이미지의 문법에 의거한 차별화가 노골적으로 이루어진 것은 아니었다. "서양에서의 인종주의는 다른 사람들을 모욕하는 것에 두드러진 특징이 있었던 데 반해, 일본인들은 오로지 자기 자신을 높이는 것에 마음을 빼앗기고 있었던 것이다."

이러한 견해는 시사적이기는 하지만, 보충이나 수정할 필요도 있다. 예를 들어, 자국 내에 대량의 아시아계 이민을 안고 '적국인'을 연기하게 할 수 있었던 미국 영화인들에 비해, 일본 전쟁 영화에 서양인을 출연시키는 것이 결코 쉽지 않았다는 현실적 조건은 고려해야 할 것이다. 또한 이 사태를 일본 문화의 역사적 특질에서 설명하는 것은 단적으로 말해서 오류가 있다. 언론의 규모나 영향력에 큰 차이가 있다고는 해도 19세기 청일전쟁 때에는 '일본인'으로서의 '우리' 의식이 '지나'=청나라를 열등한 타자로서 차별적으로 표상하는 것에서 알 수 있다. 1941년 12월 8일 이후 전쟁에서는 전선·후방에서 제국의 '신민'들의 많은 죽음이 현실로 닥쳐오면서 '적'인 미영에게 '귀축'이라는 단어를 붙여 야만적인 수성에 어울리는 어휘나 기호가 결합되어 간 것은 모두가 아는 대로이다.

그러나 20세기 일본이 겪은 오랜 전쟁 전반기=중일 전쟁기의

'적'의 모습의 모호함은 이 전쟁의 본질과도 관련된 중요한 문제를 내포하고 있다. 중국과의 전쟁 그 자체를 통한 자리매김이 아무래도 어려운 것이었다. 1937년 7월부터 본격화・전면화된 전쟁은 1941년 12월의 '대동아 전쟁'으로 거슬러 올라가 명명되기 이전에는 일관되고 돌발적인 소동・사건을 의미하는 '사변'이라는 말로 표현되고 있었다. '처음에'도 언급했듯이 개전 초기부터 내걸었던 '폭지응징暴支膺懲'이라는 구호는 일본을 경멸하고 저항하는 중국에 제재를 가하여 혼내준다는 의미로, 이 구호의 함의에 따르면, 일본의 행동은 어디까지나 반성을 요구하고 태도를 바꾸기 위한 '훈계'로써 행해졌기 때문에 중국 사람들을 자신들과 상종하지 않는 '적'으로는 완전히 간주하지 않은 것이 된다.

물론 이것은 일본 측이 주장하는 표면상의 이야기이다. 실제로는 "머지않아 대륙에서 가져올 전승과 그로 인한 막대한 이익이 이 좁은 국토로 흘러들어온다는 것을 사람들도 군인들도 믿어 의심치 않았다"사토무라 긴조, 『제2의 인생』, 카와이데 쇼보, 1940는 것이 정곡을 찌르던 것은 아닐까? 그러나 대의명분이 서지 않는 전쟁은 결국 방만한 폭력의 발로와 다르지 않다. 뜻대로 되지 않는 상대에게 짜증을 폭발시키는 듯한 어린아이 같은 군사행동을 위해, 장기간에 걸쳐 많은 사람들을 동원하는 것은 어렵다. 그래서 내세운 것이 '동양 평화를 위한 전쟁' '새로운 동아를 만들기 위한 전쟁'이라는 듣기 좋은 구호였다.

하지만, 그 주장을 끝까지 관철한다면 논리적으로는 '우리=일본인'이 전장에서 무기를 들고 마주 보는 상대조차도 잠재적인 화해의 대상이어야 한다. 다카가키 긴사부로의 『귀순병』삼성당, 1941은 전후, 『아사히신문』사 간부를 역임한 저자가 화중지구에서 '의무' 활동에 종사했을 당시의 체험기로, 거기에는 "문득 자신은 이 불볕더위 아래서 적을 쫓아내는 우군과 쓸데없는 저항을 계속하고 있는 중국군이, 서로 제휴하여 양쯔강 치수 공사에 종사하고 있다"라는 정경을 몽상하는 구절이 있다. 그것이야말로 "이번 사변이 해결하려고 하는 것에 틀림없"기 때문이다. 하라구치 도우타로의 『중국인을 대하는 마음가짐』실업지일본사, 1938은 타자로서의 중국인들을 어떻게 표상할 것인가에 대해서 다음과 같은 관찰을 피력하고 있다. "이번 사변은 중국인이 너무 우쭐해했기 때문에 크게 한 방을 먹이는 것과 비슷한 것으로 진심으로 중국인이 싫어서 한 전쟁이 아니라는 것은 명백하다", "이번 사변을 접하고, 이 정도의 대전을 치르면서 일본인 누구 하나도 눈앞의 중국인에게 악감정을 품은 자가 없다. 청일전쟁에서는 '장꼴라' 러일 전쟁에서는 '아라사' 등의 욕이 유행했지만 이번에는 중국인을 가리키는 신조어가 생기지 않는다"라는 구절을 읽을 수 있다. 모두가 정말로 '적'이 아닌 이상 — 그리고 실제 점령지 통치에는 많은 중국인 협력자의 존재가 필수적이었던 이상 — 중국 사람들 전체를 폄훼하고 차별화하는 말은 사용하지 않는다는 것이다. 그 이전에 난징 점령 소식에 기쁨을 주체 못한 고노에 후미마로 정부는 중국 국민 정부는 '우리'의 '진의'를 이해하지 않고 '반성'이 부족하기 때문에, "이후 국민정부를 상대하지 않고 제국과 진정으로 제휴할 만한 신흥 중국 정권의 성립 발전을 기대"한다는 말을 입 밖으로 내뱉고 말았다.제1차 고노에 성명 1938.1.16 정직하고 올곧은 검열 당국은, 일본의 전쟁을 영토나 이권 침탈을 위한 제국주의적 침략으로 보는 국내외의 논조를 면밀히 확인하고, 배제하는 작업을 계속하고 있었다.

그럼 대체 '우리'는 누구와, 무엇을 위해 싸우고 있는가? '우리'의 가족이나 형제, 친구, 이웃들은 왜 '우리'와 함께 지내지 않고 먼 중국 대륙에서 다른 사람을 다치게 하고 다른 사람으로부터 상처를 받아야 하는가. 이렇게 생각해보면 중일전쟁기의 전시 프로파간다 언설이 극히 어려운 과제를 짊어진 것처럼 보인다. 이런 종류의 프로파간다의 일반적인 역할은 '우리'와 '그들'사이에 선을 긋고, '적'인 '그들'을 차별적인 표상으로 덮음으로써, 애도하고 슬퍼해야 하는 것과 그렇지 않은 것을 구분하는 데 있다. 그렇다면 전쟁의 목적도 '적의 얼굴'도 분명하지 않은 전장을 표상할 때, '우리'와 '그들', '친구'와 '적'의 경계선은 어디서·어떻게 나누어지는가. '우리'와 '그들'이 싸우는 의의는 도대체 어떻게 말해지는가.

나는 『보리와 병사』의 이야기에서 불협화음처럼 들려오는 당나귀의 목소리에 주목하여 전기 텍스트의 교란적인 모습을 지적했다. 그러나 특별히 나는 전기 텍스트의 문학적인 가능성을 선양하고 싶었던 것은 아니다. 동시대의 전쟁 보도를 둘러싼 검열 코드나, 전장 체험의 이야기를 향한 기대의 지평에 의해 강력하게 규제되면서도, 더욱 유연하게 제도의 틀을 벗어나가는 텍스트의 비평성을 내세우는 것은, 무엇보다도 문학주의적이고 아름다운 결론이지만, 그것만으로는 불충분하다. 텍스트의 논리가 강력한 인식의 틀을 만들고 구조화해 나가는 상황을 외면해서는 안 된다고 생각하기 때문이다.

이 글에서는 전기 텍스트가 만들어 내는 언어 공간의 본질에 다가가고 싶다. 역사학자 구로바 기요다카는 일본군 전사자의 사인을 분석하여 중일전쟁은 "'보병의 백병주의'에 의한 전쟁"이며 "'목격 가능한 중·근거리'의 전쟁"이었다고 썼다. 그렇다면 '적의 얼굴'을 직접 볼 수 있었을 전장에서, 혹은, 바로 옆에 있는 현지인들이 언제 '적'이 될지도 모를 가능성이 잠재했던 장소에서, 싸우는 것의 의미를 전기 텍스트의 글쓴이들은 도대체 어떤 말로 써넣은 것일까? 후방의 점령지에서, 군대 생활의 일상 속에서 만나 얽힌 타자를 어떤 말로 표현해 나가는가? 결국 전기 텍스트는 '우리'와 '그들', '친구'와 '적'이라는 관계성의 표상을 어떤 논리로 어떻게 배분해 나가는가? 여러 텍스트를 횡단적으로 검토하는 것부터 이 모호한 전쟁의 지속을 뒷받침한 언어 공간의 질서에 대해 내 나름대로 생각해 보려고 한다.

2. 전장 교양 소설

이 책은 중일전쟁기의 전장을 그린 저작을 전기 텍스트라고 총칭하고 있지만, 거기에 그려지는 것은 꼭 구체적인 전투와 관련된 정경만은 아니다. 히노 아시헤이의 『꽃과 병사』개조사, 1940나 닛타 요시오의 『특무병의 수기』오늘의문제사, 1940, 동경대학 세틀먼트 출신으로 인형극(!)을 이용한 선무 공작에 종사했다는 마쓰나가 겐야의 『남지 전선 교육 종군기』쇼와책방, 1940와 같이, 애초에 전투와 관련된 장면이 아예 등장하지 않는 텍스트도 적지 않다.

그렇다면 대체 무엇이 그려지는 것인가? 전형적인 사례로서, 중일전쟁기・아시아 태평양 전쟁기에 히노 아시헤이와 쌍벽을 이루는 (군대 작가) 우에다 히로시의 대표적 종군기인 『건설전기』개조사, 1939의 한 구절을 살펴보자. 1905년생의 우에다는 고등초등학교 졸업 후에 국유 철도에 들어가 기관 조교 견습이나 사무직을 하면서 문학 활동을 이어나갔으며, 1934년 프롤레타리아 작가 동맹 해체 이후, 젊은 좌익 계열의 작가들이 창간한 잡지인 『문학 건설자』에 참여한다. 그 후 『문화공론』 『문학평론』 『와세다 문학』 『문예수도』 등에 노동자로서의 자신의 체험을 바탕으로 한 작품을 발표해 나갔다. 노구교 사건 후에는 히노 아시헤이와 비슷한 시기의 1937년 9월에 응소하여, 육군 공병 하사로서 치바현 쓰다누마의 철도 제2연대에 소속되어 "파괴된 철도나 교량의 수리 및 보전, 더 나아가 새로운 선로의 부설 외에도 군사물자 수송이나 노선 주변의 경비, 주민의 선무 공작을 주로 맡았다". 『건설전기』는, 1938년 5월 서주 작전 전후에 전개되는 일본 열차의 수송 루트를 확보하기 위한 중국군이나 게릴라의 '열차방해'에 시달린 부대의 날들을 그린 텍스트이다.

작업에 들어가기 전, 마지막 칸 열차의 후방에서 반전파괴가 일어나고 있다는 정보가 가운데 칸을 통해 들어왔다. 나는 새삼 내 앞에 있는 상황을 다시 쳐다보며 물었다. 처음으로 우리는 남하하는 이 집단 열차를 방해하려는 의도가 얼마나 집요하고 악랄한지 보여주는 듯한 느낌이 들었다. 지난번에 파괴된 도로를 수리하면, 간단히 목적이 달성될 것이라고 생각했던 나 자신을 강하게 질책할 필요를 느꼈다. 우리는 적에게 포위된 채로 나아가고 있는 것이다. 우리는 할 수 있는 만큼 하면 된다며 말을 모았다. 우리도 다시 할 수 있는 만큼 하자. 어느 쪽이 먼저 포기하는 가에 승부가 걸려있다고 나 자신을 타이른다. 반전 파괴를 복구하는 작업은 억수같이 쏟아지는 빗속에서 시작한다. 한때는 눈도 뜨기 힘들 정도로 비가 많이 내렸다. 우리는 여전히 철도를 수리하고 있다. 흙탕물이 튄다. 무심코 뻗디디다 발이 미끄러진다. (…중략…) 나는 흠뻑 젖어있는 나 자신을 잊고 있었다. 며칠 동안 계속된 작업으로 인한 피로도 잊고 있었다. 모든 것을 잊고 있었다. 나는 힘든 가운데서도 기분이 고향되기도 했다. 나는 죽을 때 비록 목소리가 나지 않더라도 천황폐하 만세를 외치며 야마토의 민족을 위해 두 팔 들고, 우리 미즈마 부대의 명예를 위해, "작업을 계속하라"는 말을 남길 것 같다고 생각한다.

나는 더 이상 고려할 것이 없다. 나는 단지 망치를 들어 올렸다. 아무것도 보이지 않으면 아무것도 들리지 않는다. 단지 살아 있는 순간 순간만이 의식되고 마지막 힘으로 망치를 휘두른다.

잘 알려져 있듯이 중국 국민당군·공산당군은 각각의 방식으로 일본군의 보급로를 방해하고 후방 교란을 위해 유격전을 벌리고 있었다. 야마다 아키라는 "1938년 이후부터 1943년까지 '만주국'을 제외하고 중국 대륙에 주둔하는 일본 육군 병력은 항상 70만 명 안팎을 유지하고 있었다"고 하지만, 그중 국민당 정규군과의 조직적인 전투 임무를 맡은 것은 대략 반 정도. 나머지는 일본군 점령지의 '치안유지'를 하고 있었다. 다시 말해, 일본 육군은 그만한 규모의 병력을 비정규전의 요원으로 배치해야 했던 것이다. 중국 대륙의 일본군대가 '점과 선'밖에 진압하지 못했다고 일컬어지는 까닭이다. 육군이 거창하게 '고도분산배치'라고 부른 부대 배치는 "경비 지구 1km 사방당 불과 0.37명의 병력뿐이었고, 일개 보병 대대의 병력 (800명 안팎)으로 평균 50km 사방을 경비하던 셈이다". 중국공산당 제8로군이 활동한 지역에서 경비에 쫓기는 나날을 그린 『건설전기』에는 항일 게릴라들의 다양한 파괴 공작이 사진을 통해 실로 상세하고 집요하게 쓰여 있다. 다리를 폭파시키고, 선로의 토대를 파헤치고, 레일을 떼어 숨기고, 레일과 침목을 고정하는 못을 뽑고, 레일 자체를 뒤집어엎었다. '우리'는 땜투성이가 되어 그것들을 수리하지만, 그때마다 매복하던 중국군에게 습격당해, 겨우 일을 끝내도 또 다른 곳이 망가져 있었다.

인용한 부분은 바로 얼마 전에 '우리'가 복구시킨 곳이 다시 중국군에 습격당하는 장면이다.

오해가 없도록 미리 적어 두지만, 앞의 문장은 중국에서 일어난 일본 전쟁의 무의미함을 이야기한 부분이 아니다. 하물며 중국군의 전술적 탁월성을 평가한 기술도 아니다. 무의식중에 시지퍼스의 이름을 떠올리게 하는 이 광경은 어디까지나 '나'가 전쟁을 위해 적극적으로 헌신하는 모습을 다루는 목적으로 마련된 것이다.

모처럼의 노고가 수포로 돌아갔다는 것을 알았을 때의 보람 없는 분노나 엄청난 무력감, 견디기 힘들 정도의 슬픔이나 모든 것을 내팽개쳐버리고 싶을 정도의 절망 등, 마음속에서 꿈틀거리는 미지의 감정을 관리하고, 사전에 막아버리는 그런 추상적인 생각이 스쳐가곤 했다. '우리'와 '적' 중 "어느 쪽이 끝까지 포기하지 않을 것인가". 이 전쟁은 버티기 싸움인 것이다. 중국군의 포격이나 총격을 받더라도, 비록 "인간의 보행보다 뒤떨어진" 정도의 속도라 하더라도, 어쨌든 열차를 나아가게 해야 한다. 비록 "사물을 생각하는 힘이 없어지고 스스로 자신의 존재조차 알지 못한"다고 해도, "자신들을 기계화함으로써 피로와 고통"을 극복해야 한다. 전장에서 주변 사방을 관찰하지 않는 것은 굉장히 위험한 일이지만, '우리'는 명령받은 '일'을 자신들에게 부과된 '의무'로 받아들이고, "아무것도 보이지 않으면 아무것도 들리지 않는다"고 스스로를 타이르면서 오로지 전장에서의 노동에 전념한다. 그 순간에 '우리'

는, '조국' '민족'의 의지를 구현하고 '일본인' — 일찍이 도사카 준은 '일본·이데올로기'를 논할 때, "닛뽄이라고 읽는 것은 위험한 사상"이라고 썼다 — 이라고 하는 '절대'의 관념 속에 살 수 있다는 것이다.

이케다 히로시는, 출정 이전에 우에다 히로시가 프롤레타리아 문학 운동의 영향권에 있었다는 것에 주목하여, 중일전쟁기의 그의 텍스트를 전향 문학의 한 변종으로 보는 시각을 제시하고 있다. 또, 이케다는 우에다가 일관되게 현지 중국인들의 시선을 방법적으로 사로잡으려고 고투한 점을 언급하며, "그가 선택한 문학적 방법은, 프롤레타리아 문학 운동 속에서 얻어진 것이 맥맥이 흐른다"고도 논하고 있다. 모두 중요한 지적이라고 생각하지만 마찬가지로 이케다의 논맥과는 다른 의미이긴 하지만, 앞의 인용에도 들어맞는다. 니시다 마사루에 의하면 "전전 유일한 반전 앤솔러지사화집"인 '전쟁에 대한 전쟁'좌익 교예가 총연합편 미난슈서원, 1928에도 수록된 구로시마 덴지의 단편소설 '썰매'에서는, 시베리아 간섭전쟁을 무대로 삼으면서 아무리 국가나 상관이 명해도 "전쟁을 해나가는 사람은 우리들이다. 우리들이 그만두고 싶으면 그만둔다"는 전장에서의 사보타주와 집단적 항명의 가능성을 깨닫는 병사들의 모습이 점철되어 있었다. 전쟁을 노동의 어휘로 말하는 발상은 바로 프롤레타리아 문학이 키워온 것과 다름없기 때문이다.

그렇게 생각하면 『건설전기』의 사색이 그러한 프롤레타리아학의 발상을 정확하게 뒤집은 것임을 알 수 있다. (지금·여기)서 싸우는 것, 헛수고로밖에 생각되지 않는 작업을 명령할 수 있는 것에 대한 회의가 고개를 쳐들려는 바로 그 순간에, '조국'이나 '민족'과 같은 국가적인 가치를 앞세워 전쟁의 의미에 대한 물음을 용해시켜버리는 것이다. 다시 말하면, 우에다는 위험하기 짝이 없는 전장에서, 자진해서 멸사봉공의 회로에 몰입함으로써, 상상적으로 국가적인 가치와 일체화할 수 있다는 논리를 제시해 보인 것이다. 스스로의 행위나 존재의 의의 그 자체가 마멸하는 전장에서의 경험이, 자신을 높이기 위한 시련으로 의식된다는 것. 죽음과 가까운 전장에서, 언제 끝날지도 모르는 작업에 한 눈 팔지 않고 주력하는 것이, 자기 자신을 단련하고, 보다 높은 차원의 가치에 가까워지게 하는 계기일 뿐이라는 것. 이러한 발상은 전기 텍스트에 있어 결코 드문 일은 아니다. 예를 들어, 앞에도 언급한 히노 아시헤이의 『꽃과 병사』에서는 종군하기 전에 화가였던 하사관이 "나에게 말을 거는 것 같기도 하고 혼잣말인 것 같기도 한 어조로" 다음과 같이 말하는 장면이 있다.

> 전쟁은 인간이 모여 만들고 있는 나라와 나라가 싸우고, 전장에서는 인간과 인간이 싸운다. 그것은 심히 미쳐 보이지만 그것 역시 인간에 의해 행해지는 것이다. 인간이 새로이 인간의 길을 찾는 인간으로서의 싸움이다. 전쟁 속에 항상 인간이 있고, 인간은 그 속에서 새로운 사람으로서 빠져나와야 한다. 나에게는 이러한 인간의 성장이 기대된다. 그러나 인간의 성장은 어떠한 내면의 싸움에 의해서 한층 더 성장해야 한다.

나는 생각한다. 지금 이 전지에 있는 군인들이 한꺼번에 내지로 귀환하면 도대체 일본은 어떻게 되는 것인가? 즉, 상태가 좋지 않은 병사 수백만이, 평화로운 생활 속으로 뛰어들면 어떻게 되는 것일까? 사회적으로, 문화적으로, 어떤 변화가 일어날지 일어나지 않을지에 대한 문제가 아니다. 그것은 나에게는 일종의 희망인 동시에 또 일종의 기우이기도 하다. 아아, 이건 정말 큰일이다. 병사들은 전장에서 총을 잡고 싸워야 한다. 동시에 내면과의 싸움이 이루어져야 한다. 항상 반성이 이루어져야 한다. 그 반성이 인간을 진정으로 단련시키고, 진정한 인간을 완성하고, 일본을 아름답게 만드는 것이다.

'적'으로 묶여진 다른 사람을 향해 폭력을 행사하고, 인간으로서의 삶을 부정하고 훼손하는 행위가 '인간의 성장'으로 이어진다. — 『꽃과 병사』라는 텍스트의 가장 긴장되는 순간이라 할 수 있는 이 발화에, 전장에서의 히노 자신의 사색이 투영되고 있음이 명백하다. 전선에서 가해와 살육을 한 / 해야 했던 '병사'들을 '머리 상태가 좋지 않은 존재'라고 말하는 것으로, '전장'에서 보내는 시간이, '내지'의 '평화로운 생활'에서 동떨어진 이질적인 것이라는 결정적인 인식과, '전장'을 알아버린 자는 예전의 일상으로 돌아가지 못할지도 모른다는 두려움과 비슷한 감각이, 확실히 각인되어 있기 때문이다. 타인을 다치게 하고 죽이고, 바로 옆의 타인이 끔찍한 죽음을 맞이하는 순간에 입회한 '병사'가, 더 이상 예전과 같은 '인간'이 아니게 된 것이 아닐까 하는 회의가 써져 있기 때문이다. 히노의 텍스트에 '휴머니즘'을 간취하는 평가는 바로 이러한 기술에서 비롯한 것이고, 필자로서의 히노에 입각해서 생각하면, 군대 조직 안에서 '병사'인 동시에 계속 '인간'으로도 존재하기 위해 엮어낸, 자기합리화와 자기 억압을 위한 아슬아슬한 구실이었을 것이라고 상상할 수 있다. 이러한 글을 쓰는 것이 전장의 표현과 관련된 검열 코드를 의식하면서, 또한, 나름대로 성실하게 이야기를 만들려는 결과였던 것도 명백하다. 그러나 현재의 독자에게 있어서, 문제는 어디까지나 적힌 문자에 있다. 주목하고 싶은 것은 이 장면의 화자가 중국 전선에서 싸우는 것에 대한 의의를 '인간의 성장' '인간의 완성'이라는 이야기로 만들어 내고 있는 것이다.

"전장에서는 인간이 인간과 싸운다." 20세기 전쟁에서 그것은 자명한 일이다. 하지만 그것이 상도를 벗어난 미친 짓이 아니라, '새로이 인간으로서의 길을 찾는 인간의 싸움'이라고 고쳐 말하는 것으로, 서로 베고 죽이는 전장의 현실은 후경화되고, 바로 거기서 보였을, 총을 겨누고 또 겨눠졌을 '인간' = '적'의 모습이 소거된다. 이 논리를 따르는 한, 전쟁 속에서 '새로운 인간'으로서 '빠져나오는' 것은 '일본'의 '병사'들뿐인 것이다. 여러 번 텍스트의 표면으로 부상한 '반성'이라는 말은, 전장에서의 군의 자세나 자신의 행위에 대한 회의나 내성으로는 결코 향하지 않으며, '인간'으로서의 '완성'을 지향하는 '내면과의 싸움'으로 닫혀 끝난다. 전장에서는 '인간'인 것을 일단 포기해야 하지만, 거기서의 '반성이 인간을 진정으로 단련시키고, 진정한 인간을 완성하고, 일본을 아름답게 만드는 것'으로 이어진다는 것이다.

틀림없이 타인의 목숨과 신체를 손상시키는 가해의 현장이며, 다른 사람으로부터 자신의 목숨과 신체를 훼손당하는 부상의 현장이기도 한 전장을, '인간'을 '성장'시키고, '늠름하고 훌륭하게'하는 자기 형성·자기 단련의 장으로 간주하는 도착적인 발상은, 전기 텍스트의 기본적인 콘셉트라고 할 수 있다. 실제로 이 시기의 비슷한 책의 페이지를 넘기다 보면, 여러 번 같은 종류의 표현을 만나게 된다.

앞서 소개한 닛타 요시오의 『특무병의 수기』에는 많은 병사들이 '목숨을 버릴 각오'를 온몸으로 체득하는 이 '전쟁'이, "자기완성된 인간을 많이 만들고 있다"라는 기술이 있다. 전장에서 다른 사람을 상처 입히고 죽였다고 해서, 군대 생활 이전의 개성이나 심성이 결코 나쁘다고는 할 수 없다고 주장하는 니와 후미오의 『돌아오지 않는 중대』중앙 공론사, 1939에는 "옛날부터 군대에 가면 인간이 단련되어 온다고 알려져 있"지만 "사실 병사가 됨으로써 인간은 어엿한 한 사람으로 단련된다". "이 전장을 체험하고, 단련된 사람은 내지로 돌아가면, 분명 질풍과 같은 정기를 여기저기 퍼트릴 것이 틀림없다"라고 부하를 염려하는 육군 소위가 등장한다. 한편, 종군기자의 입장에서 쓰인 이노우에 유이치로의 『종군 일기』다케무라 쇼보, 1939에는 일본군으로서 우한전을 최전방에서 지켜보고 싶은 생각에 전속력으로 달려온 자신의 상태를 "나는 더 이상 어떠한 이유나 의미도 부여하고 싶지 않다". 나는 "전적으로 '인간이 되기 위해' 일부러 전장에 온 것이 아니다"라고 술회하는 장면이 있다. 이러한 단서를 일일이 써넣지 않고는 못 배기는 것 자체가, 이 전쟁을 '인간'적인 '성장'의 장소로 보는 언설의 강한 영향력을 증명하고 있다.

말하자면, 중일전쟁기의 전기 텍스트는 일본 군대의 일원으로써 중국 대륙의 전장에 참여하는 것을, 자기 자신을 단련시키고 향상시키는 '수행'이라고 받아들이는 틀을 만들어내고 있는 것이다. 물론 그것은 병사로서의 스킬이나 운동능력의 향상이라는 의미가 아니다. 전술적 판단력이나 신체적 강인함의 획득이 목적인 것도 아니다. 어디까지나 자기 자신의 '마음', 마음가짐, 전쟁과 관련된 자세나 태도의 문제인 것이다. 그렇기 때문에 그 성과나 성취도를 판단하는 외적인 잣대는 어디에도 없고 '수행' 결과, 어떤 자기상이 '완성'되는지를 그려내는 일은 그 누구도 할 수 없다. 따라서 이 '수행'은 그가 전장에 있는 한, 결코 끝나지 않는다.

이 전쟁은 '수행'이기 때문에 단지 그곳에 있는 것만으로는 불충분하다. '수행'의 내실은 전쟁 중에 경험한 위험이나 어려움 정도에 따라 결정된다. 전장에서의 죽음을 궁극적인 기준으로 하여, 그곳에서의 거리 여하에 따라 각자의 전장 체험의 의의나 가치가 의미 부여되는 것이다. 전기 텍스트 중에서 실제 전투행위에 참가하지 않은 병사나 후방의 병참 업무, 점령지에서 '선무' 공작에 종사하는 병사들이, 전선에서 싸우는 병사들에 대한 부채감이나 꺼림칙함을 말하는 것은 그러한 사정 때문이다.

일련의 전기 텍스트가 이와 같은 '수행'의 회로에 갇히는 것 자체를, '일본인'으로서의 주체화=국민화라고 규정하고 있는 것도 중요하다. 사상사학자인 김항은, 중국과의 전쟁을 '위기가 아니라 시련'이라고 파악한 고바야시 히데오가, 사람은 '죽음이라는 극한'에서 '일본인이라는 운명'을 발견한다고 하는 글을 엮음으로써, '야스쿠니 논리를 데카르트적인 방법에서 반복'해 보였다고 논했다.

이러한 '운명'의 발견이 모종의 특별한 '결단'의 결과로 이어지는 것은 아니라는 것이다. 전장에서, 군대 조직 안에서, 자신의 몸속 깊은 곳에서 웅성거리는 감정이나 충동, 욕구를 억압하고, 주어진 임무를 묵묵히 해내는 것. 그게 바로 "가장 간단하고도 단순한 것이 가장 높은 곳으로 바로 연결된다"히노 아시헤이, 『흙과 병사』고 하는 '조국을 지키는 길', 즉 '일본인'의 '길'인 셈이다. 무네타 히로시의 『분대장의 수기』신소설사, 1939는 그 일을 좀 더 알기 쉽게 바꿔 말해준다. "병사의 길은 정해져 있는 것이다. 그 길은 험하지도 어렵지도 않은 탄탄대로이다. 일본인이라면 누구나 쉽고 당당하게 나아갈 수 있는 길이다"라고.

전장에서 목숨 바쳐 싸우는 '수행'의 길에 몰입함으로써 '일본인'이라는 징표를 세울 수 있다면, 과거에 붙여진 부정적인 낙인을 청산하는 것도 불가능은 아니다. 사실 전기 텍스트의 언어 공간에서는, 자신도 훌륭한 '일본인'이라고 말하는 전향자들이 중요한 역할을 맡고 있다.

응소 전에는 요미우리신문사 니가타 지국원이었다는 오카무라 쓰사부로의 「담배」삼성당 출판부 편, 『우린 어떻게 싸웠나』, 산세이도, 1941는, 실제 사회운동에 참여하지 않았지만 '어떤 사상의 세례를 받은 채 현역으로 입영'한 이케야라는 병사가, 훈련 교관 H 소위의 훌륭한 훈도를 받고, 상해전에서 '격렬한 민족의 피바다에 단련'되어 '진정한 민족의 기조'를 잡고, '조국을 향한 격정 속을 나체로' 뛰어드는 모습이 그려진다. 난바 도라이치의 『돌아가는 병사』오하루사, 1939, 표지 문제는 『전향 수기 "돌아가는" 병사』는 출정 때, 일본 공산당 상임 중앙 위원 · 일본 노동조합 전국 평의회 상임집행위원이었으며, 노동운동의 베테랑으로서 "수십 가지 파업을 지도한 경험을 가지고 있다"고 기술한 필자가, 1937년 12월 인민 전선파의 대검거 소식에 가슴 아파하며, "동지의 악행 만 분의 일이라도 설욕하고 싶다"며 전장에서 목숨 바쳐 싸우는 모습을 그린 텍스트이다. 거기에는 "어떤 사상운동가라도 한번 전쟁에 나가게 되면 반드시 일본인으로 되살아난다. 반드시 나는 되살아날 수 있다고 생각하는 것이다"라는 비장한 호소와도 같은 언사가 새겨져 있다. 과거에는 징병 기피자였던 사토무라 긴조의 『제2의 인생』 『제2의 인생 제2부』가와이데 쇼보, 1940는 그 제목 자체가 "새롭게 태어나기 위해 전쟁에 와있다"고 하는 인물의 실정을 이야기하고 있다. 그리고 저자 자신을 가탁하고 싶은 마음에 화자를 "구좌익의 진영에 있다가 사상에 빠진 자 중 한 명"으로 설정한 다치노 노부유키의 『후방의 흙』개조사, 1939에는 다음과 같은 구절이 나온다.

중국 대륙의 운명을 생각한다는 것은 곧 일본의 운명을 생각하는 일이다. 그리고 동시에 그것은 가지梶 무리들의 삶의 문제이기도 했다. 전쟁은 사태를 거기까지 몰아가고 말았다. 아니, 본래 이 전쟁은 그러한 명제로부터 필연적으로 발생한 것일지 모른다. 가지는 전선과 후방에서 뜻하지 않게 옛 좌익 무리가 실로 용감하게 일하고 있는 것을 목격하는데, 루산盧山 전선에서 만난 병참부대 한 소위는 가지의 손을 잡고 나는 용감하게 싸울 것입니다, 그것만이 내가 살 길이라고 생각합니다. 싸우고 싸우고 또 싸워서 그것을 통해 나는 뭔가를 발견할 것입니다. 그 무언가를 잡고 싶습니다, 라고 눈물 흘리며 말한 것을 가지는 평생 잊을 수 없을 것이다. (…중략…) 옛 우익도 옛 좌익도, 함께 사상적으로는 이 운명적인 대전쟁 전에 한 일본인으로서의 백지상태로 되돌아가 전쟁 그 자체 속에서 일본의 운명을 그와 동시에 자신들의 새로운 삶을 구하고 있는 것이다.

생각해보면 다치바나 노부유키도, 사토무라 후키조우도, 좀 전의 반전反戰 소설집 『전쟁에 대한 전쟁』에 소설을 실은 작가였다. 아마 그것 때문일 것이다, 마치 자기 이야기를 하듯이 『후방의 흙』의 시점 인물은, 일찍이 "이 나라 국법을 어기는 운동에 광분한 자들"이 "이 전장의 포화 속"에서 "일본인으로서의 새로운 삶의 방식"을 요구하고 있는 것이라고 말한다. 중국 대륙에서의 일본의 침략전쟁과, 자신의 '삶의 방식'을 모색하는 전향자들의 고투를 결합하는 이론은 마치 논리의 본체를 이루지 못하고 있다. 그러나 이 전쟁이 자신의 과거를 정화하고, '일본' '일본인'과의 화해의 기회를 제공해 주고 있다는 신념(혹은 갈망이라고 해야 할 것이다)의 견고함만은 명확하게 간취할 수 있다. 일찍이 후지타 쇼오조오는 중일전쟁기・아시아 태평양 전쟁기에 이르러, "전향은 이전처럼 단순히 마르크스주의・반국체주의・혁명운동'에서의' 전향만으로는 있을 수 없고, 총력전이 가져다준 목표'로의' 전향이 된다"고 논했다. 그런 "적극적으로 '일본인'임을 증명"하라고 강요하는 언설 실천의 범례가, 바로 중국 대륙의 전장에서 몸과 목숨을 바쳐 싸우는 것으로 요구되었다는 점을 주목해야 될 것이다.

3. 전장과 '인간성'휴머니즘

가노 마사나오의 『병사라는 것』은 『산시山西성』의 가인인 미야 슈우지의 전장 시가를 다루어, 그는 "'병사'이기 때문에 '인간'을 포기한 것이 아니며, '병사'를 포기함으로써 '인간'에 도달하는 것도 아니며, '군대'에 충실하여 '인간'으로서 성장하도록 스스로 부과한 것이다"라고 논했다. 이노우에 토시오의 『처음으로 사람을 죽이다』는, 고참병들의 음침한 왕따와 '사적 제재'에 괴로워한 '신병 시절'에, 다음과 같은 인생 교훈을 엮어냈다고 말하고 있다. "군대와 전장에서는 내지에서 좀처럼 경험할 수 없는 여러 문제나 사건에 부딪히고, 고난을 겪으면 겪을수록 남자답고 훌륭한 사람이 된다. 그러니까 어떤 고통스러운 일도 싫은 일도 견뎌내야 하는 거다." 물론

'지식으로서 알고 있는 것'과 간절한 체험을 통해 움켜질 수 있었던 신념을 같은 수준에서 논할 수는 없다. 그러나 가노나 이노우에가 말한 인식의 틀은, 이미 동시대의 전기 텍스트에서 반反정형화되어 있었던 것도 사실이다.

황급히 덧붙이지만, 이러한 '수행'의 논리 자체는, 중일전쟁기의 전기 텍스트가 새롭게 발명한 것은 아니다. 생활과 신체의 규율화와 자기 자신의 인격적 완성을 연결 짓는 논리는, 근대 일본에서 '입신출세' '성공'의 라인을 타지 못한 근로청년들이, 일상적인 실천을 통해 '인격 향상' '자기 형성'을 목표로 한 '수양'의 논리에도 통한다. 자신을 호되게 질책할 정도로 고차적인 주체성을 획득할 수 있다는 발상은, 예를 들어 나쓰메 소세키의 『마음』에 등장하는 'K'의 사색思索과도 닿아있다. 동시대의 문학표현과의 관계로 말하자면, "살아가고 있다고 스스로 느낄 수 있는 생활이 필요하고, 그 결과가 설령 무엇이라 하더라도 거기서부터 다시 길은 열릴 것이다"라고 말하는 인물이 등장한다. 마찬가지로 전향자였던 시마키 겐사쿠의 『생활의 탐구』가와이데쇼보, 1937와의 유사성도 지적할 수 있을지도 모른다. 어쨌든 전장에서의 주체화=국민화를 다루는 '수행'의 담론은, 이미 일본 사회에서 일반화되어있었던 통속 도덕의 이야기가 결합되어 재이용되었다고 생각하는 편이 적절할 것이다. 그리고 아마 그렇기 때문에, '수행'의 담론은 전시하에 있어서 강력한 이데올로기적 효과를 발휘했다. 죽음과 이웃한 전장에서 '조국'을 위해 싸우고, 자기 자신과 싸우고 있는 병사들이라는 표상 자체가, '후방'의 생활과 신체의 규율화를 촉진하는 자원이 된 것이다.

예를 들어 우에다 히로시는 '귀환병'의 위치에서, "이번 사변이 국가 총력전인 만큼, 전선·후방 구분 없이" 각자의 싸움에 매진해야 한다고 말했다.『전장에서 돌아와』, 학예사, 1940 또한, 히비 노시로는 "'전선 장병들의 노고를 생각하라'라는 말은, 부모에게 효를 다하라는 말과 같이, 오늘날에는 국민학교 학생의 머리에 스며들어있는 윤리이다"『하나의 사고』, 육예사, 1942라고 단정했다.

흥미로운 것은, 비록 군대 경험자·전장 경험자일지라도, 한번 그곳을 떠나면, '수행'과는 관계가 멀어진다고 느끼고 있다는 것이다. 1939년 말에 제대하여 귀환한 히노 아시헤이가, 더 이상 '병사'가 아닌 입장에서 다시 중국 전선으로 향했을 때, 흙과 먼지투성이가 되어 지쳐있는 병사의 얼굴을 "우리도 군인이었을 때는 그런 얼굴을 하고 있었다"라고 쓰면서, 그 병사가 쳐다보는 순간, "그윽한 눈은 기분 나쁜 빛을 띠며 나를 힐문하는 것처럼 보였다"고 쓴 것을 잊을 수 없다.'이창전선 종군수첩발췌', 『병사에 대하여』, 개조사, 1940 그 당시 히노는 자신을 전장 당사자로 생각하지 않는다. 그렇기 때문에 그는 '병사'로서의 시간과 입장을 공유할 수 없다. 그 인식은 자기 자신을 위협하고, 참을 수 없는 기분이 들게 한다. 히노는 자신의 두려움을 감추는 듯, 설교적인 어구를 쓰지 않을 수 없었다. "나는 더 이상 셀 수 없을 정도로 몇 번이나 당황하여 변명했다", "무언가 전선과 후방 사이에 장벽이 있다", "순전히 조국을 위해 목숨을 걸고 싸우는 군인들의 마음을 이렇게 어지럽히는 것에 대한 책임은 어느 쪽에 있는가" 하고.

하지만 그뿐만은 아니다. 전장을 '수행'의 공간으로 보는 담론은, 전기 텍스트의 표상 질서를 안정적으로 유지하는데, 매우 중요한 역할을 하고 있다. 그것을 확인하기 위해서, 전기 텍스트의 타인 표상에 대해 살펴보고 싶다.

중국 대륙에서의 전쟁터 체험을 그린 전기 텍스트에는 상당한 빈도로, 타자로서의 중국군 장병이나 중국 사람들과 접촉해버린 순간의 망설임과 비슷한 감정이 기술된다. 예를 들어 나리타 류이치는『보리와 병사』의 "중국 병사나 토민들을 보고, 이상한 기분이 드는 것은, 그들이 너무 일본인과 닮았기 때문이다"라는 구절에 주목하여, 전장에서는 '적'인 "'그들'에게 '우리'를 발견한다 — 발견하고 만다". 히노의 텍스트에는, "일본인/중국인, 일본군/중국군의 경계를 완화해"버리는 순간이 있다고 말하고 있다.

하지만 동시대의 용례를 따르는 한, 나리타의 지적은 적절하다고 보기 어렵다. 중일전쟁 초기부터 중국인과 일본인의 외모를 유사하게 언급하는 발언은 종종 쓰였다. 재빠르게 중국 전장으로 향했던 작가 세 명오자키 시로, 하야시보오, 사카키야마 윤과 중국 문제에 깊이 관여하고 있던 개조사 사장인 야마모토 지쓰히코에 의한 좌담회 석상에서, 오자키는 "베이핑에서 팔달령에 갈 때" 본 많은 포로들에게 "아는 사람 닮은 사람이 한두 명 있네. — (폭소) — 뭔가 이렇게, 보고 있으니 미안한 기분이 든다"고 말했다.「소설가가 보고 온 전쟁을 이야기하다 "이야기"의 모임」, 『이야기』, 1937.10 '폭소' 후에 주절거리지 않을 수 없었던 마음의 움직임이 궁금해지는 부분이긴 하다. 히노는 다른 텍스트에서 "우리가 바이야스만 상륙 이후에 만난 중국 병사는 더욱 일본인과 닮았다. 우리는 왠지 형제 싸움을 하고 있는 것 같은 언짢은 기분을 숨길 수 없었다"라고 하며, 『보리와 병사』에서는 '친구' '이웃'이라고 표현한 중국 사람들을 향한 시선을, 보다 자기에게 끌어당기는 모습으로 반복하고 있다.『광동진군초』 『황진』 개조사, 1938의 우에다 히로시는 더 단적으로, 전장의 '그들'과 '우리'는 같다고 써 버린다.

우리들의 기개도 점차 높아져 갔지만 그 무렵부터 목숨이라는 걸 잊어야 하는 사태로 치달았다. 적은 이미 수천 발을 쏘아대고 있다. 앞으로도 쏘아댈 것이다. 그 가운데 한 발이 나를 명중하지 않으리라는 법이 없다. 아니, 명중하지 않는 것이 이상하다. 한발, 한발, 나는 온몸으로 발사의 반동을 느끼며 목표를 겨눴다. 우글거리는 적의 모자를 정통으로 조준하리라 마음먹자 나를 노리며 날아오는 탄환을 도중에 멈추게 할 수도 있겠다는 생각까지 들었다. 나는 비껴가는 탄환 따위는 신경 쓸 여유가 없었다. 그냥 오로지 정면에 있는 적을 향해 탄환을 계속 쏘아댔다.

그리고 얼마나 시간이 흘렀을까. 나는 아군의 산병선散兵線 피해는 알 수 없었지만, 적의 피해가 상당하다는 것은 알 수 있었다. 마치 수박이 나뒹굴듯 철모가 삐죽 나타났다 사라져 가는 모습을 나는 몇 번이고 목격했기 때문이다. 나는 그럴 때마다 묘하게 가슴이 철렁했다. 눈부신 아침 태양 탓이었을까, 그 때마다 나는 거울에 비친 자신의 모습을 들켜 버린 것만 같았기 때문이다. 히자와日沢 일등병의 말에 따르면, "아니 나도 그래"라고 그도 지방이 두둑한 눈을 비비며 "거울도 아주 확실한 거울이야", "기분 나쁘지만 마지막까지 거울로 가자".

20세기 일본과 중국과의 전쟁을 '15년 전쟁'으로 보는 태도로 파악한 구로하 기요타카의 일련의 일은, 이 전쟁에서의 인간의 생사 현장에 육박하는 데 있어서 결정적으로 중요하다. 구로하에 의하면, 적어도 러일전쟁에서 중일전쟁에 이르기까지, "일본군의 전투란, 많게는 대륙 산야에서의 야전공성전이나 요새전 이외의 지상전이고, 총격전이며, 보병부대를 주력으로 하는 돌격전・백병전이고, 그 당시, 소총 혹은 기관총을 사용한 적병들의 저격이 가장 흔한 전투방식이 되었으며, 그 일은 필연적으로 두부・경부 — 약간 일반적으로 말하면 상반신 — 를 표적으로 삼는 것"이 중심이었다. 바로 그 '백병전'의 장면을, "돌진한 순간, 수류탄을 치켜든 채 석고상처럼 꼼짝도 하지 않은 적의 얼굴을 봤다", "가장 악한 표정으로 들이닥치는 자를 우두커니 바라보고 있는 자도 있었다"라는 슬로 모션 느낌으로 그려낸 니와 후미오의 『돌아올 수 없는 중대』의 기술은 약간 부자연스럽다고 해도, '저격'이 가능한 이상, 전장에서 서로 베고 죽였던 자들은, 상대의 얼굴을, 모습을, 표정을 실제로 볼 수 있었을 것이다. 인용한 『황진』의 구절은 바로 그러한 장면이다.

이 직후에 '나'는, 다른 병사들과 함께 '삼백이 넘는' 중국군이 있을 진지를 향해 돌격을 시도하고, 오른팔에 총을 맞아 부상을 입었다. 하지만 여기서 주목하고 싶은 것은 내리쬐는 아침 햇살 속에서, "'그들'에게 '우리'를 보고" 말았다고 하는 '나'와 '히자와 일등병'은, '오싹한' 기분 나쁨을 느끼면서도, 결코 총격을 멈추지 않는 것이다. 전기 텍스트에 있어서, '우리'와 '그들', 자신과 타자 간의 공통점이 발견되는 것 자체는, 전쟁터에서의 '친구'와 '적'의 경계의 위기나 혼란으로 직결되지 않는다. 왜 그런 것인가.

첫 번째로 생각해야 할 것은, '수행' 담론이 병사들의 신체를 주체화=국민화하는 회로의 문제이다. 누구나 알다시피, 자신의 표상은 타자로서 세워진 표상과의 차이를 통해 알 수 있다. 사카이 나오키의 말을 빌리자면, "서양이든 비서양이든 인종, 민족, 국민과 같은 근대적 주체는 외발적으로 구성되고, 대對-형상화적形象化的인 도식으로 매개될 수밖에 없다". 따라서, "자국민의 상을 재현-표상하여 주체를 만들어내기 위해서는, 무슨 일이 있어도 이 대칭적인 타자의 형상이 필요한 것이다". 중요한 것은 일반적으로 전기 텍스트에는 중국 사람들을 헐뜯고 '일본인'과 차별화하여 표상하는 경우도 있지만, 그런 목소리만이 텍스트를 덮고 있는 것은 아니다. 즉 전장에서의 주체화=국민화가 요구하는 타자의 표상은, 중국 사람들만이 아니라는 것이다.

생각해 보자. 사람들이 전장에서의 단련=시련을 통해 '일본인'이라는 정체성을 받아들이는 것이라면, 거기서 '자기 확립을 위한 대칭적 타자'사카이 나오키로서 규정되는 것은, 군대 이전·전쟁 체험

이전의 '나'의 모습이며, 전장에서 욕망이나 감정에 밀어붙여져 움직이게 되는 현재의 '나'의 모습이라고 생각한다. 왜냐하면 '수행'이란 무엇보다 자기 자신과의 싸움이고, 과거 혹은 현재의 자기 극복으로 의식되는 행위이기 때문이다. '수행'의 담론은 주체를 구성하는 회로에 시간성을 가져오는 것으로, 표상의 수준에서도 자신과는 이질적인 타자를 필요로 하지 않는 자폐적인 틀을 만들어 낸다. 그래서 『황진』의 우에다 히로시가 전장에서 대면한 중국 병사들을 자신들의 거울상으로 표현한 것은 매우 상징적이다. 거울상은 때때로 죽음을 징조하는 무서운 이미지이기도 하지만, 동시에 애당초 자기 자신과 닮은 모습이나 다름없다.

역경은 사람을 훌륭하게 한다, 라는 것인가. 타자의 폭력조차도 스스로 극복해야 할 시련으로 표상한다. '수행'의 담론은 전장에서 만나는 '그들'='적'의 존재 자체를 후경화 시키고, 의식의 경계면에서 멀리하는 역할을 맡고 있었다고 할 수 있다. 바꿔 말하면, '수행'의 담론은 텍스트 수준에서 타자와 만나지 않기 위한, 텍스트의 표상 질서를 흔드는 타자의 침입을 막기 위한, 안전 장치로써 기능하고 있었던 것이다.

분명 거기에 타자가 있는데, 그렇게 의식도 인식도 되지 않는다는 것. 눈과 눈을 맞추고, 이른바 혼합된 언어나 몸짓으로 커뮤니케이션마저 하고 있지만, 결국엔 그들을 전장이나 후방의 한 점 배경으로 몰고 가는 것. 『타인의 기호학』의 츠베탕 토도로프는 "사람은 다른 사람의 완전한 발견을 끝까지 이뤄내지 않고도 (타자의 완전한 발견이 있다고 가정해서지만) 평생을 살 수 있다"라고 썼다. 그런 식으로 말하면, 중일전쟁기의 전기 텍스트에는 타자의 모습을 적어 넣으면서, 타자와는 만나지 않기 위한 장치가 구조화되어 있었다고 할 수 있다. 어디까지나 자신의 모습에만 집중하는 주체의 자세는, '왜, 누구와 싸울 것인가'를 결정적으로 모호하게 하고, 자주 요동치는 전쟁에 의미를 부여하는 데도 아주 안성맞춤이었다.

화자들은 이야기의 현재에서 과거의 전장 체험을 되돌아보거나, 회한하는 마음에 사로잡히거나, 분노를 새롭게 하거나, 비탄에 젖거나 하는 일은 없다. 텍스트 시간은 철저하게 회자되고 있는 현재에 고정되어 있으며, 화자가 자신의 기억과 대화적으로 관계되는 일은 없다. 전기 텍스트가 전장 일기나 기록이라는 체재를 고집하는 것은, 전장의 시간을 과거에 국한시키고, 이야기의 현재에 회귀하지 않도록 못 박아 두려는 특질과 관련되어 있다.

그런데도 텍스트의 문자 배열을 주의 깊게 더듬어 보면, 갑자기 타자가 스치고 당혹스러움이 새겨진 모습이나 표정과 마주칠 때가 있다. 예를 들어, 『특무병의 수기』의 닛타 요시오는 이동 도중에 본 농민들의 표정을, "뜻이 있는 것 같기도 하고 없는 것 같기도 하고, 아무런 표정도 없는 것이 불쾌했다"라고 썼다. 우에다 히로의 『통건설전기』개조사, 1940는 일본군이 창설한 괴뢰군 '황협군皇協軍' 출신 중국 병사에게 "꽤나 의욕과 활력이 없어보이면서도, 어딘지 모르게 예리하고 사나운, 한치 속마음을 알 수 없는 표정"을 인지하고, "우리에게 없는 저력이 있는 것처럼 보여", "그 강한 성격에, 우리가 과연 이길 수 있을까, 하는 첫 불안감에 휩싸였다"고 썼다. 히노 아시헤이는 군 보도부에서 중국어 신문을 작성하기 위해 고용한 중국인 인쇄공에게 총구를 겨누고, '간첩' 혐의로 사살한다는 위험한 장난을 했을 때, 이쪽을 "무표정한 눈으로 한번 보고는, 눈을 감고, 조용히 두 손을 든" 남자의 모습에 "왠지 쎄한 기운이 등줄기를 타는 듯 했고", "압도당하는 것 같았고" 필사적으로 그 자리를 얼버무렸던 모습을 적어놓았다.「남경」, 『병사에 대해』 기타큐슈 오구라 출신의 오구라 타츠오가 잠수함의 수뢰원 '단농병조丹農兵曹'를 시점인물로 그린 텍스트인 『해류의 소리』육예사, 1941에는, 우연히 선내에 놓인 잡지의 그라비어 페이지에 찍힌 중국 사람들의 표정에 대해서, 이하의 자기 관찰이 적혀있다.

나는 생각하면 할수록 뭐가 뭔지 모르게 되었고, 오히려 두려움마저 느껴지는 것이었다. 그 사람들과 우리들은 싸우고 있고, 지금 우리들은 싸우기 위해 계속해서 달리고 있다. 우리들은 전지로 보내지게 될 운명을 느끼며 계속되는 격려의 함성 속에서 싸우기 위해 분연히 나오기는 했지만 우리들의 그러한 불타는 불꽃같은 목숨을 넓고 아득한 하늘, 넓고 아득한 땅, 그곳에 사는 허무적인 표정만 있을 뿐, 탐욕스럽게 호흡한들 변하는 건 아무 것도 없다. 제자리걸음을 해도 뭔가 미끄러지는 것 같은 공허함을 느낀다. 나는 이 사람들을 증오해도 되는 걸까. 전쟁은 결투이니 나는 적을 쳐부수는 마음으로 불타오르지 않으면 안 된다. 우리들도 공격당하고, 계속해서 공격당하고 있으니 공격하지 않으면 안 된다고 나는 결연히 생각한다. 그래도 이러한 나의 마음은 대체 뭘까. (…중략…) 싸우러 가는 자의 마음이 이래서 될까 생각하며 다음 사진을 본다. 거기에도 역시 그러한 다양한 표정이 있었는데, 그 안에 아마도 카메라를 향하고 있는 듯한 이지적인, 어딘가 섬뜩한 험상궂은 눈과 마주치고는 나는 깜짝 놀랐다. 이런 색깔의 눈동자도 있었나 싶으니 기분이 더 복잡해지기 시작했다. 총에 맞아 돌아온 병사를 바로 눈앞에 마주하니 기개가 고양되어 있는 듯 보였고, 불안에 찬 선량한 눈은 카메라가 포착한 풍경 속에 자연스럽게 녹아들어 있었으나 그 차가운 눈만큼은 아주 선명하고 또렷하게 내게 다가오는 것이 아닌가. 이것은 형형색색의 아름다운 꽃들 중 하나의 독초毒草다. 이 눈이 우리들을 쏘고, 또 우리들이 쏘아야 하는 것이리라. 전쟁은 결투이기 때문에, 나는 적을 때려눕히고 싶은 마음이 들어야 한다. 우리도 총을 맞고, 총격을 받고 있다. 총에 맞았기 때문에 쏘지 않으면 안 된다, 고 나는 단호하게 느꼈다.

카메라에 찍힌 표정을 중국 대륙의 광대한 '구름과 물과 흙'에, 유구한 역사가 빚어낸 이 땅 깊은 곳에 중첩시키는 시선은, 확실히, 자연에 대한 문화/정체에 대한 진보로서 '우리=일본인'의 표상을 구성하는 상투적인 표현이기는 하다. 그러나 여기서 중요한 것은, 인쇄되고 복제된 '얼굴'에서도, 이쪽을 뒤돌아보는 '이지적이고, 어딘가 섬뜩한 험상궂은 눈'의 빛을 깨닫는 신체가 그려진 것이다. 히코사카 타이는 이토 케이이치와 후지 마사하루의 텍스트를 언급하며, 비록 시점이 "일방적으로 일본 병사 쪽에 고정되어 있는"

이야기 속에도, "나 자신을 대상에서 제외하지 않는다". "명석한 눈"을 갖는 것은 가능하다고 말했다. 그 '열쇠'는, 이쪽을 되돌아보는 자의 눈의 힘이 그려져있는지 또한 그것이 어떻게 그려지는지에 있다. 물론, 모든 전기 텍스트가 그렇다고는 할 수 없다. 그러나 몇몇 텍스트에는 걱정 없이 웃고 있지만 깊은 분노와 증오를 가슴 속 깊이 간직하고 있는 타자의 몸에 대한 두려움이, 확실한 흔적으로 새겨져 있다.

그러나 독자들은 변덕스럽다. 쓰인 말 전부를 뇌리에 담아두지 않는다. 독서의 경제는 항상 텍스트를 단순화해 버린다. 세세하게 묘사된 인상은 이야기의 논리에 종속되어, 의식 속에서 멀어져버린다. 덧붙여 전기 텍스트는 기본적으로 다뤄지는 현재에만 관심이 있다. 그 이야기는 써넣은 타자성의 흔적을 다시 상기하거나, 다른 세부적인 것과 상징적인 관계를 맺어주거나 하는 일이 없다. 그렇기 때문에 상당히 주의해서 읽어 기억에 남기지 않는 한, 그런 흔적에 다시 의식이 향하는 일은 없다.

4. '우리' 안의 단층

중일전쟁기의 전기 텍스트가 간과했던 타자는 그 외에도 있다. 수전 손택은 전쟁 보도에 관한 사진에 대해 논하던 중, "자국민 사망자에 대해서는, 노골적으로 얼굴을 노출해서는 안 된다는 강한 금지가 항상 존재했다"고 썼다.

그러나 중일전쟁기의 전기 텍스트에서는, '적'으로서의 죽은 중국인 장병들의 '드러난 얼굴'도 거의 그려지지 않았다. 한 가지 이유는 육군과 내무부가 정한 전쟁 보도의 가이드라인 '신문 게재 허가 사항 판정 요령'『출판경찰보』 107호, 1937.7에 있다. 거기에는 게재를 금지하는 사항으로 "중국군 또는 중국인 체포 심문 등의 기사에서 학대감을 주는 우려가 있는 것", "참혹한 사진, 단 중국군의 잔인한 행위에 관한 기사는 지장이 없다"라는 기술이 있다. 즉 일본군 장병이 전장에서 방자하게 폭력을 행사하는 내용은 인정하지 못하고, 일본군·중국군 중 어느 행동의 결과인지를 불문하고, '참혹한 사진'의 유통은 허가되지 않았다. 전장에서의 처참한 현장성을 독자에게 들이미는 듯한 표상은 미리 배제되어 있었던 것이다.

물론 이러한 판단의 배경에는, 이노우에 유코가 말했듯이, '희생자·피해자의 사진이나 영상'이 웅변한 '가해의 증거'일 수 있다는 사정이 있다. 그렇기 때문에 현재의 역사 수정주의자들은 집요하게 '희생자·피해자의 사진이나 영상'의 증거능력에 의문을 제기하여 그 가치를 낮춤으로써, 사건 자체를 부인하려고 하는데, 그렇다면 왜, 중국군의 행위에 걸리는 '참혹'함의 표상까지 규제할 필요가 있었는가. 아마도 일본 군·정부가 두려워한 것은, 전장이 인간의 심신을 비틀고, 뒤틀리고 때로 되돌아가기 힘들 정도로 변형시켜 버린다는 사실 자체가 드러나는 일이었다. 전장에서의 신체가, 일상과 확연하게 비연속적인 시간으로 묻혀버리고 마는 현실을, 자폐적인 수행 논리의 외부를, 후방 독자가 알 수 있도록 하는 것이었다. 새삼 상기해야 할 것은, 이시카와 다쓰조의 『살아있는 병사』가 처벌받은 사유이다. 『출판경찰보』 111호1938.2 해당 부분에는 다음과 같이 적혀 있었다.

> (이시카와의 작품은) 대부분 모든 페이지에 걸쳐 과장된 필치로 우리 장병이 자기학대적으로 적의 전투원 비전투원을 대상으로 살육을 가하는 장면을 기재하고, 현저하게 잔인함을 깊이 있게 하고, 또 남방 전선에서 아군은 약탈주의를 방침으로 하는 것과 같이 불리한 사항을 폭로적으로 취급하고, 우리 군인이 중국 비전투원에게 위해를 가하고 약탈하는 상황, 성욕을 위해 중국부녀에게 폭력을 휘두르는 장면, 병사들의 대다수는 전의를 상실하고 내지귀환을 갈망하고 있는 상황, 병사들의 자포자기적 동작 및 심정을 묘사 기술하여 엄숙한 황군의 기율에 의혹을 품게 하는 것.

이시카와는 경시청 경부・시미즈 분지 조사 때, '현지 시찰의 감상'으로서, "'병사 또한 인간이었다'고 말한 것", "어떤 때는 고향에 돌아가고 싶어서, 어떤 때는 부녀를 능욕 참살하고 어떤 때는 중국소년에게 형 같은 애정을 주고, 또 때로는 중대장과 술을 마시고 음담패설하면서 용감무쌍하게 싸우자라고 말하는 병사들의 인간다운 심정"을 목격했다고 진술하고 있다. 즉 이시카와는 전장에서의 인간의 변모를 본 것이다. 동료와 친근하게 담소하는 나와 같은 인간이 약간의 불안이나 불신에서 혹독하고 박정한 폭력의 주체가 되어버리는 것, 상대가 전투원이든 비전투원이든, 전장에서 사는 인간에게는 폭력의 제한장치가 빠져버리는 순간이 있다는 것, 그 안에는 폭력 그 자체의 쾌락에 현혹되어 있다고 밖에 생각되지 않는 인간이 분명 존재하고 있다는 것. 히노 아시헤이가, 자신은 '악마'는 되지 않았다고 안도의 한숨을 내쉬는 '나'를 쓴 것이, 이미 '악마'로밖에 생각되지 않는 일에 손을 묻힌 자를 보았기에 가능했다고 간주하는 것은 너무 깊게 생각한 것일까. 그러나 교묘하게 이시카와 다쓰조가 말했듯이, 그것 또한 '인간' 모습에 다름없다. '살아있는 군인'의 기술이 지금도 생생하게 읽히는 것은, 이시카와의 그러한 관찰에 의해 뒷받침되고 있기 때문이라고 나는 생각한다. 그러나 전쟁수행을 목표로 하는 일본군·정부에게 그런 기술은 용서하기 어려운 것이었다. 전장에서 괴물이 되는 동포의 모습이 언어화되어 유통되면, 전장과 후방 사이에 가로놓인 거리와 단절성이 드러나기 때문이다. 전장의 일본군 장병이 일상에 있어서 타자라고 폭로함으로써, '우리'의 내부에 균열을 내는 것이기 때문이다. 전장에서 나타나는 타자란, '적'이라고 여겨진 사람들뿐만이 아니었다. 주디스 버틀러는 아프가니스탄 전쟁, 이라크 전쟁을 염두에 두고, 국가 권력은 전쟁을 보여주는 방식을 관리하는 것으로, 사람들이 전쟁에서 받는 감정의 이코노미를 통제하려고 계획하고 있다고 했다. "전쟁은 감각의 민주주의를 병들게 하고, 우리가 무엇을 느낄 수 있는지를 제한하며, 폭력의 어떤 표현을 앞에 두었을 때에는 충격과 분노를, 다른 표현을 앞세울 때에는 독선적인 냉담함을 느끼도록, 만드는 것이다." 이 지적을 따른다면, 21세기의 미국 합중국도 20세기의 일본 제국도 전쟁에 의미를 부여하고, 전장을 다루는 스토리를 제시했던 것은 아니다. 그러나 전장에 대해서 보여도 되는 한계를 규정하는 것은, 때로 안에서 인간을 강하게 움직이게 하는 힘의 원천이 되는 감정의 꿈틀거림에, 차꼬를 채우는 것을 의미하고 있다. 즉각적·반사적인 신체 반응을 수반하므로 근원적인 것으로서 자연화·본질화되기 쉬운 감정은, 이미 일정한 틀에 통제되어 버린 것이다.

그렇기 때문에, 동시대 언설의 틀이 형성되는 이야기의 논리에, 표상의 강도를 대립시키는 것이 중요하지 않은가. 텍스트가 어떻게 쓰여 있는지 알고 있는 이쪽=일본어 독자를 날카롭게 되짚어 보는 눈빛을 분석을 통하여 꺼내 바로 눈앞에 보여주는 것이 중요한 것이다. 독자가 텍스트에 능동적으로 개입하는 것으로, 일견 평탄하게 비치는 에크리튀르에 박힌 크레바스의 깊이에, 매끄러운 이야기 속에도 가끔 모습을 드러내는 굴곡에, 의식을 계속 향하게 하는 것이 필요하다. 유우코는 소위 말하는 '펜부대'의 일원으로 우한작전에 참가한 하야시 후미코의 종군기인 『북안부대』중앙공론사, 1939가, 집요하게 중국인 장병의 시신을 언급하고 있는 것에 주목하여, "그 묘사의 세세함과 양의 많음은, 종군기에 대한 기대 범위를 넘어선 것이 아닐까"라고 말하고 있다. 그러나 문제는 소비된

말의 분량만이 아니다. 전장을 실제로 보긴 했지만 '병사'가 아니었던 하야시의 텍스트가 논란에 휩싸인 것은, 말해지는 현재에 고착되는 전기 텍스트의 정형을 그대로 답습하면서, 읽으면 속이 안 좋아질 정도로 '시체'와의 만남을 몇 번이고 문자로 만들어 냄으로써, 독자로 하여금 텍스트 앞 단락에 클로즈업된 중국인 장교 시체 표정을 계속 생각나게 하기 때문 아닐까?

> 지나 병사를 중국 병사라고 부르는 병사가 이렇게 말했다. 길가에 버려진 지나 장교의 배낭을 나는 목격했다. (…중략…) 눈부시게 투명한 당지唐紙 편지지와 두툼하고 간결한 흰색 봉투를 잔뜩 지니고 있었다. 보랏빛 긴 연필도 두 자루 있었다. 연필에는 한구漢口, 중산루中山路, 방선공사芳泉公司라는 상표가 붙어 있었다. 군대수첩 안에는 죽은 장교인 듯한 이가 자전거를 타며 웃고 있는 명함판 사진이 붙어 있었다. 그 사진 안쪽에 또 한 명의 앞머리를 내려 빗은 젊은 여자 사진이 붙어 있었다. 그 사진 아래에는 신회락동이농서新会楽東二弄西, 소쌍옥筱双玉이라고 굵은 글씨로 쓰여 있었다. 아름답지는 않았지만 죽은 장교의 애인이었을지 모른다. 연못 근처에 (사진 속) 인물인 듯한 장교가 쓰러져 있다는 병사의 말에 나는 오솔길을 따라 연락원들과 연못 부근까지 내려가 보았다. 수풀 속에 연못물을 마시러 온 듯한 복장을 한 지나 장교의 사체가 있었다. 이미 머리칼도 많이 자라 있었다. 사진 속에서 웃던 인물이 지금은 한 구의 사체가 되어 이름도 없는 연못 옆에서 물을 마시러 온 복장을 하고 죽어 있다. 두 눈을 감고 얼굴은 퍼렇게 부풀어 올라 있고 입술

에는 파리가 두서너 마리 들러붙어 있다. 나는 시들어버린 들국화 4·5송이를 꺾어 장교의 옆얼굴 위에 올려놓았다. 물은 썩어서 고여 있는 듯 조용히 빛나고 있다.

딱히 나는 무엇을 하든 조금 과한 하야시의 텍스트 비평성을 운운하고 싶은 것은 아니다. 하지만 먼저 본 우에다 히로의 『황진』이 강렬한 아침 태양을 핑계 삼아 '적'의 얼굴을 전혀 그리려 하지 않았던 것을 상기해야 한다. 여기에 쓰인 것은, 전장의 폭력으로 인해 무참히 변형되어버린 생생한 신체의 모습들이다. 전쟁으로 인해 일상과 단절됐을 뿐만 아니라, 삶을 지속하는 것까지 끊겨버린 인간이란 존재의 가엾은 모습이다. 이것은 결코 정밀 묘사가 아니다. 그러나 마지막 힘을 다해 물 마시는 곳에 다다른 채로 절명했고 죽은 '적'의 표정을 응시하는 시선은, '우리'와 '그들'이 싸우는 의미에 대한 질문을, 전장과 일상 사이에 가로놓인 단층의 감각을, 읽는 자에게 확실히 들이민다.

전선 보국과 내선 번역공동체

고영란 / 신현아 역

1. 내선일체의 표상으로서의 번역

1940년 8월 5일과 6일 이틀에 걸쳐 개최된 문예총후운동의 경성 강연회는 대성황을 이루었다. 당시 조선에서 영향력있던 조선어 잡지인 『문장』은 그날의 풍경을 다음과 같이 기록하고 있다.

> 文藝銃後運動으로 「日本文協」의 菊池寛氏를 필두로 久米正雄, 小林秀雄, 中野實, 大佛次郎氏의 豪華陣이 来城, 八月五, 六日, 이틀저녁을 府民館大講堂이 터질지경으로 大盛況이였었다. 이 鋭利深刻한 頭脳人들이야 말로 銃後臣民의 意氣와 信念과 覺悟를 鼓吹시키기에 누구보다도 適好한 現代의 蘇秦張儀들이였다. 「文藝銃後運動 半島各都에서 盛況」, 『문장』, 1940년 9월호

조선의 독자들이 일본어 잡지나 서적으로만 접해온 키쿠치 칸菊池寛과 같은 저명인사들을 한 번이라도 보려고 하는 통에 공민관은 '터져 나갈 지경의 대성황'을 이루었다. 전쟁협력을 호소하는 문예 총후 운동은 인기있는 유명인사들을 온갖 미사여구로 찬양하며 동원해 조선 사람들의 주목을 끄는데 성공한다. 물론 이에 반응한 조선인들은 일본어 잡지나 서적을 늘 접하며 내지의 저명 인사들의 글을 이해할 수 있을 정도의 문해력을 가진 독자들이기도 했다.

한편 이렇게 조선의 지식인층이 문예 총후 운동에 폭발적으로 반응하는 모습은 『문예춘추』의 이케지마 신페이池島信平가 같은 시기에 경성을 방문하여 남긴 묘사와도 짝을 이룬다. 이케지마가 경성에 도착하여 가장 놀란 것은 내지에서는 상상하기 어려운 '조선의 군국조軍國調'였다고 한다. 그 구체적인 예로 "경성 거리를 걷다 보면 목도를 찬 소학생들과 자주 마주친다. 무릎까지 오는 바지 위에 새까만 무명 학생복을 입은 조선 어린이들이 하나같이 목검을 어깨에 메고 가슴을 펴고 다닌다"고 언급한다. 이에 이케지마와 동행한 조선 인텔리는 "저 소년들의 말은 이제 순수한 조선말이 아니라 일본어와 짬뽕입니다"라고 한탄하며, "십 년 전 소학교에서는 일본어를 한 마디 떠들었다는 이유로 뭇매를 맞았다던데……"라는 말을 덧붙인다.[1] 전시 체제 구축에 적극적으로 가담했던 기쿠치 칸이 이끄는 문예춘추사의 기자조차 당혹한 경성의 풍경은 '황국

---

1 池島信平, 「日本を離れて想うこと－雑誌編集者の京城 その四」, 『中央公論』, 1958.7호.

신민' 양성을 비롯한 전시 체제 구축이 내지보다도 식민지에서 더욱 잘 작동했음을 보여준다.

그리고 문예총후강연회의 4일 후인 8월 10일, 대표적인 조선어 민간 신문인 『동아일보』와 『조선일보』가 용지 절약을 이유로 폐간된다. 이로써 조선의 문필가들이 조선어로 글을 쓰고, 생계를 유지했던 중요한 활동의 장이 크게 줄었다. 이와 같은 조선어 매체에 대한 통제가 전면적으로 나타난 직후, 문예 총후 운동 강연회로 경성에 와 있던 기쿠치 칸, 고바야시 히데오, 나카노 미노루는 「문인의 입장에서-기쿠치 칸 씨를 중심으로 반도의 문예를 논하는 좌담회」에 참여하였고, 이는 총독부 기관지인 『경성일보』일본어에 7회에 걸쳐 연재되었다.

①8월 13일 문인 협회의 성립
②8월 14일 피로 이어진 내선
③8월 15일 문인이라는 기관
④8월 16일 국어 보급 기간
⑤8월 17일 내선이 힘을 합치도록
⑥8월 18일 『문학상』의 문제
⑦8월 20일 중앙 문단과의 교류

이 좌담회의 사회는 총독부 학무국장 시오바라 토키사부로塩原時三郎가 맡았다. 조선 총독 미나미 지로南次郎가 펼친 황민화 정책의 유능한 기획자였던 그는 1938년에 조선어 과목을 필수가 아닌 수의 과목선택 과목으로 격하시키는 조선교육령 개정을 추진하며 '황국신민'이라는 말을 조어해냈다고 한다.[2] 또 그가 관여한 소학교 국사 교과서는 "내지의 문과성에서 제작한 것보다 훨씬 우수하다"고 평가되었는데, 특히 '국체 명징' '황국 신민의 육성'을 내세운 식민지 조선의 황민화 교육은 내지보다도 훨씬 앞서있는 것이었다.[3] 이 좌담회에 참석한 시오바라의 직함은 국민정신 총동원 조선연맹이 사장으로 기록되어 있으며, 같은 동맹의 이사와 기획 과장도 자리를 함께했다. 조선 측에서는 이광수를 비롯한 조선문인협회1939년 10월 결성 회원들이 참가하였다. 시오바라, 기쿠치, 이광수를 중심으로 진행된 이 좌담회에서는 내선일체를 위한 효과적인 방법으로 '번역'이 제시되었는데, 특히 내지의 독자를 만족시킬 만한 수준의 글의 확보가 관건이었다.

이광수 반도인의 가장 큰 고민은 (다만 저는 중학교 때부터 쭉 도쿄에서 교육받았지만) 평소에 늘 언문으로 쓰다보니 국문으로 쓰려고

2 시오바라가 조어했다는 설은 오카자키 시게키가 "'황국신민'이라는 말은 시오바라의 신조어"라고 한 것에서 나온다.(岡崎茂樹, 『時代を作る男塩原時三郎』, 大澤築地書店, 1942, 163~164쪽 참조.) 이에 대하여 이나바 츠기오는 1936년 또는 1937년에 '황국신민'이라는 용법이 조선군과 민간에서 쓰이고 있어 시오바라의 조어라고 단정할 수는 없지만, "조선 총독부의 공식 용어로 지정한 것은 시오바라였다"고 설명한다.(稲葉継雄, 「塩原時三郎研究：植民地朝鮮における皇民化教育の推進者」, 『九州大学大学院教育研究紀要』創刊号, 1998.)

3 小熊英二, 『〈日本人〉の境界』, 新曜社, 1998, 419쪽.

하면 좀처럼 자유롭게 쓸 수가 없습니다. 어떻게 써야 좋을지 항상 망설여집니다.

고바야시 히데오 아키타 우자쿠秋田雨雀 씨가 펴낸 것을 기차 안에서 읽어 보았는데 번역이 영 어설프다는 생각이 들더군요. 번역을 좀 잘 했으면 싶습니다.

기쿠치 칸 그래도 작년 즈음부터 내지에 조선문학이 전파되고 있지 않소?

시오바라 토키사부로 그건 문인협회의 결성을 전후로 해서 유행하기 시작한 것이지요.

이 대화에서 알 수 있듯이 1939~1940년, 내지에서는 일본어로 번역된 조선문학이 유행하였다. 고바야시 히데오가 혹평한 『조선문학선집』아키타 우자쿠·무라야마 토모요시(村山知義)·장혁주·유진오 편 외에도 『문예춘추』, 『문예』, 『문학계』 등 주요 잡지에 일본어로 번역된 조선문학이 소개되었으며, 조선 특집을 다룬 문예춘추사의 『모던 일본』(임시증간호 · 조선판)1939년 11월호, 1940년 8월호은 크게 화제가 되었다. 특히 이광수의 작품이 집중적으로 번역되어 1940년 3월에는 기쿠치 칸이 만든 조선예술상을 수상한다. 이 상의 선정위원은 아쿠타가와상 선정위원들인 가와바타 야스나리川端康成, 기쿠치 칸, 쿠메 마사오久米正雄, 코지마 마사지로小島政二郎, 사토 하루오佐藤春夫, 무로우 사이세이室生犀星, 요코미쓰 리이치横光利一 등이 맡았으며, 이들은 김사량의 「빛 속으로」아쿠타가와상 1939년 하반기도 심사하였다. 물론 선정위원들은 조선어를 이해하지 못했기 때문에 그들이 검토한 후보작은 일본어로 번역된 조선문학 작품에 한정되어 있었다.

이 좌담회의 중심인 기쿠치 칸은 개조사의 야마모토 사네히코山本実彦와 함께 식민지 조선문학의 강력한 지원자이기도 했다. 그는 "감정적으로 융화시키기 위해서는 역시 문학이나 영화를 통해 하나가 되어야만 한다"고 하면서 조선 총독이나 시오바라에게 잡지 간행을 위한 자금 제공과 식민지 조선의 독자적인 문학상을 지원할 것을 요구하였다.

이광수 문인들도 새로운 마음가짐으로 자세를 가다듬고 있습니다만, 쓸 곳이 없습니다.

도쿠나가 스스무德永進 한 가지 문제는 번역이 어렵다는 것이지요. 저희도 조선 특집으로 조선 작가들의 글을 많이 실었습니다. 그런데 저희 쪽에서 이번에 창씨개명한 고토라는 기자가 번역을 맡았는데, 아기가 곧 태어나려고 할 때의 신음을 도대체 어떻게 옮겨야 좋을지 모르겠다고 하더군요.

(…중략…)

이광수 국민 교육이 의무가 되고 국어가 보급되어 조선인 전체가 국어를 읽을 수 있게 되는 것은 빨라도 30년, 길게는 50년 후가 되리라 봅니다. 그렇다고 해서 언문밖에 읽을 수 없는 사람을 내버려 둘 수도 없는 일입니다. 조선인 모두가 국어를 할 수 있을 때까지는 일시적으로라도 언문 문학이 있어야만 한다고 생각합니다.

시오바라 토키사부로 물론 그런 점에서는 찬성입니다만, 그것은 고민해보아야 하는 문제라고 생각합니다. 일단은 병행해서 나아간다 하더라도 언젠가 하나로 합칠 때는 어떤 방식으로 해야 할지가 문제니까요.

이 좌담회에서 시오바라, 기쿠치 칸, 고바야시 히데오 등은 조선인 필자들에게 두 가지 방식으로 창작 활동을 할 것을 요구한다. 먼저 질 좋은 조선어 작품을 써서, 조선인들이 읽게 하는 동시에 번역을 통해 내지의 고급 독자들의 관심을 얻는다. 두 번째로 식민지에서 간행되는 매체에 일본어 창작물을 게재해 재조일본인이나 조선인이 읽게 한다. 매우 흥미로운 것은 이 좌담회에서 조선의 매체에 게재되는 일본어 창작물에 대해서는 일본어의 질을 따지지 않는다는 점이다. 이러한 논의는 내지와 조선인 작가의 첫 좌담회인 「조선 문화의 장래」하야시 후사오(林房雄)·무라야마 토모요시(村山知義)·장혁주·정지용·임화·유진오·이태준, 『문학계』, 1939년 1월호에서도 등장한다.

조선인 작가들은 창작 언어로서 조선어를 포기할 수 없으며, 의무 교육 제도가 없는 식민지 조선에서 독자층을 넓히기 위해서는 조선어를 사용할 필요가 있다고 역설한다. 그러나 이는 바로 황민화 추진의 선봉에 서있던 시오바라의 고민이기도 했다. 조선인을 대상으로 하는 일본어 창작물은 결국 일본어에 능통한 일부 조선인 고급 독자들만 읽을 뿐 일본어 문해력이 없는 조선인 독자는 처음부터 이 정책에서 배제되어버린다. 따라서 사실상 조선인이 쓴 일본어 창작물은 읽기 위한 것이라기 보다는 내선일체를 표상하기 위한 도구로서 기능하고 있었던 것이다.

즉 이중언어라는 말에 내포된 조선인 작가의 일본어와 조선어 창작을 둘러싼 문제는 내지와 식민지에서 각기 다른 의미를 지니게 된다. 더군다나 같은 조선어 화자라 해도 각자가 가진 문해력에 따라 황민화 정책이 적용되는 방식은 다를 수밖에 없다. 따라서 식민지에서 황민화 움직임이 본격화되는 중일전쟁 전후를 다룰 때에 내지와 중국 전선의 관계만을 쫓거나 식민지에서 발생한 변용에만 주목한다면 중일전쟁과 문화의 관계를 충분히 분석할 수 없다. 하여 이 글에서는 중일전쟁 발발을 계기로 내지와 식민지의 작가들이 접촉하며 발생하는 문학장의 변용에 주목하면서, '번역'을 매개로 하는 내선일체에 대해 생각해보고자 한다.

2. 잡지 『문장』과 내지에서 온 「전선문학선」

〈표 1〉 이·수입 잡지 반포 정세 표 (1939년 말 현재)[4]

잡지명	킹구(1위)		주부의벗(2위)		개조	
민족별	총 수	조선인	총 수	조선인	총 수	조선인
부수	41,994	10,763	34,259	6,283	4,922	1,435
잡지명	중앙공론		부인구락부		부인공론	
민족별	총 수	조선인	총 수	조선인	총 수	조선인
부수	3,181	1,271	27,704	3,823	6,219	1,214

4 朝鮮総督府警務局, 『朝鮮出版警察概要 昭和14年』, 1940.5, 401~421쪽.

〈표2〉 잡지 『문장』의 전선문학선

연도	월	권·호	작가	출전	제목
1939	3	1권(2호)	火野葦平	흙과兵隊	
			火野葦平	담배와兵隊	
			林芙美子	戰線	(가) 젊은少尉의死 (나)눈물의漢口入城
	4	1권(3호)	林芙美子	戰線	별밝던하로밤
			火野葦平	흙과兵隊	敵前上陸
			德永進	雪中従軍日記	大部隊의 敵
	5	1권(4호)	尾崎士郎	文学部隊	上空一五〇〇米
			木鍋牛彦	中間部隊	特務兵隊
			林芙美子	戰線	戰場의道德
	6	1권(5호)	丹羽文雄	돌아오지않는 中隊	観戦
			尾崎士郎	文学部隊	陸軍飛行隊
			上田広		建設戰記
	7	1권(6호)	임학수		북지견문록(1)
	8	1권(7호)	임학수	황군위문 문단사절	북지견문록(2)
			竹森一男	駐屯記	駐屯兵
			尾崎士郎	戰場노ー트	非戰鬪員
			稲村隆一	海南島記	匪賊
			芹澤光治良	잠못자는밤	病院船
	9	1권(8호)	정인택	서평	보리와兵丁
			火野葦平	海南島記	東洋의南端
			細田民樹	大興安嶺을넘어서	蘇連機空襲
	10	1권(9호)	이헌구		戰争과 文学
			火野葦平	東莞行	달과 닭
			大江賢次	湖沼戰区	湖沼戰区
	11	1권(10호)	火野葦平	꽃과兵丁	戰場(ママ)場의正月
			尾崎士郎	文学部隊	将軍의얼굴
			民村(이기영)		国境의 圖們, 滿洲所感
			신간평	윤규섭	임학수『戰線詩集』
				정인택	박영희『戰線紀行』
	12	1권(11호)	인정식		時局と文化
					「朝鮮文人協会」結成

연도	월	권·호	작가	출전	제목
1939	12	1권(11호)	火野葦平	꽃과兵丁	戦場의正月
			尾崎士郎	戦場雜感	戦場雜感
			林芙美子	戦線	戦線
1940	1	2권(1호)			興亜展望
					新春座談会「文学의諸問題」: 戦争と文学
			인정식		内戦一体의 新課題
			火野葦平	꽃과兵隊	戦場의正月
	2	2권(2호)	尾崎士郎		散文詩
				『申報』	支那抗戦作家의行方
	3	2권(3호)	林芙美子	戦線	戦線
	4	2권(4호)	謝冰蛍	女兵	밤의火線
			謝冰蛍	女兵	文学部隊長
			장혁주		文学雑感(附記 : 内地朝鮮文学)
			윤규섭		芥川賞候補作品其他 三月創作評
	5	2권(5호)	謝冰蛍	女兵	恐怖의一日
			周文	重京被爆撃記	防空壕에서
			모오로와		戦線에나가면서
	7	2권(6호)	余墨		六月号는 組版까지 다하였다가 종이가 드러서지를 않어 印刷하지 못하였다.
					事変第三周年을마지하며
			平野義太郎		日支文化提携에의길
	9	2권(7호)	大佛次郎	文藝春秋「宜昌従軍記」	襄東会戦従軍記一宜昌
					文藝銃後運動 半島各地에서盛況 : 「日本文協」の菊池寛, 久米正雄, 小林秀雄, 中野實, 大佛次郎
	10	2권(8호)	佐藤春夫	新潮에서	文化開発의 길 —文学者로서의 対支方策—

연도	월	권·호	작가	출전	제목
1940	10	2권(8호)			新体制에의文化団体 ①文芸報告連盟 ②経国文芸会 ③国防文芸連盟 ④審日本美術文化連盟 ⑤日本評論家協会 ⑦日本詩曲協盟 ⑧音楽文化同会 ⑨中央演劇連盟 ⑩日本演劇連盟国民演劇連盟(合流確定) ⑪日本挿絵家協会審日本漫画家協会
			(中国)田原	上海「興建」誌	興亜建国의特殊性과普遍性
	11	2권(9호)	陸軍省情報部陸軍少佐 鈴木庫三		日独伊同盟의意義
			이태준		志願兵訓練所의一日
					最近国際時報
			今日出海	朝日新聞에서	文芸新体制
	12	2권(10호)	伊藤整		国民文学의基礎
			清水幾太郎		新体制와文化人
1941	1	3권(1호)	松岡浩一	欄：時局と文化	対外文化宣伝의政治性
			榊山潤	欄：時局と文化	国民文学이란무엇인가
					大東亜共栄圏確立의新春을 맞이하며
				欄：新春座談会	文学의諸問題：新体制와文学, 朝鮮小説은재미없다
	2	3권(2호)	火野葦平	西村眞太郎訳에依함	『보리와兵丁』에서

식민지 조선에서 전시동원을 위한 황민화 정책이 본격화되던 시기에, 조선인 문학가가 조선어로 활동할 수 있는 잡지인 『문장』이 만들어진다. 『문장』은 1939년 2월에 창간되어 1941년 4월까지 불과 2년밖에 이어지지 못했다. 그럼에도 불구하고 같은 해에 창간된 잡지인 『인문평론』1939년 10월~1941년 4월과 함께 식민지 조선 말기

를 대표하는 잡지로 자리매김하였다.[5]

『문장』은 창간되자마자 열띤 호응을 불러일으켰다. 창간호가 5일 만에 매진되어 곧바로 3,000부를 추가로 인쇄했지만 그마저도 일주일만에 매진되었다. 심지어 종이를 구하기 어려워 추가 증쇄를 할 수 없어서 지방에서 들어오는 주문은 미처 받지 못할 정도였다.[6] 당시 손익분기점이 3,000부였던 것을 감안하면, 창간호의 매출은 이 잡지가 계속 나오리라고 충분히 기대해볼 만한 것이었다. 또한 조선총독부 경무국이 파악한 1939년 말의 잡지 배포 상황을 보면(〈표 1〉), 이는 당시 조선인·지식계급에게 큰 영향력을 미치던 내지의 대표적인 종합 잡지인 『개조』와 『중앙공론』의 이입부수와 거의 대등한 수준이었다. 특히 조선인 독자만 놓고 본다면, 『문장』은 내지의 잡지보다 훨씬 더 많은 조선인 독자를 확보하고 있었다.

그리고 내용면에서는 문예지로 한정하기 어려울 만큼 다양한 성격의 글이 혼재되어 있었다.[7] 특히 제2호부터는 「전선문학선」

---

5 잡지 『문장』에 대한 한국의 연구사는 차혜영, 「'조선학'과 식민지 근대의 '지(知)'의 제도-『문장』을 중심으로」, 『국어국문학』, 2005.9, 505~509쪽; 이봉범, 「잡지 『문장』의 성격과 위상」, 『반교어문연구』, 2007.2, 107~110쪽을 참조하였다.

6 『문장』의 편집부가 쓴 「여묵」에는, 종이의 극심한 가격 인상과 절판이 계속되어서, 글자 조판이 끝나도 종이를 구하기 어려워 간행이 연기되거나 증쇄를 하지 못하는 상황이 거듭 언급된다.

7 이봉범은 『문장』에는 판소리, 고전소설, 한문학, 고시조, 가사 등 고전문학에서부터 근대적 의미의 문학 작품(소설, 시, 시조, 수필, 평론), 연구 논문, 번역, 주해 등 학술적인 글, '전선 문학'을 비롯한 시국에 관련된 글에 이르기까지 단순한 문예지로 보기 어려울 정도로 다양한 성격의 글이 혼재되어 있었다고 말한다. 따라서 매체의 성격을 어떻게 파악하느냐에 따라 『문장』의 성격과 의의에 대한 평가가 달라진다는 점을 지적한 뒤에, 근대적인 출판제도 속에서 이 매체의 의미를 다시 파악할 필요가 있다고 지적한다. 같은 맥락에서 차혜영도 『문장』을 단순히 인맥 집단으

(〈표 2〉)이라는 란이 만들어져 폐간 직전까지 이어지게 된다. 이 란에는 당시 화제가 되었던 히노 아시헤이火野葦平나 하야시 후미코林芙美子 등 내지 작가의 종군기가 실렸다. 이 종군기는 글에 대한 어떤 정보도 주지 않은 채 짧게 발췌하여 원문 삭제나 추가 등의 편집을 약간 거친 후 조선어로 게재되었다. 이러한「전선문학선」의 형식은 당시 일본어 서적의 수용 상황과 겹쳐서 생각해보면 상당히 이질적인 것이기도 했다.

1920년대부터 조선어 잡지·미디어의 광고에서 일본어 출판물이 점하는 비율이 매우 높았고, 신문·잡지·단행본은 일본어로 그대로 이입되고 있었다. 즉 일본어 서적에 관심이 있는 독자들은 이미 일본어로 바로 읽고 있었기 때문에, 일본어 서적을 굳이 조선어로 번역하여 판매하는 경우는 드물었다. 특히『문장』은 높은 교양 수준을 갖고 있거나 갖고 싶어하는 독자들을 상정하여 만들어진 잡지였다. 그러니 이 잡지의 독자를 위해서 일본어로 쓰여진 종군기를 굳이 번역해서 실을 필요는 없었을 터였다.

또한 천정환은『문장』이 창간된 "1939년은 한국 근현대사 전체에서 '출판 활황'이 구가된 몇 안 되는 해의 하나가 아닌가 싶다"라고 하며, "이는 '사변'과 연관된 일시적이고 예외적인 현상이라기보다는, '신문학'을 중심으로 한 독자층의 누적과 대중문화·대중

로서가 아니라 잡지 매체로 파악하여, 근대적이고 제도적인 측면에 무게를 둔 분석을 할 필요가 있다고 보았다(이봉범,「잡지『문장』의 성격과 위상」,『반교어문연구』, 2007.2, 107~110쪽 참조).

지성의 전방위적 성장"의 측면에서 고려해야만 한다고 말한다. 그리고 천정환은 『매일신보』의 「사설 - 출판문화의 조장」1939.12.24을 일부 인용하여, 1939년의 '출판 붐'에 조선 총독부도 큰 기대를 걸고 있었음을 지적한다.[8]

來에 이르러 出版物은 戰爭의 武器와 다름이 업시 重要한 役割을 하고잇다. 銃後의 國民精神을 더욱 昂揚식히고 興亞의 大理想을 一般에게 徹底식힘에 文章報國의 힘이 큰 때문이다. 兵站基地로서의 半島의地位는 날이갈수록 漸次로○要性을 加하야 오고 잇는 이 때이니만치 이 때에當하야 銃後國民으로서의 結束은 勿論, 나아가 그 任務를 다하게하는 데 잇서서 今後의 半島出版界의 任務는 實로 至大한 바가 잇다.

이처럼 출판물이 '총후의 국민정신'의 앙양과 결속에 큰 역할을 해주리라 기대했음을 알 수 있다. 그 기대감은 이 사설의 말미에 실린 조선총독부 경무국 도서과장 후루카와 가네히데古川兼秀의 말에서도 드러난다. 그는 국민정신 총동원 운동의 목적이 조선 독자를 성장시키는 것인 만큼, 내지에서는 전체적으로 종이 절약에 힘쓰고 있지만, "내용이 충실하고 전시색이 짙은 것이라면 다소 무리를 해서라도 '종이 절약'에 예외를 둘 예정"이라고 써두었다.

---

8 천정환, 「일제말기의 독서문화와 근대적 대중독자의 재구성(1) – 일본어 책 읽기와 여성독자의 확장」, 『현대문학의 연구』 40호, 2010.2, 78~82쪽.

그리고 후루카와의 지시로 검열관 니시무라 신타로西村眞太郎가 『보리와 병정』을 조선어로 번역하게 되면서, '전쟁의 무기'로서의 출판물은 비유의 차원이 아닌 현실적 차원에서 실현된다.[9] 니시무라는 이 작품을 번역하면서 후루카와의 지원을 받아 작품의 공간적 배경인 상하이를 시찰한다.[10] 조선총독부 경무국이 혼신을 다한 기획인 『보리와 병정』 조선어 번역판은 1939년 7월 중순에 간행과 동시에 초판 1만 2천 부가 매진되었고, 10월까지 30판을 거듭 찍어내었다.[11] 특히나 이 책은 "조선어 번역권과 출판권을 무상 양도받은"[11] "희생적인 보급판"[12]으로 출간되어 식민지 조선에 큰 반향을 불러 일으켰다.

---

9 西村眞太郎, 「「麦と兵隊」を朝鮮語に訳して」, 『モダン日本 · 臨時増刊号 · 朝鮮版』 10권 12호, モダン日本社, 1939.11, 146쪽. 또 박광현에 따르면 니시무라는 『보리와 병정』을 번역하게 된 경위나 자신의 노고에 대해 『경성일보』에 「諺文訳まで = 翻訳着手と決定する前後(언문 번역까지- 번역 착수를 결정한 전후 사정)」이라는 제목으로 7회(1939.4.11~19일)에 걸쳐 연재하였다.(박광현, 「검열관 니시무라 신타로에 관한 고찰」, 『한국문학연구』 32호, 2007.6, 112쪽, 각주 35번 참조) 그 외 니시무라 신타로의 경력 등에 대해서는 박광현의 논문을 참조하라. 조선어 번역을 둘러싼 『보리와 병정』의 영문 번역, 중문 번역, 조선어 번역의 문제에 대해서는 이상경, 「제국의 전쟁과 식민지의 전쟁문학-조선총독부의 기획 히노 아시헤이의 『보리와 병정』을 중심으로」, 『한국현대문학연구』 58호, 2019.8에 상세히 분석된 바 있다.

10 西村眞太郎, 「「麦と兵隊」を朝鮮語に訳して」, 앞의 책, 148쪽.

11 조선어 번역을 둘러싼 도서과의 움직임 및 선전전 등에 대해서는 이상경의 논문(앞의 글, 133~137쪽)로부터 시사점을 얻었다.

12 『매일신보』, 1938.12.25. 조선어판을 준비하던 때부터 『동아일보』(1939.1.13)를 비롯한 조선어 매체에는 "전쟁인식의 보급을 위해 십수만 부를 찍어, 특수기관에는 무료로 배포하고 그 외에는 실비로 배포하기로 했다"는 등으로 보도되며 이 책이 조선 전역에 널리 살포될 것임을 예고했다. 조선어 번역에 관한 언론 보도에 대해서는 강여훈, 「일본인에 의한 조선어 번역-히노아시헤이의 『보리와 兵丁』을 중심으로」, 『일본어문학』35호, 2007.12, 389~392쪽; 정선태, 「총력전 시기 전쟁문학론과 종군문학-『보리와 병정』과 『전선기행』을 중심으로」, 『한국동양정치사상사연

『문장』은 이러한 식민지 조선의 '출판 붐'과 운명을 함께 한 잡지였다. 또한 조선총독부가 '전쟁의 무기'로서의 출판에 큰 가능성을 걸고 적극적으로 방향성을 전망하던 것도 이 시기였다. 예를 들어 『조선출판경찰개요 쇼와14년』에 의하면 1937년 7월 12일에 신문사 대표나 지국장, 편집자를 총독부 도서과로 불러 "시국의 중대성을 설명하고 반도 언론기관의 협력을 구하는 바, 당국의 의도를 이해하고 무엇이든지 민심을 이끄는 데 협력할 것을 쾌히 승낙하였다"고 한다. 그 후에도 1938년 2월, 4월과 10월, 1939년 7월, 12월에는 조선반도 전체로 범위를 넓혀 "정부의 성명 및 총독부의 취체 방침과 함께 대외 선전의 요지 등을 상세히" 지도한 결과, "각 회사가 당국의 방침에 따라서" "사설 혹은 일반 기사를 통해 민심을 지도하고 여론을 환기하는 데에 힘쓰니 그 실적이 볼 만하다"고 쓰고 있다.[14]

이러한 당시의 상황을 감안하면 『문장』의 「전선문학선」은 출판사의 독자적 기획이 아니라 총독부 경무국의 개입에 의한 것이었을 가능성이 높다.[15] 「전선문학선」은 잡지가 간행되는 내내 실렸으며, 잡지 측에서 한 번도 이에 대해 설명하지는 않았어도 이 시리즈에 가장 많이 등장한 작가가 히노 아시헤이이며 시리즈의 지

구』 5권2호, 한국동양정치사상사학회, 2006.9, 137~141쪽 참조.

13 『국민신보』 제18호(1939.7.30)의 『보리와 병정』 조선어 번역판 광고. 이 광고는 제50호(1940.3.10)까지 계속 이어진다고 한다.(이상경, 앞의 글, 135쪽에서 재인용)

14 『朝鮮出版警察概要 昭和十四年』, 앞의 책, 89~92쪽.

15 박광현, 앞의 글, 117쪽 참조.

속 기간이 경무국 주도로 진행된 『보리와 병정』의 번역 기간과 겹쳐진다는 점에서 미루어 짐작할 수 있다. 이러한 측면에서 『문장』의 연구사에서 「전선문학선」은 제국에 의해 삽입된 이물질이자 식민지 지배의 억압의 상징물처럼 취급되어왔다. 그러나 『문장』의 편집진이 전시 협력에 무관하지 않았다는 점을 아울러 생각한다면 문제는 결코 단순하지 않다. 1939년 3월에 결성된 황군 위문 작가단의 조직과 운영에 크게 공헌한 사람이 바로 『문장』의 편집 주간이었던 소설가 이태준이었다. 이태준은 황군 위문 작가단에서 보내는 조선 문단 사절 파견비용으로 100엔을 냈고, 황군 위문품 값으로도 편집부 전원이 1엔씩을 보탠 바 있다.[16] 이러한 지원을 받으며 문단 사절로 파견된 것이 소설가 김동인, 비평가 박영희, 시인 임학수였다. 『문장』의 1939년 7월, 9월호에는 임학수의 「북지견문록」이 게재되었고, 같은 해 11월호에는 박영희와 임학수의 종군기가 신간 소개로 다루어졌다.

이처럼 여기에는 경무국의 지도와 검열이라는 억압에 의한 강제만으로는 설명될 수 없는 문제가 수반되어 있음을 고민하지 않을 수 없다. 김재용은 1938년 10월 일본에 의한 '우한 삼진의 함락'이 식민지 조선에서 '친일 협력'이 시작된 계기가 되었다고 본다. 그는 '친일 협력'의 문제를 "외부의 강요에 못 이겨 행한 행위"가 아니라 "철저한 자발성에 의한" 것으로 규정하며, 그 "자발성에

16 이봉범, 앞의 글, 113쪽 참조.

기반한 내적 논리"에 주목할 것을 요청한다.[17] 그는 우한 작전에서 일본이 승리하고 "조선 독립은 불가능"이라는 분위기가 짙어지면서 문학장이 '협력'과 비협력을 통한 '저항'으로 분열되어 가던 모습을 상세히 분석한다.[18] 여기에는 늘 조선어와 일본어에 의한 창작의 문제가 결부되어 있었으며, 나아가 그 텍스트를 읽는 것은 과연 누구인가라는 독자의 문제까지 접합시키면 아주 복잡한 양상이 떠오르게 된다.

고미부치 노리츠구五味渕典嗣의 지적대로, 히노 아시헤이의 『보리와 병정』1938년 9월 이후, "전쟁수행권력은 문학이 사상전·선전전의 일익을 맡는 프로파간다로 기능할 것을 기대하였고, 현실로 되어 버렸"다. 그가 상세히 분석한 대로 1938년 9월에 내각 정보부 주도로 조직된 펜부대 그 자체가 전쟁 권력이 내세운 사상전·선전전을 위한 상징이었음을 감안한다면, "이 시기 일본군과 정부가 구체적으로 어떠한 보도 선전 전략을 짜고, 문학자와 문화인에게 무엇을 기대했는지"를 검토하지 않을 수 없다.[19] 더욱이 중일전쟁 이후 문학을 둘러싼 정책은 내지와 식민지 조선에서 거의 시간차를 두지 않고 진행되어 양쪽이 서로 접합되어갔기 때문에, 내지의 문학에만 초점을 맞추어서는 결코 파악할 수 없는 문제이다.

여기서 주목하고 싶은 것은 황군 위문 작가단의 결성에 관여한

17 김재용, 『협력과 저항-일제말기의 사회와 문학』, 소명출판, 2004, 314쪽. 김재용이 주목한 또 하나의 측면은 1940년 파리 함락으로 상징되는 근대 서구의 몰락이다.

18 김재용, 위의 책.

19 五味渕典嗣, 『プロパガンダの文学 日中戦争下の表現者たち』, 共和国, 2018, 89쪽.

『문장』의 지면에 제국의 중심에서 조직된 펜부대의 종군기(강조된 이름은 작가)와 조선인 문단 사절의 글이 함께 실리며 조선어 번역을 매개로 매끄럽게 접합되어가는 점이다.

> 육군반 : **하야시 후미코**, 쿠메 마사오, 카타오카 텟페이, 가와구치 마츠타로, **오자키 시로**, **니와 후미오**, 아사노 아키코, 기시다 쿠니오, 사토 소노스케, 타키 코사쿠, 나카타니 타카오, 후카다 규야, 토미사와 우이오, 시라이 쿄지.

> 해군반 : 요시야 노부코, 스기야마 헤이스케, 기쿠치 칸, **사토 하루오**, 요시카와 에이지, 코지마 마사지로, 키타무라 코마츠, 하마모토 히로시.

이러한 문제를 「전선문학선」에 가장 많이 게재된 작품인 하야시 후미코의 종군기 『전선』『아사히신문』, 1938.12을 매개로 고찰해보고자 한다. 『전선』은 하야시 후미코가 1938년 9월에 펜부대의 일원으로 파견되었을 때 쓴 편지 형식의 종군기이다. 펜부대의 멤버는 문인협회 회장인 기쿠치 칸을 중심으로 육군반이 14명, 해군반이 8명이었고, 그중 여성 작가는 육군반의 하야시 후미코와 해군반의 요시야 노부코뿐이었다. 그리고 두 사람이 여성이라는 점을 부각시켜 경쟁 관계로 다루는 논의가 두드러지게 나타났다. 하야시 후미코는 그러한 기대에 답하듯 출발 전에 『아사히신문』에 실은 기사에서 "전장에서 요시야 씨와 함께 할 수 있을지는 모르겠으나,

만약 함께하게 된다면 잘 협력하여서 건강히 전쟁터를 누비고 싶다"고 쓴다.[20] 그러나 실제로 두 사람이 전장에서 협력하는 모습이 연출되는 일은 없었다. 요시야는 10월 11일에 펜부대 해군반과 함께 중국을 떠나 고베항으로 귀국하였지만, 후미코는 9월 11일에 육군반 제1진으로 도쿄를 출발한 이후 13일에는 상하이에 도착하였고 10월 17일부터는 『아사히신문』의 트럭 '아시아 호'를 타고 최전선을 향해 나아가고 있었기 때문이다.

「전선문학선」에는 내지의 일본인 작가 13명과 중국인 작가 2명, 총 15명의 작가의 작품이 번역되었다. 그중 일본인 작가들의 작가별 게재 횟수를 보면 히노 아시헤이가 8회로 가장 많고, 그 다음으로 오자키 시로가 6회, 하야시 후미코가 5회 실렸다. 그러나 〈표 2〉를 보면 작품별 게재 횟수로는 하야시 후미코의 『전선』이 가장 빈번하게 소개되었음을 알 수 있다. 그리고 1940년 7월을 전후로 「전선문학선」이 종료된 이후, 『문장』에는 일본어 매체로부터 번역된 다양한 글이 게재된다. 육군성 정보부 육군 소좌 스즈키 쿠라조鈴木庫三, 1940년 11월호, 총독부 경무국 도서과의 오카다 준이치岡田順一, 1941년 3월호, 국민총력 조선연맹 문화부장 야나베 에이자부로矢鍋永三郎, 1941년 4월호 등이 글을 실었고 정보전, 검열, 신체제 운동을 지도하는 당국측의 글 외에도 오사라기 지로大佛次郎나 사토 하루오佐藤春夫, 이토 세이伊藤整, 곤 히데미今日出海, 사카키야마 준榊山潤 등이 시국을 강하게 의

---

20 「漢口従軍を前にして 行つて来ます」, 『朝日新聞』, 1938.9.2.

식하며 쓴 글을 실었다. 이렇게 조선어 번역을 통해 내선일체의 이념을 퍼트리는 바로 그 장에 하야시 후미코가 내지의 대표로 자리했던 것이다.

3. 제국의 소설가 – 하야시 후미코의 전선

하야시 후미코는 "언론 보도라는 장르 중에서도 '보고 보국'報告報国의 제1인자"[21]라고 불릴 만큼 중일전쟁과 문학의 문제를 이야기할 때 빼놓을 수 없는 존재이다. 하야시 후미코는 1938년 펜부대 육군반의 일원으로서 한커우 공략전에 동행하여 『아사히신문』에 몇 편의 기사를 연재한 뒤, 『전선』서간체, 『북안부대』일기체, 『부인공론』, 1939년 1월에 게재 후 중앙공론사에서 출판라는 두 편의 종군기를 발표한다.

당시 후미코가 주목받은 것은 많은 논자의 지적대로 『마이니치신문』이나 『아사히신문』 등 미디어가 내세운 전승의 장에 '가장 먼저 도착'했다는 화려한 연출이 큰 역할을 했다. 예를 들어 『도쿄니치니치신문』, 『오사카마이니치신문』의 특파원으로 난징에 들어갔을 때의 기사 제목은 「하야시 후미코 여사 난징에 가장 먼저 도착하다 – 일본일색의 상하이 신풍경」『도쿄니치니치신문』, 1938.1.6이었다. 또한 펜부대의 일원으로 갈 때는 『아사히신문』과 계약을 맺고서, 전

---

21 佐藤卓己, 「林芙美子の「戦線」と「植民地」―朝日新聞社の報国と陸軍省の報道と」, 林芙美子, 『戦線』, 中央文庫, 2006, 246쪽.

선에 도착한 후 펜부대에서 이탈해 『아사히신문』사의 트럭을 타고 달려 1938년 10월 26일 한커우 함락 바로 이틀 후 한커우에 입성한다. 이 역시도 「펜부대의 여장부—한커우에 가장 먼저 도착」『오사카아사히신문』, 1938.10.29라는 제목으로 언론에 대서특필되었다. 이 시기 『아사히신문』 등이 하야시 후미코와 그녀의 우한 작전 종군기인 『전선』을 전폭적으로 밀어주었음은 중공문고의 『전선』에 실린 사토 타쿠미의 해설인 「하야시 후미코의 '전선'과 '식민지'—『아사히신문』의 보국과 육군성의 보도」에서 자세히 다뤄진 바 있다. 당시 발행 부수의 선두를 놓고 다투던 양대 신문사[22]와 연이어 특파원 계약을 맺었다는 점에서도 미디어가 그녀에게 얼마나 큰 기대를 걸고 있었는지 엿볼 수 있다.

특히 이 시기 『아사히신문』은 강력한 보도 체제를 갖추었다. "우한 작전에 기자, 연락원부터 무선반, 사진반, 영화반, 항공부원 등 총 400명을 동원"하였고 이는 "일본방송협회, 각 지방 신문, 잡지사 등 모든 미디어에서 동원한 약 2,000명의 보도관계인원" 중 5분의 1을 점하는 수준이었다. 그 결과 『아사히신문』은 "국책 통신사·연맹을 능가하는 속보를 해내었고, 타사보다 먼저 한커우에 입성"하게 된다. 그 휘황찬란한 위업을 전하는 기사에 '하야시 후

22 사토 타쿠미의 「신문 부수 변화표」에 의하면, 중일전쟁보도를 매개로 1941년 전후에 『아사히신문』이 『마이니치신문』을 제치고 신문발행부수의 선두를 점했음을 알 수 있다. 1938년 당시 신문 발행 부수는 『도쿄니치니치신문』 및 『오사카마이니치신문』이 285만 부, 『도쿄아사히』 및 『오사카아사히』는 248만 부였다. (佐藤卓己, 앞의 글, 251쪽)

미코'라는 이름이 새겨져 있었음은 말할 필요도 없다.[23] 결국 하야시 후미코와 『전선』을 둘러싼 미디어 이벤트는 『아사히신문』이 당시 발행 부수의 선두를 달리던 『마이니치신문』을 따라잡고 정상에 오르게 한 원동력이 되었다.[24]

그렇다면 이처럼 전장을 둘러싼 떠들썩한 미디어 이벤트는 식민지 조선과는 과연 무관하였을까. 『조선출판경찰개요 쇼와14년』에서는 1939년 말의 「이입/수입 신문·잡지의 일반 상황」을 다음과 같이 정리하고 있다.

> 최대 다수를 점하는 신문은 83,339부(전년도보다 8,468부 증가)의 오사카 『마이니치신문』이고, 이를 뒤따르는 것은 73,859부(전년도보다 4,508부 증가)의 『오사카아사히신문』이다. 최근 들어 양 신문사는 대자본을 투여해 내용을 충실히 하여 조선 내 세력을 급속히 확대하며 지반 획득에 노력하여, 그 성적은 괄목할 만하다. 다음으로는 『후쿠오카니치니치신문』, 『요미우리신문』, 『도쿄아사히신문』, 『도쿄니치니치신문』이 나란히 하고 있으며, 『호치신문』 등에 이르면 그 수가 아득히 적어 대『마이니치』, 대『아사히』라는 양대 신문사에 도저히 미치지 못한다.[25]

같은 자료에 의하면 『오사카마이니치신문』의 이입부수인

23 「敵逃走の遑なし」, 『朝日新聞』, 1938.10.25.

24 佐藤卓己, 앞의 글, 255쪽.

25 朝鮮総督府警務局, 『朝鮮出版警察概要 昭和十四年』, 1940.5, 100쪽.

83,339부 중에서 조선인 구독자 수는 14,319명이다. 『오사카아사히신문』은 73,859부 중에서 조선인 구매자의 수는 12,527명이다. 따라서 하야시 후미코가 난징과 한커우에 '가장 먼저 도착'했음을 알리는 문구는 마이니치와 아사히라는 '양대 신문'을 번갈아가며 화려하게 연출되어, 일본어로 식민지 조선에 전해지고 있었던 것이다.

고미부치 노리츠구는 "'종군 펜부대' 계획을 둘러싼 문학자들의 반응은 '무엇을 하느냐'가 아닌, '누가 가느냐'라는 단 하나에 집중되어" 있었다고 보았다. 그리고 쿠메 마사오가 "비장한 목소리로 "야스쿠니 신사에서 만나자"라고 말씀하시었다"「일본 여성의 각오」, 『도쿄니치니치신문』, 1938.9.8고 전하는 요시야 노부코의 말을 인용하며, 이렇게 흥분한 태도가 "딱히 쿠메만의 돌출 행동은" 아니었다고 분석한다. 더욱이 펜부대의 참가자가 대형 언론사와 차례차례 계약하고, 종군 작가의 송별회가 "중앙공론, 개조, 일본평론, 신쵸, 주부의 벗, 강담사, 쇼치쿠, 도호, 신코 키네마라는 유명한 미디어의 공동 주최"로 열린 것에서도 알 수 있듯이, "'종군 펜부대' 계획 그 자체가 미디어 기업 간의 격렬한 보도전을 내다보고 짜여진 판이었다"고 지적하고 있다.[26] 하여 중일전쟁 개전 후 오간 전쟁에 관한 언어를 고려할 때, 정보 통제만이 아니라 그 말들을 확산 — 이동시키는 미디어나 필자의 움직임, 그러한 정보에 적극적으로 반응하는

26 五味渕典嗣, 앞의 글, 103~115쪽 참조.

제국 내외의 수용 문제를 아울러 주목해야만 한다.

식민지 조선에서도 많은 독자를 확보한 부인잡지 『부인공론』, 『주부의벗』, 『부인구락부』, 『신여원』 등은 중일전쟁을 계기로 시국을 강하게 의식한 내용으로 바뀐다. 이 시기 잡지의 판매부수를 보면 부인 잡지 중 상위 8개가 전체 상업 잡지 판매 부수의 25~30%를 점하면서도 반품률은 0.1%로 매우 낮아서, 경영은 비교적 안정적이었다. 하여 미키 히로코는 정보 통제를 실시하는 측에서도 "여성 잡지를 여론 환기, 즉 총후 여론 이용의 적극적 무대로 설정"하여 "용지 배급에서 비교적 우선시"하였음을 지적한다.[27] 그렇게 당근을 내밀면서도 채찍을 잊지 않는 모습을 1938년의 『출판경찰보』에서는 다음과 같이 기술한다.

> 금번 4월에는 부인 잡지가 이 비상 시국하에서도 구태의연한 편집 방침을 지속하여 연애 및 저속한 소설 혹은 저급한 고백 기사 외에도 소위 반시국적인 기사, 광고 등을 무반성적으로 게재하였기에 그러한 편집 방침을 고치도록, 우선 19일에는 「주부의벗」사 및 「부녀계」사의 편집책임자를 본청으로 불러 본문 말미에 실린 「부인 잡지에 대한 취체 방침」을 기초로 하는 기사 편집 지도 간담회를 실시하였고, 같은 달 21일에는 「부인구락부」사와 「부인공론」사, 다음 날 22일에는 「부인화보」

27 「戦時下の女性雑誌 — 一九三七年〜四三年の出版状況と団体機関誌を中心に—」, 『戦争と女性雑誌 — 一九三一年〜一九四五年 —』, 近代女性文化史研究会編, ドメス出版, 19~20쪽.

사의 편집 관계자를 불러 「주부의벗」사와 같이 지도하였다.[28]

여기서 말하는 「부인 잡지에 대한 취체 방침」이란 모두 성이나 풍속에 관한 경고일 뿐 전쟁 시국이나 총후 생활을 어떻게 계도할 것인지에 대해서는 지시하지 않았다.[29] 즉 1938년에는 부인 잡지들이 이미 강하게 전시색을 띠고 있었던 것을 고려한다면, 전쟁 시국에 관한 것보다는 그 외에도 피해야 할 기사 내용이 어떠한 것인지를 '지도'하였다고 볼 수 있다.

부인 잡지의 전쟁 협력은 이미 와카쿠와 미도리若桑みどり가 부인 잡지에서 활약하던 여성들을 가리켜 전쟁의 '치어리더'였다고 비판할 정도로 자발적이고 적극적인 것이었다. 와카쿠와는 "전시 여성의 역할이 그저 '번식용 암말'이나 '열등한 노동력'에 한정되었을 뿐이라면 여성은 전쟁의 단순한 희생자이자 피해자"라고 할 수 있겠지만, "반대로 대다수의 여성들은 전쟁 그 자체를 열심히 응원하고 아들이나 남편을 '앞장서서' 전쟁터로 보냈다(물론 수많은 여성들은 그것이 본의가 아니었다고 말할 것이다. 하지만 사회적 현상과 담론이 분명한 증거를 남기고 있다)"고 지적했다.[30] 더욱이 전시 협력을 호소하는 수많은 여성 지도자들의 발언이 "신문 부인란, 부인 잡지 등 언론에 실리면서, 그것을 바라보는 여성 대중들은 이 지도자들의 행

28 『出版警察報』 제112호, 1938.4~6, 6쪽.

29 『出版警察報』 제112호, 1938.4~6, 23~27쪽.

30 若桑みどり, 『戦争がつくる女性像』, ちくま学芸文庫, 2000, 112쪽.

동에 발맞춰 열띤 응원을 시작"했고, 그것은 "결코 어쩔 수 없이 협력하는 수준이 아니었다"고 강하게 비판했다.[31]

이러한 경향은 "애국부인회나 국방부인회에 참여하기는 싫고, 그렇다고 여성참정권운동이나 각종 실천운동 단체에 들어가는 것도 주저한 문학 애호 인텔리 여성들의 거처"[32]였던 잡지 『가가야쿠輝ク』에서도 드러난다.[33] 『가가야쿠』의 전시 협력은 1937년 10월 「황군위문호」를 낸 것을 시작으로 하여, 1939년에는 "부인의 입장에서 시국인식을 깊이 하고 국책에 부응하여 부인 향상 보급과 국가 봉사의 실현에 노력"[34]할 여성 문학자 112명이 참가한 '가가야쿠 부대'를 결성하는 것으로 본격화했다. '가가야쿠 부대'의 평의원들은 해군과의 관계를 통해 속속 해외 위문을 다녀왔다. 이러한 움직임은 1937년 부인 단체가 국민정신 총동원 중앙연맹에 포섭되어, 여성의 전쟁 협력이 조직되는 중 이루어졌다. 하세가와 시구레가 주도한 '여성 문단 총동원'[35] 모임 및 활동 역시도 앞서 언급한 다른 여성 잡지의 움직임과 연동하는 것이었다. '가가야쿠 부

31 위의 책, 112쪽.

32 尾形明子, 『「輝ク」の時代—長谷川時雨とその周辺』, ドメス出版, 1993. 『가가야쿠』는 『여인예술』의 후속지로서 월간 리플렛 형식으로 1933년 4월에 창간되어, 하세가와 시구레의 사망으로 1941년 11월에 폐간된다.

33 金井景子, 「「前線」と「銃後」のジェンダー編成をめぐって—投稿雑誌『兵隊』とリーフレット『輝ク』を中心に—」, 『岩波講座 アジア·太平洋戦争 3 動員·抵抗·翼賛』, 岩波書店, 2006, 109쪽.

34 「輝ク部隊趣意書」, 『輝ク』, 1939.6. 「황군위문호」에 비판적이었던 미야모토 유리코, 쿠보카와(사타) 이네코는 참가하였으나, 요사노 아키코, 히라바야시 다이코, 노가미 야에코는 참가하지 않았다.

35 金井景子, 앞의 글.

대'의 리더격인 하세가와는 '어머니로서의 여성'이라는 말을 전면에 내세우면서 여성들에게 "각자의 상황에서의 활동을 나라에 바치고 싶다"라며 여성의 전쟁 협력을 촉구했다.[36]

그러나 잡지 『가가야쿠』의 구성원들이 모두 같은 위치에서 발언한 것은 아니다. 대표인 하세가와 시구레가 자신의 위치를 군인을 내보낸 총후에 두고있었던 것과 달리, 하야시 후미코는 "간호부든 뭐든 그저 전쟁에 가고 싶다"「감상」, 1937.9고 하며 다른 위치에서 발언한다. 일본 제국은 패전 때까지 여성을 병력으로 도입하지 않고 총후 지원으로 한정하는 젠더 분리 체제를 취했다. 그렇기에 전사하여 '군신'이 되는 '영광'에서 배제되어 있던 여성들이 예외적으로 야스쿠니 신사에 모셔질 수 있는 길은 종군 간호사로 순직하는 것이었다.[37] 여기에 주목한 가나이 케이코金井景子는 종군 여성 작가 역시도 "야스쿠니에 합사될 수 있었던 한 줌"의 예외였다고 말한다. 즉 총력전 체제의 젠더 편성에서 "여성에게 부여된 '지정석'은 '야스쿠니의 어머니'뿐이던 시대에, 전쟁터로 달려가 현지 보고를 하는 여성 작가들은 전사하면 군신이 될 수 있는 극히 특권적인 존재였다"[38]는 것이다. 후미코는 여성 종군 작가로서 '나'의 이야기를 할 때, 결코 자신은 '어머니'라는 위치에 놓지 않았다. 그녀는, 하세가와를 필두로 하는 '가가야쿠 부대' 멤버가 모든 여성을 과거/현

---

36 長谷川時雨, 「女性知識人に求める活動ー輝ク部隊について」, 『新女苑』, 1939.3.

37 上野千鶴子, 『ナショナリズムとジェンダー』, 青土社, 1998. 참조.

38 金井景子, 「報告が報国になるとき—林芙美子『戦線』、『北岸部隊』が教えてくれること」, 『国文学解釈と鑑賞』別冊「女性作家≪現在≫」, 至文堂, 2004.3, 83쪽.

재/미래의 어머니로 묶는 구도를 인정하면서도 자신은 그것과 거리를 두는 전략을 취했다.

내각정보부는 8월 23일에 "문단을 동원하고 장기전을 염두에 둔 여론 고양"을 위해 "한커우 함락을 묘사하기 위한 문예진 동원령"『아사히신문』 8.24을 내린다. 그 다음날 『아사히신문』에는 "예정된 인원을 초과"할 정도로 작가들의 적극적 참가희망이 이어져, 기쿠치 칸이 인선에 고민하는 모습이 전해진다. 같은 기사에서 후미코는 "꼭 가고 싶다. 자비를 들여서라도 가고 싶다. (…중략…) 여자가 써야만 할 것들이 너무나 많다"[39]고 하며 전장으로 가고 싶다는 뜻을 피력한다. 그리고 전장에서 돌아온 후 후미코는 강연이나 문필 활동을 할 때, 자신이 총성이 오가는 전선에서 군인들과 함께 있었다는 점을 거침없이 과시하였다.

> 이번에야말로 정말 총알이 날아드는 제 일선에 종사하였습니다. 여자의 몸으로 그럴 수 있느냐고 많이들 이야기합니다만, 그래서 더욱 신경을 썼습니다. 군인분들보다 반드시 먼저 일어나 몸단장과 준비를 끝마쳤습니다. 감히 군인분들께 걸림돌이 된다면, 할복으로도 그 죄를 다 갚을 수가 없기 때문입니다.[40]

후미코는 "남자 문인분들도 대부분 돌아가신 후"라고 은근히 강

---

39 「何を考へ何を書く？漢口戦従軍の文壇人」,『朝日新聞』, 1938.8.25 조간, 11쪽.

40 「見せたい灰色の兵隊 愛に飢うる現地」,『朝日新聞』, 1938.11.1.

조하며 자신이 여성에게는 출입이 금지된 구역인 전선에 발을 디딘 특별한 여자임을 전면에 내세워, 스스로 '여자'와 '군인' 사이의 매개자로 자리매김한다.[41] 「우한 공략 강연회」의 기사에는 드넓은 히비야 공회당을 가득 메운 관객들과 그들을 마주보고 있는 후미코의 뒷모습을 담은 사진이 실렸다. 여기서 그녀는 "이번 전쟁에서 느꼈던 것은 군인분들의 바로 그 낯빛입니다. 1년 전 난징에서 보았던 군인분들의 얼굴과는 너무도 달랐습니다. 비와 먼지를 뒤집어 쓴 채 1년 째 노고 중인 군인분들의 그 얼굴을 여러분들께 한 번 보여드리고 싶습니다"라고 눈물젖은 목소리로 말한다. 1937년 12월에 난징이 함락된 후에 군인들과 함께 입성했던 기억을 상기시키며, 군인들에 대한 끓어오르는 감정을 주체못하고 눈물마저 보인 것이다.

『아사히신문』 주최의 위문 부인 좌담회 「우리는 무엇을 느꼈는가?」에서는 전선에서 "군인분들과 허물없이 침식을 같이했다"면서[42] 군인들과 '나-후미코'의 가까웠던 거리를 강조하며 군인들이

---

41 나리타 류이치는 『전선』에 나타난 후미코의 이야기의 구도를 '준당사자(b)'로서의 후미코가 자신의 입장을 통해 "'내지'의 사람들(비당사자=c)을 당사자(a)에게 접합시켜주면서 abc의 일체감을 형성"하였다고 분석했다. 또한 이 구도는 '젠더를 지렛대로 하여 만들어지는 공동성이며, 내셔널리즘의 환기로 이어진다"고 지적하고 있다.(成田龍一, 『〈歴史〉はいかに語られるか 一九三〇年代「国民物語」批判』, NHKブックス, 2001, 182쪽.) 매우 시사하는 바가 많지만 후미코의 에세이나 『전선』에서 나타난 논의에는 당시의 젠더 규범에 근거한 역할 분담 의식이 강하게 각인되어 있는 것으로 보아, 그녀가 '여자'라는 다른 차원에 있는 전쟁 당사자를 자신에게서 떼어놓은 것으로 보이지는 않는다.

42 「戦塵をあびて 慰問婦人の座談会「私達は何を感じたか？」竹輪のお土産 気軽な銀座姿で南京まで」(2)」, 『朝日新聞』, 1938.1.20.

'아이 · 여성 · 어머니'들에게 무엇을 바라는지 '군인'의 기분을 대변하는 어조로 이야기한다.[43] 그 내용의 핵심은 귀국 직후의 인터뷰에서 이야기한 "사랑에 굶주려 있는" 군인이다. 후미코는 군인이 "어머니의 사랑, 아이의 사랑, 특히 고국의 여성의 사랑을 얼마나 원하고 있는지 절실히 느꼈다"면서, 위문주머니보다는 편지를 보내 달라고 말한다.

이러한 후미코의 발언에 대해 『아사히신문』의 「여성의 소리」란에는 「여사는 오천만 우리 여성을 대표하여 한커우에 입성했다」히라이 츠네코, 『아사히신문』, 11.2, 조간, 「하야시 씨, 고마워요」, 「군인분들을 따뜻한 감격으로 채워주고, 전선과 총후로 떨어진 우리의 마음을 하나로 묶어주신 하야시 후미코 씨에게 감사드리지 않을 수 없다.」미타카 촌·미타 카스미, 『아사히신문』 조간, 11.4와 같은 호의적인 반응이 쇄도했다. 특히 제국의 '여성'을 대표하여 '전선과 총후'를 하나로 묶어주었다는 감사의 말은 하야시 후미코가 '여자'와 '군인'을 매개하는 역할을 승인받았음을 보여준다. 이러한 하야시 후미코의 목소리는 내지의 여성들에게만 전해진 것은 아니었다. 소설가 '하야시 후미코'는 식민지 조선의 일본어 문해력이 높은 여성들, 즉 중산 계급 이상의 교양 있는 여성 혹은 계급 상승을 지향하는 여성들의 기대를 짊어진 기호이기도 했던 것이다.

---

43 「同座談会 女 · 子供は大切 小学生の作文に泣いて感激」(6), 『朝日新聞』 조간, 1938.1.25.

4. 여성들의 내선일체

하야시 후미코가 조선의 독자 앞에 처음 모습을 드러낸 것은 문예총후운동 강연회에서다. 그녀는 고바야시 히데오, 가와가미 테츠타로河上徹太郎, 니이 이타루新居格와 함께 1941년 10월 20일부터 11월 30일까지, 대전·경성·평양·함흥·청진을 순회했다. 후미코는 '원조 배낭여행객'[44]이라고 불릴 정도로 다양한 방식의 이동을 이어가고 있었다. 그 경험에서 탄생한 『방랑기』개조사, 1930와 『속 방랑기』개조사, 1930는 차례로 베스트셀러가 되어, 후미코는 그 인세로 내지 바깥으로 이동 범위를 넓혔다. 1930년 8월 중반에서 9월 말까지는 하얼빈 등 중국 대륙을 여행했고, 1931년에는 시베리아 철도를 타고 파리·런던에서 반 년 이상을 보냈다. 그녀가 가장 좋아하는 여행지 중 하나가 중국 대륙이었다. 그러나 중국은 펜부대로서 혹은 미디어와의 계약에 의해서 전장을 경험한 장소이기도 했다. 또 같은 방식으로 1942년 10월부터 1년 정도를 육군 보도부 보도반원으로서 싱가포르·자바 및 보르네오섬에 체재하였다.

그러나 대만이나 조선 등 식민지는 굳이 적극적으로 방문할 정도의 관심은 없었던 것 같다. 대만은 1930년 1월에 대만 총독부의 초대로 부인마이니치신문사 주최의 '부인 문화 강연회'에 참여한 것 외에 1943년 5월 남방에서 돌아와 1박 머무른 것이 전부이다.

---

44 角田光代·橋本由紀子, 『女のひとり旅』, 新潮社, 2010, 7쪽.

조선 역시 1931년 4월에 파리로 향하는 도중과 1940년에 북만주로 향하던 도중에 들렀던 것 외에는 1941년에 고바야시 히데오 등과 문예 총후 운동 강연 여행으로 온 정도이다. 그리고 대만에 방문했던 경험에 대해서는 몇 편의 에세이를 남기고 소설의 소재로도 삼았지만, 조선에 관해서는 거의 남기지 않은 것으로 보아, 그녀에게 조선은 전혀 관심 밖의 땅이었음을 알 수 있다.[45]

그에 반해 조선에서 후미코의 인기는 높았다. 일본의 식민지 지배 기간 중에 조선어로 번역되었던 하야시 후미코의 글은 『문장』에 실린 것 정도였고, 그 외에 소설이나 에세이 등은 번역되지 않았다. 그럼에도 잡지 『삼천리』의 이화여전 학원생활을 다룬 특집에서는 학생들이 가장 좋아하는 작가로 두 사람이 거론되는데, 그것이 바로 펜부대로 파견되었던 하야시 후미코와 요시야 노부코였다.[46] 또한 1930년대 후반에 잡지 『여성』에는 "동경 유학생은 물론 요새는 조선의 중학생들마저 조선의 책은 시시한 것으로 치부해 읽지 않는다"는 글이 실릴 정도였다.[47] 그만큼 내지에서 이입된

---

45 山下聖美, 「林芙美子における台湾、中国、満州、朝鮮－基礎資料の提示と今後の研究課題」, 『日本大学芸術学部紀要』 56호, 2012.9; 山下聖美, 「日本軍政下インドネシアにおける林芙美子の文化工作―ジャカルタにおける足跡の紹介とともに―」, 『日本大学芸術学部紀要』 68호, 2018.10, 山下聖美, 「林芙美子の南方従軍についての現地調査報告①」, 『日本大学芸術学部紀要』 55호, 2012.3. 여기에는 후미코의 이동 일정과 관련된 소설, 에세이, 기사 및 연구 논문의 리스트가 수록되어 있다.

46 「梨花女専 나오는 꽃 같은 新婦들, 梨花女子專門生의 学園生活」, 『三千里』 제13권 제3호, 1941.3.1.

47 『女性』, 1939.11, 23쪽. 이것은 고등교육을 받은 엘리트층만이 아니다. 1930년대 말이 되면 〈표 2〉와 같이 조선에서 가장 많이 읽힌 『킹구』의 독자란에 조선의 고학생이나 노동자의 엽서가 소개되기도 한다. 예를 들어 평양의 철근 노동자는 12살에

일본어 단행본, 신문, 잡지는 신간, 헌 책, 도서관, 윤독(돌려 읽기) 등의 다양한 경로로 이미 식민지 공간에 확산되어 있었던 것이다.[48]

하야시 후미코가 처음 경성에 모습을 드러낸 문예총후 운동의 경성 강연회1941.10.24는 아주 대성황을 이루었다. 이 날의 모습에 대해 소설가 이석훈은 창씨명인 마키 히로시라는 이름으로 다음과 같이 전하고 있다.

> 동경의 문인들이 연 문예 총후 운동 경성 강연회에 왔다. 고바야시 히데오, 가와가미 테츠타로, 하야시 후미코, 니이 이타루 등 일본 문단의 중견으로 이름이 높은 사람들이 강사로 온 만큼, 부민관은 정각 전에 이미 만원으로 성황이었다. 청중은 학생을 비롯한 인텔리가 대부분인데, 젊은 여성들이 상당수 몰려온 것은 『방랑기』나 『청빈한 글』의 작가 하야시 후미코의 영향인가 한다. 그들의 장대한 실천에 경의를 표한다.[49]

이 글은 경성제국대학 교수 츠다 사카에津田栄가 세운 녹기연맹에서 간행한 일본어 잡지 『녹기』[50]에 게재되었다. 소설가 김성민은

고아가 되어 학업을 중단했지만, 『킹구』를 너무나 좋아해서 읽고 또 읽다가 일본어를 습득했다고 하며, 『킹구』를 '나의 은사님'이라고 부른다. (『キング』, 1939.3.)

48 천정환, 「일제말기의 독서문화와 근대적 대중독자의 재구성(1)-일본어 책 읽기와 여성독자의 확장」, 『현대문학의연구』 40권, 2010.2 참조.

49 「文芸銃後運動講演会をきく」, 『緑旗』, 1941.11.

50 잡지 『녹기』는 1936년 1월에 창간되었고 1944년 3월호부터는 『흥아문화』로 제목을 고쳐 1944년 12월까지 간행되었다. 이 잡지에 대해서는 神谷忠孝, 「朝鮮版『緑旗』について」, 『北海道文教大学論集』 No.11, 2010을 참조하라.

소설 『녹기연맹』나리타서점, 1940의 「작가의 말」에서 "'녹기연맹'이란 현재 조선의 내선일체화 운동의 표어"이며, "반도인의 황민화 운동에 애쓰는" 바가 많은 단체라고 설명하였다. 이러한 매체에 「성지 참배 통신」, 「나가자, 일장기와 함께」 등을 통해 황민화 운동에 협력해온 이석훈이 이번에는 문예 총후 운동 강연회의 광경을 묘사하여 실은 것이다. 그렇다고 해도 이석훈은 내지의 저명 인사들을 그저 찬양한 것은 아니었다. 예를 들어 고바야시 히데오의 강연에 대해서는 "주의를 집중하여 한 마디도 빠트리지 않으려고 노력하지 않는 한, 뭐가 뭔지 정확히 맥락을 알 수 없이 빠르게 말"하여 이야기가 정리되지 않는다고 비판하였고, 하야시 후미코가 경성을 교토에 비교하자 비꼬기도 한다. 그렇게 현장의 모습을 전하는 그도 젊은 여성들이 눈에 띄는 관객석과 후미코가 등장하면 "한참이나 박수가 그치지 않는" 것을 보며 "역시 여류 작가가 잘 팔린다고 생각했다"고 말할 정도로 이 날의 강연회는 영 익숙하지 않았던 듯하다.

재조일본인뿐만이 아니라 조선어 번역도 없는 『방랑기』를 일본어로 읽은 조선인 독자들도 잔뜩 몰려든 강연회에서 후미코는 「총후 부인 문제」라는 제목으로 『전선』, 『북안부대』를 요약한 종군 경험을 이야기한다.

> 양쯔강 기슭 방향으로 종군했을 때의 일을 말하며, 어떤 식으로든 출정 군인에게 총후의 마음을 전하고자 하는 것, 꽃이나 차나 요리 등 형

식에 구애되지 않고 자신의 생활의 실정에 맞춰서 창의적으로 궁리하는 것이 좋겠다고 생각했다.

이처럼 후미코는 내지에서 했던 강연회와 같이 조선에서도 군인들의 마음을 대신 전하며, 자신을 전선의 군인과 총후의 여자를 매개하는 위치에 놓는 구도를 취한다. 그렇게 후미코를 앞세운 『아사히신문』의 미디어 이벤트는 조선의 독자들에게도 영향을 미친다. 게다가 후미코의 종군기인 『북안부대』가 게재된 『부인공론』은 이 시기 식민지 조선에서 독자가 급증하고 있었다. 이러한 여성 잡지의 동향에 대해 총독부 경무국(〈표 1〉을 참조)은 "부인 잡지는 종래 주부의벗이 압도적인 세력을 갖고 있으며, 해마다 증가 추세에 있는 부인구락부, 부인공론 역시 그 이입부수에 점차 근접해가고 있다"[51] 고 분석하였으며, 이는 앞서 언급한 잡지 『여성』의 좌담회에서 말한 조선의 여성들의 독서 경향과도 겹쳐진다.[52]

1938년에 들면 여성 잡지의 전시색은 더더욱 강해지지만, 그럼에도 식민지 조선에서 그 인기는 시들해지기보다 오히려 이입 부수가 늘어만 갔다. 그러나 비록 내지에서는 합법적인 출판물이라 해도 사상이나 풍속에 관한 단어가 조선에서 전혀 다른 의미를 불러올 수 있기에 조선 이입이 쉽지 않은 경우도 많았음을 유의해야

---

51 朝鮮総督府警務局, 『朝鮮出版警察概要 昭和十四年』, 1940.5, 100~101쪽.

52 「女性과 読書座談会」, 『女性』, 1939.11.

한다.[53] 이러한 정보 통제 시스템을 경유하여 이입된 단행본, 잡지, 신문을 접할 수 있던 사람들에게 식민지에서도 많은 독자를 얻은 매체에 단골로 등장하며 연일 미디어를 떠들썩하게 하는 '하야시 후미코'라는 이름은 결코 무시할 수 없는 기호였다.

그러나 후미코가 계속해서 쏟아내는 전쟁 협력에 관한 연설이나 글들이 내지와 조선에서 같은 의미로 전해진 것은 아니었다. 예를 들어 후미코가 호명하는 '군인분'은 어디까지나 내지의 일본인을 가리키는 말이었다. 식민지 조선에서는 1938년 4월부터 '육군 특별 지원병령'이 실시되었는데, 실시 직후 지원병 선발 과정은 매우 엄격했다. 지원 자격으로는 6년제 소학교를 졸업할 것, 민족운동이나 공산주의운동에 가담한 적이 없을 것, 일본어 구두시험에 합격할 것이 요구되었다. 이후 1940년에는 지원자의 자격을 4년제 소학교로 낮추는 등 모집 조건을 완화하였다. 그러나 어디까지나 이러한 조건을 충족시킬 수 있는 조선인 지원병은 1939년 7월의 국민징용령 내무성·후생성 차관통첩인 「조선인 노무자 내지 이주에 관한 건」에 규정된 집단적 강제 연행의 대상자와는 다른 계층의 사람들이었다. 하여 사실상 군대를 밑에서 떠받치는 노동력으로 여겨졌던 조선인과 내지의 일본인이라는 것이 암묵적으로 전제된 '군인분'의 사이에는 민족 간 위계 구조가 그대로 투영되어 있었

53 손성준·박헌호, 「한국 근대문학 검열연구의 통계적 접근을 위한 시론－『조선출판경찰월보』의 식민지 조선의 구텐베르크 은하계」, 『외국어문학연구』 38호, 외국어대외국문학연구소, 206쪽 참조.

다. 이러한 분열적인 전쟁 협력의 양상은 조선의 여성들 사이에서도 뚜렷하게 나타났다.

후미코는 전시 협력적 자세를 그다지 드러내지 않는 젊은 여성들에게 거듭 안타까움을 표한다.

하야시 후미코 여자가 전선에서 할 일은 지나 여군처럼 꼭 총포를 메고 가야만 하는 것은 아니라고 생각합니다. 미싱 부대나 급수 부대, 위생 부대와 같은 일에 여성이 더욱 나서 주면 좋지 않을까 합니다. 제가 돌아와 느낀 것은 젊은 아가씨들이 (…중략…) 유럽 대전 때 독일 여성들이 솔선 수범하여 간호사로 지원한 것처럼 정열적으로 전쟁에 지원하지 않는다는 서운함입니다.

히라이 츠네코 국내의 젊은 여성들이 그렇게 전쟁과는 동떨어진듯한 생활을 하는 것은 어디에 원인이 있다고 보십니까.

하야시 후미코 어느 부분에서는 저도 이해가 됩니다. 여전히 여자는 집에서 아이를 지키고 있으면 된다는 사고 방식이 있지요. 그러나 전장에 다양한 군인분들이 있듯, 다양한 여성들이 있을 터입니다. 집을 지켜야만 하는 사람은 집을 지키고, 간호부가 될 사람은 간호부가 되는 식으로 뭔가 악착같은 생활력을 가져주었으면 합니다.

하세가와 시구레와 히라이 츠네코가 총후의 여성 대표로 참석한 「하야시 후미코 여사의 이야기를 듣는 모임」『아사히신문』 기획은 이러한 식으로 진행이 되었다. 후미코는 젊은 여성들이 "전쟁과 동떨어진듯한 생활"을 하는 원인 중 하나로 여성을 집 안에 매어 두는 규범의 문제를 지적하면서, "악착같은 생활력"을 가진 모범적인 생활 방식으로 종군 간호사를 권한다.[54] 『아사히신문』은 후미코의 발언에 하세가와와 히라이가 "이처럼 여성이 전하는 현지 보고는 총후의 여성이 한결같이 갈망해온 것이며, 앞으로 일본 여성이 가야 할 길"이라고 한 반응까지 더하여 대대적으로 보도한다.[55]

그러나 후미코가 느끼는 초조함은 우에노 치즈코의 말처럼 "일본은 '국가 총동원'을 하면서도 끝까지 '젠더 분리' 체제를 무너뜨리지 않은" 것에 대한 불만에서 오는 것은 아니다.[56] "악착같은 생활력"이란 역할의 분산을 의미한다. 그처럼 다양한 여성의 역할에 관한 논의에는 내선일체하에서 내지와 같은 조직이 만들어지고 여성의 전쟁 협력이 본격화된 식민지 조선의 황민화 정책이 뒷받침되어 있음을 간과해서는 안 된다. 조선의 "여성들에게는 아이를 낳는 어머니가 되라고 장려하지 않고 노동자·창부로 동원한 것에 반해, 내지의 여성들에게는 아이를 낳는 어머니가 되고 좋은 아내

54 후미코는 반복해서 젊은 여성에게 종군 간호사가 될 것을 권하였다. 예를 들면 귀국 직후의 인터뷰에서도 "전쟁터 근처로 가서 부상 군인들을 보살피고 위문하는 등 여자만이 할 수 있는 일을 하면서 활발히 일하여 이 국가의 중대 시기에 애국의 정열을 불태워달라"고 말하고 있다(「見せたい灰色の兵隊 愛に飢うる現地」, 『朝日新聞』, 1938.11.1).

55 「林芙美子女史に聴く会(1) 今、母国の土を踏んで漢口従軍を語る」, 『朝日新聞』, 1938.11.5.

56 上野千鶴子, 『ナショナリズムとジェンダー』, 青土社, 1998, 35쪽.

가 되는 것을 장려하고 있었"던 것이 그러하다.[57]

일본에서는 '군인의 어머니'로서의 어머니의 역할이 사회적으로 확대되어갔지만, 조선에서는 "광신적인 모성 찬양의 양상을 보이지 않았다". 그 이유에 대해 가와모토 아야川本綾는 "모성 찬양은 아시아 각 국의 선두에 선 일본 민족의 우수성을 나타내는 것으로 이용되었기 때문에 식민지 조선에 적용할 수 없었던 것"이 아닌지를 지적한다. 이에 대해서는 섬세한 검토가 필요하지만, 조선에서 황민화 정책을 수행할 때 여성들의 내선일체가 "일본 여성을 모방할 것"을 요구하는 형태로 추진되었음은 분명하다.[58] 이러한 이념하에서 하야시 후미코라는 기호를 전유하여 자신의 위치를 세우고 변주시켜보인 것이 바로 소설가 최정희이다.

5. 조선의 하야시 후미코, 최정희

최정희와 후미코의 만남은 하야시 후미코가 문예 총후 운동 강연회에 참여하기 위해 경성에 방문하면서 이루어졌다. 당시 최정희는 식민지 조선의 대표적인 여성 작가였다. 최정희는 1931년에 등단한 후 식민지 지배와 해방, 한국전쟁, 4·19, 5·16, 베트남전

---

57 河かおる, 「総力戦下の朝鮮女性」, 『歴史評論』, 歴史科学協議会, 2001.4, 13쪽.

58 川本綾, 「朝鮮と日本における良妻賢母思想に関する比較研究—開国期から1940年代前半を中心に」, 『市大社会学』 제11호, 大阪市立大学, 2010, 62쪽.

쟁 등 격변하는 한반도의 역사를 배경으로 하는 소설을 썼으며, 한국의 여성 작가로서는 드물게 50년에 걸쳐 활동을 이어갔다. 최정희는 1929년부터 30년까지 1년 반 정도의 짧은 동경 유학 기간 중 미카와 유치원에서 보모로 일하며 학생 예술단에 참가하였고, 귀국 후 1931년에는 삼천리 사에 입사하여 기자로 활동하면서 10월에는 단편소설 「정당한 스파이」로 등단한다. 그리고 1934년 2월에는 조선프롤레타리아동맹KAPF 사건으로 구속되었다가 다음해 12월에 무죄방면되었다. 이 때까지만 해도 최정희는 사회주의 경향의 작품을 쓰면서 경찰의 감시를 받고 있었다.

한편 1920년대에 여성해방을 강하게 주장하면서 각광받았던 신여성들이 사라지게 된다. 1930년대에 들어서면서 여성 작가들은 "보다 현명한 방법으로 사회 제도 속에서 자기 자리를 찾으려고 했다. 그 과정에서 등장한 것이 모성 담론"이다. 그러한 흐름의 선두에 선 이가 사회주의적 소설 집필과 결별한 최정희였다. 그리고 1930~40년대를 관통하는 최정희 문학의 불연속성은 40년대에 들어서면서 시작된 전쟁 협력적인 문학 활동으로 인해 더욱 심화된다.[59] 현재 최정희에 대한 평가는 "가장 '여류다운 여류'에서 남성을 연상시키는 '여성스럽지 않은' 작가의 대명사"라는 완전히 다른 두 방향으로 나뉘어져 있다.[60] 그것은 그녀의 작품 경향의 변

59 허윤, 「신체제기 최정희의 모성담론과 국가주의」, 『차세대 인문사회연구』 3권, 동서대 일본연구센터, 2007, 432쪽.

60 공임순, 「최정희의 해방 전/후와 '부역'의 젠더 정치」, 『여성문학연구』 46호, 2019.4, 7쪽.

화와도 깊이 관련되어 있다.

중일전쟁 이후 전쟁협력을 한 대표적인 여성 문학가로 거론되는 이름은 모윤숙, 장덕조, 최정희이다. 그녀들은 글이나 강연회 등을 통해 전쟁 협력을 호소하였으며, 특히 황민화 정책에 부응하여 일본어로 쓴 소설은 일곱 작품이 확인되고 있다. 그리고 그중 여섯 편이 최정희의 작품이다.[61] 최정희는 그렇게 일본어로 소설을 써내기 전에, 이미 자신을 두고 '조선의 하야시 후미코'라고 불리고 있다고 말하였다.

①「환상의 군인」,『국민총력』, 1942.2.

②「2월 15일의 밤」,『녹기』, 1942.4.

③「여명」,『야담』, 1942.5.

④「장미의 집」,『대동아』, 1942.7.

⑤「야국초」,『국민문학』, 1942.11.

⑥「징용열차」,『반도지광』, 1945.2.

최정희가 하야시 후미코를 만난 것은 일본어로 소설을 본격적으로 쓰기 시작하기 반 년 전이었다. 최정희는 후미코와 처음 만난 날에 관해「하야시 후미코와 나」라는 일본어 에세이를 남겼다.[62]

---

61 박수빈,「최정희 친일문학의 특수성 연구 민족과 여성의 기표 사이에서」,『현대소설연구』 제78호, 2020.6, 139~140쪽.

62 최정희,「林芙美子と私」,『三千里』 제13권 제12호, 1941.12.1.

언제부터 내가 하야시 후미코를 좋아하게 되었는지는 모른다. 너무 좋아해서 그런지 사람들에게 조선의 하야시 후미코라고 불리게 되었다. 나는 그런 말을 들어도 전혀 불쾌하거나 하지 않았다. (…중략…) 본디 나라는 여자는 자신이 좋아하는 작가에 대해 연인을 대하는 듯한 감정을 품는 일이 늘 있었지만, 여성 작가인데도 꿈에 나오기까지 한 것은 하야시 후미코뿐이었다. (…중략…) 그래서 나는 그녀가 쓴 것이라면 무엇이든 읽고 싶었다. 기행문 같은 것에는 그다지 흥미를 느끼지 않지만 그녀가 쓴 것은 읽었다. 읽고 그녀가 풍경보다 인간에 애착을 갖고 있던 것에 마음이 끌리게 되었다. (…중략…) 10월 24일, 그녀가 경성에 왔다. 그녀를 만난 첫 인상은 간혹 꿈 속에서 보았던 그녀의 모습과 크게 다르지 않았다. (…중략…) 그녀는 경성을 좋아하게 되었다고 아이처럼 재잘거렸다. 자신은 여행을 좋아해서 안동현까지 자주 갔어도 경성에는 친구가 없어서 들르지 않았다고 후회하고 있었다. 지금까지는 이태준 씨의 『복덕방』을 읽었을 뿐이라고 했다.

최정희가 언제부터 후미코의 작품을 읽게 되었는지는 분명하지 않다. 『방랑기』가 조선에서도 널리 읽힌 것을 고려한다면, 조선에 이입된 일본어 서적이나 언론 매체를 통해서 하야시 후미코의 글이라면 "무엇이든" 읽은 것이라고 생각된다. 또 그녀가 '조선의 후미코'라고 불린 것은 두 사람의 개인사에 '빈곤'이라는 단어가 아로새겨져 있던 것과 관계가 깊을 것이다. 그것은 최정희가 자신은 가난하게 살던 시절의 후미코를 좋아한다고 쓴 것에서도 미루어 짐작할 수 있다. 또 최정희가 황민화 정책에 협력적이었던 것을 생각하면, 후미코의 문예총후운동 강연에 대해 호의적으로 쓴 것도 그리 놀랄 일은 아니다.

〈그림 1〉 하야시 후미코

그런데 여기서 주목할 만한 것은 최정희의 에세이에 하야시 후미코의 초상화가 사용되었다는 사실이다. 이 그림은 후미코의 종군기 『전선』에 수록된 것으로, 전장에서 우연히 조우한 후지타 츠구하루藤田嗣治가 그린 것이다. 헌데 최정희의 에세이에는 『전선』 등 후미코의 종군기에 대해서는 언급되어 있지 않다. 그럼에도 최정희는 자신이 '조선의 하야시 후미코'라고 규정하는 글에, 치열한 전장에서 그려진 후미코의 초상화를 가져온 것이다. 이는 마치 최정희의 이후 행보를 보여주는 듯한 배치이다. 두 사람의 만남은 식민지 조선의 사람들에게 내지와 식민지 조선을 대표하는 여성 작가가 이어졌음을 보여주는 장면으로 연출되었다. 이러한 맥락에서 최정희의 에세이에 삽입된 후미코의 초상화는 최정희야말로 '조선의 하야시 후미코'라고 하는 발언을 보강하고 내선일체를 상징하는 기호로 기능하게 된다.

후미코는 1942년부터 남양으로 향했고 내선일체를 이야기하는 장에는 나타나지 않는다. 반면 최정희는 모성을 전면에 내세운 소설을 썼고 내선일체의 이념을 전파하는 대표적인 소설가로 자리매김하게 되었다. 단, 최정희의 그러한 소설들이 여성 규범으로 강제된 모성을 그대로 받아들이지는 않았다는 점을 감안한다면, 그녀의 소설을 함부로 비판할 수는 없다. 그럼에도 후미코는 관심도 없던 조선땅에서, 후미코의 『전선』을 잇는 최정희에 의해, 후미코의 보국이 번역–변주되어 퍼져나갔던 것이다.

제2장

조선

경성 중심성, 문화적 표준, 종교적인 것

최재서의 국민문학론에 관한 몇 개의 주석

장문석

'국민문학'의 기획과 '신지방주의'론

천춘화

경성 중심성, 문화적 표준, 종교적인 것

최재서의 국민문학론에 관한 몇 개의 주석

장문석

1. 근대의 종언, 혹은 조선문학의 전환

1941년 11월 『국민문학』을 창간하면서 최재서는 연간 일본어 잡지 4회 및 조선어 잡지 8회 간행을 예정하였다. 하지만 이듬해 5·6월 합병호 후기에서 그는 조선어를 '고민의 종자'라고 명명하였고 결국 7월호부터 『국민문학』을 일본어 전용으로 간행하였다.[1] 다음 달인 1942년 8월 최재서는 그 이전까지 유동적이고 다소 방어적으로 진술하였던 '국민문학' 개념을 보다 체계적으로 논술하면서, 나아가 조선문학을 통한 일본문학국민문학의 재편가능성을 요청하는 비평 「조선문학의 현단계」를 발표한다. 이 비평은 조선문

1 김윤식, 『최재서의 『국민문학』과 사토 기요시 교수』, 역락, 2009, 255쪽. 한글판으로 예정된 『국민문학』 1941년 12월호가 휴간되었기 때문에 실제 조선어로 간행된 것은 2권 2호 및 3호의 일부였다.

학이 전쟁을 인지하고 충격을 받던 순간을 인상적으로 제시하고 있다.

> 만주사변 발발에도 또한 지나사변 발발에도 그다지 충격을 받지 않았던 조선 문단이 소화 15(1940)년 6월 15일, 파리 함락의 보도를 접하고 처음으로 놀라서 반성의 빛을 보였다는 것은 부끄러운 이야기이지만, 다른 한편 조선문학의 특수성을 이야기하는 것이어서 흥미로운 이야기이기도 하다. 파리의 함락은 소위 근대의 종언을 의미하는 것으로, 최근 특히 구라파(歐羅巴) 문학의 유행을 따라온 조선문학은 처음으로 새로운 사태에 눈을 떴다고 말할 수 있겠다. 특히 모더니즘의 경향을 따르던 시인들에게 심각한 반성의 기회를 주었고,[2] 비평가들로 하여금 더욱더욱 모색으로 광분하게 하였다. (…중략…) 그리하여 그 해 말경에는 문단 신체제운동과 서로 호응하여 조선문학 전환론이 신문이나 잡지를 북적이게 되었다. 문화주의의 청산과 국가주의에의 전환이 2대 목표였다.[3]

최재서의 기억과 기술에 따르면, '만주사변'에도 '중일전쟁'에도 그다지 영향을 받지 않았던 조선문단이 큰 충격을 받은 것은 1940년 6월 15일의 유럽의 몰락, 곧 파리의 함락이었다. 파리의 함락은

---

2 [원문 주1] : 김기림, 「조선문학에의 반성」(『인문평론』 소화 15(1940)년 10월호) 참조.

3 [원문 주3] : 최재서, 「전환기의 문화이론」(『인문평론』 소화 16(1941)년 2월호) 및 「문학정신의 전환」(동 4월호) 참조.
崔載瑞, 「朝鮮文學の現段階」(『國民文學』, 1942.8), 『轉換期の朝鮮文學』, 人文社, 1943, pp.81~82.

'근대의 종언'을 의미하였고, 근대 서구문학을 일종의 전범으로 삼았던 조선문학이 충격 속에서 '반성'을 모색하였다. 이때 최재서가 염두에 두었던 당대의 비평은 김기림의 「조선문학에의 반성」이었다. 이 글에서 김기림은 "파리의 낙성落城"을 "우리가 개화開化 당초부터 그렇게 열심으로 추구해 오던 '근대'라는 것이 그 자체가 한 막다른 골목에 부대쳤다는 것"을 인정하였다.[4] 동시에 최재서는 근대의 종언을 승인한 당시 조선문학의 이후 과제를 기존의 문학적 입장문화주의의 반성과 새로운 입장국가주의의 수립, 두 가지로 설명하였다.

파리 함락을 전후하여 조선문단이 충격 속에서 새로운 과제를 모색하는 과정에서 최재서가 방관자였던 것은 아니었다. 오히려 최재서 그 자신은 조선문단의 한가운데에서 그 고민을 적극적으로 끌어안은 주체 가운데 한 사람이었다. 이 글에서는 논의의 전제를 위해 파리의 함락을 전후한 시기 최재서의 비평적 모색에 관한 선행 연구를 간략히 검토해보도록 하겠다.

1936년 이전 최재서는 경성제대 아카데미즘에 근거하여 낭만

---

4 김기림, 「朝鮮文學에의 反省 - 現代朝鮮文學의 한 課題」(『人文評論』, 1940.10), 홍종욱 편, 『식민지 지식인의 근대초극론』, 서울대출판문화연구원, 2017, 585쪽. 다만, 김기림의 경우 최재서가 서술한 당시 문단의 두 가지 경향으로 설명하기는 어렵다. 예컨대 같은 글에서 그는 파리의 함락을 근대의 '파산'으로 직시하면서도, 근대의 '부정'으로 성급하게 수용하는 태도를 비판하였으며 '근대' 자체의 가능성과 모순을 음미하고자 하였다. 이후 그는 「'동양'에 관한 단장」(『문장』, 1941.4)에서 식민지주와 주변의 위치에서 '동양주의'를 내재적으로 비판하였다.(요네타니 마사후미, 「중일전쟁기 조선 지식인의 '세계사의 철학'」(해제), 위의 책, 454~456쪽). 당시 자료를 인용할 때, 띄어쓰기와 맞춤법은 현행 맞춤법에 근거해 다듬었다.

주의를 중심으로 한 일본어 논문을 동경과 경성의 영문학 학술지에 발표하였으며, 동시에 서구 근대문학과의 유비analogy적 관계 속에서 주지주의라는 시각에서 조선문학의 현단계를 검토한 조선어 비평을 조선의 신문과 잡지에 발표하였다. 전자가 비서구 제국의 언어로 서구 제국의 문학을 연구하는 작업이었다면, 후자는 서구의 근대를 기준에 두고 비서구 조선 근대문학의 현 단계를 진단하면서 풍요로운 내면을 가진 보편적 주체를 구성하는 비평적 실천이었다.[5] 전자는 학술언어인 일본어로 쓰인 글로 일본인 필자의 논문과 함께 실린 것이었기에 그 자신 조선인으로서 자의식을 충분히 드러낸 것은 아니었다. 다른 한편, 후자는 조선어 신문에 간행된 것이었기 때문에 서구문학과 조선문학, 양자의 관계에 유의한 것이었다.

하지만 이후 최재서가 출판사 인문사를 설립하고 잡지 『인문평

---

5 신뢰할 만한 최재서 비평의 연보는 아직 작성되지 않았다. 현재 알려진 저작의 집대성은 김윤식, 「최재서 저작목록」, 앞의 책, 301~310쪽; 노민혜, 「해방 후 최재서 문학비평 연구」, 서울대 석사논문, 2016, 87~92쪽 참조. 최재서와 경성제대에 관해서는 김윤식, 『한국근대문학사상연구』 1 - 도남과 최재서, 일지사, 1984; 미하라 요시아키, 홍종욱 역, 「최재서의 Order」, 와타나베 나오키 외편, 『전쟁하는 신민, 식민지의 국민문화』, 소명출판, 2010; 김동식, 「낭만주의 · 경성제국대학 · 이중어 글쓰기 - 김윤식의 최재서 연구에 관한 몇 개의 주석」, 『구보학보』 22, 구보학회, 2019. 1930년대 중반 최재서 비평에서 관해서는 김윤식, 「최재서론 - 비평과 모더니티」, 『현대문학』, 1966.3; 김동식, 「최재서 문학비평 연구」, 서울대 석사논문, 1993; 이양숙, 『한국 근대 문예비평의 논리』, 월인, 2007; 김동식, 「1930년대 비평과 주체의 수사학 - 임화 · 최재서 · 김기림의 비평을 중심으로」, 『한국현대문학연구』 24, 한국현대문학회, 2008; 金東植, 沈正明 訳, 「崔載瑞の批評と東アジアモダニズムのコンタクト · ゾーン - 金允植による崔載瑞の読みをめぐるいくつかの注釈」, 『言語社会』 14, 一橋大学大学院言語社会研究科, 2020 참조.

론』의 간행을 준비하면서, 그는 본격적으로 제국 일본과 식민지 조선의 관계를 고려하면서 자신의 실천을 구성하게 된다. 경성법학전문학교를 사임하면서 식민지 아카데미즘에서 한 걸음 물러난 최재서는 1937년 여름 도일하여 일본의 출판시장 및 구조를 검토하였다. 이때 그는 일본의 출판 시장과 조선의 출판 시장의 구조와 규모를 비교하였으며, 일본의 잡지 『개조』와 『문학계』의 편집과정을 검토하면서 '자본, 기술, 예술적 양심'의 균형을 고민하게 된다. 최재서가 중일전쟁의 발발 소식을 듣는 것 또한 일본에서였으며, 그는 '성전聖戰'이라는 단어를 동경의 잡지 편집실에서 들으면서 그 자신 전쟁에 연루되었음을 체감한다.[6]

이후 최재서는 식민지 조선에서 인문사를 창립하였고, 전시체제의 통제 아래에서 출판 활동을 수행하였다. 1939년 3월 인문사, 문장사, 학예사가 '황군 위문 작가단'으로 임학수, 김동인, 박영희를 파견하였던 것이 그 예이다.[7] 최재서가 간행한 잡지 『인문평론』 창간호 권두언 「건설과 문학」은 "세계의 정세는 시시각각으로 변하고 독파 간에는 벌서 무력충돌이 발생하야 구주의 위기를 고告하

6 장문석, 「출판기획자 최재서와 인문사의 탄생」, 『근대서지』 11, 근대서지학회, 2015, 580~588쪽.

7 출판기획자 최재서와 인문사 출판의 경개에 관해서는 서승희, 「인문사(人文社)의 출판 기획 연구 - 단행본 출판과 총서 기획을 중심으로」, 『한국문화연구』 35, 이화여대 한국문화연구원, 2018; 서승희, 「식민지 후반기 조선문학의 재생산과 전승의 기획 - 인문사(人文社)의 출판 기획 연구 2」, 『우리문학연구』 62, 우리문학회, 2019 참조. '황군 위문 작가단'에 관해서는 박진영, 「전선에서 돌아온 영문학자 임학수의 초상」, 『근대서지』 11, 근대서지학회, 2015, 256~258쪽.

고 있"다고 분석하면서 당대 동아시아에는 "지나를 구라파적 질고로부터 해방하야 동양에 새로운 자주적인 질서를 건설"하기 위한 움직임이 있으며 그것은 "정치적 공작"뿐 아니라 "경제적 재편제"와 "교육개선"에 이어지는 "신질서 건설"이 감지된다고 언급하였다.[8] 물론 같은 권두언의 말미에서 최재서는 "문학의 건설적 역할이란 말과 같이 쉬운 것은 아니"며 "혼혼混渾한 정세에서 의미를 따내고 그로써 새로운 인간적 가치를 창조한다는 것은 단순한 시국적 언사나 국책적 몸짓과 같이 용이한 것은 아니다"라고 당대 동아신질서 건설에 대해서 유보적인 입장 역시 갖추었다. 최재서는 『인문평론』을 통해 비록 제한된 범위 안에서 비판적 산문정신과 시민적 교양을 강조하며, 서구 문학을 번역하고 서구 지성의 움직임을 면밀히 관찰하였다. 또한 '개성', '합리성', '근대성'의 입장을 견지하였다.[9] 하지만 1940년 6월 15일 파리 함락을 계기로 최재서는 결국 자신의 입장을 변화하게 된다.[10] "올림피아의 마당은 폐쇄되었다"라는 선언이 포함된 「문학정신의 전환」『인문평론』, 1941.4은 이 시기에 쓰인 글인데, 앞서 살핀 「조선문학의 현단계」1942.8에서 최재서 스스로도 이 글을 당시 조선문학 전환론의 대표적인 글로 예거하였다.

8 「建設과 文學」, 『人文評論』, 1939.11, 2쪽.

9 서은주, 「파시즘기 외국문학의 존재방식과 교양－『인문평론』을 중심으로」, 『한국문학연구』 42, 동국대 한국문학연구소, 2012.

10 김재용 또한 최재서의 비평적 입장이 1940년 6월 파리 함락을 전후로 하여 큰 변화를 보인다고 지적하였다. 김재용, 『풍화와 기억』, 소명출판, 2016, 174쪽.

1941년 4월 『문장』과 『인문평론』이 폐간되고 11월 『국민문학』이 간행되는데, 최재서의 경험적 진술에 따르면 두 잡지의 통합은 "경무당국"의 "주동"으로 어쩔 수 없는 것이었고, 실무 과정에서 편집자 최재서는 당국과 "곤란한 절충"을 수행해야 했다.[11] 이후 최재서는 잡지 『국민문학』을 편집하면서 국민문학론을 제시하였다. 임종국이 『친일문학론』1966에서 1940년대 최재서의 문학적 실천을 모두 6개 항목문학 활동 5개 항목, 작가 활동 1개 항목으로 분류한 이래,[12] 지금까지 최재서의 국민문학론에 관한 논의는 상당히 축적되었다. 최재서 비평론을 통괄하는 시각에서 국민문학론의 위치를 비정하는 연구,[13] 그의 국민문학론이 형성되는 과정을 검토하는 연구,[14] 최재서의 국민문학론과 잡지 『국민문학』 및 경성제대 영문과의 관계에 대한 실증적 검토,[15] 그의 국민문학론을 구성하는 논리

11 崔載瑞, 「朝鮮文學の現段階」(『國民文學』, 1942.8), 『轉換期の朝鮮文學』, 人文社, 1943, pp.82~83.

12 "1940년대의 최재서의 문학활동은 원칙론, 시국론, 작품론(월평 종류), 좌담회의 사회 및 참석과 문예지 편집의 5대 항목으로 분류할 수 있다. 이 외에 대동아문학자대회와 전만예문회의(全萬藝文藝會議) 참석 기타의 사회 활동이 있고 또 단행본의 발간 등이 있으나, 이를 작가적 활동으로 개괄한다면 결국 최재서의 활동상황은 여섯 개의 항목으로 분류하여 고찰할 수 있는 것이었다." 임종국, 이건제 교주, 『친일문학론』(교주본), 민족문제연구소, 2013, 445쪽.

13 미하라 요시아키, 홍종욱 역, 「최재서의 Order」; 이혜진, 「최재서 비평론의 연속과 단절」, 『우리어문연구』 51, 우리어문학회, 2015.

14 서승희, 「최재서 비평의 문화 담론 연구」, 이화여대 박사논문, 2010; 이혜진, 「신체제 시기 최재서의 '국민문학론'」, 『한국학』 33(3), 한국학중앙연구원, 2010; 이만영, 「보편에 이르는 길 – 최재서의 국민문학론 형성 과정을 중심으로」, 『어문논집』 66, 민족어문학회, 2012.

15 김윤식, 『최재서의 『국민문학』과 사토 기요시 교수』. 이 글에서는 같은 저자의 문헌을 다시 인용하는 경우 저자명과 문헌명을 다시 밝힌다.

에 대한 비판적 분석과 그 논리를 추동하는 제국적 주체로서 그의 욕망과 분열에 대한 검토가 수행되었으며,[16] 국민문학론, 특히 신지방주의론이 가지는 탈근대적 가능성과 한계에 대한 검토가 수행되었다.[17] 다른 한편, 최재서의 국민문학론을 이론적으로 재구성하는 작업 역시 수행되었다.[18]

이 글은 선행 연구의 성과에 유의하면서, 최재서의 국민문학론을 그가 고민했던 다른 논제와 교차하면서 검토하고자 한다. 1930년대 이후 최재서 비평의 전개과정과 잡지 『국민문학』의 변모 과정에 유의하고,[19] 1943년 최재서가 자신의 비평을 모아서 일본어 비평집 『전환기의 조선문학』을 출간하고 이후 소설 창작으로 나아갔다는 사실 등을 논의의 전제로 두고자 한다. 논의의 대상으로는 최재서의 비평을 중심에 두고 그가 참여한 좌담회를 함께 살펴서, 최재서의 국민문학론이 진화하는 과정에 따라서 글을 전개하고자 한다. 우선 문화주의 비판과 국민이라는 이념이 정립되는 과정

16 정종현, 『동양론과 식민지 조선문학 – 제국적 주체를 향한 욕망과 분열』, 창비, 2011; 고봉준, 「전형기 비평의 논리와 국민문학론 – 최재서 비평을 중심으로」, 『한국현대문학연구』 24, 한국현대문학회, 2008.

17 윤대석, 「1940년대 '국민문학' 연구」, 서울대 박사논문, 2006; 윤대석, 『식민지 국민문학론』, 역락, 2006.

18 미하라 요시아키, 임경화 역, 「'국민문학'의 문제」, 『현대문학의 연구』 47, 한국문학연구학회, 2012; 미하라 요시아키, 장세진 역, 「'보편주의'와 '보편성'의 사이 – 스코틀랜드 계몽과 『국민문학』」, 『한국학연구』 27, 인하대 한국학연구소, 2012.

19 『국민문학』의 변모는 다음 3단계로 정리할 수 있다. ① 절충 단계(1941.11~1942.6) → ② 일어 전용 및 국체 관념 명징 단계(1942.7~1944.2) → ③ 편집 및 발행자 명칭 변경 단계(1944.3~1945.5). 김윤식, 『최재서의 『국민문학』과 사토 기요시 교수』, 255~256쪽; 김동식, 「낭만주의 · 경성제국대학 · 이중어 글쓰기 – 김윤식의 최재서 연구에 관한 몇 개의 주석」, 230~241쪽 참조.

을 살펴보며2장, 경성 중심성과 문화적 표준과의 관계 속에서 그의 국민문학론을 살펴보겠다3장. 이후 재조일본인이라는 주체와 소설 창작에서의 종교적인 것의 문제를 검토하겠다4장. 부분적으로 평양 출신으로 동경제대 출신문학자 작가 김사량 문학과의 비교를 통해 최재서 문학의 특징을 보다 뚜렷이 부각하고자 한다.

2. 문화주의 비판과 국민의 이념

최재서가 경영하는 출판사 인문사에서 그의 첫 번째 조선어 비평집 『문학과 지성』을 간행한 것은 1938년 6월 25일이었고, 그의 두 번째 일본어 비평집 『전환기의 조선문학』을 간행한 것은 1943년 4월 30일이었다. 이 책의 머리말에서 최재서는 "나 자신이 문예의 세계에 있어서 일본 국가의 모습을 발견하기에 이르기까지의 혼魂의 기록"이라는 표현을 반복하는데,[20] 이는 겸사만은 아니었다. 최재서는 『전환기의 조선문학』에 수록된 글 14편을 전체적으로 시간 순서에 따라 편집한 것이었고 내용으로는 '전환기'에 대한 비평, '국민문학'에 대한 비평, '징병제'에 대한 비평, 작가론으로 평론집을 구성하였다.

20 崔載瑞,「まへがき」,『轉換期の朝鮮文學』, 人文社, 1943, pp.4~5.

〈표 1〉 평론집 『전환기의 조선문학』의 목차 및 비평의 원출처

순서	제목	발표지면	발표연도	언어	비고
1	전환기의 문화이론(轉換期の文化理論)	인문평론	1941.2	조선어	
2	문학정신의 전환(文學精神の轉換)	인문평론	1941.4	조선어	
3	신체제와 문학(新體制と文學)				조선문인협회 주최 문예보국강연대 (1940.11)
4	신체제 하의 문예비평 (新體制下の文藝批評)	경성일보	1940.11.9 ~15	일본어	원제 「신체제 하의 문학」(개고)
5	국민문학의 요건(國民文學の要件)	국민문학	1941.11	일본어	
6	새로운 비평을 위하여 (新しき批評のために)	국민문학	1942.7	일본어	
7	조선문학의 현단계 (朝鮮文學の現段階)	국민문학	1942.8	일본어	
8	문학자와 세계관의 문제 (文學者と世界觀の問題)	국민문학	1942.10	일본어	
9	국민문학의 입장(國民文學の立場)				인문사 주최 제1회 국민문학 강좌 (1942.10.2)
10	우감록(偶感錄)				탈고 1943.4
11	징병제 실시의 문화사적 의의 (徵兵制實施の文化史的意義)	국민문학	1942.5 · 6	일본어	
12	징병제 실시와 지식 계급 (徵兵制實施と知識階級)	조선	1942.7	일본어	
13	국민문학의 작가들 (國民文學の作家たち)				탈고 1942.2
14	시인으로서 사토 기요시 선생 (詩人としての佐藤淸先生)	국민문학	1942.12	일본어	

시간 순서에 따라 비평을 배치하였기 때문에 그 자신이 비교적 국민문학 개념을 뚜렷이 서술한 「조선문학의 현단계」1942.8는 평론집의 중반인 일곱 번째에서야 등장하며, 오히려 그에 앞서 수록된 비평에서 국민문학 개념은 다소 느슨하고 유동적으로 제시된다.

예컨대, 이 평론집의 다섯 번째에 실린 「국민문학의 요건」1941.11은 국민문학의 개념을 '일본정신'에 근거해 규정하면서도 동시에 국민문학의 개념 자체를 다소 불확정한 상태로 제시하면서, 다양한 주체가 개입할 여지를 열어둔다.[21] 즉 『전환기의 조선문학』은 최재서의 국민문학론이 형성되고 심화하는 과정 자체를, 흔들림을 포함하여 보여주는 것이라 할 수 있다.

『전환기의 조선문학』 첫머리에 배치한 세 편의 글 「전환기의 문화이론」1941.2, 「문학정신의 전환」1941.4, 「신체제와 문학」은 그 흔들림을 포함한 국민문학론의 형성과정을 보여준다. 앞의 글 두 편은 『국민문학』 이전 『인문평론』에 조선어로 발표된 글로 그가 일본어로 번역한 것이며, 셋째 글은 강연을 기록한 것이라는 점에서 최재서가 번역의 수고와 매체 전환의 번거로움을 감당해 수록한 것이다. 세 편의 글은 앞서 첫머리에서 살펴본 「조선문학의 현단계」1942.8에서 증언한 1940년 6월 15일 파리 함락 이후 '문화주의의 청산'과 '국가주의로의 전환'이라는 당대 조선문학 전환의 방향 설정 과정을 증언하고 있다. 비평집의 첫 번째 글 「전환기의 문화이론」에서 발견할 수 있는 당위 명제 "우리는 오늘 한 걸음을 나아가 국가적 입장에서 이와 같은 문화주의를 문제로 하지 않으면 안 된

21 최재서는 「국민문학의 요건」(『국민문학』 창간호, 1941.11)에서 국민문학이 "일본정신에 의해 통일된 동서의 문화의 종합을 지반으로 하여, 새롭게 비약하려는 일본국민의 이상을 노래하는 대표적인 문학"임을 역설하면서도, "국민문학을 지나치게 편협하게 생각하는 것도 금물"이며 "국민문학은 지금부터 국민 전체가 오직 구축하지 않으면 안 되는 위대한 문학"이라고 강조한다. 崔載瑞, 「國民文學の要件」(『國民文學』, 1941.11), 『轉換期の朝鮮文學』, 人文社, 1943, pp.51~53.

다”에서 볼 수 있듯,[22] 최재서에게 ‘문화주의의 청산’이라는 과제와 ‘국가주의로의 전환’이라는 과제는 연결되어 있었다.

이 글에서 먼저 살펴보고자 하는 것은 전자 ‘문화주의의 청산’ 문제이다. 최재서 스스로 문화주의 청산이라고 명명했지만, 실제로는 1930년대 중후반 최재서 자신의 문학론에 대한 자기비판을 의미한다. 최재서에게 “문화란 관념의 제도화이며, 더 적절하게 말하면 자연적 생활에 관념을 회임시켜 의미와 가치를 부여하는 과정, 즉 재배와 개발의 과정”이었다.[23] 하지만 이와 같은 규범적 정의보다 1940년 당시 최재서에게 더 중요한 것은 조선에서 문화주의는 르네상스 이후 서구 근대의 사상 및 생활 양식과 연관되어 있다는 점이었다. 최재서에게 ‘문화주의’는 시민계급의 ‘개성’,[24] ‘교양’,[25] ‘개인주의’,[26] ‘자유주의’,[27] ‘코스모폴리타니즘’[28] 등의 개념과 의미적 인접성을 가지는 것이었다. 파리 함락 이후 서구 근대적 삶의 양식에 교양과 사상, 문학이 시효를 다했다는 것이 최재서의 진단인데, 그는 문화와 위 인접 개념에 대한 비판을 동시에 수행한

---

22 崔載瑞, 「轉換期の文化理論」(『人文評論』, 1941.2), 『轉換期の朝鮮文學』, 人文社, 1943, p.7.

23 崔載瑞, 「轉換期の文化理論」(『人文評論』, 1941.2), p.12.

24 崔載瑞, 「新體制と文學」, 『轉換期の朝鮮文學』, 人文社, 1943, pp.36~37.

25 崔載瑞, 「文學者と世界觀の問題」(『國民文學』, 1942.10), 『轉換期の朝鮮文學』, 人文社, 1943, p.103.

26 崔載瑞, 「轉換期の文化理論」(『人文評論』, 1941.2), p.7.; 崔載瑞, 「新體制と文學」, pp.36~37.

27 崔載瑞, 「新體制と文學」, p.36.

28 崔載瑞, 「文學精神の轉換」(『人文評論』, 1941.4), 『轉換期の朝鮮文學』, 人文社, 1943, p.23.

다. 1942년 10월에 쓰인 「문학자와 세계관의 문제」와 「국민문학의 입장」의 한 절에서 확인할 수 있는 코스모폴리탄과 교양인 비판이 그 예이다.

> 19세기 말엽, 세계 교통이 완비되었고 이들 로만티스트들은 코스모폴리탄이라는 새로운 타입이 되어 문학 상에 등장하여 온 것입니다. (…중략…) **코스모폴리탄은 예외 없이 교양인입니다.** 단 그 교양은 반드시 어떤 특정 나라의 전통에 뿌리를 두는 것이 아니라 오히려 국적과 국민성을 뛰어 넘어 자유롭게, 마치 새가 좋아하는 가지에 머무는 것처럼, 마음이 향하는 문화에서 고향을 찾아내는 풍의 교양입니다. **그는 피와 토지에 결박된 현실의 세계에서 살기보다는 모든 교양인이 자유롭게 교제 가능한 관념의 세계에 사는 것입니다.** 그렇다면 이러한 자유로운 세계에 사는 코스모폴리탄이 만들어낸 문학은 도대체 어떤 것일까요? / 코스모폴리탄이라는 이름을 날린 최초의 문인은 미국의 소설가 헨리 · 제임스입니다. 그는 아메리카의 조야한 물질문명에 혐오를 느껴 드디어 이기리스로 귀화한 국제적 교양인입니다만, 그러나 그는 일생 고향을 찾아다녔으나 얻을 수 없었습니다. (…중략…) (메갈로폴리타니즘에 동의하는 – 인용자) 그들 청년들은 **어느 도회에 살더라도 런던이나 파리나 모스크바의 청년들과 정신적인 악수가 가능하다는 것을 최고의 자랑으로 여깁니다.** (…중략…) 코스모폴리탄은 완전히 무책임한 것입니다. 그들은 **국적이 없으므로 정치적인 책임 관념을 가지지 않습니다.** 또 도덕적 전통으로부터 절연되어 있으므로 윤리적인 책임감도 가지지 않습니다. 그는 다만 혁명적 이론가로서 정치적 정

열을 비판하면 그만이며, 악마적 풍자가로서 인간 타입을 냉소하면 족합니다. (…중략…) 모두 유태인으로, 그것도 이름 있는 국제 교양인이라는 것은, 나치스 독일 당국이 아니라도 생각해보게 되는 문제입니다. 토마스·만이나 슈니츠라 정도의 풍부한 교양과 뛰어난 상상력이 무엇하나 건설적인 일에는 사용되지 않고, 가족과 개인의 몰락과 타락의 묘사에 낭비되었다는 것은 얼마나 괴로운 일입니까? 혹시 그들에게 목숨 바쳐 지키지 않으면 안 될 조국이 있고, 그 조국에 대하여 전일체 책임감을 가지고 있었다면, 그들은 도저히 그런 퇴폐적인 문학에 태연하지 못했을 것입니다.[29]

1942년 최재서는 서구적 개인과 교양에 기반한 코스모폴리타니즘을 비판하였다. 우선 한 가지 주목할 점은, 상기 진술과 강연은 1930년대 중반 최재서 자신의 언급을 부정하는 형식으로 기술하고 있다는 점이다. 19세기 말 교통 네트워크는 새로운 지구globe를 상상하도록 하였으며 근대문학의 글쓰기를 추동하였다.[30] 새로운 고향을 찾아 국가의 경계를 뛰어넘는 '코스모폴리타니즘'은 1930년대 후반 이효석의 경우에서 한 전형을 발견할 수 있다.[31] 비슷한

29 崔載瑞, 「國民文學の立場」, 『轉換期の朝鮮文學』, 人文社, 1943, pp.143~147. 「國民文學の立場」은 강연록이다. 거의 같은 내용을 비평 「文學者と世界觀の問題」(『國民文學』, 1942.10), pp.107~111에서도 확인할 수 있다.

30 19세기 말 교통 네트워크의 구축과 지구(globe)의 상상에 관해서는 김동식, 「세계의 장소론場所論 – 지구·대타자·여백으로서의 세계」, 『문학과사회』 27(1), 문학과지성사, 2014, 401~405쪽 참조.

31 중일전쟁기 이효석은 전쟁과 통제 아래에서 『화분』(1939), 「여수(旅愁)」(1939),

시기 최재서는 '메갈로폴리타니즘'을 "윤돈倫敦이나 파리巴里의 청년을 만나 악수하고 환담할 만한 의식만은 가지고 싶은 일"로 설명하면서, 이때 어학력의 부족이나 의복의 초라함은 서로 공감하고 정신적 교유를 맺는 데 아무 문제가 없을 것이라고 판단하였다. 당시 최재서의 결론은 "문학에 있어서의 '메갈로폴리타니즘'은 결코 부화浮華한 도회찬미는 아니"라는 것이었다.[32] 2~3년 전 『인문평론』 제2호 1939년 11월호 '교양론' 특집에서 최재서는 「교양의 정신」을 통해서 "사회 전체가 어떤 실리적 목적을 위하여 광분하는 시대"를 경계하면서 "사회 전체가 진리를 사랑치 아니하고 정신적 가치를 돌아보지 않고 다만 물질적 이득만을 위하여 급급하든 당시 있어 교양은 흙에 파무치고 말았었다"라고 안타까워한다. 최재서는 "휴머니즘"의 근거를 "인간적 가치의 옹호와 증진"에서 찾으면서, 그것을 위한 필요조건으로 "개인적 교양"의 중요성을 강조하였다.[33] 중일전쟁기 『인문평론』 시기까지 보편성을 갖추지 못하는 계기를 비판하는 근거로 사용된 '흙'이라는 개념이, 아시아태평양전

『벽공무한』(1940) 등의 소설을 통해 그 자신 코스모폴리타니즘의 한 절정을 보여준다. "진리나 가난한 것이나 아름다운 것은 공통되는 것이어서 부분이 없고 구역이 없다. 이곳의 가난한 사람과 저곳의 가난한 사람과의 사이는 이곳의 가난한 사람과 가난하지 않은 사람의 사이보다는 도리어 가깝듯이 아름다운 것도 아름다운 것끼리 구역을 넘어서 친밀한 감동을 주고 받는다."(이효석, 『화분』, 인문사, 1939, 156쪽). 중일전쟁기 이효석의 '고향'에 관해서는 정실비, 「일제 말기 이효석 소설에 나타난 고향 표상의 변전(變轉)」, 『한국근대문학연구』 25, 한국근대문학회, 2012 참조.

32 최재서, 「단평집-메가로포리타니즘」, 『문학과지성』, 인문사, 1938, 282~283쪽.

33 최재서, 「교양의 정신」, 『인문평론』, 1939.11, 25~26쪽.

쟁기 『국민문학』 시기에는 긍정의 계기로 사용되었다.

최재서가 앞서 인용문에서 서구적 개인주의에 근거한 교양, 혹은 코스모폴리타니즘의 대표로 비판적으로 검토한 작가는 헨리 제임스, 토마스 만이었으며, 이외에도 제임스 조이스, 슈테판 츠바이크 등을 제시하였다. 이들은 1930년대 중후반 최재서가 주목했던 작가들이었다. 헨리 제임스는 1930년대 중후반 조선 장편소설의 이론적 갱신을 모색하던 김남천과 그가 주목했던 작가였다.[34] 그리고 그는 1935년 니스에서 개최된 지적협력국제회의에서 토마스 만이 반파시즘 인민전선에 서서 "지성의 옹호"의 목소리를 분명히 낸 작가로서 주목하였다.[35] 1930년대 중반 유럽에서의 좌우문학의 공동적인 움직임과 '인간정신'의 옹호라는 가치에 동의하였던 최재서는 이후 T. S. 엘리엇이 주관하였던 잡지 『크라이테리온』의 폐간을 아쉬워하면서 『인문평론』을 창간하였다.[36]

한 가지 흥미로운 사실은 시기가 다소 어긋나긴 하지만, 김사량과 최재서가 망명작가 토마스 만과 슈테판 츠바이크에 대해 대조되는 시각을 보여주고 있다는 사실이다. 중일전쟁기 김사량은 「독일의 애국문학」1939.9에서 '민족'이라는 정체성으로 회귀하는 문학으로서 '애족문학愛族文學'과 늘상 세계주의적 입장으로 극복되는

34 최재서, 「토마스 만의 가족사 소설」, 『동아일보』, 1938.12.1; 최재서, 「가족사 소설의 이념 - 토마스 만, 『붓덴부르크가』」, 『인문평론』 5, 1940.2; 최재서, 「서사시 · 로만스 · 소설」, 『인문평론』 11, 1940.8; 김남천, 「낭비」, 『인문평론』, 1940.2~1941.2.

35 최재서, 「지성옹호」, 『문학과지성』, 인문사, 1938, 158쪽.

36 영국의 『크라이테리온』, 일본의 『문학계』, 조선의 『인문평론』의 연속과 단절에 관해서는 미하라 요시아키, 홍종욱 역, 「최재서의 Order」, 95~98쪽 참조.

'애국문학'을 대별하면서, 오히려 "추방된 이민 문학"으로서 "토마스 만의 절절한 애국적 고백"에서 그 가능성을 찾았다.[37] 중일전쟁기 김사량이 '망명'에서 가능성을 찾았다면 아시아태평양전쟁기 최재서는 1930년대 중반 그 자신이 적극 참조했던 서구 작가에게 '조국'이라는 계기가 부재하다고 판단하고 그들이 교양을 낭비한다고 비판하였다. 이 시기 최재서가 가능성을 발견하고자 했던 것은 다음 장에서 살펴볼 '귀화'였다.

김사량의 '망명'이 내부에서 외부로 향하는 운동vector이고, 최재서의 '귀화'가 외부에서 내부로 향하는 운동이라는 점은 두 사람이 기획한 '국민문학론'의 특징을 대별하는 시사점을 제공한다. 두 방향성의 차이는 일차적으로 제국 일본에서 활동한 식민지 문학자라는 '외부자'로서 문학적 실천을 수행한 김사량과 식민지 조선문학 장의 중심에서 '내부자'로서 국민문학 개념을 재편하면서 문학적 실천을 수행한 최재서라는 두 사람의 위치position 차이에 근거한 것이었다. 물론 내부자의 위치에 있으면서도 "영원히 불안정한 상태의 타자"[38]의 위치에 설 수도 있지만, 최재서는 '국가'라는 계기

---

37 김사량, 「독일의 애국문학」(『조광』, 1939.9), 김재용·곽형덕 편역, 『김사량, 작품과 연구』 2, 역락, 2009, 298~301쪽. 이민문학에 대한 김사량의 비평에 관해서는 장문석, 「김사량과 독일문학」, 『인문논총』 76(3), 서울대 인문학연구원, 2018, 196~203쪽 참조.

38 에드워드 사이드, 최유준 역, 『지식인의 표상 - 지식인이란 누구인가?』, 마티, 2012, 66쪽. '망명'과 '귀화', '내부'와 '외부'를 대별하는 이 단락의 서술은 같은 책, 61-66쪽을 참조하여 서술하였다. 이 글에서는 내부와 외부, 망명과 귀화를 사회정치적 현실인 동시에 은유로 잠정적으로 규정하고자 한다. 내부의 예는 '사회', '친숙한 장소', '공동체', '고향' 등이다.

를 강조하는 입장을 선택하였다.

파리 함락 이후인 1941년 4월 최재서는 「문학정신의 전환」에서 "프랑스는 1790년의 혁명 이래 스스로 요람화한 문화의 코스모폴리타니즘 때문에 문화의 국가성을 등한시한 것은 아니었을까?"라고 질문한다. 이것은 서구 문화에 대한 진단이면서 그 자신의 문학론에 대한 자문이었다. 나아가 그는 개인이 바로 인류에 개입하는 문화 창조라는 도식이 유효하지 않음을 조심스레 의심하면서 '문화의 국민화'를 전환의 방향으로 제안한다.

> 문학만 보더라도 개인이 인류적인 입장에서, 다만 독창성으로만 인류 문화에 기여한다고 하는 근대적 관념은 더 이상 승인되지 않는다. 말하자면, 여러 민족의 문화적 선수가 모여서 창조적 능력을 경연하는 올림피아의 마당은 폐쇄되었다. 그런 능력은 좀 더 구체적으로 절실한 민족의 생존과 국민의 영위에 바쳐져야만 할 것을 요청받고 있다. / 파리의 함락은 많은 교훈과 동시에 많은 문제를 우리에게 가져다 주었다. / (…중략…) 지금까지의 생각에 이르면 현대문화가 취해야만 할 전환의 방향이 거의 자명한 형편에 속하지 않았는가? 문화의 국민화 — 이것 이외에 길은 없을 것이다.[39]

최재서는 1940년 파리 함락을 바라보면서 개인의 독창성이 인류 문화 창조의 단위로 기능할 수 있을 것인가 회의한 끝에, '올림

39 崔載瑞, 「文學精神の轉換」(『人文評論』, 1941.4), pp.22~23.

피아의 폐쇄'라는 진단을 내린다. 한 개인이 국가를 대표하여 참여하는 근대적 경기로서 올림픽은, 「국민문학의 입장」 서두의 표현을 빌자면 19세기 말 교통 완비를 통한 지구의 상상, 코스모폴리탄의 관념과 함께 등장한 것이었다. 1930년대 중반 최재서 자신도 개인이 인류라는 '보편'에 기여할 수 있다는 신념을 가지고 있었지만,[40] 파리 함락으로 그 신념은 붕괴하였고, '올림피아 마당의 폐쇄'는 그 신념의 붕괴를 표현한 것이었다. 이제 최재서에게는 문화 창조를 위해서 개인과 인류가 아닌 새로운 단위가 요청되었다.

이때 최재서가 찾은 새로운 문화 창조의 단위는 '국민'이었으며, 그는 '문화의 국민화'를 요청한다. 이 장의 첫 부분에서 언급한 '문화주의의 청산'이 '국가주의로의 전환'으로 이어지는 셈이다. 올림피아가 폐쇄되었다는 진단을 실은 1941년 4월호를 마지막으로 인간의 보편성을 지향하는 표제에 붙인 『인문평론』은 폐간되었다. 최재서가 당국과의 교섭한 끝에 그해 11월 잡지 『국민문학國民文學』을 7개 항목의 편집 요강을 책머리에 두고 창간한다.[41]

40 미하라 요시아키는 1930년대 중후반 최재서 비평론을 '개체' - '보편'을 축으로 하는 주체성 구축의 이론, 즉 "주지적이고 비평적인 '개체'에 입각하면서 내재적으로 보편적 '기준'을 구축하여 그 기준에 따라서 '개체'의 '주체화'를 도모하는 이론"으로 설명하였다. 미하라 요시아키, 임경화 역, 「'국민문학의 문제」, 200쪽.

41 『국민문학』 편집요강 7개 항목은 다음과 같다. ① 국체 개념의 명징, ② 국민 의식의 앙양, ③ 국민 사기의 진흥, ④ 국책에의 협력, ⑤ 지도적 문화 이론의 수립, ⑥ 내선 문화의 종합, ⑦ 국민 문화의 건설. 崔載瑞, 「朝鮮文學の現段階」(『國民文學』, 1942.8), p.84.

3. 경성 중심성과 문화적 표준

1930년대 중반 최재서는 그 자신 비평 원리를 '전통-교양-지성-모랄'로 구축하였지만, 실제 비평에서 '모랄의 결여-지성의 부재-교양의 결핍-전통부재'를 확인하는 과정을 밟아 갔다.[42] 그 자신이 구축한 이론과 현실 사이의 낙차를 확인한 셈이다. 파리 함락 이후 최재서는 「전환기의 문화이론」1941.2에서 서구적 근대를 이념으로 하여 그가 지향한 조선 문화와 조선의 현실이 어긋나는 양상을 포착하면서 그 현상을 "분열"[43]로 진단하였다. 1930년대 그가 확인하고 고민하였던 낙차의 현실적 근거를 나름의 방식으로 진단하고자 한 것이다.

최재서가 조선 문화의 분열 양상으로 제시한 것은 두 가지이다. ① 조선 문화와 현실 생활의 유리, ② 조선 문화에서 대중성과 순수성의 분리. ①은 조선의 문화가 서구와 일본의 생활 양식을 표면적으로 모방하면서 형성되었던 조선 근대문화의 형성과정과 연관된다. 그것은 조선의 실생활과 전통과 무관한 것이었다. ②는 조선 문화의 주체 문제와 관련된 문제였다. 최재서는 조선 문화의 주체가 지식인과 대중으로 분열되면서, 조선 문화 역시 순수성과 대중성이 분할되었다고 판단하였다. 물론 최재서는 분열의 현상을 진

---

42 김동식, 「1930년대 비평과 주체의 수사학 - 임화 · 최재서 · 김기림의 비평을 중심으로」, 192쪽.

43 崔載瑞, 「轉換期の文化理論」(『人文評論』, 1941.2.), p.1. 이하 분열의 두 가지 유형은 같은 글, pp.3 · 9~10에 근거하여 정리하였다.

단한 같은 글에서 곧바로 "만약 그렇다면 새로운 국민문화는 이를테면 대중성과 순수성(이것을 가장 노골적으로 보여주고 있는 문화 영역은 문학 — 즉 대중소설과 예술소설 — 이다)과의 새로운 조화와 통일 위에 건설되어야 한다는 것은 자명한 형편이다"라는 결론으로 내달아가면서,[44] 국민문학을 분열의 대안으로 제시한다. 하지만 이 글의 관심은 최재서가 국민문학을 대안으로 제시했다는 사실 자체가 아니라, 국민문학이 어떠한 논리로 구성되며 어떠한 내포와 외연을 갖추었는가라는 문제이다. ① 조선 문화와 조선 현실의 유리, ② 조선 문화에서 순수성과 대중성의 분열. 이 두 가지 문제는 최재서가 국민문학론을 전개하는 과정에 계속 잠재해 있었다.

1941년 11월 『국민문학國民文學』 창간호에 최재서는 일본어 비평 「국민문학의 요건」을 기고한다. 이 비평에서 최재서는 일견 "국민적 입장"을 강조하는 듯하지만 다른 한편 그가 글 전체에서 놓지 않은 것은 국민문학 개념의 유동성 및 미확정성이었다. 그는 국민문학 개념을 좁혀 이해하는 입장과 넓혀 이해하는 입장 모두를 소개하면서, 조심스럽게 그 개념을 넓혀서 이해하는 입장에 동의한다. 그리고 국민문학을 "국민문학은 지금부터 국민 전체가 오직 구축하지 않으면 안되는 위대한 문학"으로 넓고 높게 규정한다.[45] 최재서는 국민문학의 개념 자체를 불확정한 상태로 제시하면서, 그 자신, 혹은 다양한 주체가 개입할 여지를 가능한 한 열어둔다. 그

44 崔載瑞, 「轉換期の文化理論」(『人文評論』, 1941.2), p.10.

45 崔載瑞, 「國民文學の要件」(『國民文學』, 1941.11), p.64.

리고 창간호의 대담에서 경성제대 중국문학 교수 가라시마 다케시辛島驍가 '조선적인 것'에 대해 거리를 둘 것을 제안하자, 최재서는 제안에 반대하면서 "저는 그것을 의식할 뿐만 아니라 가능하면 이론화해야 한다"라고 주장한다. 그가 예로 드는 것은 영국에 "귀화"한 작가 조셉 콘래드였다.

> 이러한 것(조선적인 것-인용자)을 살리는 것이야말로 결국 국가를 위한 것이 되지 않겠냐는, 추상적일지도 모르겠지만 구체적으로 나타나는 경우도 있습니다. (…중략…) 실제로 그런 구체적인 작품이 있으면 그것을 눈 앞에 두고 논의하는 것이 가장 좋지만, 영국 작가 중에 콘래드라는 사람이 있습니다. 이 사람은 화란인으로, 나이 들어서 영어를 배우고 마침내 영국에 귀화歸化해서 결국에는 영길리 작가로 남았습니다만, 영국인으로서는 좀처럼 쓸 수 없는 새로운 경지를 영문학 안에서 개척했습니다. 그러니까 역시 지금까지 조그맣게 뭉쳐있던 조선의 작가가 일본문학의 일익으로 일어설 경우, 결국 일본문학 속에 어떤 새로운 분야를 개척할 수 있는 그런 큰 의미에서의 공헌을 하(게 되지요-인용자).[46]

앞서 아시아태평양전쟁기 최재서가 '망명'에 비판적 거리를 두었음을 확인하였다. 이 좌담에서 그는 조선적인 것을 '로컬 컬러', 즉 특수성의 층위에 한정하는 요시무라 고도芳村香道, 박영희의 언급에

46 辛島驍 他, 「朝鮮文壇の再出發を語る」(座談會), p.80(최재서의 발언). 인용문 아래 단락의 인용은 같은 글, pp.77~78에서 가져왔다.

도 동의하지 않는다. 최재서가 강조하는 것은 '귀화'인데, 곧 이질적인 것의 참여를 통한 새로운 경지의 개척이었다. 그는 조선문학이 일본문학의 일익으로 참여할 경우, 일본문학에 새로운 "전환轉換"을 가져오며 나아가 일본문학이 "좀 더 넓은 것"으로 확장되고, "지금까지 내지內地적 문화에 없었던 어떤 하나의 새로운 가치가" "부가"될 것이라 판단하였다. 이 좌담에서 최재서는 국민문학을 "각각의 특수성이 서로 교섭하여 새롭게 만들어가야 하는" 미정형의 "무엇"으로 설정하는데, 그는 조선문학을 '특수성'에 한정하기보다는 일본문화에 참여귀화하여 그것을 재구성하는 "독창성"으로 의미화하고자 하였다.[47]

조선문화가 독창성을 갖추어 개입할 장소를 확보하기 위해서 최재서는 일본문화를 획일성을 가진 것으로 이해하기보다는, 그 내부에 분할과 다양성이 있는 비균질적이고 유동적인 것으로 규정한 후 다시 특정한 원리에 의해 통합되는 것으로 이해하고자 하였다. 물론 이때 최재서가 제시한 통합의 원리는 '일본정신'이었다. 좌담회의 다른 참석자들 역시 일본 내부의 분할과 비균질성에는 동의하였는데, 이원조는 '내지' 안에서도 구주九州, 관동關東, 관서關西 풍속이 상이하다는 것을 지적하는 맥락에서 조선의 독자성을 강조하였고, 최재서는 이원조의 언급을 받아서 최재서는 "지방문화

47 정종현, 『동양론과 식민지 조선문학』, 328쪽. 한편, 윤대석은 "아직 그 모습을 드러내지 않고 형성 중에 있는 대동아 공영권을 적극적인 참여로 스스로 만들어낼 수 있다는 생각은 식민지 통치의 대상에서 식민지 지배의 주체로 자신을 변신시키고자 하는 욕망과 연결되어 있다"라고 지적하였다. 윤대석, 『식민지 국민문학론』, 28쪽.

와 국민문화"라는 논제로 정리하였다. 가라시마 역시 도시, 농촌, 광산, 어촌의 문화적 불균질성을 언급하였다.[48]

처음 『국민문학』은 일본어 4회, 조선어 8회 간행을 기약하지만 창간 이듬해 최재서는 언어 문제를 '고민의 종자'라 부르며 『국민문학』의 전면 일본어 간행을 결정한다.[49] 이후 1942년 8월에 발표한 「조선문학의 현단계」에서 최재서는 국민문학론에 관한 체계적 기술을 기도한다. 「조선문학의 현단계」에서 최재서가 기술한 국민문학론의 논리에 대해서는 많은 연구가 축적되었기 때문에, 핵심논리만 간략히 살펴보겠다. 1942년 3월 김종한은 '지방'과 '중앙'이라는 개념 자체를 의심하면서 동경이나 경성 모두 "다 같은 전체에 있어서의 한 공간적 단위에 불과"하다고 언급하였는데, 최재서는 「조선문학의 현단계」에서 이에 공명하며 "지방에 각각의 문화적 단위를 설정"하는 것이 향후 일본문화의 중요한 과제라고 주장하였다. 또한 그는 조선문학을 일본의 지방문학인 구주문학, 북해도문학, 대만문학과 비교하는 경우에 대해서 "아니다"라고 할 수는 없지만 "동렬同列에 나란히 둘 수 있는 성질의 것은 아니"라고 강조한다. 조선문학은 독자적인 문학 전통을 갖추고 있어서 "지방적 특이성 이상의 것"을 갖추고 있다는 것이 최재서의 판단이었

---

48 "장래의 일본문화를 생각할 때 획일적으로 할 것인가, 그렇지 않고 많은 즉 변화성이 있는 문화를 포용하는 혹은 통일 원리에 의해, 일본정신에 의해 다양한 문화를 통합하여 그것으로 일본문화를 만들어갈 것인가" 辛島驍 他, 「朝鮮文壇の再出發を語る」(座談會), p.82(최재서의 발언), p.81(이원조의 발언), p.85(가라시마의 발언).

49 김윤식, 「최재서의 고민의 종자론과 도키에다 국어학」, 『최재서의 『국민문학』과 사토 기요시 교수』, 296~293쪽 참조.

다. 그는 영문학의 사례로부터 조선 문화와 신일본 문화의 관계를 설명하고자 한다. 그는 영국에서의 "이탈"을 목표로 하는 애란문학이 아니라 "영문학의 일부분이지만 소격란蘇格蘭적 성격을 견지하여 다수의 공헌"을 하고 있는 스코틀랜드문학에 주목하여, 영문학과 스코틀랜드문학의 관계를 일본문학과 조선문학에 유비하여 설명하였다.[50]

지금까지의 연구는 조선문학과 일본문학의 관계에 대한 최재서의 선언적 진술에 주목하였는데, 「조선문학의 현단계」의 후반부에는 이 진술에서 한 걸음 더 나아가 당시 최재서가 고민했던 두 가지 문제가 보다 분명히 드러난다. ㉠ 일본문화의 순수성 유지와 이민족 포용, ㉡ 문화적 단위로서 지방에 근거한 국민문화의 창조. 두 가지 문제 중에서 논의의 순서를 조정하여 후자 ㉡의 문제를 먼저 살펴보겠다.

> 조선문학이 지방문학이라고 할 경우, 지방이라는 언어는 종래와는 상당히 다르게 해석되지 않으면 안 된다. (…중략…) 지방에 각각 문화적 단위를 설정한다고 하는 것은 오늘 이후 일본 문화에 부여된 가장 중대한 과제 중 하나이다. **모든 문화적 설비와 인재가 동경에 집중되어, 지방은 다만 그 형식적 모방에 열중하고, 더욱이 동경의 문화라는 것은 미국에 있어서 더욱 조악**

50 김종한, 「일지의 윤리」, 『국민문학』, 1942.3, 36쪽; 崔載瑞, 「朝鮮文學の現段階」(『國民文學』, 1942.8), pp.88~89 · 96. 최재서의 조선문학과 스코틀랜드문학의 유비에 관해서는 미하라 요시아키, 홍종욱 역, 「최재서의 Order」, 112~118쪽 참조.

화된 구라파의 퇴폐문화였다라고 할까, 한때의 추태를 다시 한 번 되풀이하는 일은 결코 없을 것이다. 대신 이번에는 국민문화의 이름으로 어떤 종류의 형식주의가 획일적으로 강제될 위험이 있다. (…중략…) 따라서 그것을 동경으로부터 경성으로 옮겨올 수 있는 성질의 것이 아니다. (…중략…) 각 지방에 문화적 단위를 설정하지 않으면 안 된다. / 어떻든 모든 예술가, 모든 조각가가 동경으로 동경으로 쇄도하여, 마침내 무성격자로 떨어져서, 곧 불건강한 예술을 생산해내는 식의 광기어린 풍습은 단호히 배격해야 한다. 지방 지방에 뿌리를 내리고 그 생활과 그 요구 안에서 만들어 낸 문화가 아닌 한, 그것을 국민문화라고 할 수 없다. 그런 의미에서 세계적인 노대가老大家 모두가 죽을 때까지 지방에서 견실히 각각 전통을 지키고 있는 불란서 문단의 풍속은 대단히 교훈적이라고 생각한다.[51]

앞서 언급했듯, 최재서는 일본문학의 질서 아래 하나의 지방문학으로서 조선문학을 이해할 가능성을 제시하였다. 위 단락은 그에 대한 구체적인 기획안이다. 구체적인 기획안과 관련하여 이 글이 주목하고 싶은 것은 두 가지이다. 첫 번째는 최재서가 경성과 조선을 혼동하고 있다는 점이며, 두 번째는 최재서는 획일적 모방의 폐해와 지방 전통의 범례 모두를 서구의 사례에서 가져오고 있다는 점이다.

제국과 식민지의 구조에 관한 최재서의 인식은 명확하며 일본문

51 崔載瑞, 「朝鮮文學の現段階」(『國民文學』, 1942.8), pp.96~98.

학의 비균질성을 논리화하고 그곳에 지방문학으로서 조선문학이 개입하여 일본문학을 새롭게 구성할 가능성을 탐색해 나간다. 하지만 그에 비해서 조선 내부의 비균질성에 대한 최재서의 인식은 상대적으로 불명확하다. 그가 조선과 경성을 혼동하는 것은 그 징후이다.

제국 일본의 지역적 단위중심가 여럿이었던 것과 달리, 식민지 조선의 지역적 단위중심는 하나였다.[52] 식민지 조선은 종종 경성으로 표상되었으며,[53] 경성은 국가식민지의 중심이면서 식민지에서 가장 개발된 도시였고, 서구근대문화와 연결된 장소였다. 따라서 국가·민족의 명칭인 조선과 지역·도시인 경성의 혼동은 최재서 개인의 실수이기도 했지만, 나아가 당시 식민지 조선문화의 구조적 비대칭성을 보여주는 징후라 할 수 있다.

식민지와 농촌은 근대의 외부에 존재하는 것으로 이해되지만, 식민지·농촌이 제국·도시를 지탱한다는 점에서 식민지와 농촌 역시 '구조로서의 근대'의 불가결한 일부이다. 따라서 민중의 동경, 좌절, 무관심까지를 전제 혹은 필수조건으로 하여서, 그 위에 제국

52 일본의 지역적 단위(중심)가 여럿이라는 서술이 다소 어색할 수도 있지만, 당시 주요 신문은 동경판(관동판)과 대판판(관서판)이 별도로 간행되었다. 또한 최재서도 지방문학을 언급하면서 동경문학, 경도문학, 구주문학, 북해도문학 등을 별개의 단위로 언급하였다. 하지만 이와 비교할 때 조선문학은 경성문학 외에는 별도의 문학을 떠올리기 어려운 것이 당대의 상황이었다.

53 예컨대 1926년 식민지 조선의 경성에 제국대학 설립하는 과정에서 총독부가 제출한 명칭은 '조선제국대학'이었지만, 법제국 심의 과정에서 "조선에 제국이 성립한 것 같이 해석할 자도 있다는 점"에서 반대하였고, 결국 경성제국대학으로 명칭이 결정되었다. 京城帝國大學 編, 『紺碧遙かに - 京城帝國大學創立五十周年記念誌』, 京城帝國大學同窓會, 1974, p.16.

과 도시가 군림하는 구조 자체를 근대로 이해할 수 있다.[54]

앞서 살펴보았듯 「전환기의 문화이론」에서 최재서는 조선문화의 문제로 ① 문화와 현실의 유리, ② 지식인과 대중의 분열을 진단하였다. 조선문화의 분열에 대한 그의 통찰은 조선문화의 비균질성에 대한 인식으로 전화하고 심화할 가능성을 계기를 품고 있지만, 최재서는 그 계기를 충분히 논리화하지 않았다. 예컨대 문화양식과 실생활의 유리를 진단할 때 최재서는 문화주택과 서구화한 생활 양식을 예거한다. 이 사례는 도시라는 토대를 배경으로 한 것이었지만, 최재서는 이 문제를 도시와 농촌이라는 비대칭적 식민지 개발의 문제로 이끌어가지 않았다.[55]

최재서는 제국 내부의 비균질성에 대해서는 상당히 명확한 인식을 갖추고 있었지만, 조선 내부의 비균질성에 대해서는 그다지 뚜렷한 인식을 갖추지 못한 것으로 보인다. 1942년 1월 『국민문

---

54 로자 룩셈부르크는 자본주의는 '비자본주의 환경'을 전제로 해서만 성립할 수 있다고 진단하였다. ローザ·ルクセンブルク, 長谷部文雄 譯, 『資本蓄積論』(下), 岩波書店, 1934, 50~51쪽. 홍종욱은 룩셈부르크의 통찰에 근거하여 '양식으로서의 근대'와 '구조로서의 근대'라는 개념을 제안하였다. '양식으로서의 근대'는 식민지 근대를 서구의 특정한 스타일이나 양식의 이입으로 이해하는 입장이며, '구조로서의 근대'는 양식으로서의 근대가 침투하는 과정에서 빚어진 모순이나 갈등까지를 포함하여 식민지 근대를 이해하는 개념이다. 洪宗郁, 『戦時期朝鮮の轉向者たち』, 有志舍, 2009, p.21.

55 제국-식민지/도시-농촌의 비대칭성과 '식민지적 개발'에 관해서는 요네타니 마사후미, 조은미 역, 『아시아/일본 - 사이(間)에서 근대의 폭력을 생각한다』, 그린비, 2010, 140~147쪽; 홍종욱, 「주변부의 근대 - 남북한의 식민지 반봉건론을 다시 생각한다」, 『사이間SAI』 17, 국제한국문학문화학회, 2014, 184~191쪽; 清水美里, 『帝国日本の「開発」と植民地台湾 - 台湾の嘉南大圳と日月潭発電所』, 有志舍, 2015, pp.268~284.

학』 좌담회에서 백철은 이동극단에 참여하고 농촌을 방문한 경험을 바탕으로 그동안의 "문화가 민중 생활과 분리되어 개인주의적이었던 것"과 "도시 편중의 경향"을 반성하는데, 최재서는 "지금 백철 님이 말씀하신 테마는 실제로 중요한 문제입니다"라고 동의하고서도 별다른 언급 없이 바로 방송국 참여자에게 발언을 넘긴다.[56] 1943년 1월 평양 문화를 주제로 한 평양 재조일본인과의 좌담회에서는 진행 발언 외에는 침묵한다.[57] 최재서는 비균질한 조선, 곧 경성의 외부로서 농촌에 대해서는 당위적 발언 이상의 언급을 삼가고 있는 것이다.

이후 최재서 역시 문예 행사에 거듭 동원된다. 『전환기의 조선문학』에 실린 「신체제와 문학」은 1940년 11월 조선문인협회 주최 문예보국강연대 강연기록인데, 이 강연은 그가 서선西鮮 지역을 순회한 결과였다. 조선의 농촌에서 진행한 강연이었지만, 강연의 내용은 경성의 잡지에 발표한 비평과 많은 차이는 없으며, 지역 이동의 경험을 그의 문학론으로 적극적으로 환류하지는 않은 것으로 보인

56 辛島驍 他, 「文藝動員を語る」(座談會), 『國民文學』, 1942.1, pp.117~118(백철과 최재서의 발언).

57 小泉顯夫 他, 「平壤の文化を語る」(座談會), 『國民文學』, 1943.1, p.86. 최재서의 모두 발언은 비평 「조선문학의 현단계」(1942.8)의 서술을 상당부분 옮겨 오고 있다. "종래, 문화라 말한다면 향락적이고 부박한 도회지의 유행을 가져다만 문화라 생각했고 따라서 다투어 동경을 모방하는 모습이었지만, 사실 동경의 문화라는 것도 고유의 문화라는 이름에 값하는 것이 아니라, 아메리카에서 더 나빠진 구라파의 퇴폐적 문화를 흉내내고 뽐내는 상태였습니다. (…중략…) 각 지방 지방이 그 고유한 문화를 수립하고 그것의 지방문화를 통하여 일관하는 일본정신 — 황도정신이 발현하는 것이 금후 일본문화의 존재방식이라고 생각합니다. 그러면 비로소 각 지방의 흙과 생활에 깊이 뿌리를 내린 진정 건전한 국민문화가 생겨날 것입니다."

다. 1942년 11월에서 12월까지 2주간 최재서는 평양에서 함흥까지 지방을 이동한 후 여행일기를 발표하는데, 이 글에서 그의 여정은 경성에서 구성된 그의 관심에서 벗어나지 않는다. 애초 여행의 목적이 국민문학 지사 설치였거니와, 그는 평양에서 고故 이효석이 쓴 소설 「은은한 빛」의 '지상인물紙上人物' 호리 관장의 모델인 고이즈미 평양박물관장을 만나고, 성천에서는 김남천이 전작 『대하』를 집필하면서 들렀던 양덕온천을 여정의 중심에 두었고, 숙소에 들어서도 조선인의 "국어사용"이라는 총독부의 정책에 관심을 두었다.[58] 그는 서선과 북선北鮮을 다니면서도 그곳 고유의 문화와 생활에 유의하는 것이 아니라, 그 자신이 출발한 경성이라는 중심에서 근거한 문제의식을 유지하고 그 문제의식에서 벗어나지 않는다.

최재서가 조선의 비균질성을 뚜렷하게 인식하지 못한 이유는 지방에서 행한 그의 강연이 잡지에서 발표한 그의 비평과 별반 다르지 않다는 점, 그의 여행기가 경성의 문제의식에 의거하고 있다는 점에서 추론해볼 수 있다. 조선이라는 공간을 이해하는 최재서의 문제의식은 경성이라는 중심에 근거하여 구성되어 있으며, 조선의 주변부를 살피는 시각과 방법을 충분히 갖추지 못한/않은 상태라 할 수 있다.

조선의 현실, 즉 조선 내부의 비균질성을 충분히 파악하지 못했던 1940년대 최재서는 지방에서 뿌리내리고 문학적 실천을 수행

---

58 崔載瑞, 「西鮮から北鮮へ」, 『國民文學』, 1943.1, pp.100~105.

한 모범을 찾을 필요가 있을 경우, 그 범례를 서구 프랑스 작가에게서 가져오게 된다. 그렇다면 그가 조선에서는 범례를 찾지 못하고 프랑스에서 범례를 찾을 수 있었던 이유를 살펴보는 것이 필요할 것인데, 다음 작업이 될 것이다. 이 문제는 「조선문학의 현단계」의 두 번째 문제 ㉠ 일본 문화의 순수성 유지와 이민족 포용 문제와 관련이 된다.

> 오늘 이후 일본문학은 한편으로 순수화의 정도를 점점 높이는 동시에, 다른 편으로 확대의 범위를 점점 넓혀 갈 것이다. 전자는 전통의 유지와 국체 명징과 관련된 한 면이며, 후자는 이민족의 포용과 세계 신질서의 건설과 관련된 한 면이다. (…중략…) 이 어려운 문제에 대하여 끝없이 자극이 되고, 또한 시험 삼아 심어보는 밭試植田이 될 수 있는 것이 오늘 이후의 조선문학이 아닐까? 일본의 문화가 조선에 건너와서 소위 반도사투리半島訛를 만든다거나 이전의 코이네コイネ의 전철을 밟아서는 큰일이다. 그러나 내지內地적 형식 그대로 일본문화를 가져와도 그것이 과연 대륙에 뿌리를 내릴 수 있겠는가? 이런 점에 문제의 핵심이 있다고 생각한다.[59]

최재서는 일본문학이 조선문학 등 지방문학을 받아들이는 과정에서 그 순수함을 유지하는 것과 그 범위를 확대하는 것 사이의 모순을 해결하기 위해 반면교사로 삼아야 할 역사적 참조사례로 고

---

59 崔載瑞, 「朝鮮文學の現段階」(『國民文學』, 1942.8), pp.94~95.

대 헬레니즘의 경우를 제시하였다. '코이네'의 전철을 경계하는 최재서의 입장은 위 비평보다 이른 1942년 2월 좌담회 「대동아문화권의 구상」에서 보다 명확하게 나타난다. 그는 '만주국'의 '국어 교육'을 둘러싼 대립을 "순수한 국어純粋な國語"를 보급하려는 입장과 순수함을 다소 잃더라도 쉽게 익힐 수 있는 국어를 보급하려는 입장 사이의 대립으로 정리한다. 이때 최재서가 힘주어 동의하는 것은 전자이다. 그가 전자에 동의하는 이유 역시 그리스 코이네koine의 역사적 경험 때문이다. 헬레니즘 시대 "식민지로 옮겨간 언어가 방언화하면서 동시에 대단히 퇴폐적으로 되어 버렸"으며, 결국 그것이 "본지本地"로 "역수입逆輸入"되기도 했다. 역수입이 가능했던 이유는 민중이 "어렵고 딱딱한 것堅苦しいもの"을 싫어하기 때문이라는 것이 최재서의 판단이었다.[60]

중일전쟁 이후 각각이 관심을 가졌던 지역의 성격과 일본어의 성격에 주목할 때에도 최재서와 김사량은 갈라진다. 최재서의 관심이 경성-중심을 벗어나지 않았다면, 김사량의 관심은 도쿄-중심으로부터 점차 주변으로 탈중심화된다. 그리고 김사량은 제국의 언어인 일본어를 비틀어 사용하거나 방언화하였고, 제국의 언어를 모방하면서 조롱하였다.[61] 하지만 최재서는 "순수한 국어"와

---

60 秋葉隆 他, 「大東亞文化圈の構想」(座談會), 『國民文學』, 1942.2, p.50(최재서의 발언).

61 김사량의 언어에 관해서는 윤대석, 『식민지 국민문학론』, 104~114쪽. 김사량 문학의 탈중심화는 대학생에서 민중으로, 남성에서 여성으로, 제국대학 인근지역 도쿄 우에노에서 재일조선인 거주지 요코스카, 식민지 평양, 원산, 홍천, 원산, 반식민지 베이징으로의 방향으로 수행된다. 다카하시 아즈사, 「김사량의 일본어 문학, 그 형성 장소로서의 『문예수도』-'제국'의 미디어를 통한 식민지 출신 작가의 교류」, 『인

"견고한 것"을 강조하였다.

언어와 문학에서 "견고한 것"을 강조하는 최재서의 입장은 1930년대 그의 영문학 연구를 떠올리도록 한다. 최재서가 번역하였던 어빙 배빗은 "어떻게 표준Standards을 갖는 동시에 도그마에 유폐되지 않을 것인가?"를 질문하면서, "상상적이면서 동시에 규준規矩에 들어맞는" "윤리적 예술"을 주장한 바 있었다. 배빗은 서양문명의 뿌리인 고전적 인문주의의 '표준'에 근거하여 '내면적 통제'를 완성함으로 거짓 질서의 현상을 타개할 수 있다고 믿었던 문학자였다.[62] 또한 1939년 최재서는 『인문평론』을 창간하면서 「모던문예사전」을 통해 T. S. 엘리엇의 「크라이테리온」을 "비평 기준의 확립을 목표로 하는 잡지"로 설명하였으며, 그의 폐간사를 인용하면서 잡지 폐간의 이유를 "문학적 표준의 붕괴"로 요약한 바 있었다.[63] 영문학자로서 최재서가 연구하고 번역하였던 배빗은 표준standard를, T. S. 엘리엇은 기준criterion을 중시한 문학자였으며, 최재서 역시 문화를 "의미와 가치를 부여하는 과정, 즉 재배와 개발의 과정"으로 이해하였다.[64] 따라서 그는 특정 정도 이상의 기준을 유지하고 '개발'된 문화만을 인정했기 때문에, 식민지 조선의 불균등한 문화 발전상

문논총』 76(1), 서울대 인문학연구원, 2019, 298~302쪽; 이경재, 「김사량의 「향수」에 나타난 세 가지 향수(鄕愁)」, 『현대문학의 연구』 59, 한국문학연구학회, 2016, 174~194쪽; 장문석, 「김사량과 독일문학」, 187~194쪽 참조.

62 アーヴィング・バビット, 崔載瑞 譯, 『ルーソーとロマン主義』 (上), 改造社, 1939, pp.32 · 311; 미하라 요시아키, 홍종욱 역, 「최재서의 Order」, 90쪽.

63 崔載瑞, 「크라이테리온」, 『人文評論』, 1939.10, 126쪽.

64 崔載瑞, 「轉換期の文化理論」(『人文評論』, 1941.2), p.12.

황에서 그는 경성이라는 중심의 도시 문화는 발견하고 의미화하지만, 경성 이외의 주변부 농촌의 문화는 발견하거나 의미화하지 않은 것으로 추론할 수 있다. 이 점에서 최재서의 문학론에서 경성중심성과 문화적 표준은 연결되어 있다.

최재서는 지방문학으로서 조선문학이 독창성을 갖추어 일본문학의 일익으로 일본문학의 재편에 참여하는 국민문학론을 기획하였다. 그의 국민문학론은 제국 일본문학의 비균실성에는 유의한 것이었으나 도시와 농촌으로 분할된 조선의 내부 비균질성은 다소 막연하게 이해하고, 특히 경성-중심-개발-도시는 전면화하면서도 지방-주변-저개발-농촌에 대한 이해는 충분히 갖추지 못한 경성중심성에 근거한 것이었다. 동시에 문학과 문화는 어느 정도 수준을 갖추어야 한다고 판단하는 문화적 표준에 유의한 것이었는데, 이것은 최재서가 1930년대 문학론에서 갖추었던 입장을 1940년대에도 유지한 것이었다.

앞서 김사량과 최재서를 '망명'과 '귀화'로 대별하였다. 에드워드 사이드는 망명을 이주민이나 추방자의 전유물로 이해하는 것에 거리를 두고, 누구나 선택할 수 있는 삶의 태도로 이해하고자 하였는데, "적응을 거부하는 입장"이 망명이라는 태도의 핵심이다.[65] 이 점에서 최재서의 국민문학론은 역으로 그 자신이 이미 '적응'한 언어와 공간, 혹은 문학론을 확장하고자 한 기획으로 이해할

---

65 에드워드 사이드, 최유준 역, 『지식인의 표상 - 지식인이란 무엇인가?』, 마티, 65 · 70쪽.

수 있다. 앞서 보았듯 그는 1930년대 문학론을 비판하면서 국민이라는 이념에 근거하여 1940년대 국민문학론을 제안하였다. 하지만 중심과 주변이라는 시각에서 보면 최재서의 국민문학론은 기존 그 자신의 "중심화된 권위로부터 벗어나 주변을 향해 사고하는 것을 선택"[66]한 실천이기보다는, 여전히 경성이라는 중심과 권위를 유지한 채 1940년대 아시아태평양전쟁적 상황에 '적응'하면서 기존의 문학론을 확장한 것이라 할 수 있다.

4. 재조일본인이라는 주체와 종교적인 것

1942년 1월 조선 총독부 도서과장 혼다 다케오는 『국민문학』 좌담회에 출석하여 "솔직히 말씀드립니다만 우리 과거 검열 당국의 느낌에서 본다면, 과거 『인문평론』 혹은 『문장』 같은 것은 신문으로 비유해보면 『조선일보』, 『동아일보』 같은 것이라는 느낌이라 말해도 지나치지 않다고 생각합니다. 결국 작년 언문 신문의 통제에 의해 이 두 신문이 사라지고 새로운 『매일신보』가 만들어졌습니다. 형태는 같지만 내용에서는 새롭게 태어난 자식이죠. (…중략…) 최재서 님이 새롭게 잡지에 있어서 『매일신보』를 만들고, 얼굴도 새로운 『국민문학』 가운데 문인 모두가 뜻을 모아서 만들어

66 위의 책, 77쪽.

가겠다는 이야기를 듣고 우리들은 무척 공명하였고, 『국민문학』은 문예인 동원의 하나의 기연機緣이 되리라 확신을 가질 수 있었습니다"라고 언급하였다.[67] 최재서 역시 『국민문학』 편집은 그 이전 『인문평론』과 비교할 때 "실제 편집 방법이 바뀌어서 솔직히 제 자신이 갈피를 못 잡고 있지만, 어쨌든 1호 잡지를 편집하기 위해 각 방면의 권위자를 망라한 위원회에서 합의를 통해 결정한다는 것은, 실제 지금까지 몽상조차 못한 것"이었다고 언급하였다.[68] 형식은 동일하지만 내용이 새롭다는 것은, 잡지의 지향에서 전시 동원의 성격이 보다 강해졌다는 의미도 있지만, 다른 한편 각 방면의 '권위자', 즉 이전과 다른 주체가 개입하게 되었다는 의미도 있다.

1946년 2월 임화가 『인문평론』을 비롯한 중일전쟁기 '공동전선'의 존재를 회상하면서 그 성격을 예술성, 합리성으로 지적하였듯, 최재서는 굴절된 담론공간에서 『인문평론』을 통해서 조선인 문학자의 조선어 글쓰기를 통해 비판적 산문정신과 시민적 교양의 '공동전선'을 구축하였다.[69] 하지만 아시아태평양전쟁기 『국민문학』은 전혀 다른 언어와 전혀 다른 주체에 근거하여 수행되었다. 『국민문학』 창간호에 최재서는 자신의 경성제대 영문학 스승 사토 기요시의 「눈」을 실었다. 이 시에서 사토는 그 자신이 "경성의 하

---

67 辛島驍 他,「文藝動員を語る」(座談會),『國民文學』, 1942.1, p.110(혼다 다케오의 발언).

68 辛島驍 他,「朝鮮文壇の再出發を語る」(座談會), p.89(최재서의 발언).

69 임화,「조선 민족문학 건설의 기본과제에 관한 일반보고」(『건설기의 조선문학』, 백양당, 1946), 하정일 편,『임화문학예술전집』 5 - 비평 2, 소명출판, 2009, 423쪽; 洪宗郁,『戦時期朝鮮の轉向者たち』, p.233~236.

늘"을 바라본 지 "15년"이 되었음을 떠올리면서, "경성은 지금이야 말로 / 정말 내 고향이 되었다"라고 썼다.[70] 사토의 시는 그가 재조 일본인, 즉 식민지 조선에 살고 있는 식민자임을 분명히 보여준다. 이 점에서 『국민문학』은 식민지 조선이라는 지방지역을 공유하는 식민지 조선인과 식민자 일본인들이 함께 주체로서 개입한 국민 문학을 위한 잡지였다. 『국민문학』은 주로 조선에서 거주하는 조선인과 일본인의 문학 및 비평을 게재하였고 좌담을 편성하였다. 좌담회 25회 중 경성이 아닌 곳에서 진행된 것은 동경과 평양 단 2회였다.[71]

평론집 『전환기의 조선문학』 말미에서 최재서는 국민문학에 관한 두 편의 실제 비평 「국민문학의 작가들」과 「시인으로서 사토 기요시 선생」을 수록하였다. 전자는 조선 작가를 중심으로 중진에서 신진에 이르기까지 국민문학의 작가를 다룬 평론이다. 이무영, 한설야, 김남천, 유진오, 정비석, 조용만, 함세덕의 작품을 다루었으며, '내지인 작가' 다나카 히데미쓰田中英光, 미야자키 세타로宮崎清太郎, 구보타 노부오久保田進男 등을 다루었다. 한 가지 흥미로운 점은 이 글의 말미에 최재서가 "이 개관에서 김사량과 아오키 히로시靑木洪, 홍종우-인용자의 이름이 빠진 것은 지극히 유감이지만, 곧 원고

70 佐藤淸, 「雪」, 『國民文學』, 1941.11, pp.10~11; 사토 기요시, 김윤식 역, 「눈」(『국민문학』, 1941.11), 김윤식, 『최재서의 『국민문학』과 사토 기요시 교수』, 195쪽.

71 좌담회 「신반도문학에의 요망」(1943.3)은 동경에서 진행되었으며, 기쿠치 간, 요코미쓰 리이치, 가와카미 데쓰타로, 야스타카 도쿠조, 후쿠다 기요토, 유아사 가쓰에, 최재서가 참여하였다. 좌담회 「평양의 문화를 말한다」(1943.1)는 평양에서 진행되었다.

를 달리하여 두 사람의 작품을 논할 기회가 있을 것이다"[72]라고 하면서, 김사량과 아오키 히로시를 제외한 주석을 붙여두고 있다는 점이다. 이 글은 1942년 2월에 탈고한 것인데 이때는 김사량이 조선으로 강제 송환되기 직전이었다. 즉 이 글을 쓸 무렵 김사량과 아오키 히로시는 동경에서 활동하던 조선인 작가였으며, 최재서는 조선의 바깥, 동경에서 활동하는 작가에 대한 언급을 우회한 셈이다. 이후 『국민문학』이 두 사람의 작가와 그다지 활발한 교류를 한 것으로 보이지는 않는다. 김사량은 조선으로 돌아온 이후 평양에 머무는데, 그는 『국민문학』에 장편 『태백산맥』1943.2~10을 발표하며,[73] 아로키 히로시는 소설 3편 「아내의 고향」1942.4, 「고향의 누이」1942.10, 「견학 이야기」1943.12와 수필 1편 「고향의 노래」1942.7를 발표하는 데 그친다.[74] 두 사람의 문학자에 대한 최재서의 비평적 발언 또한 적극적인 편은 아니다. 1943년 12월 최재서는 결전 하 문단

---

72 崔載瑞, 「國民文學の作家たち」, 『轉換期の朝鮮文學』, 人文社, 1943, p.252.

73 『태백산맥』 이전 김사량이 『국민문학』에 실은 단편으로 「물오리섬(ムルオリ島)」(1942.1)이 있다. 하지만 이 단편은 그가 아직 일본 가마쿠라 경찰서게 구류되었던 시기 일본에서 집필한 것으로 현해탄을 건너 조선의 일본어 독자를 대상으로 한 것이다. 이 단편은 평양 대동강의 풍경과 조선어의 울림과 리듬 등 조선의 향토성을 풍요롭고 섬세하게 표현하였다. 곽형덕, 『김사량과 일제 말 식민지문학』, 소명출판, 2017, 341~342쪽.

74 아오키 히로시의 글은 『국민문학』 창간 2년차 및 3년차까지 한정되어 있다. 1942년 한 좌담에서 최재서의 발언을 참조하면, 『국민문학』 창간 당시 최재서는 만족스러운 '국어'로 소설을 쓸 수 있는 조선인 작가가 4~5명에 불과해서 동경 등 외부에서 1~2명을 청하고 있다고 말한다. 그리고 앞으로는 "가능하면 반도인 작가의 작품을 게재하고 싶다"고 언급하면서, 동경 작가의 작품을 싣는 것이 임시적인 것임을 암시한다. 木山炳奎 他, 「半島學生の諸問題を語る」(座談會), 『國民文學』, 1942.5 · 6, p.147(최재서의 발언).

의 1년을 돌아보면서 "「물오리섬」에서는 아직 잠재적이었던 이상주의가 이번의 『태백산맥』에서는 전면적으로, 더구나 역사적인 규모에서 전개"되었다고 평한 정도이다.[75] 다만, 『전환기의 조선문학』 간행 직전 1943년 3월 동경의 좌담회에서 최재서 그 자신이 조선의 국민문학을 대표하여 발언하는 입장에 섰을 때, 비로소 그는 "지금 젊은 작가들 중에 가장 조선다움을 가지고 있는 사람은 역시 아오키 히로시와 김사량이 아닐까요"라고 두 사람의 위치를 또렷이 부각하며 두 작가의 공통된 특징으로 "격정성"을 지적하였다.[76] 김사량과 아오키 히로시에 대한 『국민문학』의 과소진술은 최재서의 국민문학이 조선-경성을 중심으로 구성된 것임을 보여주는 사례이다.

최재서는 재조 일본인의 역할과 가능성에 주목한다. 조선문학이 일본문학의 일익으로 개입하면서 일본문학을 재편할 가능성을 언급했던 최재서는 「시인으로서의 사토 기요시 선생」에서 "반도인 작가는 물론이고 조선에 거주하는 내지인 작가나 시인의 직역도 그에 못지않게 중요"하게 되었다고 판단하면서, 사토 기요시의 시를 "일본 문학 가운데 새로운 요소를 도입하는 것"이라고 평가하였다.[77] 즉 재조일본인의 시 역시 조선의 국민문학으로서 일본

75 石田耕人, 「決戰下文壇の一年」, 『國民文學』, 1943.12, p.17.

76 菊池寬 他, 「新半島文學への要望」(座談會), 『國民文學』, 1943.3, pp.10~11(최재서의 발언). 이후 1943년 9월 마키 히로시(牧羊, 이석훈)은 좌담회에서 김사량과 편지를 주고 받은 이야기를 소개하기도 한다. 牧羊 他, 「文學鼎談」(座談會), 『國民文學』, 1943.9, p.30(마키 히로시의 발언).

77 崔載瑞, 「詩人としての佐藤淸先生」(『國民文學』, 1942.12), 『轉換期の朝鮮文學』, 人

문학에 새로운 요소를 도입하는 계기가 된다. 비슷한 시기 최재서는 사토 기요시 등이 참여한 좌담에서 '내지'의 국민시와 '반도'의 국민시에 차이가 없는 것이 과연 기뻐할 일인지 질문하였다. 질문을 던진 이유는 최재서가 "반도인"과 "내지인"이 조선의 생활과 문제를 가지고 "오늘 일본이 살아가는 길"을 쓰는 것을 "국민문학으로서의 조선문학의 존재방식"이라 생각했기 때문이었다.[78]

최재서의 국민문학은 조선이라는 지역과 생활공간을 강조하면서 그 공간을 공유한 조선인의 문학과 재조일본인의 문학이 형성 중인 일본문학에 참여하여 새로운 일본문학을 만들어야 한다고 주장하였다.[79] 약간의 시간이 흐른 1944년 최재서는 창씨개명인 이시다 고조石田耕造의 이름으로 『신반도문학선집新半島文學選集』 두 권을 편집한다. 이 책은 조선에서 활동한 조선인 문학자와 재조일본인 문학자의 작품을 함께 실은 것이었다.[80] 가정형의 질문으로 최재서는 '반도의 사람'이 동경에 가서 조선의 현실을 망각하고 '내지인'과 다름 없이 쓴다면, 거기에서 가치를 발견할 수 있을지 회

文社, 1943, p.266 · 272.

78 佐藤清 他, 「詩壇の根本問題を衝く」(座談會), 『國民文學』, 1943.2, p.18(최재서의 발언), p.13(최재서의 발언).

79 김재용은 최재서의 협력을 두고 '속지주의적 혼재형 친일협력'이라고 명명하였다. 김재용, 『풍화와 기억』, 17쪽.

80 『신반도문학선집』에 수록된 조선인 문학자와 재조일본인 문학자의 소설에 관해서는 이원동, 「군인, 국가, 그리고 죽음의 미학 - 『신반도문학선집』의 소설들」, 『현대소설연구』 42, 한국현대소설학회, 2009; 서승희, 「전쟁과 서사, 그리고 재조일본인(在朝日本人)의 아이덴티티 - 汐入雄作와 宮崎清太郎의 소설을 중심으로」, 『한국문학이론과비평』 68, 한국문학이론과비평학회, 2015 참조.

의하였고, 그것은 마치 발이 허공에 쓴 것과 같다고 비판하였다. 이것은 최재서의 국민문학에서 작가의 민족성이라는 지표보다 조선이라는 장소와 현실이 중요함을 보여주는 예이다.[81]

최재서가 "『국민문학』의 출발 및 그 진행 및 경영"을 추진하는 과정에서 가장 큰 도움을 받은 재조일본인은 "경성제대 법문학부 아카데미시즘"의 주체였다. 그리고 최재서와 경성제대 아카데미즘이라는 복수의 주체성을 상징적으로 보여주는 것이 "경성제대 영문과 및 법문학부 교수들, 경성제대 영문과 출신의 재조 일본인 문학자, 조선문학자들, 그리고 일본 내지에서 활동하던 소설가들이 모여 있는" 『국민문학』 창간호였다.[82]

하지만 『국민문학』을 간행하는 시간이 이어지면서 최재서는 국민문학의 '창작과 비평'의 빈곤을 마주해야 했다. 『국민문학』 창간 초기 그는 일본어로 창작 가능한 작가 20~30명은 확보되어야 안정적인 소설 게재가 가능하다고 판단하였으나, "지금으로서는 만족스럽게 국어로 소설을 쓸 수 있는 작가는 너댓 명 정도"라는 결론에 도달하였고 초기에는 동경에서 활동했던 작가의 글 1~2편을 실어야 했다.[83] 김사량, 아오키 히로시 등의 작품이 그 예이다. 1943년 3월 내지 문학자와의 좌담에서는 조선인 작가와 재조 일

---

81 佐藤清 他, 「詩壇の根本問題を衝く」(座談會), 『國民文學』, 1943.2, p.16(최재서의 발언).

82 김윤식, 「한국 근대문학사의 시선에서 본 『국민문학』」, 『최재서의 『국민문학』과 사토 기요시 교수』, 257~258쪽; 김동식, 「낭만주의 · 경성제국대학 · 이중어 글쓰기 - 김윤식의 최재서 연구에 관한 몇 개의 주석」, 233쪽 참조.

83 木山炳奎 他, 「半島學生の諸問題を語る」(座談會), p.147(최재서의 발언).

본인 작가를 포함하여 일본어 문단은 "약간 슬럼프 상태"에 있다고 진단하였다.[84] 마키이석훈 또한 "최근 평론 같은 것이 거의 나오지 않"는 듯하다는 느낌을 숨기지 않았다.[85] 더 큰 문제는 그가 국민문학의 주체라 생각한 조선이라는 지역을 공유하는 조선인과 재조일본인의 입장 차이와 상호 간의 거리감이 생각보다 컸다는 점이다. 이미 창간호 좌담에서부터 조선문학의 성격을 둘러싸고 가라시마와 박영희, 최재서는 입장의 차이를 드러냈는데, 그 충돌은 다른 좌담회으로도 이어졌다. 재조일본인 역시 조선인이라는 타자와의 만남을 원했지만 실제로 그 만남이 성립되자, 그 만남은 당혹스러움과 불쾌감, 불만과 갈등의 경험으로 현상하였다.[86]

나아가 전시체제의 압박이 강해지고 동원의 압력 역시 무거워지면서 최재서 역시 그 무게로부터 자유롭지 못하게 된다. 예컨대 『전환기의 조선문학』에 실린 강연록 「국민문학의 입장」강연록, 탈고일, 1942.10의 말미에는 "국가가치는 다만 모든 가치의 상위에 있는 최고의 가치"이며, "일본의 국가가치는 일본 국민의 본질로서 이미 신대神代에서부터 있었던 것"으로 "그 국가이상을 명심하고 지켜 그 본질적 가치를 현현하는 것이 일본국민의 항상 변치 않을 사명"이라고 설명한다.[87] 하지만 이 언급은 전체 강연과 맥락을 갖추지 못

84 菊池寬 他, 「新半島文學への要望」(座談會), 『國民文學』, 1943.3, p.2(최재서의 발언).
85 牧羊 他, 「文學鼎談」(座談會), 『國民文學』, 1943.9, p.32(마키 히로시의 발언).
86 윤대석, 「1940년대 '국민문학' 연구」, 63~68쪽. 윤대석, 「가라시마 다케시(辛島驍)의 중국 현대문학 연구와 조선」, 『구보학보』 13, 구보학회, 2015, 327~328쪽.
87 崔載瑞, 「國民文學の立場」, pp.148~149.

한 채 첨가되었다는 느낌을 가리지 못하고 있다.

김윤식은 최재서의 국민문학론이 지향한 목표를 "(A) 예술작품운동을 창출하기와 (B) 일어로 된 동양문학의 건설" 두 가지로 정리하였다. 1943년 4월 최재서는 파리 함락 이래 자신의 국민문학론을 갈무리하여 비평집 『전환기의 조선문학』을 간행한다. 이것은 비평가로서 "역량 및 활동"에서 최대치였으나 동시에 그에게 한계이기도 하였다. 이후 최재서는 비평 발표와 좌담회 참석을 줄여가는 한편으로, 소설 창작으로 나아간다. 그는 처음에는 본명으로 「보도연습반」1943.7과 「부싯돌」1944.1을 발표하였고, 이후 필명 석경石耕으로 「쓰키시로 군의 종군」1944.2을, 필명 석전경인石田耕人으로 일본어 소설 「때 아니게 핀 꽃」1944.5.~8과 「민족의 결혼」1945.1~2를 발표한다.[88]

소설 「부싯돌」, 「때 아니게 핀 꽃」, 「민족의 결혼」 세 편은 고대 신라의 서사를 다룬 것이다. 최재서는 고대 삼국시대를 내선교류가 밀접했던 시기로 규정하였다. 혜자, 담징, 왕인 등 한반도의 사람들이 일본으로 건너갔고, 그 이동은 언어와 종교로 흔적을 남겼다. 사토 기요시와 최재서 역시 이러한 흔적을 살려서 작품을 창작하였다.[89] 삼국시대 내선교류는 1940년대 최재서가 논리화하였으

88 김윤식, 『최재서의 『국민문학』과 사토 기요시 교수』, 54쪽. 석전경인(石田耕人)은 필명이며, 최재서의 창씨개명은 이시다 고조(石田耕造)이다. 같은 책, 256쪽. 『녹기(綠旗)』에 발표된 「쓰키시로 군의 종군」을 제외한 일본어 소설은 모두 『국민문학』에 발표되었다.

89 崔載瑞, 「國民文學の作家たち」, p.250; 菊池寛 他, 「新半島文學への要望」(座談會), 『國民文學』, 1943.3, p.13~14(최재서의 발언); 김윤식, 『최재서의 『국민문학』과 사토 기요시 교수』, 101~122쪽, 177~244쪽.

나 현실화에는 어려움을 경험하였던 조선인과 재조일본인이 참여한 국민문학이라는 장을 떠올리도록 한다. 최재서의 국민문학론이 경성이라는 지역을 중심으로 한 것이었다면, 세 편의 소설은 모두 신라의 수도 경주를 배경으로 한 것이었다.

동시에 최재서는 삼국시대, 특히 신라시대에 대하여 "조선인이 신앙심에 불탔던 시기", 곧 종교의 시기로 명명하였다.[90] 다만, 최재서의 창작에서 확인할 수 있는 종교적인 것의 정도는 시기에 따라서 차이가 있다. 예컨대 스승 사토 기요시의 시 「경주 불국사 재건」과 제자 최재서의 신라 배경 소설 중 첫 번째 것인 「부싯돌」 1944.1은 죽은 아이의 환생이라는 비현실적 전설의 합리적 설명을 공유하였다.[91]

최재서의 소설에서 종교가 개입하는 과정은 시간을 조금 거슬

---

90 菊池寛 他, 「新半島文學への要望」(座談會), 『國民文學』, 1943.3, p.13(최재서의 발언); 崔載瑞, 「國民文學の作家たち」, p.250.

91 "나는 재상가에 태어났던 모양. / 나는 아무 구애도 없이, 그대로, / 이 야기를 믿고 있었는데, 세상물정에 눈뜨자 / 어느 날이었다. (…중략…) 그때 나는 급히 눈을 뜬 느낌이었다. / 유모 따위라고 생각했던, 저 아름다운, 수줍은 사람이 / 실은 나를 낳은 어미이며 / 나에게만 비밀이었던 비밀이 내게도 이미 비밀이 아니게 되고 말았다. (…중략…) 생모를 위해서는 / 석불사 건립을 결의할 때가 왔다." 佐藤清, 「慶州佛國寺再建」, 『佐藤清全集』 2, 詩声社, 1963, pp.99~100; 사토 기요시, 김윤식 역, 「경주 불국사 재건」, 김윤식, 『최재서의 『국민문학』과 사토 기요시 교수』, 207쪽; "영리한 대성이 언젠가는 이러한 어른들의 비밀을 잘 알고 그것을 가슴 깊이 새기고 있었다. / 그리하여 재상 김대성은 국왕에 헌책하여 불국사 중수를 했다. 그 무렵 그의 가슴 속에는 쓸쓸한 한 사람의 여인을 위해 보잘것없지만 진실이 실린 절 한 채를 세우고자 하는 비원이 끓고 있었다." 崔載瑞, 「燧石」, 『國民文學』, 1944.1, pp.115~116; 최재서, 김윤식 역, 「부싯돌」(『국민문학』, 1944.1), 김윤식, 『최재서의 『국민문학』과 사토 기요시 교수』, 115쪽.

러 1943년 8월 25~27일 제2회 대동아문학자대회 참여 중의 유시마성당湯島聖堂 방문 경험으로 거슬러 올라갈 수 있다.[92] 이 때의 경험에 관하여 최재서는 다음과 같이 기록하였다.

> 나는 오늘날까지 논어論語를 읽은 적은 없지만, 유교儒教를 신봉信奉한다고 생각해본 적도 없다. 그러나 그 건축과 그 분위기는 내게 딱 맞다. 유교는 나의 혈관을 흐르는 것 아닐까.
>
> 이런 이유에서 중화민국이나 '만주국'의 대표자들이 이 성당에서 어느 정도 기뻤을까. (…중략…) 사상과 문화와 길은 실로 하나라면 거기에 골육의 정이 생기는 것은 당연하지 않을까. 만일 동아東亞 여러 민족의 사이에 이렇게 골육의 정이 생겨난다면 어떨까.[93]

유교라는 종교가 자신의 핏속을 흐른다는 그의 진술은 창씨개명을 거쳐 해방 이전 '마지막 이론적 몸부림'인 비평 「사봉하는 문학」1944.4으로 이어진다. '사봉하는 문학'은 "천황을 섬기며 받드는 문학"을 의미한다. 최재서는 자신의 창씨개명 경험을 고백하면서 "제사의 문학祭りの文學에서 시작한 우리 일본의 문학이 지금엔 제정일치의 문학まつりごとの文學으로서 세계에 웅비코자 함을 대망하고 그 전통인 사봉하는 정신에 철저히 하는 것"을 강조한다.[94] 스승

---

92 제2회 대동아문학자대회에 관해서는 오무라 마스오, 『식민주의와 문학』, 소명출판, 2014, 69~99쪽 참조.

93 崔載瑞, 「大東亞意識の目覺め」, 『國民文學』, 1943.10, p.137.

94 石田耕造, 「まつろふ文學」, 『國民文學』, 1944.4, pp.4 · 18; 이시다 고조, 김윤식 역,

사토 기요시는 끝내 종교와 일정한 거리를 유지하였지만, 최재서는 이론적 허술함을 무릅쓰면서 정치와 종교를 결합하여 자신의 문학적 입장을 설명하였다.[95]

최재서의 소설 「때 아니게 핀 꽃」과 「민족의 결혼」은 삼국통일과 민족 간의 결혼을 다루고 있다는 점에서 내선일체와 대동아공영권을 고대사에 투영한 소설이라는 점에서 비판적으로 읽을 수 있다.[96] 다른 한편, 종교적 광신은 논증이 불가능하다는 점에서 인문주의적 실천과는 거리가 있을 수밖에 없는데,[97] 앞서 언급한 두 편의 소설은 인문주의와 합리성이라는 측면에서도 비판적 검토가 필요하다.

화랑의 계율을 어기고 전쟁터에서 물러났기에 아버지 김유신과 어머니 지소로부터 버림을 받은 원술이 중심인물인 「때 아니게 핀 꽃」 역시 신라의 "왕성" 경주라는 공간을 중심으로 서사가 전개된다.[98] 이 소설에서 한 가지 주목할 점은 종교적인 서사가 정치적인 서사의 잉여로서 제시된다는 점이다. 청년 김유신은 '삼국 합병'의 뜻을 인정받아 '비법'을 전수받는 "신심이 깊은" 인물이자 "수로

「사봉하는 문학」(『국민문학』, 1944.4), 김윤식, 『최재서의 『국민문학』과 사토 기요시 교수』, 126쪽, 140쪽.

95 김윤식, 『최재서의 『국민문학』과 사토 기요시 교수』, 200쪽; 김윤식, 『일제말기 한국 작가의 일본어 글쓰기론』, 서울대 출판부, 2004, 198쪽.

96 정종현, 『동양론과 식민지 조선문학』, 337쪽.

97 에드워드 사이드, 김정하 역, 『저항의 인문학 - 인문주의와 민주적 비판』, 마티, 2012, 77쪽.

98 石田耕人, 「非時の花」(1), 『國民文學』, 1944.5, p.64.

임금님 때부터 가락국의 궁중 깊이 전해져 온 신검神劍"을 들고 "혼자가 산 속에 틀어박혀 일심으로 기도"하는 인물로 "기적"을 거듭 경험한 인물로 제시된다. 비현실적이고 은밀하면서 운명론적으로 결정된 삼국통일의 이유는, 소설의 서두에서 삼국 통일의 이유를 "무열과 문무 두 왕의 영민함과 총명함"이 "김유신의 무용과 원효의 지략, 그리고 강수의 문장"에 힘입은 결과라는 선행 서술과 충돌하기도 한다.[99] 소설의 중반에는 밀교 사원 원원사遠願寺의 호마법 의식이 제시되는데, 이 서술은 전체 서사의 전개와 무관하게 삽입된다. 공주 남해는 밀교 의식에 다소 의문을 제기하지만 애초에 김유신이 밀교 의식을 허용한 것이었듯, 이 종교 의식은 기존 신라의 질서와 어긋나는 것이 아니었다.

연재 기간이 4개월이라는 점에서 「때 아니게 핀 꽃」은 최재서가 쓴 소설 중 가장 긴 분량을 갖추었지만, 김유신이 구축한 현실의 질서는 원술의 패전으로 일시 위기를 맞지만, 결국 회복되고 완성된다. 동시에 이 질서는 이미 김유신에 의해 운명론적으로 완성될 것이 이미 예언된 질서이기도 하다. 그 완성 과정은 정치전쟁, 삼국통일, 종교밀교, 불교, 유교, 공간도읍 등을 통해 서사화되며, 지소, 원술, 남해는 차례로 도읍을 떠나는 방식으로 서사의 전경에서 사라진다. 「사봉하는 문학」에서 최재서는 '제정일치'를 언급하지만 이 소설의 결말은 정치 질서가 회복되는 것으로 맺어진다. 마지막 회에서 눈에

99 石田耕人, 「非時の花」(2), 『國民文學』, 1944.6, pp.74~75; 石田耕人, 「非時の花」(1), p.70.

띄는 서술 중 하나는 원술이 남해와의 대화 가운데 현실 정치의 질서를 위배한 자신을 죄인이라 부르면서 "무슨 면목으로 서울의 거리를 돌아다닐 수 있을 것인가"라고 자문한다는 점이다.[100] '서울'은 죄지은 자는 걸을 수 없는 곳으로 제시되며, 원술이 사라짐으로 신라의 '서울'은 죄없는 자들의 정치적 공간으로 회복된다.

역시 신라의 수도 경주가 배경인 「민족의 결혼」은 서사적 절정에 종교 의식이 자리하고 있다. 신라계 김춘추와 가락계 김유신이 골품제라는 사회적 위계를 극복하고 결혼에 도달하기 위해 옛 종교 의식인 번제를 전략으로 선택하며, 누이 김문희는 희생 제물을 자처한다.

> 옛사람들은 무언가 간절한 바람이 있으면, 화톳불을 피워서 그 위에 살아있는 제물을 바쳤다고 한다. 옛사람들은 그 연기가 하늘에 닿으면, 바람이 반드시 이루어진다고 믿었다. 반드시 통했다고 생각한단다. (…중략…)
>
> 네, 알겠습니다. 만약 제가 제물이 되어 신라와 가락 두 민족의 담이 무너질 수 있다면 기꺼이 몸을 불태우겠습니다. 부디 아버지께 그리 말씀드려 주세요. 금관왕국의 옛 법식을 좇아 인륜을 어긴 딸을 불사르시라고.
>
> 유신은 누이의 손을 힘껏 잡으며 울면서 소리쳤다.

---

100 石田耕人, 「非時の花」(4), 『國民文學』, 1944.8, p.87.

나에게 목숨을 맡겨다오. 만약 네가 불에 타서 죽음에 이르게 된다면, 나도 신라에서는 살지 않겠다. 반드시 고구려로 좇아가 고집세고 어둡고 무지한 신라가 각성할 때까지, 불태우고 불태우고 또 불태워 다해 버리겠다.[101]

「민족의 결혼」에서는 주요한 인물인 김춘추와 김유신의사도 종교 의식에 참여한다. 이 소설에서도 "어쨌든 신라의 역사는 30세의 몰래 마음 속에서 그렸던 각본과 같이 전개"된다고 분명히 서술된다.[102] 김유신은 일종의 예언자적 존재이며 그 예언을 실현하는 힘을 가진 정치적 지도자이다. 김유신과 김춘추는 처음에는 의식의 외부에 있고 그들의 감정은 차분하다. 하지만 이들이 종교 의식에 연루 되면서 이들의 감정 역시 점차 고조된다. 결과적으로는 두 사람이 원했던 민족의 결혼이라는 새로운 정치 질서의 도출에 도달하지만, 그 과정에서 두 인물은 엄청난 감정의 진폭을 경험하게 된다. 앞선 「때 아니게 핀 꽃」에 비교할 때, 「민족의 결혼」의 인물들은 서사에 등장하는 종교적인 것을 통제하지 못한다. 「민족의 결혼」은 전반 서사와 후반 논평으로 구성되는데, 전반 서사의 마지막 장면은 주요 인물들이 제복을 입은 채 제의를 수습하지 못한 채 종결된다. 후반 논평은 서술자가 역사가의 의장으로 등장하여 예언과 기록을 넘나들다가 호국을 선언하는 문무왕의 전설적인

101 石田耕人, 「民族の結婚」(2), 『國民文學』, 1945.2, pp.51~52.

102 石田耕人, 「非時の花」(4), p.63.

유언을 통해 종교적인 것과 정치적인 것이 하나로 봉합되면서 종결된다.

종교적인 것이 개입하는 최재서의 소설 두 편은 역시 종교적인 것이 개입하는 김사량의 중일전쟁기 일본어 소설 「천사」와 비교할 수 있다. 「천사」에서 서울을 중심으로 살아가는 량과 조군은 사상과 시대가 불일치하자 타협과 혼란 속에 살아간다. 그들은 만취 후 오랜만에 도달한 원산에서 옛 친구 홍군의 부음을 뒤늦게 듣고, 석왕사 관등제에서 홍군의 누이 이쁜이가 그네뛰기를 통해 친구 홍군의 영혼을 위로한다는 것을 확인한다. 한밤중 이쁜이는 그네뛰기를 통해 하늘 높이 날아올라 제등을 발로 찬다. 이쁜이가 찬 제등은 "불이 붙은 채 공중에서 떨어지기 시작했다" 그것을 보면서 량과 조군은 목이 메인채 울먹인다. "홍군이 하늘에서 내려오는 군", "천사가 불러서, 천사가 불러서……"[103] 김사량의 '종교적인 것'은 밤하늘에서 내려오는 제등提燈의 형상으로 제시된다. 「천사」에서 김사량은 '조선적인 것' – '종교적인 것' – '과거로부터의 구원 가능성'을 통해 '제도적인 것' – '정치적인 것' – '직선적 역사관'을 구원하였다.[104]

김사량의 「천사」와 최재서의 「민족의 결혼」 사이에는 몇 가지

103 金史良, 「天使」(『婦人朝日』 1941.8), 『故鄕』, 甲鳥書林, 1942, pp.158~189; 김사량, 윤대석 역, 「천사」(『부인아사히』, 1941.8), 김윤식, 『논술로 통하는 소설』 5 - 역사·사회현실과 함께한다』, 한국문학사, 2005, 133쪽.

104 윤대석, 「1940년대 '국민문학' 연구」, 182~183쪽; 장문석, 「김사량과 독일문학」, 195~196쪽.

차이가 있다. 전자는 원산을 배경으로 이쁜이라는 여성-민중에게서 구원의 계기를 발견하고 있다. 주변부의 지역과 인물에 주목하고 있다. 후자는 경주를 배경으로 남성-귀족을 중심으로 하고 있다. 중심의 지역과 상층인물에 주목한 것이다. 에드워드 사이드의 어법을 빌리면, 김사량은 '세속세계' 안에서 고유의 법칙과 과정 속에서 구원의 가능성을 발견하고자 한 것이며, 최재서는 이미 '성스럽게 예정된 신정神政주의적 경향'에서 구원의 가능성을 발견하고자 한 것이다.[105] 그리고 김사량의 「천사」에서 주변의 현실에서 길어진 '종교적인 것'으로서 이쁜이가 찬 제등은 "위험의 순간에 섬광처럼 스치는 어떤 기억"으로서 "균질하고 공허한 역사의 진행 과정을 폭파"한다.[106] 이에 비해 최재서가 제시한 종교적인 것은 김유신이 은밀히 마음 속에 품었던 운명론적 각본과 문무왕의 종교적인 예언로 제시되며 신라의 국가 서사로 회수된다.

5. 전환기의 인문학

이 글은 한국근대문예비평사의 맥락에 유의하면서, 최재서의 국민문학론을 경성중심성, 문화적 표준, 종교적인 것이라는 세 개의

105 에드워드 사이드, 최유준 역, 『지식인의 표상 - 지식인이란 무엇인가?』, 74~75쪽.
106 발터 벤야민, 최성만 역, 「역사의 개념에 대하여」, 『발터 벤야민 선집』 5, 길, 2008, 348쪽.

주제어를 중심으로 고찰하였다. 이 글은 논의의 전제로서 최재서가 편집자 겸 발행인으로서 활동하였던 잡지 『국민문학』의 변모과정에 유의하였으며, 1943년 최재서가 일본어 비평집 『전환기의 조선문학』을 출판했고, 이후 소설 창작으로 나아갔다는 사실을 유의하였다. 우선 파리 함락 이후 문화주의 비판과 국민이라는 이념 정립 속에서 최재서의 국민문학론이 형성되는 과정을 검토하였다2장. 이 과정은 1930년대 최재서 자신의 문학론을 자기비판하는 과정이기도 하였다. 다음으로는 최재서의 국민문학론에 나타난 경성중심성과 문화적 표준에 관하여 검토하였다3장. 최재서는 지방문학으로서 조선문학의 독창성을 강조하였으며, 조선문학이 일본문학의 일익一翼으로 일본문학을 재편성할 것을 기획하였다. 이러한 인식의 이면에는 제국 일본문학의 내부에 여러 문화적 단위를 구획하려는 최재서의 기획이 존재하였다. 하지만 그와 달리, 최재서는 조선문학의 비균질성을 명확하게 인식하지 못하였는데, 그 이유를 최재서의 경성 중심성과 문화적 표준에 대한 인식과 연결하여 살펴보았다. 마지막으로 최재서의 국민문학론에서 재조일본인과 종교적인 것의 의미를 살펴보았다4장. 그의 국민문학론은 경성이라는 공간을 중심으로 조선인과 재조일본인이 함께 참여하는 것이었으며, 그가 창작한 소설 역시 신라의 수도 경주를 배경으로 '내선일체'를 역사적으로 투사한 것이었다. 그의 소설에서 종교적인 것은 정치적인 것으로 회수된다. 또한 이 글은 시험적으로 내부와 외부, 중심과 주변, 신정神政과 세속, 수도와 지방 등의 기준에서 김사량과 최재서의 주체구성·언어·문학 등의 비교를 시도해 보았는데, 경성중심성, 문화적 표준, 종교적인 것 등을 핵심어로 1940년대 국민문학을 입체적으로 다시 읽는 것은 추후의 과제이다.

에드워드 사이드는 제2차 세계대전 중 터키에 망명 중이던 아우어바흐가 집필한 『미메시스』가 유럽의 몰락으로부터 감각과 의미를 구하려는 시도였으며, 문헌학적 작업을 통해 "회복과 구제의 힘을 가진 인간적 기획"을 수행하면서 동시대의 역사를 재구성하는 작업으로 의미화하였다.[107] 파리의 몰락에서 유럽의 몰락을 읽어냈던 식민지의 지식인 최재서의 선택은 아우어바흐의 경우와는 달랐다.

이 글은 최재서의 선택과 논리가 아우어바흐와 달랐다는 점을 안타까워하거나 평면적으로 비판하는 것에서 한 걸음 더 나아가, 그것을 자원으로 삼아 그것으로부터 "사실로서의 사상을 해부"하고 "전통을 형성"하고자 고민한 하나의 시도이다.[108] 이 글이 애초의 의도를 충분히 달성한 것이라 하기는 몹시 미흡하다. 1940년 6월 15일 파리 함락 이후 최재서의 국민문학론이 진화한 맥락을 기술하다 보니 그 구체적인 변모의 양상을 섬세하게 기술하지 못하였다.

예컨대, 최재서의 경성 중심성을 지적하였으나 그것은 이 글이

107 에드워드 사이드, 김정하 역, 『저항의 인문학 - 인문주의와 민주적 비판』, 156쪽.

108 다케우치 요시미, 윤여일 역, 「근대의 초극」(1959), 마루카와 데쓰시 외편, 『다케우치 요시미 선집』 1 - 고뇌하는 일본, 휴머니스트, 2011, 114쪽.

집중적으로 분석한 「조선문학의 현단계」1942.8에 해당한다. 1943년 5월 좌담회 「농촌문화를 위하여」에서 최재서는 구체적인 질문으로 좌담을 이끌어간다. 그 사이 최재서는 여러 행사로 조선의 농촌 곳곳을 방문하고, 농촌의 현실 및 민중의 삶과 마주쳤을 것이다. 그 좌담에서 최재서는 다음과 같이 말한다.

셰익스피어의 연극이 태어난 시대도, 역시나 당시 세계를 뒤덮을 기세였던 스페인의 무적함대를 이기리스가 정복하여 처음으로 국민적 자신이 붙은 시대였습니다. 그때까지는 이류국가였습니다만, 그 국민적 분위기를 셰익스피어가 극으로 만든 것입니다. 뭐 정치적인 의미에서 선전宣傳을 했다고는 할 수 없지만, 그만큼 모두 국민연극이 되었고, 게다가 저만큼 세계적인 것이 되어 있다. 작품에는 별로인 부분도 있도 훌륭한 부분도 있습니다만, 그래서 결국 국민적 열정이지요.[109]

최재서의 짧은 발언에서 영문학자로서 그의 지식과 판단, 국민민중의 주체성에 대한 인식, 전시체제의 동원에 대한 감각이 만나면서도 어긋나는 장면을 확인할 수 있다. "인문학은 독해에 관한 것이고, 관점에 관한 것이며, 인문학자의 작업을 통해 하나의 영역, 하나의 인간 경험에서 다른 영역, 다른 경험으로 이행하는 것"이

109 李家英竹 他, 「農村文化のために」(座談會), 『國民文學』, 1943.5, pp.95~96(최재서의 발언).

고 "정체성 실천"에 관한 것이라는 점에서,[110] 이 시기 최재서의 비평, 강연록, 좌담회의 별자리constellation를 구성하여 섬세하면서도 비판적인 문헌학적 독해를 수행하는 것은 인문학의 영역이다. 이 글은 최재서의 국민문학론을 둘러싼 인문학의 과제가 여럿 존재한다는 점을 확인한 자리에서 잠시 멈춘다.

따라서 에드워드 사이드가 문헌학으로의 회귀를 제안하면서 길어올린 통찰은 전환기의 식민지 조선의 비평가 최재서에 대한 비판이 아니라, 최재서와 그의 시대를 다시 읽는 지금 시대, 전환기의 인문학 연구자 자신을 위한 경계로 승인할 필요가 있다. "인문주의는 드러냄의 형태여야 하지, 비밀 또는 종교적 계시의 형태여서는 안 됩니다."[111]

---

110 에드워드 사이드, 김정하 역, 『저항의 인문학 - 인문주의와 민주적 비판』, 마티, 113쪽.

111 위의 책, 105쪽.

'국민문학'의 기획과 '신지방주의' 론

천춘화

1. 시작하며

'국민문학'이라는 용어가 사용되기 시작한 것은 중일전쟁 후, 특히 1940년대 들어 신체제가 실시되면서부터이다. 먼저 일본 내지에서 국민문학론이 대두하였고 그 영향을 받은 조선에서는 '조선문학 전환론'이 등장하였다가 '국민문학' 논의로 전환되는 과정을 거친다.[1] 일본 내지에서의 국민문학론의 대두는 중일전쟁의 장기화와 관련되는 문제였는데, 중일전쟁에서 중국의 예상외의 저항에 당면한 일본은 '민족국가'라는 개념을 새롭게 발견하게 되고, 이와 같은 발견 속에서 민족국가적 자각을 심화시키기 위한 국민주체의 재정립과 통합이 요청되었다. 고노에 내각近衛內閣의 신체제

---

1 최재서, 「국민문학의 입장」, 노상래 역, 『전환기의 조선문학』, 영남대 출판부, 2007, 91쪽.

운동이 전개되면서 일본에서는 하야시 후사오林房雄의 "이제부터 국민문학이란 무엇인가라는 것을 해보자"라는 구호 아래 국민문학 논의가 전개되었고, 그것이 바로 1940년 11월, 12월 여러 문학지에서 전개된 '국민문학'을 둘러싼 좌담회와 특집들이었다.[2]

『국민문학』은 국민의식의 형성을 통한 국민 통합을 최종 목표로 하는 전시동원체제의 문예동원의 일환이었고 그것은 일본 발 '국민의식'의 재발견에서 시작된 것이기도 했다. 『국민문학』은 출발부터 제국의 국민통합이라는 식민지 지배 규율의 속박을 받으면서 문예동원에 적극적으로 부응할 수밖에 없었던 운명을 짊어지고 있었다. 이러한 문학의 시국적인 부응, 특히 문학을 통한 '국민의식'의 형성이라는 목표는 『국민문학』뿐만 아니라 『국민총력國民總力』1941.1 창간, 『국민시가國民詩歌』1941.9 창간[3], 『국민시인國民詩人』1945.2 창간 등과 같은 잡지의 창간에서도 드러났다.

이러한 맥락에서 『국민문학』은 창간과 함께 새로운 '국민문학'의 수립을 표방하고 나섰지만 '국민문학'에는 정해진 형태나 성격이 존재하지 않았다. '국민문학'은 새롭게 만들어야 가야 할 대상이었고, 『국민문학』이 당면한 첫 번째는 '국민문학으로서의 조선문학'을 어떻게 재출발시킬 것인가의 문제였다. 제국의 논리 속에서 식

2 미하라 요시아키, 임경화 역, 「'국민문학'의 문제」, 『현대문학의 연구』 47, 한국문학연구학회, 2012, 194~198쪽.

3 최현식, 「일제 말 시 잡지 『國民詩歌』의 위상과 가치(1)－잡지의 체제와 성격, 그리고 출판 이데올로그들」, 『사이間SAI』 14, 국제한국문학문화연구회, 2013; 최현식, 「일제 말 잡지 『國民詩歌』의 위상과 가치(2)－국민시론 · 민족 · 미의 도상학」, 『한국시학연구』 40, 한국시학회, 2014.

민지 조선은 제국의 한 지방이었고 동일한 맥락에서 조선문학 역시 일본문학의 한 지방문학으로 존재해야 했다. 제국의 지방문학으로서의 조선문학이 갈 수 있는 길은 두 가지였는데, 하나는 일본문학에 완전히 동화되는 길이었고 다른 하나는 조선적인 특수성을 보존하면서 지방문학으로 존재하는 길이었다.[4] 제국/식민지, 중앙/지방의 종속적인 관계를 타파하고 '지방에 중앙을 건설하자'는 참신한 기치를 들고 나온 김종한의 '신지방주의'는 '지방문학으로서의 조선문학'이 제국의 질서 내에서 존재할 수 있는 한 방법론이었고, 이런 맥락에서 당시 다수 조선지식인들의 지지를 받았다. 본고는 이와 같은 '신지방주의'의 등장 배경과 이를 토대로 한 '신지방주의 문학론'의 전개 과정을 살펴보는 데에 목적을 둔다.

'신지방주의'론에 대한 최초의 주목은 윤대석이라고 할 수 있다. 그는 ① '신지방주의'는 조선지식인들이 시국에 협조할 수 있는 최소한의 자존심이었고, ② 제국 일본에서 조선의 특수성을 부각시키는 길이었으며 ③ 나아가 그것은 그들이 상상한 대동아공영권은 중심이 확장된 제국주의적인 것이 아니라, 중심이 없이 권력이 편

---

4 "최재서 : 왜 이 문제(국민문학으로서의 조선문학—필자 주)가 제의되어야 하는가를 말씀드리자면, 앞으로 조선문학에 대해서는 두 가지 방향을 생각할 수 있습니다. 하나는 조선적인 성격, 자신이 하늘로부터 부여받은 것을 완전히 없애 버리지 않는다면 국민화할 수 없는 사고방식입니다. 다른 하나는 아니, 그렇지 않다 조선적인 것을 살리는 것이야말로 결국엔 나라를 위한 일이 되지 않겠냐는 것인데, 그것이 추상적일지도 모르겠지만 구체적으로 나타나는 경우도 있습니다. 이것을 일단 지도이론으로 생각해둬야 하지 않을까, 이런 생각도 듭니다.(문경연 외역, 「좌담회—조선문단의 재출발을 말한다」, 『좌담회로 읽는 『국민문학』』, 소명출판, 2010, 37쪽)

제된 제국적인 형태였다는 점에서 그 의의를 정확하게 평가하고 있다.[5]

이후 '신지방주의'는 김종한 연구의 맥락에서 부분적으로 이루어졌다. 한 부류는 '신지방주의'와 향토의 관계를 탐색한 연구이고 다른 한 부류는 창작과정에서 '신지방주의'의 실천 양상을 검토한 연구이다. 전자의 경우는 박수연의 연구가 대표적이고 후자의 경우는 박지영을 들 수 있다. 박수연은 김종한을 중심으로 일제말의 향토론을 고찰하면서 김종한의 '신지방주의'에서의 향토는 궁극적으로 에스니시티의 문제이고, 민족주의와는 무관한 소재적 차원의 것으로 처리될 수밖에 없다고 보았다.[6] 이런 맥락에서 고찰하면 『설백집』에서 백석 시의 향토적인 요소는 김종한의 '신지방주의' 관점에서 오독되고 있는 것이라고 보았다.[7] 한편 박지영은 김종한의 번역시집 『설백집』 연구의 한 부분에서 김종한의 '신지방주의'를 조명하고 있다. 그는 '신지방주의'는 제국의 논리를 전유함으로써 전체와 부분, 그 관계 속에서 탈중심화와 전복을 상상한 것이며 일본어 문학으로서의 조선문학이라는 새로운 정체성을 부각시킨다는 점에서 일본문학의 헤게모니에 도전한 것이라고 비판

5 윤대석, 「『국민문학』의 '신지방주의'론」, 사에쿠사 도시카쓰 외편, 『한국 근대문학과 일본』, 소명출판, 2003, 258~259쪽; 윤대석, 『식민지 국민문학론』, 역락, 2006, 27~30쪽.

6 박수연, 「신지방주의와 향토 – 김종한에 기대어」, 『한국근대문학연구』 25, 한국근대문학회, 2012.

7 박수연, 「로컬의 낭만, 식민의 실제 – 김종한의 『설백집』과 백석의 만주시편」, 『비평문학』 74, 한국비평문학회, 2019, 119쪽.

하였다.[8] 다시 박지영은 김종한을 축으로 『국민문학』 수록 시들을 고찰하면서 '국민시' 쓰기를 '신지방주의'의 한 실천으로 간주하고자 했다.[9] 이처럼 김종한의 '신지방주의'에 대한 연구는 『국민문학』의 자장 안에서 행해졌다기보다는 김종한 연구의 한 맥락에서 이루어졌으며 나아가 '신지방주의' 주장의 근거에 대해서도 고찰된 바가 없다.

『국민문학』을 중심으로 전개된 '신지방주의'는 편집자였던 김종한, 최재서 두 사람을 주축으로 하지만 최재서에 관한 연구에서 '신지방주의'는 크게 주목을 받지 못한 것으로 확인된다. '신지방주의'의 문제는 최재서의 '국민문학론'을 조명하는 과정에 '국민문학론'의 '조선적인 것'[10]의 문제나 '로컬리티'의 문제로 주목되었을 뿐이다. 연구자들은 '국민문학론'의 논리를 추적하는 데에만 관심을 보였을 뿐 최재서의 '국민문학론'이 사실은 '신지방주의'에 의존하고 있다는 데에는 크게 관심을 돌리지 않았다. 사실 김종한의 '신지방주의'를 가장 적극적으로 지지한 사람은 최재서였고, 그것을 적극적으로 이론화하고자 노력한 사람도 최재서였다.

---

8 박지영, 「김종한 『설백집』 연구—번역과 일제말기 조선문학의 혼종성」, 『세계문학비교연구』 53, 세계문학비교학회, 2015.

9 박지영, 「김종한과 『국민문학』의 시인들—일제말기 '국민시' 연구」, 『외국문학연구』 73, 한국외국어대 외국문학연구소, 2019.

10 전형기 비평담론에서 '조선적인 것'은 식민지라는 특수성의 장소이면서, 동시에 내선일체의 불가능성이 확인되는 곳이었고, 1940년대 초반 국가총동원이라는 신체제 운동이 문학적 표현으로 등장한 '국민문학'은 이 불가능성을 국가주의의 수준에서 봉합하려는 시도였다고 비판하고 있다.(고봉준, 「전형기 비평의 논리와 국민문학론—최재서 비평을 중심으로」, 『한국현대문학연구』 24, 한국현대문학회, 2008, 268쪽)

본고는 이와 같은 문제의식에서 출발하여 '김종한의 신지방주의론'과 '『국민문학』의 신지방주의론'을 분명하게 구분하고 '『국민문학』의 신지방주의론'은 김종한, 최재서 두 사람에 의해 단계적으로 발전되었음을 논증하고자 한다. 따라서 2장에서 김종한의 '신지방주의'의 전개과정을 면밀하게 검토하고, 3장에서 '국민문학론'의 전개 과정에서 최재서가 김종한의 '신지방주의'를 어떻게 수용하고 있는지를 확인할 것이다. 나아가 4장에서는 이와 같은 '『국민문학』의 신지방주의론'이 당시의 조선지식인들과 일본지식인들 사이에서 어떻게 받아들여지고 있었는지를 고찰함으로써 『국민문학』지를 중심으로 전개된 '신지방주의'의 의미를 살펴보고자 한다.

2. 김종한의 '신지방주의'와 '대동아大東亞'의 지정학

김종한1914~1944이 『국민문학』에서 근무한 기간은 1942년 2월부터 1943년 7월까지이다.[11] 비록 근무 기간은 길지 못했지만 그의 '신지방주의'는 식민지 말기 조선문학의 존재 방식에 중요한 방향을 제시했다고 할 수 있다. 그가 직접적으로 '신지방주의'에 대해 논한 글은 두 편 정도이다. 하나는 잘 알려진 『국민문학』에 한글로 발표한 「一枝의 윤리」『국민문학』, 1942.3이고 다른 하나는 『京城日報』에

11 후지이시 다카요, 「김종한과 국민문학」, 『사이間SAI』 창간호, 국제한국문학문화학회, 2006, 138쪽.

일본어로 발표한 「본연의 자세에 대한 담의(1~4)—신지방주의문화의 구상ありかた談義(1~4)－新地方主意文化の構想」『京城日報』, 1942.4.14~18이다. 두 편의 글은 비슷한 시기에 각각 한국어와 일본어로 발표되었고 모두 '신지방주의'론을 전개하고 있는 글들이지만 지금까지 김종한의 '신지방주의'는 주로 「일지의 윤리」를 중심으로 고찰되었다. 하지만 두 글을 놓고 보면 「일지의 윤리」에서는 새로운 '지방'의 개념을 제시하고 있고 「본연의 자세에 대한 담의(1~4)」에서 비로소 '신지방주의' 개념을 정의하고자 하였다.

『국민문학』 1942년 3월호에 한글로 처음 발표된 「一枝의 윤리」는 7개의 부분으로 구성되어 있다. '神話라는 것', '原理라는 것', '主題라는 것', '永遠이라는 것', '國民文學이란 것', '政治라는 것', '地方이라는 것' 등으로 구성된 이 글은 '국민문학'에 대한 김종한의 포괄적인 태도를 보여주는 중요한 논평 중의 하나이다. '국민문학'의 정치적인 성격, 주제의 문제, 창작의 문제, 작가의 문제 등을 언급하는 내용으로 구성[12]되어 있고 잘 알려진 새로운 '지방' 개념을 제시하고 있는 부분은 '지방이라는 것'에서이다.

---

12 '신화라는 것'에서는 문학이 더 이상 순수한 문학으로 존재할 수 없는 시대에서의 문학의 정치적 역할을 언급하고 있다. '원리라는 것'에서는 '국민문학'의 창작 원리가 제정되지 않았다고 하여 창작을 주저하는 작가들은 능력이 없는 작가들일 것이라고 비판한다. '주제라는 것'에서는 향수나 향토적인 소재를 다룬다고 하여 그것이 모두 민족적이라는 관점은 옳지 않음을 피력한다. '영원이라는 것'에서는 문학의 시간적인 요소와 영원적인 요소를 언급하면서 시간적인 감격이나 사고를 영원적인 상태로 승화시키는 것이 문학의 역할임을 강조한다. '국민문학이라는 것'에서는 명랑하고 건전한 '국민문학'의 속성보다는 국민과 운명을 같이하고자 하는 그런 의식이 '국민문학'의 본질임을 강조한다.

지방경제와 지방문화에 대한 관심이 높아진 것도 사변이래의 일이지만 전체주의적인 사회기구에 있어서는 동경도 하나의 지방이라고 생각하는 것이 올흘것입니다. 라기보담 지방이나 중앙이란 말부터 정치적 친소를 부수하야 좋지 않은 듯합니다. **동경이나 경성이나 다 같은 전체에 있어서의 한 공간적 단위에 불과할 것입니다.** 그 경우의 중앙이라든가 전체라든가 하는 것은 국가란 관념적인 것이 아닐까 생각합니다.

지방문화나 문학이 자율해가야 할 또 하나의 중대한 조건은 그것이 위치하는 지정학적 성격이 아닐까 생각됩니다. 총독부에서 간행한 「躍進朝鮮의 意氣와 進路」 팜플랫을 읽으면 동아의 중심으로서의 조선이란 술회가 우리에게 무한한 지정학적 사명과 자각을 요구하고 있습니다. 아직까지는 동경문단에서 배우고 또 배우고 해야 하겠으나 그러나 또한 우리는 먼 후일 **문화적으로도 동아의 중심으로서의 조선**을 건설해야 할 것이 아닙니까.[13] (강조는 인용자)

제국의 지방으로서의 조선, 이것이 제국 질서 속에서의 일본과 조선의 종속적인 관계이다. 그런데 김종한은 조선과 일본을 대등하게 등치시킴으로써 종속적인 관계를 전복시키고 있다. 동경이나 경성이나 전체적인 단위에서 보면 모두 동등한 한 단위, 한 부분으로서의 지방에 불과하다는 것이 그의 주장이다. 이것이 또한 '신지방주의'가 당시 조선지식인들의 지지를 받을 수 있었던 핵심

13 김종한, 「一枝의 倫理」, 『국민문학』, 1942.3, 41~42쪽.

이기도 하다. 그런데 흥미로운 부분은 김종한이 이와 같은 주장을 펼치는 근거이다.

조선 경성이 일본 동경과 동등한 위상을 획득하기 위해서는 지방으로서의 조선이 가지고 있는 중요한 위상을 증명해야 하는데, 그러한 위상을 김종한은 경제적인 측면에서 찾고 있다. 그는 우선 수급의 문제부터 제기한다. 전쟁의 장기화는 농산물 생산량의 저하와 물자 소비량의 확대를 초래하고, 전쟁 필요에 의한 인력의 징발과 도시로의 노동력 집중 현상은 결과적으로 농업노동력의 부족을 초래하게 되는데 이는 전쟁의 장기화가 노정하고 있는 일반적인 발전 추세라는 것이다. 김종한은 이러한 전쟁의 장기화가 초래하는 병폐를 언급하면서 조선 쌀의 일본 수출 현황을 예로 들고 있다. 소화 13년도 조선 쌀의 일본 수출량은 1천만 석을 돌파하고 있으며, 앞으로의 제국의 전시식량문제의 해결 방책은 조선에 달려있다고 강조한다. 사실 조선 쌀의 일본 수출 문제는 김종한이 『婦人畫報』의 기자로 근무하던 시절에도 언급한 바 있는 문제이다.[14] 김종한이 이와 같은 조선의 쌀 수출 문제에 관심을 가질 수밖에 없었던 데에는 그만한 이유가 있다. 일본은 1939년 7월부터 쌀을 일본의 군수물자로 쓰기 위해 '죽 먹기운동'을 펼쳤고, 1940년 5월부터는 '한 숟가락 덜 먹기운동' 등과 같은 절미운동을 병행했다. 1940년부터는 전

---

14 김종한, 「朝鮮の米」, 藤石貴代 · 大村益夫 · 沈元燮 · 布袋敏博 編, 『金鍾漢全集』, 綠蔭書房, 2005, 110~111쪽. 이하 김종한의 텍스트는 전집에서 인용할 것이며 작품명과 인용 쪽수만을 표기하기로 한다.

시 식량조달의 목적으로 공정가격에 의한 공동판매 형식이 시작되었고, 이마저도 1941년에는 아예 강제화되었다. 그리고 1942년에는 쌀 생산량의 55.8%를 공출해갔다.[15] 이런 점을 감안할 때 전시 쌀 공급지로서의 조선의 위상은 중요하다 하지 않을 수 없다.

그가 이와 같은 조선의 역할을 길게 설명한 것은 결국 농촌에서 열심히 경작하고 있는 농민들의 존재를 부각시키고 그들의 중요성을 강조하기 위한 것이었다. 전시식량 공급지로서의 조선의 위상은 지방경제적인 측면에서 무시할 수 없는 중요한 위상을 지니며 이와 같은 역할을 수행하는 농민들은 전선의 제일선에서 싸우고 있는 군인에 비견되는 존재들인 셈이다. 때문에 조선의 농민들은 지방인으로서의 자부심을 가져야 하며 그런 자부심을 가질 때에야 비로소 자신의 지역에서 "안심입명安心立命"할 수 있다고 말한다. 조선은 지방경제적인 측면에서 중요한 위상을 가지고 있을 뿐만 아니라 지방문화적인 측면에서도 대동아의 중심으로 거듭나야 했다. 김종한은 총독부에서 간행한 「躍進朝鮮의 意氣와 進路」라는 팜플렛의 문구인 "동양의 중심은 조선"을 언급하면서 지방문화로서의 조선문화가 앞으로 나아가야 할 방향을 제시하고 있다. 이를테면 「일지의 윤리」는 '대동아의 중심으로서의 조선'의 위상을 지방경제적인 측면에서, 지방문화적인 측면에서 부각시키고자 한 글이라고 할 수 있다. 지방경제적 측면에서의 조선의 위상은 조선

15 강준만, 「쌀, 노동, 목숨의 강제공출」, 『한국 근대사 산책 – 창씨개명에서 8·15해방까지』, 인물과사상사, 2008, 99~104쪽.

쌀의 수출을 통해 증명되었지만 지방문화로서의 조선의 중심적인 위상은 앞으로 구축해 가야 할 목표였다. 이러한 지방문화를 어떻게 건설할 것인가에 대해 그는「본연의 자세에 대한 담의(1~4)－신지방주의문화의 구상ありかた談義(1~4)－新地方主意文化の構想」에서 전개시키고 있다.

「본연의 자세에 대한 담의(1~4)－신지방주의문화의 구상」은「역사에 대하여ありかた談義(一)－歴史について」,「신화에 대하여あぃかた談義(二)－神話について」,「지리에 대하여あぃかた談義(三)－地理について」,「지방에 대하여あぃかた談義(四)－地方について」와 같은 네 부분으로 구성되어 있다. 첫 번째 '역사에 대하여' 부분에서는 기존의 지방주의에 대해 설명하고 있다. 문화에 있어서 지방주의라는 것은 중앙에 지방을 "가설假設" 하고자 하는 현실 탈출의 정신이라고 정의한다. 따라서 안정감이라고는 찾아볼 수 없는 비향토적인 세계주의 생활양식을 대표하는 도회에 있어서 '지방'이라고 하는 것은 도회인의 향수의 감정이입에 이용되었던 일종의 관념적이고 비실재적인 대상에 지나지 않는다는 것이다. 한편 문학적인 측면에서 지방주의라는 것은 지방의 현실에 불만을 가지고 중앙 문단에 "읍소"하는 그런 작가적인 태도의 하나라 할 수 있는데 예를 들자면 장혁주나, 김사량이 가지고 있는 매력이 그런 것의 일종이라고 덧붙인다.[16] 이를 테면 문화적인 측면에서 지방주의라고 하는 것은 도회생활의 부산물이

16 金鍾漢,「ありかた談義(1)－歴史について」, 441쪽.

라고 할 수 있는 향수의 대상이며, 문학적인 측면에서 지방주의라고 하는 것은 지방에 대해 불평을 가지고 있으면서 적극적으로 중앙으로 진출하고자 하는 태도라고 보았다.

'신화에 대하여'에서 김종한은 서두에서 일본 시인 아사노 아키라淺野晃를 대표로 하는 낭만파들이 가지고 있는 낭만주의적인 경향을 언급하면서 그들과 같은 맥락에서 자신도 자신만의 신神을 가지고 싶다고 말한다. 그와 동시에 주목되는 부분은 그가 내리고 있는 神에 대한 정의이다. 神이라고 하는 것은 국민 의욕의 '방향성'을 신뢰하는 것, 더 구체적으로 말하자면 동아공영권의 건설을 긍정하고 거기에 헌신하는 것이라고 생각한다고[17] 언급한다. 그가 말하는 神이라고 하는 것은 정신적인 신념이자 믿음의 하나였고 그것은 대동아공영권에 대한 신뢰를 바탕으로 하는 것이었다. 그렇다면 이것이 지방문화와는 어떻게 연결되는 것인가? 김종한은 말하기를 스스로의 神을 가진 사람들, 즉 대동아공영권에 대한 확신이 있는 사람이라면, 당신이 만약 도회인이라면 도시에 지방을 가설假設하고 거기로부터 탈출하고자 하는 그런 "부실한 생존법"을 실천하지 말 것이며, 당신이 만약 지방인이라면 지방현실에 불만을 품고 중앙으로 진출하여 갈채를 받고자 하는 그런 경박한 작가적 태도를 포기하는 것을 추천한다고 한다.[18] 이로부터 알 수 있는 바 그가 강조하고자 했던 것은 대동아공영권에 대한 믿음과 확신

17 위의 글, 442쪽.

18 위의 글, 442쪽.

을 기반으로 하는 지방에서의 역할이었다. 이는 김종한이 「일지의 윤리」에서 강조하고자 했던 "지방에서의 안심입명安心立命"과 이어지는 부분이기도 하다.

이어지는 '지리에 대하여'와 '지방에 대하여'에서는 「일지의 윤리」에서의 '지방에 대하여' 부분과 일부 중복되는 내용으로 구성되었다. 조선 쌀의 수출 문제가 그것이다. 그는 다시 한번 조선 쌀 수출 문제를 예로 들면서 지방경제적인 측면에서 조선의 중요한 위상을 상기시킴과 동시에 '신지방주의'에 대한 정의를 시도한다. '신지방주의'는 국가에 있어서 지방의 존재를 생각하는 것이며, 국민으로서의 지정학적 자각에서 출발한 지방에 중앙을 건설하고자 하는 국민의식이며 문화운동의 하나라고 규정한다.[19] 즉 '신지방주의'는 하나의 국민의식이었고, 일종의 문화운동으로서 구상되었던 것이다. 그가 말하는 국민의식이라는 것은 대동아공영권에 대한 확신과 믿음이었고 문화운동으로서의 '신지방주의'는 지방의 작가들이 중앙문단만을 흠모하고 숭앙할 것이 아니라 지방문학의 특색을 살려야 한다는 취지였음이 명백해진다. 하지만 이와 같은 '신지방주의'에는 하나의 전제가 있다. 그것은 국가에 있어서 지방의 존재를 생각하는 것이고 국민으로서의 지정학적 자각에서 출발한다는 점이다. 김종한이 '지방문화'를 설명하면서 다시 또 조선 쌀의 수출 문제를 언급하지 않을 수 없었던 것은 이와 같은 '신

19 金鍾漢, 「ありかた談義(4)－地方について」, 444쪽.

지방주의'의 전제를 가장 설득력 있게 설명할 수 있는 것이 데어터 밖에 없었기 때문이다. 따라서 그의 '신지방주의'에서 '지방문학'은 중앙문단만을 바라볼 것이 아니라 지방의 "본연의 자세"를 잘 살리는 것이 본질이라고 밖에는 설명되지 않는다. 하지만 이러한 논의의 바탕이 되고 있는 것은 전체와 부분, 그리고 전체와 부분을 파악하는 지정학적 인식이었음을 알 수 있다.

김종한이 「일지의 윤리」와 「본연의 자세에 대한 담의」에서 반복적으로 언급하고 있는 부분이 있다. 바로 독일 지정학의 창시자라고 할 수 있는 라첼Ratael과 하우스호퍼Haushofer에 대한 언급이다. 이들을 언급하면서 그는 현재 세계를 제패하고 있는 독일의 통치 핵심이 바로 지정학임을 거듭 강조한다.[20] 김종한이 라첼과 하우스호퍼를 언급할 수 있었던 것은 그가 일본에 체류했던 1930년대 후반 일본에서는 하우스호퍼의 지정학을 적극적으로 수용하면서 지정학 연구의 붐이 한창이었기 때문이다.[21] 일본에서 하우스호퍼의 수용은 1926년부터 시작되었고 1940년대 초반 정점에 이른다. 1944년까지 약 10여 권의 저서가 번역 소개되었고 그의 주저인

---

20 위의 글, 443쪽.

21 일본에서는 1920년대 말경에 지리학과 외교사를 다루는 전문잡지에 독일의 게오폴리틱(Geopolitik)이 소개되었고, 게오폴리틱은 지정학 혹은 지정치학으로 번역되다가 서서히 지정학이라는 용어로 정착되었다. 1937년 중일전쟁 이래 총력전 체제하의 국책영합적 운동의 일환으로서 지리학자를 중심으로 한 게오폴리틱운동이 전개되었는데 이는 게오폴리틱운동의 중심적 존재였던 하우스호퍼가 젊었을 때 일본에 체류한 적이 있어서 일본과 아시아 관련 저작이 많았던 점도 중요하게 작용했다.(다카기 아키히코, 「지정학과 언설」, 미즈우치 도시오 편, 심정보 역, 『공간의 정치지리』, 푸른길, 2010, 23~24쪽.)

『태평양 지정학』은 무려 3회에 걸쳐 번역되는 일종의 과열양상을 보이기도 했다.[22] 김종한이 『태평양 지정학』을 접한 바 있음은 「본연의 자세에 대한 담의」에서 확인된다. 그는 하우스호퍼가 '태평양 지정학'에서 반도에 대해서는 일언반구도 않고 있다면서 우리의 일은 우리 스스로가 해결해야 한다고 말한다.[23]

하지만 일본사람들을 흥분시킨 것은 『태평양 지정학』보다는 '대륙블록' 이론이었다. 독-러-일을 중심으로 하는 하우스호퍼의 초반의 대륙블록 이론은 그가 일본의 중요성을 인식하고 독일의 생존권 확대 방향을 일본이 아닌 동구로 결정하고 앵글로색슨에 대항하는 새로운 세력으로 일본을 선택하였던 맥락에 놓이는 것이었다.[24] 한편 일본의 입장에서는 이 이론이 독일이 일본을 독일과 평등한 파트너로 인정한 것임과 동시에 일본을 극동 지역의 지배자로 인정하는 의미로 받아들여졌다.[25] 이어 하우스호퍼의 대륙블록 이론이 고마키 사내시게小牧実繁를 대표로 하는 '교토학파'들에 의해 수용되면서 '일본지정학'이 성립되었고 그것이 일본의 대동아공영권의 확립으로 이어진 것이다.[26]

대동아공영권 구상이 국책으로 확립된 것은 1940년 7월 제2차

22 이진일, 「'생존공간'(Lebensraum)과 '大東亞共榮圈' 담론의 상호전이-칼 하우스호퍼의 지정학적 일본관을 중심으로」, 『독일연구』 29, 한국독일사학회, 2015, 218쪽.

23 김종한, 앞의 글. 443쪽.

24 채수도, 「전전(戰前) 일본지정학의 성립과 전개」, 『大丘史學』 139, 대구사학회, 2020, 12쪽.

25 이진일, 앞의 글, 220쪽.

26 채수도, 앞의 글, 17~25쪽 참조.

고노에近衛 내각의 각의閣議가 결정한 「기본국책요강基本國策要綱」에서였고 '대동아공영권'이란 표현이 공식화된 것은 1940년 8월초 이 요강을 설명한 마쓰오카 요스케松岡洋右 외상의 발언을 통해서였다. 하지만 이미 1938년에 '대동아공영권'이란 표현이 사용되고 있었음이 발견된다. 육군성과 참모본부가 비밀리에 작성한 「국방국책안國防國策案」에 따르면 대동아공영권은 '자존권'을 중심으로 하는 동심원적 계층질서에 따라 '자존권', '방위권', '경제권'으로 구분되어있으며 대동아공영권의 핵심인 '자존권'을 구성하는 지역은 일본열도와 만주, 몽골이었다. 그러다 아시아태평양전쟁이 발발하고부터는 그 범주가 동남아 지역으로 크게 확대되고 이후 전선의 이동에 따라 다소 유동적으로 변화하는 시기를 거친다.[27] 대동아공영권의 권역이 크게 확대되어갔지만 대동아의 핵심은 여전히 '자존권'으로서의 '일만지 블록'이었고 이때 조선은 일본과 함께 '일본' 또는 '내지'로 칭해졌다. 김종한이 인용하고 있는 팜플랫의 문구 "대동아의 중심은 조선"이라는 것은 이러한 맥락에서 비로소 가능해지는 것이다.

김종한은 하우스호퍼가 『태평양 지정학』에서 조선을 언급하지 않고 있으니 우리의 일은 우리 스스로가 해결해야 하는 법이라고 하면서 '신지방주의'를 전개시킨 바 있다. 이로부터 알 수 있는 바 그의 '신지방주의'론의 근저에는 하우스호퍼의 지정학을 기반으

27 임성모, 「대동아공영권 구상에서의 '지역'과 '세계'」, 『세계정치』 제26집 제2호, 서울대 국제정치연구소, 2005, 107~108쪽.

로 하는 대동아 지정학에 대한 인식이 있었고 그것을 발전시킨 것이 "지방에 중앙을 건설하자"였다. 대동아공영권 권역이 확장되면서 일만지가 대동아의 중심으로 강조되고 조선과 일본, 만주가 하나의 중심'자존권'을 형성하게 된다. 김종한이 동경과 서울을 동등한 각각의 '지방'으로 설정할 수 있었던 것도 바로 이에 근거한 것이라고 본다. 실제로도 김종한은 좌담회 「새로운 반도 문단의 구상」『녹기』, 1942.4에서 '신지방주의'를 설명하면서 "몇 개의 지방이 모여 하나의 중앙이 됩니다. 반드시 동경이 중앙은 아닙니다"[28]라고 거듭 강조한다. 이로부터 알 수 있는 바 김종한의 '신지방주의'에서 '지방'은 일본/조선의 관계가 아닌 대동아라는 더욱 넓은 범주에서의 '지방' 개념이었던 것이고 이를 기반으로 하는 '신지방주의'는 대동아의 지정학적 인식에 토대를 두고 있는 것이었다.

3. 최재서의 '신지방주의 문학론'과 스코틀랜드문학

『국민문학』에서 김종한의 '신지방주의'를 가장 적극적으로 수용한 사람은 최재서였다. 하지만 『국민문학』의 책임편집이자 '국문문학론'의 적극적인 구축자라는 최재서의 위상으로 하여 '신지방주의'와의 연관성보다는 '국민문학론'의 구축이라는 차원에서 중

28 「좌담회－새로운 반도 문단의 구상」(『녹기』, 1942.4), 이경훈 편역, 『한국 근대 일본어 평론 · 좌담회 선집』, 역락, 2009, 322쪽.

요하게 조명되었다.[29] 하지만 최재서의 '국민문학론'이라고 하는 것은 '지방문학으로서의 조선문학'이 '국민문학'으로 발전하는 것을 지칭하는 것이었고 그 과정에 최재서가 절대 포기하지 않았던 것은 '조선적인 것', 즉 '조선적인 독창성'을 보존하는 길이었다. 조선문학의 '조선적인 독창성' 보존의 길을 모색하는 과정에 최재서는 김종한의 '지방' 개념을 수용하여 그것을 문학론으로 발전시켜 이론화시키고자 하였다.

'국민문학으로서의 조선문학'에 대해서 최재서는 처음부터 명확한 입장을 가지고 있었다. 조선문학은 일본문학의 일익으로 출발하는 것이기 때문에 "국민문학은 말할 것도 없이 국어로 쓰는 것이 원칙"[30]이라고 말했다. 언어의 문제에서는 일본어 창작을 쉽게 수긍하고 나섰지만 조선문학의 존재 방식서는 끝까지 양보하지 않았던 부분이 있었다. 앞서 언급하였듯이 좌담회 「조선문학의 재출발을 말한다」『국민문학』 창간호, 1941.11에서 최재서가 제시한 조선문학이 갈 수 있는 길은, 하나는 일본에 완전히 동화되는 길이고 다른 하나는 '조선적인 것'을 보존함으로써 일본문학을 더욱 풍성하게

---

29 최재서의 '국민문학론' 논의에 관한 글로는 앞서 언급한 고봉준, 곽은희의 논문 외에 다음과 같은 글들도 주목을 요한다. 이상옥, 「최재서의 '질서의 문학'과 친일파시즘」, 『우리말글』 50, 우리말글학회, 2010; 이원동, 「완전한 존재를 향한 불가능한 꿈—최재서의 '국민문학' 담론의 심리 구조」, 『어문론총』 52, 한국문학언어학회, 2010; 이혜진, 「신체제 시기 최재서의 '국민문학론'」, 『한국학』 33, 한국학중앙연구원, 2010; 미하라 요시아키, 장세진 역, 「'보편주의'와 '보편성'의 차이—스코틀랜드 계몽과 국민문학」, 『한국학연구』 27, 인하대 한국학연구소, 2012.

30 최재서, 「국민문학의 현단계」, 앞의 책, 71쪽.

하는 길이었다. 최재서는 후자의 경우를 강하게 주장했고, 이 문제를 두고 좌담회에서 조선문인협회 간사장인 요시무라 고도芳村香道, 경성제국대학 법문학부 교수인 가라시마 다케시辛島驍, 경성일보 학예부장 데라다 아키라寺田瑛 등 일본지식인들과 팽팽하게 대결한다. 일본지식인들 입장에서 '조선적인 것'은 '특수성', '로컬컬러', '독자성'으로 인식되면서 의식적으로 강조해서는 안 될 대상으로 치부되었고 최재서 측에서는 오히려 그것을 이론화해야 한다고 강경하게 주장했다.

이와 같은 상반되는 입장이 대립하게 된 데에는 새롭게 만들어가야 할 '국민문학'에 대해, 그리고 '지방문학으로서의 조선문학'의 '지방성' 문제에 대해 모두 각자 다른 입장을 취하고 있었기 때문이다. 최재서의 입장에서 '국민문학'은 '이제부터 새롭게 만들어가야 할' 대상이었고 그것은 기존의 일본문학과는 다른 것이었다.

최재서 그렇습니까. 실제로 조선의 문학이 그것에 얽매이지 않고 일본문화의 일익으로서 재출발하게 되면, 지금까지의 일본문화 그 자체가 역시 일종의 전환을 하게 되는 셈이죠. 좀 더 넓은 것이 되겠지요. **조선문화가 전환함으로써 지금까지 내지의 문화에 없었던 어떤 하나의 새로운 가치가 부가될 것입니다.** 그렇게 되지 않는다면 진정한 의미는 없다고 생각합니다.[31] (강조는 인용자)

---

31 「좌담회-조선문단의 재출발을 말한다」(『국민문학』 창간호, 1941.11), 앞의 책, 35쪽.

일본문학의 하나로서 조선문학이 '국민문학'으로 편입될 때 조선문학은 그 '조선적인 것'을 유지하면서 편입되어야 '국민문학'이 더욱 풍성해지고 새로워질 수 있다는 것이 최재서의 입장이다. 말하자면 새롭게 만들어가야 할 대상으로서의 '국민문학'은 외부의 다양한 이문화를 받아들이고 포용함으로써 새로운 전환을 맞이해야 하는 입장이고, 또한 그러한 과정에서만 더욱 풍성한 '국민문학'으로 거듭날 수 있다는 것이다. 만약 조선문학의 '조선적인 것'을 거부할 경우, 최재서는 '국민문학으로서의 조선문학'의 의미가 존재하지 않는다고 보았다. 조선문학의 '조선적인 것'은 일본문화에는 없었던 새로운 가치를 부가하는 계기가 되며 '새로운 일본문화'를 풍성하게 구성하는 조건이 되기 때문이다.

'조선적인 것'의 필요성 또는 중요성을 증명하기 위해 최재서는 영국문학에서의 조지프 콘래드Joseph Conrad의 예를 든다. 폴란드 출신의 영국 작가라는 특수한 정체성을 가지고 있는 콘래드는 영어를 나중에 배워 작가로 성공한 사람이다. 콘래드가 가지고 있었던 경험들은 영문학에서 해양문학을 개척하는 계기가 되었고 이로써 영문학이 더욱 풍성해졌다고 보았다. '국민문학으로서의 조선문학'의 한 특징을 영문학 속에서 콘래드의 문학에 견주어 어필한 것이다. 이것은 최재서가 구상했던 스스로의 독창성을 보존하면서 '국민문학'으로 거듭날 수 있었던 조선문학의 한 미래상이기도 했다.

사실 최재서가 조선문학을 스코틀랜드문학에 비유한 것도 '조선문학의 독창성'이라는 차원에서는 콘래드의 예시와 동일선 상에 놓이는 것이라고 할 수 있다. 「조선문학의 현단계」에서 최재서는 '국민문학으로서의 조선문학'을 아일랜드문학이 아닌 스코틀랜드문학에 비유하고 있다.

> 조선문학을 논하는 경우, 그것을 규슈문학이나 북해도문학과 비교하는 사람이 많다. 물론 일본의 지방문학으로 파악한 것이겠지만, 그렇다고 틀렸다 말할 수는 없다. 그러나 양자는 결코 동렬에 나란히 놓일 성질의 것은 아니다. 조선문학은 규슈문학이나 동북문학이나 아니면 대만문학 등이 가지고 있는 지방적 특이성 이상의 것을 갖고 있다. **그것은 풍토적으로나 기질적으로도 다르다. 따라서 사고형식상으로** 내지와는 다를 뿐만 아니라, 오랫동안 독자적인 문학 전통을 함유하고 있으며, 또 현실적으로도 내지와는 다른 문제와 요구를 지니고 있다. 앞으로도 조선문학은 이들 현실과 생활 감정을 소재로 하게 될 것이므로, 내지에서 생산되는 문학과는 상당히 다른 문학이 될 것이다. 굳이 예를 찾는다면, 그것은 영국문학에서 스코틀랜드문학과 같은 것이 아닐까? 그것은 **영문학의 일부분이지만 스코틀랜드적 성격을 견지하여 다수의 공헌을 하고 있다.** 또 언어 문제가 시끄러웠던 때에 자주 조선문학을 아일란드문학에 비교하는 경향도 있었는데, 그것은 위험하다. 아일랜드문학은 역시 영어를 사용하고는 있지만, 정신은 처음부터 반영反英적이며 영국으로부터의 이탈이 그 목표였다.[32] (강조는 인용자)

---

32 최재서, 앞의 글, 71~72쪽.

다수의 조선지식인들이 아일랜드를 '일본의 조선'으로 생각하면서 조선과 아일랜드를 등치시키고 있을 때 최재서는 아일랜드가 아닌 스코틀랜드와 조선을 같이 보았다. 최재서의 이와 같은 주장에는 그럴 만한 이유가 있었는데, 우선 역사적으로 볼 때 스코틀랜드는 아일랜드와 합병되면서 영국이라는 새로운 국가를 형성하였지만 여전히 스코틀랜드적인 특징을 보존하고 있는 것으로도 유명하다는 측면이다. 스코틀랜드적인 특징은 문화를 비롯한 여러 면에서 드러나고 있지만 특히 문학적인 측면에서 무시할 수 없는 중요한 위상을 가지고 있었다.

세계에서 처음으로 영문학 강의를 개설한 사람은 스코틀랜드에서 태어나 장학금을 받으면서 옥스퍼드에서 수학한 유명한 경제학자 애덤 스미스Adam Smith였고 그의 강의를 가장 열심히 청강한 학생 중의 하나가 바로 『사뮤엘 존슨 전기』의 작가로 유명한 제임스 보스웰James Boswell이었다. 미하라 요시아키는 스코틀랜드 출신의 제임스 보스웰이 '영문학의 왕'으로 불리는 존슨을 만나는 첫 장면을 최재서는 어떻게 읽었을까 하는 질문을 제기하면서 스코틀랜드 계몽주의의 맥락에서 최재서가 스코틀랜드를 언급한 것의 의미를 추적하고 있다.[33] 이런 맥락에서 스코틀랜드를 읽을 때 최재서의 언급은 상당히 시사적인 것임을 알 수 있다.

하지만 최재서의 언급 중에서 주목을 끄는 부분은 "영문학의

33 미하라 요시아키, 앞의 글, 93~94쪽.

일부분이지만 스코틀랜드적 성격을 견지하여 다수의 공헌을 하고 있다"는 부분이다. 일본문학에서 큐슈문학이나 홋카이도문학이 존재하지 않는 것처럼 과연 영문학 속에서 스코틀랜드문학이란 존재하는 것일까? 이런 질문은 백여 년 전의 T.S. 엘리엇도 하고 있다. 1911년 엘리엇은 그레고리 스미스Gregory Smith의 저작 『스코틀랜드문학–인물과 영향*Scottish Literature : character and Influence*』을 상대로 위에서와 같은 질문을 한다. 하지만 아이러니하게도 엘리엇이 스코틀랜드문학의 독자적인 존재를 부정하기 위해 진행한 영국문학의 시기 구분이 역으로 스코틀랜드문학의 존재를 입증하고 있었다. 이 글에서 엘리엇은 영국문학의 발전 단계를 네 시기로 구분하고 있다. 첫 번째는 다양한 방언이 혼재된 시기의 영국문학사, 두 번째는 영어와 스코틀랜드어가 혼재된 시기의 영국문학사, 세 번째는 특정한 지역의 지방문학사시기, 네 번째는 실질적인 차이가 해소된 시기의 영국문학사이다.[34] 스코틀랜드문학의 발전사와 스코틀랜드문학의 독자성의 형성 과정을 정리하고 있는 이 글에서 특히 주목되는 부분은 '스코틀랜드문학'이라는 표현이 자연스럽게 자리를 잡아갔던 스코틀랜드문학의 르네상스시기로 불렸던 1920~30년대에 대한 언급이다. 비록 간단하게 언급하고 있기는 하지만 이 시기 사람들은 스스럼없이 스코틀랜드문학을 공론화하기 시작했고 스코틀랜드문학에 대한 연구 역시 이 시기부터

34 吕洪灵,「论"苏格兰文学"的独立性」,『南京师范大学文学院学报』第二期, 2018.6, 86쪽.

시작되었다고 한다. 스코틀랜드문학의 독자성에 대한 인식은 지금도 유효하며 관련 논의들이 현재도 진행 중이다.[35] 여기서 강조하고 싶은 것은 최재서가 "스코틀랜드문학"이라고 명시한 데에는 위에서와 같은 1920~30년대 스코틀랜드문학의 부흥이 있었다는 사실과 최재서가 주목했던 부분은 스코틀랜드문학의 독자성이 아니었나하는 생각이다. 최재서는 영국문학의 한 부분이지만 여전히 '스코틀랜드적인 것'으로 주목받고 있는 스코틀랜드문학의 존재에 더 큰 의미를 부여했을 것이다. 이 또한 최재서가 지속적으로 강조하고 있는 '조선적인 것'에 대한 강조의 한 이유이기도 하다. 그리고 이와 같은 최재서의 국민문학론의 이론화를 가능하게 했던 것이 김종한의 '지방' 개념이었다.

최재서는 조선문학이 하나의 지방문학인 것은 틀림없고, 하지만 조선문학이 지방문학이라고 할 경우 지방이라는 단어는 종래와는 상당히 다르게 해석되지 않으면 안 된다고 한 김종한을 언급하면서 그의 「일지의 윤리」의 '지방론' 부분을 인용하고는 다음과 같은 논의를 이어간다.

지방에 각각의 문화적 단위를 설정한다고 하는 것은 금후 일본문화

35 2014년 9월에 진행된 스코틀랜드 독립 투표가 무산된 사건에 대한 논평에서 흥미로운 부분은 문학적으로 볼 때 스코틀랜드는 이미 오래전부터 영국으로부터 독립되었다는 주장이다(张剑, 「苏格兰文学, 民族主义与后殖民研究」, 『光明日报』, 2014.10.13, 12쪽) 그리고 최근에 『스코틀랜드 소설사』가 출간되기도 하였다.(王卫新, 『苏格兰小说史』, 商务印书馆, 2017).

에 부과된 가장 중대한 과제 중 하나이다. 모든 문화적 설비와 인재가 동경에 집중되어, 지방은 다만 그 형식적 모방에 열중하고, 더욱이 조악한 유럽의 퇴폐문화가 미국의 문화였던 것처럼 동경의 문화가 한 때의 추태를 다시 한번 되풀이하는 일은 결코 없을 것이다. 대신 이번에는 국민문화의 이름으로 어떤 종류의 형식주의가 획일적으로 강제될 위험이 있다. 당연히 국민문화는 국민 전체가 지지하고, 애호하고, 연마해야 할 문화이다. 그러나 그것은 하나의 덩어리로 존재하는 것이 아니다. 따라서 그것을 동경으로부터 경성으로 옮겨올 수 있는 성질의 것이 아니다. 말하자면 그것은 하나의 표준적 문화이며, 일본국민이 건설한 문화에 근거하여 그것을 표준으로 삼아야 할 하나의 전통이며 기준인 것이다. 그런 의미에서 그것은 또 대동아 제국민에게는 규범이 될 것이다. 그런 까닭에 국민 문화는 형식적 모방을 강요해서는 안 된다. 그것은 어디까지나 이해를 바탕으로 한 합리적이고 비판적인 적용을 권유해야 할 성질의 것이다. 국민문화가 각 지방에서 어떻게 해석되고, 어떻게 구상화되는가는 결국 국민 전체의 비판 능력과 창조 능력에 달려 있다. 그런 의미에서도 각 지방에 문화적 단위를 설정하지 않으면 안 된다.[36]

중앙화에 대한 지방문화의 맹목적인 모방의 폐단을 지적한 글처럼 보이지만 그 이면에는 '국민문화'라는 이름으로 통일적이고 획일화되는 문학/문화가 형성되는 것에 대한 견제가 내비치고 있

36 최재서, 앞의 글, 77~78쪽.

다. 이러한 획일적인 문화가 중앙문화에 대한 모방을 통해 유행될 경우 그것은 퇴폐문화로 전락하고 말 것이며, 궁극적으로는 한 "추태"에 지나지 않는 것이라고 보았다. 이런 이유에서 각 지방마다 '문화적 단위'를 설정하지 않으면 안 되는데, 여기서 '문화적 단위'라는 것은 사실 그 지방만의 독자적인 특징을 지칭하는 말로서 이를테면 일종의 '지역적 독창성'인 것이다. 조선문학이 '조선적인 독창성'을 보존하면서 '국민문학'으로 거듭나야 새로운 '국민문학'이 형성되는 것과 마찬가지로 문화에 있어서도 각 지방마다 그 지방의 '문화적 단위'를 확실하게 건설해야만 비로소 새로운 '국민문화'가 형성된다는 것이다. 몇 개의 지방이 모여 하나의 중앙을 형성하듯이 여러 지방의 문화들이 모여 하나의 '중앙문화'인 '국민문화'를 형성하는 것이다.

새로운 '국민문학'의 형성에 대해 최재서는 그것은 양방향적이고 동시적인 것이라고 주장한 바 있다. 일본문학은 전통의 유지라는 이름으로 순수화의 도를 높여가야 함과 동시에 세계적인 신질서의 건설이라는 이름으로 이민족에 대한 포용도 함께 실천해야 하는 입장이라고 지적했다. 이민족의 문화를 포용하면서 일본문화의 순수성을 보존한다는 것은 불가능한 일이지만 그것이 새롭게 형성되는 문학이나 문화일 경우 아주 불가능한 것은 아니다. 또한 그 '새로움'을 위해서 '지방문학', '지방문화'는 반드시 그 지방의 독창성을 보존하고 유지해야 한다. 이렇게 새롭게 형성된 문학이나 문화가 바로 '국민문학/국민문화'로 거듭나는 것이었고 이러한 최재서의 구상과 논리 속에서 지방의 독창성을 가능하게 했던 것이 바로 김종한의 '신지방주의'였다. 따라서 최재서의 '국민문학론'이라고 하는 것은 사실 '신지방주의 문학론'인 셈이다.

4. '조선문학'의 길, '국민문학'의 아포리아

『국민문학』지를 중심으로 김종한, 최재서에 의해 전개된 '신지방주의론'은 '국민문학으로서의 조선문학'이 가야 할 길을 제시한 것이었고 이는 어느 정도 당시 조선지식인들의 공감을 샀던 것으로 확인된다. 특히 '조선적 것'이라는 측면에서 더욱 공감을 받았고 또 '조선적인 것'의 문제로 하여 일본지식인들과 더욱 치열하게 대결하였다.

'조선적인 것'의 문제를 둘러싸고 조선지시인과 일본지식인들이 가장 치열하게 부딪혔던 장면은 좌담회 「조선문단의 재출발을 말한다」와 「국민문학의 1년을 말한다」『국민문학』, 1942.11, 「시단의 근본 문제를 말한다」1943.2에서 확인된다. 첫 좌담회였던 「조선문학의 재출발을 말한다」에서는 지방문학으로서의 조선문학이라는 점에서는 쉽게 합의를 보았지만 지방문학으로서 조선문학의 '조선적인 것'을 어떻게 처리할 것이냐를 둘러싸고는 공방이 오갔다. '조선적인 것'의 문제는 그 후에도 여러 장소에서 다른 각도에서 반복적으로 거론되었다.

유진오　일본문학의 틀 밖에 단순히 로컬컬러를 중심으로 한 조선문학이 있다고 보는 기존의 사고방식은, 앞으로는 아무래도 허용될 수 없다, 이제부터 단순한 로컬컬러의 지방문학으로는 안 된다, **무언가 철학적인 새로움과 가치를 가진 것이어야 한다**는 이야기를 했었지요. 좋은 것을 살려 나가는 방식을 취하는 것이 좋다는 의미에서…….[37] (강조는 인용자)

인용문은 좌담회 「국민문학의 1년을 말한다」에서 '조선문학의 지위'를 논하는 자리에서 다시금 '조선적인 것'의 문제가 대두되고, 그것이 로컬컬러와 연관되는 것에 대해 유진오가 반대의 입장을 표명하고 있는 발언이다. 유진오는 '조선적인 것'이란 단지 로컬컬러로만 드러나는 것이 아니라 철학적인 새로운 가치를 포함하는 것이라야 함을 언급한다. 이에 대해 스기모토시인–필자 주는 '최재서 씨와 같은 사고방식이군요'라고 하면서 유진오의 주장이 김종한, 최재서를 중심으로 한 '신지방주의 문학론'의 맥락에 놓여있음을 간파한다. 이는 일본지식인들도 '『국민문학』의 신지방주의론'에 대해 어느 정도 인지하고 있었음을 말해준다. '조선적인 것'의 문제가 이번에는 좌담회 「시단의 근본 문제를 말한다」에서 '조선적인 특수성'으로 인식되면서 '특수성과 보편성'의 문제로 다시 거론된다.

37　「좌담회–국민문학의 1년을 말한다」, 앞의 책, 291쪽.

데라모토[38] 그러나 어쨌든 옛날에 비해 조선문학의 특수성이 사라져가고 있습니다. 규슈 문학이나 홋카이도 문학이 언급되었는데 단지 지역적으로는 그렇게 말할 수도 있겠지만, 진정한 의미로는 규슈 문학, 홋카이도 문학이라는 말은 존재하지 않습니다. 따라서 조선의 경우도 그런 특수성은 사라져가는 추세에 있다고 봅니다. 예컨대 조선은 지금까지는 외지였는데 어느새 내지권內地圈에 들어왔다고도 할 수 있습니다. 조선에 있어야만 쓸 수 있는 것도 있겠지만 옛날보다는 점점 줄어들고 있고, 그것보다 큰 국민의식이 앙양되고 있습니다.[39]

김종한 낡은 의미의 특수성이라는 사고방식은 있어서도 안 되고, 사실 그런 것은 최근에 청산되었습니다. 그러나 새로운 의미의 특수성이 생겨나지 않을까요. 어떤 의미에서 그것은 세계사의 동향이기도 한데, 세계주의에서 일종의 새로운 지방주의로 돌아간다는…… 따라서 향토적인 것이 더욱 강조되어도 좋습니다. 다만 그럴 때의 마음가짐이 문제일 텐데, 그런 향토성은 일본문학을 만들어내는 하나하나의 요소이자 단위가 됩니다.[40]

---

38 경성제국대학 법문학부 영문과 출신으로 사토 기요시의 제자이고 시인이다. 『조선시인선집』을 펴낸바 있고 일제말기에는 국민문학계를 주도했으며 국민총력조선연맹에서 문화과장을 지낸 이력을 가진 인물이다.

39 「좌담회 – 시단의 근본 문제를 말한다」(『국민문학』, 1943.2), 앞의 책, 337~388쪽.

40 위의 글, 388쪽.

최재서 데라모토 씨가 말하는 특수성은 결국 지금까지의 낡은 사고방식으로 뒷받침된 특수성이 아닐까요. 그런 특수성은 그대로 두면 자멸할 수밖에 없습니다. 그러나 지금 말하고 있는 것은 큰 국민성 속에서 살아나는 특수성, 요컨대 그 속에서 일으켜 세워야 하는 특수성입니다. 풍토적인 것과 산업 입지로 보더라도 조선에는 내지와는 구별되는 생활과 문제들이 있을 수밖에 없지요. 그런 산업과 풍토, 따라서 자연스럽게 그것과 어울리는 생활이 있기 때문에, 한 방향에 급격히 일체화되면서, 동시에 그 특수성은 좀 더 강고한 지반 위에 놓이게 되지 않을까요?[41]

데라모토, 김종한, 최재서가 각각 인식하고 있는 '특수성'에 대해 주목할 필요가 있다. 데라모토의 입장에서 조선문학의 특수성이라는 것은 조선문학의 위상과 관련되는 문제였다. 예전의 조선문학은 큐슈문학이나 홋카이도문학에 비견되었는데 그때의 조선문학은 지역적 특성이라는 측면에서는 특수성을 가질 수 있었지만 이제는 그런 특수성이 많이 사라졌다는 것이다. 왜냐하면 조선이 "내지권"에 들어오면서 조선문학이 많이 일본화되었기 때문이라고 본 것이다. 데라모토의 이러한 발언에 대해 김종한은 "새로운 지방주의"의 발전 추세 속에서 그것은 "낡은 의미의 특수성"이라고 반박한다. 즉 기존의 중앙/지방의 논리가 아닌 '신지방주의'의

---

41 위의 글, 389쪽.

층위에서 사유해야 함을 꼬집고 있는 것이다. 최재서 역시 김종한과 동일한 맥락이다. 데라모토의 논리 속에서라면 조선문학의 특수성은 자멸할 수밖에 없는 것이고, 우리가 말하는 특수성이라는 것은 "국민성 속에서 살아나는 특수성", "일으켜 세워야 하는 특수성"이며 이는 데라모토가 주장하는 그런 류의 특수성과는 다른 것임을 강조한다. 즉 데라모토는 여전히 중앙/지방의 논리 속에서 일본과 조선을 위계화하고 있고 김종한, 최재서는 '신지방주의'의 논리 속에서 중앙으로 자처하는 일본을 거부하고 있는 것이다.

이로부터 알 수 있는 바 '지방으로서의 조선'을 각자 다르게 위계 짓고 있을 뿐만 아니라 '국민문학'에 대해서도 근본적으로 다른 입장을 취하고 있었다. 데라모토의 경우 '국민문학'은 일본문학의 연장이었던 데에 반해 조선지식인들의 입장에서 '국민문학'은 다양한 요소들을 받아들이고 포용하면서 새롭게 만들어가야 할 대상이었다. 때문에 '조선적인 특수성'은 새로운 '국민문학'을 구성할 한 부분으로서 반드시 살려야 하는 대상이었다. 또한 '특수성'에 대한 생각도 달랐다. 데라모토를 비롯한 일본지식인들의 입장에서 '조선문학의 특수성'에서 '특수성'은 보편성 속에 흡수되는 그런 류의 특수성이었고 최재서를 비롯한 조선인의 입장에서 '특수성'이라는 것은 일종의 독창성이었다. 이를테면, 이혜진의 표현처럼 최재서의 독창성이라는 것은 모방이나 파생이 아니라 어떤 유기적인 원리에 의해 자발적으로 형성된 것이고 그 자체에 기원을 두고 있는 것이기 때문에 오리지널리티를 형성하는 요소들이라는 것이다.[42] 즉 그것은 변화하거나 만들어지는 것이 아니라 조선문학에 고유하는 것의 일종인 것이다. 때문에 설상 일본어로 창작하더라고 '조선적인 것'이 그대로 남아있다는 데에 그 핵심이 있었다. 이런 맥락에서 김종한, 최재서는 조선에 살고 있는 일본 시인들에게 조선시를 쓸 것을, 나아가 조선인이 될 것을 요구한다.

최재서 요컨대 조선문학은 일본 국민문학의 일익一翼으로서 국어로 쓰지만 여전히 조선문학입니다. 반도인이 쓰든 내지인이 쓰든 어쨌든 조선의 생활과 그 문제를 취급하여 오늘날 일본이 살아가는 길을 걸어가는 것, 그것이 국민문학으로서의 조선문학이 존재하는 방식입니다.[43]

최재서가 강조하는 조선문학의 핵심은 설령 일본어로 쓴다고 할지라도, 또 일본인이 쓴다고 할지라도 오직 '조선의 문제와 생활' 나아가 '조선적인 독창성'을 다룰 경우 그것은 충분히 조선문학으로 성립이 가능하다는 입장이다. 위에서 말하는 조선인이 되고, 조선시를 써야 한다는 것은 이러한 맥락에 놓여있는 것이다. 그런데 조선에 거주하는 일본 시인들이 "조선에 와 있는 상황에서 이곳을 일본의 한 지방으로 보고 여기서 시인으로서 안심입명安心立

42 이혜진, 앞의 글, 280쪽.

43 「좌담회 – 시단의 근본 문제를 말한다」(『국민문학』, 1943.2), 앞의 책, 386쪽.

命하겠다는 마음이 없"[44]이, 또 "반도에 있는 내지인 문인이 이곳에 정착하지 않고 있는 모습"[45]은 조선문학 창작을 불가능하게 한다는 것이다.

데라모토가 조선문학은 일본문학에 동화되어야 한다고 주장한 데에 대해 최재서, 김종한은 조선에 살고 있는 일본인들은 스스로를 조선인이라고 생각하고 생활하고 창작해야 비로소 조선문학, '국민문학'이 가능해진다고 응수한다. 조선문학의 동화를 거부했던 것처럼 조선 거주 일본인들 역시 조선인이 될 수는 없는 일이다. 이처럼 '국민시단'의 창건은 지난한 길이었고 동시에 그것은 '국민문학' 건설의 지난한 길이기도 했다. '국민문학'의 기획을 둘러싸고 조선지식인들과 일본지식인들은 서로의 입장을 굽히지 않았고 그들은 같은 문제를 두고 다른 장소에서 또 다른 말로 공방을 이어가면서 동어반복적인 양상을 연출해갔으며 그 와중에 '국민문학'은 점점 더 막다른 골목으로 치달을 수밖에 없었다. 식민지 말기 『국민문학』지를 중심으로 전개된 '신지방주의 문학론'의 전개는 이처럼 좁혀질 수 없는 혹은 해결할 수 없는 '국민문학'의 아포리아를 그대로 전시하고 있었던 것이다.

---

44 위의 글, 384쪽.

45 위의글, 386쪽.

5. 맺으며

이상 살펴보았듯이 이 글은 '『국민문학』의 신지방주의론'을 고찰하는 것을 목적으로 하였다. 식민지 말기 『국민문학』을 중심으로 전개된 '국민문학'의 기획은 조선문학이 갈 수 있는 두 가지 길을 제시하고 있다. 하나는 조선적인 특징들을 버리고 완전히 일본문학으로 동화되는 길이었고 다른 하나는 조선적인 독창성을 보존하면서 일본문학의 한 지방문학으로 존재하는 길이었다. '신지방주의'는 조선문학이 스스로의 독창성을 보존하면서 '국민문학'으로 거듭날 수 있는 한 방법론이었고 이런 측면에서 당시 조선지식인들의 지지를 받았다. '신지방주의'는 김종한에 의해 처음으로 제기되었고 그것을 가장 적극적으로 수용한 사람이 최재서였다. 하지만 지금까지 '신지방주의'는 '김종한의 신지방주의'로 불리거나 '『국민문학』의 신지방주의'로 불리면서 양자를 구분하지 않았는데 본고는 '『국민문학』의 신지방주의론'은 김종한, 최재서에 의해 단계적으로 발전하였음을 제시했다. '신지방주의'의 경우, 김종한에 의해 새로운 '지방' 개념이 제시되었고, 그것을 조선문학에 대입하여 '신지방주의 문학론'으로 이론화시킨 사람이 최재서였다. 김종한의 '신지방주의'는 지금까지 「一枝의 윤리」『국민문학』, 1942.3를 중심으로 논의가 이루어졌지만 그의 '신지방주의'를 완성시킨 글은 「본연의 자세에 대한 담의」였고 그가 이런 논의를 전개시킬 수 있었던 이론적 근거는 대동아공영권에 대한 지정학적 인식이었다. 적지 않은 성과를 축적한 최재서의 '국민문학론'이라고 하는 것은 사실 '신지방주의 문학론'이었고 그 핵심은 '조선적인 독창성'이었다. 최재서의 '독창성'은 특수성이나 향토성, 로컬컬러와도 다른 것이었고 그것은 모방이나 파생이 아니라 어떤 유기적인 원리에 의해 자발적으로 형성되는 것이고 그 자체에 기원을 두고 있는 일종의 오리지널리티였다. 조선지식인들은 이런 오리지널리티를 통해 조선문학의 존재를 이어가고자 했고 이것이 식민지 말기 조선지식인들이 고집했던 조선문학의 길이었다. 하지만 조선문학의 독창성을 기조로 하는 '신지방주의 문학론'을 두고 조선지식인들과 일본지식인들은 서로의 입장을 굽히지 않았고 그들은 같은 문제를 두고 다른 장소에서 또 다른 말로 공방을 이어가면서 동어반복적인 양상을 연출해갔으며 그 와중에 '국민문학'은 점점 더 막다른 골목으로 치달을 수밖에 없었다. 식민지 말기 『국민문학』지를 중심으로 전개된 '신지방주의 문학론'의 전개는 『국민문학』의 해결되지 않는 갈등의 표면화였고 동시에 그것은 '국민문학'이 실현할 수 없었던 한 이상이기도 했다.

제3장

대만

'지방향토'에서 '일본정신'으로

전쟁기(1937~1945) 대만의 문화동원논리

최말순

전문화 징용과 전시의 양심

류수친

'지방향토'에서 '일본정신'으로

전쟁기(1937~1945) 대만의 문화동원논리

최말순

1. 식민지 대만과 문화담론

이 글의 주요내용은 1937년 중일전쟁부터 1945년 일본의 패전까지 식민지 대만에서 형성된 문화담론의 전반적인 내용을 찾아보는 것이다. 그 동기는 정치권력이 특정의 목적을 위해 어떻게 문학을 포함한 문화 전반을 통제하고 규정하며 동원하는지를 검토하는 데 있다. 이를 위해서 일제말 전쟁기 대만문(논)단을 형성했던 언론매체와 문학잡지에 실린 문화관련 문장을 대상으로 문학예술을 포함한 식민지 대만의 문화담론이 전쟁과 시국의 추이에 따라 어떻게 변모하는지를 고찰하기로 한다.

문화에 대한 정의는 매우 다양하지만 본문에서는 식민지시기 대만의 언론매체에서 언급된 범위에 국한해서 살펴볼 것이다. 반세기에 달하는 대만의 식민지시기를 개관할 때 시기와 주체에 따라

문화에 대한 주류담론이 달라졌음은 자명한 일이다. 가령 1920년대 계몽시기에는 전통적이고 관습적인 개념으로서의 문화가 아니라 이전에는 없었던, 앞으로 만들어가야 할 일종의 서구 근대적 지향을 포함하는 문명 상태나 정신적 가치를 일컫는 것이었고, 1930년대에 들어서면서 동화주의 식민정책과 급속한 자본주의화, 근대화에 맞서 전통적이고 민속적인 민간문화가 강조되기도 했으며, 1937년 이후에는 주로 전쟁수행과 관련한 문화담론이 생산, 유포되었다. 이렇게 크게 세 단계로 나누어 볼 때 앞 두 시기의 문화담론은 대만인본도인 지식인들이 주도한 것이었다면 일제말 전쟁기에는 총독부를 위시한 관방, 혹은 재대만일본인들에 의해 구축되고 강요되었다는 점에서 문화담론의 목적과 성격에서 질적인 차이가 있다고 하겠다. 본문의 목적이 전쟁기 문화담론을 고찰하는 데 있으므로 앞선 두 시기와 어떠한 관련성을 가지는지 비교해 보기 위해 우선 1920~30년대의 상황을 개략적으로 살펴보기로 한다.

1920년대는 '근대적 문화'가 중요한 시대의 담론으로 부상했다. 당시 대만은 일본의 식민지로 편입된 지 25년이 지난 후로 비록 자주적인 근대화 발전에는 한계가 있었지만 자본주의 생산관계의 성립, 교통과 통신망의 구비 등 자본주의 근대의 물질적인 기초를 갖춘 단일한 정치, 경제공동체가 형성된 시기였다. 뿐만 아니라 근대교육 시스템을 통해 탄생한 신흥지식인층이 새로운 인식틀을 통해 시대와 세계, 민족의 처지를 사고하며 자각과 계몽의 시대를 이끌었다. 마침 대정민주大正民主, 1912~1926시기에 고등교육의 기회를 찾아 일본으로 유학 간 대만청년들은 제1차 세계대전의 종결과 국제연맹의 창설, 윌슨의 민족자결주의 선언 및 이에 고조되어 일어난 한국의 3·1운동과 중국의 5·4신문화운동을 마주하면서 세계정세에 대한 인식과 민족처지에 대한 고민을 하게 되었고 계발회啓發會, 1918, 성응회聲應會, 1919, 신민회新民會, 1920 등을 조직하여 문화계몽과 동시에 정치운동을 준비했다.

이들의 시대인식은 신민회의 기관지 『대만청년臺灣青年』 창간사와 이들 조직에 참여했던 이한여李漢如, 임자주林慈舟, 왕민천王敏川, 채배화蔡培火, 채철생蔡鐵生 등 많은 지식인의 문장을 통해 확인할 수 있는데, 한 마디로 정리하자면 새로운 문화의 시대가 도래했다는 것이다. 약육강식의 식민지 쟁탈전이었던 제1차 세계대전이 종결된 이때 인류는 횡포로부터 정의의 길로 나아갈 것이며 이기적, 배타적, 독존적인 야수생활을 배척하고 공존적, 희생적, 양보하는 문화운동을 모색하게 되었으므로 이제 민족자결이 존중받고 남녀가 동등하며, 노사 간의 협조가 이루어지는 평화적이고 이성적이며 민생을 도모할 수 있는 시대가 왔다는 주장이다. 따라서 개인의 자유와 평등, 해방이 가능해졌으며 무엇보다 이러한 문화를 수단하여하여 새 시대를 열어가야 한다는 점을 강조하고 있다.[1] 여기서 문화란 유럽의 제국주의 팽창을 가능케 했던 물질적, 군사적 근대문

1 1920년대 초기의 정치운동과 문화운동의 성격은 崔末順, 「'五四'與臺灣新文學以及'朝鮮'-從『臺灣民報』兩篇小說談東亞現代」, 「五四運動100週年」國際學術研討會발표논문(中央研究院近代史研究所主辦, 2019.5, 2~4쪽)참고.

명이 아니라 정신적, 평화적 정신문화를 의미하는 것으로, 우선 식민주의와 제국주의 논리를 비판하고 반성을 촉구하는 의미를 가진다고 하겠다. 이는 식민당국이 주입하고 전파한 전면적인 근대 지향과 부국강병의 문명담론과는 다른 것이며[2] 도리어 각종 신기술과 신학문이 무기의 생산과 전쟁을 통해 세계평화를 해치고 타민족을 압박하며 나아가 개개인의 자유를 박탈하는 원인이라는 점을 각성해야 한다는 것으로 문명과 야만이라는 유럽과 근대중심의 대립적 인식을 전도한 것이라고 하겠다. 물론 과학지식과 신관념을 수용하여 반봉건과 사회변혁을 지향한 점에서는 강력한 근대문명 지향을 보여주지만 그 문명이 침략적, 파괴적으로 이용되어 전쟁이란 극단적 상황을 초래한 것에 대해서는 강렬한 비판적 인식을 드러내었다.

나아가 이들은 새로운 시대의 도래를 이끌 평화적, 이성적 정신문화를 대만의 식민지 처지를 개선하고 사회변혁을 도모할 수 있는 기준으로 내세웠다. 새로운 문화상태에서는 지식의 유무, 신분과 계급에 상관없이 동등한 교육을 받을 수 있어야 하고 동등한 자유를 누릴 수 있어야 하는데 대만이 그렇지 못한 것은 식민당국의 우민정책愚民政策과 육삼특별법六三特別法[3]이 지탱하고 있는 전제정치

---

2 1920년대 이전의 문명담론에 대해서는 黃美娥, 『雙層現代性鏡像』, 台北 : 麥田出版社, 2004 참고.

3 1896년 제정된 육삼법은 대만총독에게 율령제정권을 부여한 것으로 이에 근거하여 행정, 군사, 입법권이 총독에게 집중되어 전제정치의 근거가 되었다. 그 목표는 강력하고 절대적인 행정권력에 기초하여 고압적인 통치질서 건립으로 일본제국의 세력을 확장하고 공고히 하는 것이었으며 대만인의 기본권리를 임의로 박탈할 수

專制政治 때문이므로 문화의 진작振作을 통해 대만민의 자각을 이끌어야 한다는 것이다. 이들은 문화담론의 주요내용인 민족자결과 인권존중 정신에 입각하여 육삼법철폐운동六三法撤廢運動과 대만의회설치청원운동臺灣議會設置請願運動 등 정치운동을 추진했고 민족고유성을 말살하는 동화주의정책同化主義政策을 비판했으며 아울러 대만문화협회를 조직하여 민중을 대상으로 신문화계몽운동을 진행했다. 이러한 인식과 실천은 1923년에 창간된 『대만민보臺灣民報』에서 지속되었는데 이 잡지는 백화문을 채용하여 계몽의 의도를 더욱 강하게 드러냄과 동시에 한문학漢(文)學의 부흥을 주장으로써 동화정책과 일어교육에 대항하였고 무엇보다 신문학운동의 산실이 되어 문자개혁주장, 신구문학논쟁, 근대문학창작 등이 이 지면을 통해 이루어졌다. 즉 대만의 근대초기 문단은 이성과 평화, 해방을 지향하는 문화담론의 문학적 실천장으로 형성된 것이며 정치적 의견개진이 제한을 받았던 식민지 처지에서 문화계몽을 통한 정치운동의 성격을 띠고 있었다.

이렇게 1920년대 계몽시기에 언급된 문화는 식민주의와 제국주의에 대한 비판과 저항의 척도로 이 시기 담론의 특권적 영역으로 부상했다. 또한 이런 연유로 하여 민족고유성과 민간전통, 일본과 구분되는 대만의 향토적 특질은 그 봉건성에 관한 논란에도 불구하고 전면적으로 부정되지 않고 식민주의에 대한 또 하나의 대

있어 많은 비판을 받았다.

항적 문화담론으로 거론되기도 했다.[4]

그러나 식민자본주의의 진전에 따른 대만사회의 급속한 계급분화와 모순의 심화로 인해 계몽운동의 주체였던 대만문화협회臺灣文化協會는 1927년 좌우진영으로 분열되었고 좌익진영에 의해 해방이란 급진적 방식으로 계급과 민족의 중첩된 모순을 타파하기 위한 정치운동이 전개되었으나 1929년과 1931년 두 차례에 걸쳐 식민당국의 대대적인 진압으로 완전히 봉쇄되었다. 이에 좌익경향의 지식인들은 문단으로 집결하여 식민경찰의 횡포, 제당회사의 토지수탈, 농촌과 농민의 빈궁, 노동자의 현실을 주요내용으로 하는 비판적 문학창작에 집중하게 되었다. 그 결과 문화계몽운동은 좌익문학운동으로 변모하였고 계몽의 대상이 무산대중과 노동자, 농민계층으로 집약되면서 문예대중화논의가 1930년대 대만문단의 주요쟁점으로 부상했다. 이 과정에서 대중들이 실제 사용하는 언어로 그들의 생활과 경험을 창작해야 한다는 견해가 대두되어 향토문학鄉土文學/대만화문논쟁臺灣話文論爭[5]으로 확산되었으며 나아가 민간문학이 두 가지 조건을 충족하는 것으로 지목되어 민간문학 수집과 연구풍조가 문단에 확산되었다. 좌익문단에서는 민간문학이 가진 민중의 생활내용과 무산대중의 언어인 대만화문의

---

4 초기 잡지에 드러나는 중국전통과 사상에 대한 태도에 대해서는 崔末順, 「新文學的啟蒙內容及其結構 : 五四與臺灣新文學運動中的文學論比較」, 『五四精神在東亞的發展與變遷暨跨文化研究』(慈濟大學東方語文學系, pp.97~132, 2017.8) 참고.

5 최말순, 「1930년대 대만문단의 향토문학/대만화문논쟁의 쟁점과 성과」, 『식민과 냉전하의 대만문학』, 글누림, 2019, 101~129쪽 참고.

보고로서 중시되었고 우익문인들 역시 민족의 고유한 생활모습과 전통을 보유한 것으로 여겨져 주목을 받았다. 이렇듯 민간문학의 수집과 토론으로 고조된 전통열풍은 참여한 문인 개인의 계급적, 사상적 위치에 따라 다양하게 해석되고 수용되었다.[6] 1930년대 중반까지 민간문학의 수집이 진행되고 그 이용방향이 논의되면서 대만의 민족적 전통과 고유한 생활습관은 이 시기 문화담론의 주요내용이 되었다. 한편으로는 식민당국이 주도하는 근대화의 물결 아래 소실되어가는 조상의 지혜와 전통을 보존하고 다른 한편으로는 일방적으로 추진되는 강력한 동화주의에 대항하는 논리로서 민간문학과 민간문화가 강조된 것이었다.[7]

한편 1930년대에는 세계적으로 근대이성에 대한 반성의 분위기와 함께 동양의 전통이 서구 근대를 극복하고 견제하는 의미로써 중시되는 경향이 생겨났다. 특히 일본에서는 좌익문학의 쇠퇴와 함께 전통문화에 대한 탐구가 문단의 의제가 되었고 이러한 풍조는 일본에서 활동하던 대만 지식인들에게도 영향을 미쳤다. 1930년대 일본에 체류하고 있던 대만 지식인 단체인 대만예술연구회臺灣藝術研究會의 성원이자 시인으로 활동하던 왕바이위안王白淵도 이러한 시대적 분위기 아래서 인도시성 타고르와 평화주의자 간디를 찬양

6 崔末順, 『現代性與臺灣文學的發展(1920~1949)』(國立政治大學中國文學系博士論文, 2004.1), pp.135~181 참고.

7 1930년대 대만문단의 민간문학정리에 대해서는 王美惠, 『1930年代台灣新文學作家的民間文學理念與實踐－以『臺灣民間文學集』為考察中心』, 成功大學歷史研究所博士論文, 2008 참고.

하면서 서구근대의 이성주의와 과학문명에 대한 회의를 표명하고 동방문화와 정신에 대해 언급했다.[8] 마치 1920년대 초기 제1차 세계대전 종결 후 대만 지식인들이 제기한 동서양 사상의 대립적 인식을 연상시키는데, 말하자면 이성, 지식, 물질, 기계 등 서양문명과 감각, 정신, 생명, 자연 등 가치를 중시하는 동양의 인도적이며 자연친화적인 문명을 대립시켜 동양의 우월성을 제기하면서 이를 근거로 유럽문명을 받아들인 일본의 대만지배를 비판하고 있다. 계몽시기의 문화담론과 차이가 있다면 인권, 평화, 평등 같은 보편적 가치보다 동양의 전통과 문화로 경사되어 있다는 점일 것이다.

위에서 간단하게 살펴본 1920~30년대 대만지식인의 문화담론은 1930년대 후반 전쟁체제로 진입하면서 새로운 국면으로 접어들게 된다. 중일전쟁의 장기화와 이후 계속된 전장의 확대는 내지와 외지/식민지를 포괄하여 사회 전 부문을 동원하는 총력전을 요구하게 되었고 문화부문 역시 전쟁수행에 필요한 역할과 임무를 부여받게 되었다. 본문은 이점에 주목하여 전쟁기 문화를 둘러싼 식민권력의 동원논리와 전쟁추이에 따른 문화담론의 변모 및 이에 대응하는 대만 지식인의 논리 등을 고찰하고자 한다. 이 과정에서 이전 시기 문화담론이 전쟁수행으로 인해 어떻게 변용되고 전유되는지, 식민정치권력이 문학예술을 포함한 식민지 문화 전반을 어떻게 지배해 나갔는지 고찰하고자 한다.

---

8 柳書琴, 『荊棘之道－臺灣旅日青年的文學活動與文化抗爭』, 臺北 : 聯經, 2009, pp.108~115 참고.

2. 중일전쟁기(1937~1941)의 대만문화 역할론

1895년부터 1945년까지 반세기에 이르는 식민지배 기간 동안 제국 일본과 식민지 대만의 관계가 가장 긴밀하게 연동된 시기는 일본이 1937년 7월 루거우차오蘆溝橋발포사건을 일으켜 중국에 대한 전면적인 침략을 감행하고 일련의 군사적 팽창을 시도한 이후일 것이다. 잘 알려져 있듯이 일본은 근대국가로의 성장과정에서 생겨난 내부적 긴장을 주변지역에 대한 침략으로 해소해 왔다. 1929년의 경제대공황과 자본주의 위기 역시 만주사변1931이란 군사행동을 통한 경제블록의 구축으로 해결하고자 했고[9] 그 연장선에서 엔화의 일日·만滿·지支블록 구축을 위한 군사행동이 중국에 대한 전면전으로 이어진 것이다. 경제 블록화에 대한 주장은 강력한 국가의 역할을 요구하는 것으로, 블록화 논의와 함께 국가의 역할이 이전보다 더 강조되었다. 중일전쟁 발발을 전후하여 들어선 제1차 고노에 후미마로近衛文麿 내각은 기존의 준전시체제에 이어 국가총동원법을 제정하고 고도국방국가라는 슬로건을 내세우며 국민정신총동원운동을 시작했다. 국가가 물자통제와 인원징용, 언론제한의 전권을 장악하는 전시동원체제를 구축한 것이다. 이어 발표된 동아신질서 성명1938.11은 중일전쟁의 후방논리로 전쟁의

9 일본에서는 1930년대 초부터 다양한 지식인들에 의해 경제 블록화에 대한 구상이 제기되었다. 구미(歐美)의 경제 블록화에 대항하기 위해 일본 중심의 경제적 자급자족 엔(円)블록 경제권을 구축하자는 주장이었다.

목적을 '동아신질서의 건설'[10]에 두고 일日·만滿·지支의 공동방공, 경제적 결합, 선린우호를 표방했다. 또한 흥아원興亞院 관제를 공포하고 원활한 전쟁수행을 목적으로 하는 동아시아 담론을 제기했다. 중국을 침략한 행위를 동아에서의 신질서 형성을 위한 전쟁으로 규정했고 그 신질서가 구현될 구성체를 '동아협동체'로 명명했다. 이러한 전시 분위기에서 일본의 정치학자들은 동아협동체 구상을 제1차 세계대전 이후 이어지고 있는 영미 세계질서의 재편이라는 정치과정 속에 위치시켰고, 철학자들은 유럽 중심적 세계사의 전환이라는 역사철학적인 의미를 부여했으며 문학자들도 곧이어 '근대의 초극' 담론에 적극 동참했다.[11] 이로써 중국침략의 목적을 위해 제기한 지정학적 개념인 '동아'는 이후 전쟁의 확대에 따라 '대동아'로 확장되었으며 일본이 일으킨 전쟁지역을 재구성하는 핵심적인 개념어로 기능했다.[12]

이렇게 전쟁 합리성에 의해 진행된 일본 내 체제변화와 전쟁수행을 위해 개발된 '동아'의 논리는 동보적으로 식민지 대만에 영향을 미쳤고 이제 제국과 식민지는 일체가 되어 동시적으로 움직이게 되었다. 중일전쟁의 발발과 동시에 대만총독부臺灣總督府에 임시

---

10 '동아신질서의 건설'이라는 전쟁목적의 이념화와 그 구체화의 구상은 정권담당자 近衛를 뒷받침한 정치집단인 昭和研究會 지식인들에 의해 제출된 것이었다. 그 지식인이란 정치학자로 蝋山政道(1895~1980), 철학자 三木清(1897~1945) 등을 말한다.

11 崔末順, 「日據末期臺韓文壇的'東洋'論述 – '近代超克論'的殖民地接受樣貌」, 『海島與半島 – 日據臺韓文學比較』, 臺北 : 聯經, 2013, pp.373~406 참고.

12 고야스 노부쿠니, 「일본지식인과 중국문제」, 『일본비평』 6호, 서울대 일본연구소, 2012.2, 152~165쪽 참고.

정보위원회臨時情報委員會[13]가 부설되고 군사령부에 의해 전시체제가 선포되었으며 일본의 국민정신총동원운동과 같은 이름의 전시동원체제가 갖추어지면서 총독부가 주도하는 사상선전과 정신동원이 시작되었다. 동아신질서 건설이란 중국침략의 목적을 달성하기 위해서 식민지 대만에 요구된 것은 '중일 간의 교량 역할'이었다. 중국과 동문동종이란 조건으로 인해 이 담론은 식민지 초기부터 거론되어 왔지만[14] 이 시기에는 대만을 경유하여 중국을 향해 동아건설이란 전쟁 목적을 전파하는 데 중점이 있었다. 즉 중일전쟁기의 대만은 한편으로는 총독인 고바야시 세이조小林躋造가 내세운 동화주의의 강화 버전인 황민화의 대상이면서도 다른 한편으로는 중일 간의 중개자 역할을 부여받았던 것이다. 전쟁발발을 전후해 신문잡지의 한문漢文란이 폐지되고 대만인의 문단활동이 중지됨과 동시에 한문잡지인 『풍월보風月報』가 창간된 사정이 이를 잘 설명해 준다.[15] 이런 논리하에서 문학예술을 포함하는 전반적인 문화의 역할이 주요쟁점으로 부상했다.

대만의 문학/문화의 역할이 국책으로서 요구되면서 전쟁발발

13 중일전쟁이 발발 소식이 전해지면서 5만여 명의 대만인이 중국으로 건너가 항일운동에 참여하는 등 민심의 동요가 있자 대만인의 사상통제를 위해 설립한 총독부 산하기구로 1937년 8월 臨時情報部로 개편되었다.

14 1920년대 초기의 잡지 『臺灣青年』과 『臺灣』에는 일본인뿐 아니라 대만인들이 쓴 문장에서 중일친선과 교량역할이 대만의 임무라는 문장이 여러 편 있다.

15 『風月報』의 연혁과 그 후속잡지 『南方』의 국책협력에 대해서는 최말순, 「종족지와 전쟁동원－일제말 전쟁기 대만의 남방담론」, 『식민과 냉전하의 대만문학』, 글누림, 2019, 239~261쪽 참고.

을 전후하여 재대만일본인들에 의해 제기된 소위 외지문학外地文學 주장에 정치색이 더해지기 시작했다. 흔히 1930년대 중후반의 대만문단을 얘기할 때 가장 많이 운위되는 것이 시인 니시카와 미쓰루西川滿와 타이베이제국대학 비교문학연구자 시마다 긴지島田謹二가 제기한 남방문학南方文學과 외지문학일 것이다. 이들 재대만일본인의 주장은 대만지역의 독특한 향토성을 적극적으로 찾아내고 반영하여 일본 중앙문단과는 다른 대만 스타일을 창조하자는 것이었다. 전형적인 지방주의문학 주장으로 볼 수 있는데 당시 일본의 남진정책南進政策, 남방문화건설南方文化建設 요구와 맞물려 주목을 받았다. 외지문학의 건설을 주장한 시마다 긴지는 중일전쟁의 발발을 전후하여 여러 잡지에 「남도문학지南島文學志」를 싣고[16] 대만문학연구의 필요성을 제기했다.[17] 그에 의하면 '대만문학'이란 바로 '대만에서 발생한 문학', '대만과 관련 있는 문학'이며 '대만'이란 땅을 공동의 요소로 가지고 있는 문학작품을 말한다. 그가 예로 든 대만문학은 국부적으로 대만을 점령했던 네델란드, 스페인의 문학 중에서 대만을 그린 작품, 명청明淸시기의 고전시문古典詩文과 민간문학民間文學을 포함한 지나문학支那文學, 그리고 일본문학 중 대만을 그린 작품으로 1920년대 이래 식민지 현실을 비판적으로 그려낸 대만인의 신문학은 그가 말하는 외지문학, 지방문학으로서의 대만문

16 『臺大文學』 1 : 5, 1936.10.10; 『臺灣時報』 218, 1938.1.1.

17 이와 관련한 문장으로는 「明治時代內地文學中的臺灣」, 『臺大文學』 4 : 1, 1939.4.9; 「外地文學硏究的現狀」, 『文藝臺灣』 1 : 1, 1940.1.1가 있다.

학 범주에 속하지 않았다. 속지주의屬地主義에 속하는 이 견해는 일본의 한 지방문학으로 대만문학을 편입시키고 있으며 한족漢族의 문학은 "대부분 문학적 가치가 너무 낮아서 우리같이 복잡하고 정밀하며 깊이 있고 웅장한 근대문학의 훈련을 받은 사람들은 거들떠보지도 않을 것이다"라고 하여 근대미학의 관점에서 매우 부정적으로 평가했다. 그는 '고도의 미학적 가치'를 지닌 '예술의 한 분야이며 고도로 발전한 문학양식'을 갖춘 외지문학을 지향했는데 이 기준에 의해 일본작가 사토 하루오佐藤春夫의 「여계선기담女誡扇綺譚」[18]과 니시카와 미쓰루의 시작詩作이 충만한 낭만성과 풍부한 예술성을 가지고 있다고 높게 평가했다.[19]

시마다 긴지에 의해 색채 등 시각적 요소와 충일한 감각적 성분으로 외지문학의 가치를 높였을 뿐만 아니라 일본문학사로 진입하기에 손색이 없다는 평가를 받은 니시카와 미쓰루는 대만의 종교신앙, 역사, 사찰과 고성古城, 식물과 동물, 각종 제전祭典 등을 소재로 한 여러 시를 통해 내지에는 없는 대만지방의 색채와 이국적 정조를 그려내었다. 시마다 긴지는 이들 시작에서 일본문학에서

---

18 佐藤春夫는 1920년 3개월의 대만방문 후 일련의 대만관련 작품을 남겼는데 이 작품도 그중 하나이다. 그 내용은 臺南의 오래된 항구의 한 폐가에서 여자귀신의 목소리를 듣게 된 서술자가 이를 기이하게 여기다가 한 할머니를 통해 집주인의 몰락과 그 딸의 기구한 사랑 이야기를 알게 되는 것으로 폐가이기는 하나 호화로운 장식과 여귀의 목소리, 처절하면서도 아름다운 사랑 등 환상적인 분위기가 잘 드러나 낭만적인 傳奇문학으로 알려져 있다.

19 관련문장으로는 「佐藤春夫的『女誡扇綺譚』－華麗島文學志」, 『臺灣時報』 237, 1939.9.1; 「西川滿的詩業」, 『臺灣時報』 240, 1939.12.19가 있다.

는 보기 드문 '명랑明朗, 투명透明, 농밀濃密, 선염鮮艶'한 특색을 볼 수 있고 '낭만적 환상적이며' '기이하고 신비적인 소재를 사용했지만 음침한 느낌이 없고 도리어 명쾌한 분위기를 자아낸다'면서 이러한 '명랑한 신비'는 '고전주의 예술정신의 근대적 표현'이라고 극찬했다. 니시카와 미쓰루 자신의 예술과 문학에 대한 견해는 「예술이란 무엇인가」[20]에 나와 있는데, '자연계의 사물을 모사模寫한 것이 아니라 직관直觀으로 대자연을 관조觀照한' 것으로 작가 자신의 직각直覺, 상상想像을 통한 형상形象의 표현이라는 것이다.

위에서 알 수 있는 바 이들이 추구한 대만문학과 예술은 대만인이 주체가 되어 표현한 대만인의 생활이 아니며, 대만이란 지방의 향토색을 기반으로 구축한 지방주의문학으로 일본문학의 영역 안에서 논의한 것이고 평가의 미학적 기준은 풍부한 색채와 상상력으로 대만이란 제재를 표현한 환상적, 낭만적, 유미적인 풍격의 작품임을 알 수 있다. 이들이 지방주의문학을 표방하게 된 데는 프랑스문학 연구자이자 니시카와 미쓰루의 스승이기도 한 요시에 다카마쓰吉江喬松의 영향이 절대적이라고 알려져 있다.[21] 그러나 이들

20 「何謂藝術」, 『臺灣警察時報』 275, 1938.10.1 논문 중 사용한 자료는 黃英哲編, 『日治時期台灣文藝評論集』 二－四冊, 台南 : 國家台灣文學館籌備處, 2006에서 인용한 것임. 이하는 원출처만 표시.

21 橋本恭子에 따라면 이들은 吉江喬松의 영향으로 프랑스 지방문학인 프로방스문학과 비견되는 남방 특유의 분위기와 정조를 가진 대만문학(외지문학)을 건립하려고 한 것이며 이를 일본 중앙문단에 반대한 재대만일본인의 민족주의로 해석했다. 「在臺日本人的鄉土主義－島田謹二與西川滿的理念」, 『中心到邊陲的重軌與分軌』(中), 臺北 : 臺大出版中心, 2012, pp.333~379.

이 주장하는 외지문학 혹은 남방문학은 문학풍격과 경향에서 동경문단과 다를 수 있지만 그들이 보이는 '대만의식'은 내지에 대한 대항의식이라기보다는 일본국가주의에 수렴되는 것이라고 하겠다. 1935년을 전후해 일본 국내에서는 남진론南進論이 일어나 정치, 경제적 측면 이외에도 대만을 남방문화개발의 근거지로 건설해야 한다는 구호가 등장했고 대만총독도 남진화南進化를 대만통치방침의 하나로 내세웠다.[22] 시마다 긴지가 대만의 독자적인 문학은 남방문화의 중심이어야 한다고 주장한 것으로 보아 이들 재대만일본인이 내세운 남방문학, 외지문학 논의는 남진의 열기와 무관하다고 보기 어렵다.

1937년 대중국 전면전의 개시부터 1941년 대동아전쟁이 일어나기 전까지를 중일전쟁기로 본다면, 이 시기 대만이 중일 간의 교량역할과 남진의 근거지로 인식되었던 만큼 문화의 지방색채와 남방문화로서의 특색이 특별히 강조되었다. 당시 '문예시평文藝時評' 혹은 '대만문화계전망臺灣文化界展望' 등 제하의 문장에서 '남방의 특색, 남해의 문학, 대만을 중심으로 향토문예, 대만의 문예가 남방의 경전經典이 될 것이다'.[23] '향토를 열렬히 사랑하는 사람만이 진정한 대만문화를 진흥시킬 수 있다'[24]는 주장이 이어졌다. 그러나 향토성의 내용은 니시카와 미쓰루의 대표되는 아름다운 이국정조의 낭만적

22 1939년 대만총독 小林躋造는 일본에서 기자들에게 황민화, 공업화, 남진화를 대만통치방침이라고 밝혔다.

23 西川滿, 「臺灣文藝界的展望」, 『臺灣時報』 230, 1939.1.1.

24 堀越生, 「文藝時評-協會運動與忘八」, 『臺灣時報』 237, 1939.9.1.

경향에서 점차 대만에서의 생활체험을 중시하는 현실적 경향으로 옮겨갔다. 특히 1941년 장원환張文環이 주도하여 창간한 『대만문학臺灣文學』 잡지가 현실주의를 내세우면서 이 경향은 더 뚜렷해졌는데 그 이전부터 『문예대만文藝臺灣』에 동조했던 인사들조차도 점차 대만 현실의 묘사를 더 중시하기 시작했다. 그 변화의 시작은 시마다 긴지가 제기한 외지문학 개념의 재정립에서 찾아볼 수 있다. 앞서 본 바 1936년을 전후하여 「남도문학지」에서 근대예술미학에 입각하여 문학성과 예술성이 풍부한 대만소재 문학연구의 필요성을 강조하던 데 비해 1940년 『문예대만』 창간호에 발표한 「외지문학연구의 현재상황」에서는 외지생활의 체험을 통해 그 사회의 진실을 드러내는 것이 외지문학이 나아가야할 길이라고 했다. 비록 서구제국의 식민지 문학을 예로 들고 있지만 인상주의식의 구식 이국정취가 외지의 진상을 모르는 내지인에게 오락거리로 밖에 여겨지지 않는다고 하면서 정밀하고 세밀한 눈으로 외지의 진상을 그려낼 것을 주문했다.[25] 이 문장은 대만시인협회臺灣詩人協會가 전쟁시국에 맞추어 설립된 총독부 임시정보위원회의 지지와 협조를 받아 대만문예가협회臺灣文藝家協會로 이름을 바꾸고 시전문지 『화려도華麗島』를 확대 개편한 종합문예지 『문예대만』의 창간호에 실린 것으로 당시 문단의 기조와 방향을 제시하는 성격을 가지고 있었다. 동시에 시국에 대한 문단의 대응이란 점에서 여러 반향을 불러 일으켰는데 이는

---

25 「外地文學硏究的現狀」, 『文藝臺灣』 1 : 1, 1940.1.1.

외지문학의 개념이 내지문단과 구분되는 독자적인 식민지문단의 구축이라는 처음의 목적이 전쟁수행에 필요한 문학/문화의 역할이란 동원논리로 옮겨갔음을 말해 준다.

이런 분위기에서 『문예대만』의 동인이었던 양윈핑楊雲萍은 청조淸朝시대 류자머우劉家謀의 시집 『해음海音』을 소개하면서 당시의 사회와 시대에 대한 정확한 반영, 기록, 표현이라는 측면에서 대만의 경제, 풍속, 사회를 잘 알려주는 문학으로 지목하였다.[26] 나아가 이노 가노리伊能嘉矩의 『대만문화지臺灣文化志』[27]에 기록된 인명 착오를 지적하는 등 대만의 역사기록에 대한 고증을 계속해 나갔다.[28] 남명사南明史 연구자이기도 한 그는 대만지역의 실상을 알아야 한다는 시대적인 과제를 재대만일본인과는 달리 한문학漢文學에서 찾았으며 그 풍부한 전통과 유구한 역사를 정확하게 기록하는 데서 출발하자는 입장을 보여 준 것이다.[29]

장원환은 이 시기 강조된 대만문학이 시국과 연관된 것임을 명백히 인식하고 있었다. 그는 일본에서 향토문학을 시작으로 지방색채를 가진 문학을 추구하게 된 맥락이 있지만 현재 진행되고 있는 외지 혹은 지방문화로서의 대만문학은 흥아興亞의 대업을 위해 문단을 확충하면서 자연스럽게 지방풍격을 제기하게 된 것이라고 했

26 「關於劉家謀之『海音』」, 『文藝臺灣』 1 : 2, 1940.4.2.

27 『臺灣文化志』는 인류학자이며 대만원주민 연구자인 伊能嘉矩의 대표작으로 대만총독부 민정국에서 일할 당시 수집한 자료를 바탕으로 1906年부터 19년을 들여 완성한 청조시기의 대만사 연구저작이다. 모두 3권 17편이며 1928년 출판되었다.

28 「楊浚非楊承藩」, 『文藝臺灣』 1 : 3, 1940.4.2.

29 「台灣文學的研究」, 『臺灣藝術』 1 : 3, 1940.5.1.

다. 그러면서 전환기의 이 현상을 긍정적으로 받아들이자고 했다. 다만 언어나 형식보다 내용과 생각을 드러내는 것이 중요하다고 함으로써 니시카와 미쓰루으로 대표되는 유려한 일어와 형식미를 중시했던 기존의 문학견해에 대한 비판적 입장을 내 놓았다.[30] 그리고 이러한 견해는 이후 『대만문학』의 창간과 장편소설 『산다화山茶花』의 『대만신민보臺灣新民報』 연재를 통해 실천에 옮겨졌다.[31] 쉬충얼徐瓊二 역시 시국의 필요에 의해 문단이 소생하고 있다고 판단했다. 당시 보도문학報導文學이나 종군작가從軍作家의 등장을 들어 사변중일전쟁 후 중앙문단에서 문학의 정치협조가 요구되고 있다고 하면서 지금은 국책동원에 대한 시비여부를 떠나 대만문단의 재건 기회를 확보하는 것이 중요하다고 주장했다.[32] 장원환과 같이 시국의 수요와 정책을 이용해 침체된 대만문단을 살리는 것이 중요하다는 판단을 한 것이다. 이들의 의견은 재대만일본인 작가들이 내놓은 전쟁협조를 위한 향토성 주장과는 다르다고 하겠다.

『문예대만』의 주요동인으로 활동했던 룽잉쭝龍瑛宗 역시 이 시기에 와서 문학이 사회현실을 그려야 한다고 주장하기 시작했다. 통속작가인 예부웨葉步月의 「결혼기념일結婚記念日」을 평가하는 문장에서 작가의 눈은 관념이 아니라 현실을 비추어야 한다면서 발자크,

---

30 「關於臺灣文學的將來」, 『臺灣藝術』 1 : 1, 1940.3.4.

31 이 소설이 연재되자 본도인 작가뿐만 아니라 일본인들도 대만의 향토현실을 통해 대만인의 情意을 알게 해주는 작품이라고 긍정적으로 평가했다. 藤野雄士, 「關於張文環和『山茶花』的備忘錄」, 『臺灣藝術』 1 : 3, 1940.5.1.

32 「邁向臺灣文化之路」, 『臺灣藝術』 1 : 2, 1940.4.1.

고골리, 도스트에프스키 등을 들어 작품이란 사회와 결합되어야 하는 것이며 인간은 사회를 떠나서는 살 수 없는 만큼 문학과 예술은 인류와 사회의 관계 혹은 접촉을 탐구해야 한다는 의견을 제시했고[33] 재대만일본인 작가인 나카무라 데쓰中村哲도 『문예대만』에 기고한 「외지문학의 과제」라는 글에서 니시카와 미쓰루의 작품경향을 비판하고 외지문학은 '외지 거주자가 외지의 풍물, 기후와 인정 속에서 생활'하는 데서 출발해 외지에서 살아가는 실제 생활인의 눈과 귀, 몸으로 느끼는 것을 그려야 한다는 했다. 즉 진정한 외지문학은 외지인 제2세대 같은 외지생활자의 문학이어야 한다고 주장하고 이를 외지인문학外地人文學이라고 정의했는데 외지인의식으로 생활의 실제상황을 그리는 사실적 문학을 강조하고 있다. 그 예로 아쿠타가와상 수상작 중 외지의 이족 혼혈아의 심리를 그린 김사량의 소설이야말로 외지문학이 가야 할 방향이라고 평가했다. 특히 그는 김사량의 지성적 관점이 작품의 수준을 높인 최대공신이라고 하면서 이 소설에서 보이는 외지의 풍부한 제재, 즉 풍토, 기후, 산업의 문제 그리고 이족 간의 도덕, 애정, 습속, 심리, 인정 등 요소가 잘 활용되었다는 점을 높게 평가했다.[34]

이렇듯 1936년을 전후해 니시카와 미쓰루과 시마다 긴지에 의해 제기된 남방문학, 외지문학 이름의 대만문학은 주로 대만이 가진 지역적 특색과 향토성을 풍부한 감각과 색채로 낭만적이고 유

33 「給想創作的朋友」, 『臺灣藝術』 1 : 3, 1940.5.1.

34 「外地文學的課題」, 『臺灣文藝』 1 : 5, 1940.7.10.

미적으로 표현한 것이었는 데 비해 중일전쟁이 시작되자 동아신질서 건립이란 전쟁담론이 유포되면서 양국 간의 교량역할을 부여받은 대만문학의 향토성 내용은 낭만적, 유미적인 대만 특유의 풍속이나 풍경에서 점차 사회생활의 사실적 반영으로 바뀌게 되었음을 알 수 있다. 시마다 긴지의 외지문학 개념의 재정립이 그 신호탄으로 재대만일본인 위주의 『문예대만』 동인들 역시 대만사회를 먼저 알아야 한다는 의견을 제시하기 시작했으며 유미적 이국정조로 대만을 그리는 것에 반감을 가지고 있던 장원환 등 본도인 작가들도 문학이 현실의 문제점을 그리는 것은 당연하다고 강조했다. 다만 재대만일본인들이 이족간의 갈등이나 외지생활의 조건 등을 중시한데 비해 본도인의 경우 사회의 낙후성이나 어떻게 문화를 제고시킬 수 있을지에 중점이 있었고, 그 목적도 전자가 대만사회에 대한 이해를 전쟁시국의 필요성에 직접 대입시킨 데 비해 후자는 시국의 필요성을 이용해 대만문단을 재건하고 문화향상을 꾀하자는 데 두었다. 이렇듯 중일전쟁기 대만문화담론과 전쟁동원논리는 문화의 지방색채와 대만문학의 향토성 건립을 통해 전쟁에 복무하는 역할이었지만 본도인과 재대만일본인 각각 다른 목적과 이해를 가진 동상이몽의 상황이었다고 하겠다.

3. 대동아전쟁기(1942~1945) 문화담론의 일본중심주의

일본이 도발한 중일전쟁은 초기 거듭된 승전으로 신속한 점령을 예상했던 것과는 달리 장기화되면서 강력한 전쟁체제가 요구되었다. 이에 1940년 제2차 근위近衛내각에 의해 신속한 의결을 위한 독재기구인 대정익찬회大政翼贊會가 성립되고 소위 신체제운동新體制運動을 추진하게 된다. 이는 전쟁 승리를 위한 더욱 전면적이고 강력한 파시즘 독재체제의 구축을 의미하는데 경제적으로 모든 자본을 통제하고, 사상적으로 공산주의, 자유주의를 배격하며 천황제 전체주의를 중심사상으로 내세웠다. 뿐만 아니라 중국전장에서의 교착상태를 타개하기 위해 동남아로의 군사진출과 동시에 미국령 진주만을 공습함으로써 전장의 규모와 대상은 중국에서 아시아 전체로, 나아가 영미를 포함한 서구열강으로 확대되었다. 이에 중일전쟁기의 동아신질서 구상은 동남아를 포함하는 남방권까지 아시아 전역을 아우르는 정치경제공동체인 동아공영권 구상으로 확대, 심화되었고, 이러한 정치적 담론을 배후에서 지탱하고 추진하는 다양한 차원의 하위 담론들이 쏟아져 나왔다.[35] 동시에 이러한 전장의 확대와 전쟁의 장기화에 대응하기 위해 인적, 물적, 심적 자원을 총동원하는 총력전체제가 요구되었는데 문학을 포함한 문화 전반 역시 사상전, 심리전의 일환으로 전쟁복무에 종

35 가령 각 식민지에 대한 동일화 전략으로 조선에 대한 내선일체, 대만에 대한 대내융합, 만주국에 대한 오족협화 등이 그것이다.

속되어갔다. 종군작가 필부군筆部隊의 파견1938.8, 문예총후운동1940.8, 일본문예중앙회의 성립과 문단의 일원화1940.10에 이어 일본문학보국회日本文學報國會, 1942.6가 성립되고 대동아문학자대회大東亞文學者大會, 1942.11, 1943.8가 개최되었다.

이 시기 대만에서도 각종 봉공회奉公會가 설립되어 개개인의 나이, 성별, 사회적 위치에 따라 알맞은 전쟁역할에 배치되었다. 두 단계를 거치며 진행된 황민화운동의 구체적인 내용으로는 개성명改姓名, 강제된 국어보급, 생활습속과 신앙의 일본화, 대만인에 대한 전면적인 전쟁동원 등이다.[36] 이런 가운데 문단 역시 강력한 영향을 받았는데 대만문예가협회와 『문예대만』은 일 년 만에 다시 총독부정보과總督府情報課의 개입으로 개조改組되어 국책에 호응해 갔고 이와 다른 경향을 추구하면서 창간된 『대만문학』 역시 전쟁 협력의 요구에서 자유로울 수 없었다.[37]

이러한 상황하에서 문단과 문화계에 요구된 것은 한층 더 강력해진 국책에의 협조요구였다. 이전 시기 식민지 대만의 풍물묘사와 사회현실의 반영이란 두 경향으로 나뉘어져 논의되던 외지문학의 개념은 신체제가 건립되면서 이제 신일본문화건설과 동아신문화건설이란 대정익찬회 목표에 부합되어야 한다는 점이 강조

36 대만의 황민화운동에 대한 자세한 내용은 周婉窈, 『海航兮的年代－日本殖民統治末期臺灣史論文集』, 臺北 : 允晨文化出版, 2002을 참고.

37 이 시기의 대만문단 동향에 대해서는 최말순, 「결전에서 총궐기로－일제 최후기(1943~1945)의 대만문단」, 『지구적 세계문학』 제13호, 글누림, 2019.3, 286~313쪽 참고.

되기 시작했다. 니시카와 미쓰루는 총독부 기관지 『대만시보臺灣時報』에 「신체제하의 외지문화」라는 문장을 기고하고 고도국방국가의 건설을 목표로 하는 대정익찬회가 성립된 마당에 신하의 도리를 다하는 것이 무상의 영광이라고 하면서 대만국滿洲國 문화회文話會처럼 일원화된 문화추진기구의 필요성과 문화방면에서 국책에 충성해야 한다고 주장했다.[38] 또 『문예대만』에서는 「신체제와 문화」라는 주제로 룽잉쭝, 장치하오張崎浩, 황더스黃得時가 참여한 좌담회를 열어 문학이 어떻게 신체제운동에 호응해야 할지를 논의했다.[39] 룽잉쭝은 신체제가 정신의 개조를 중시하므로 정신의 모체인 문화에 대해 새로운 사고를 진행해야 한다는 원론적인 주장을, 황더스는 조선과 비교하여 대만의 문화 정도가 낮음을 비판하고 문화를 중시하는 신체제가 건립된 이상 대만의 특수성을 활용한 문화를 창조해야 한다는 주장을 내 놓았다. 이런 논리에서 그는 "신체제하의 문화는 오래된 것에서 창조해 낸 새로운 것이어야 한다"라고 하여 대만의 역사와 전통을 배제하면 안 된다는 생각을 피력했다. 이들 본도인 작가들의 신체제를 이용한 대만문화 구상과는 달리 재대만일본인 장치하오는 지식인들은 통렬한 자아반성을 통해 뇌리에 박혀있는 자유주의의 구문화를 배척하고 대정익찬의 첨병이 되어야 한다면서 그러기 위해서는 회의懷疑와 자아의식을 배제하고 비장한 결의로 잃어버린 문화를 되찾자고 주장했다. 서구 근

38 「新體制下的外地文化」, 『臺灣時報』 258, 1940.12.1.

39 「新體制與文化」, 『文藝臺灣』 2 : 1, 1941.3.1.

대성을 부정하고 그 영향에서 벗어나는 것이 신체제하 소위 근대 초극의 출발이었던 점을 감안하면 재대만일본인들은 신체제 이념을 대만문단에 전파하고 나아가 국책에의 협조를 직접적으로 요구하고 있었음을 알 수 있다.

이렇게 문화와 시국의 관계 설정이 문화담론의 주요내용이 되면서 문화의 정치성, 정치의 문화성이 작품비평의 척도가 되었다. 하마다 하야오浜田隼雄는 『진부인陳夫人』[40]에 대해 대만의 풍물, 풍속, 습관 등을 매우 상세히 묘사하고 본도인의 생활심리를 정확하게 파악하여 정책수립에 유용할 것이므로 정부기관에서 이 소설을 읽어야 한다고 주장했고[41] 시마다 긴지도 내지인이 초기 대만을 정벌하면서 많은 문학을 남긴 데 비해 총력전 이후는 아직 그런 문학이 생산되지 않았다고 하면서 직접적으로 전쟁문학의 창작을 유도했다.[42] 이를 통해 신체제운동이 대만으로 유입된 이후 문학창작에 정치적 목적을 결합시키는 논의가 많아지고 있음을 알 수 있다.

이러한 요구에 대해 본도인 작가들은 앞서 본대로 한편으로는 시국에 호응하면서도 다른 한편으로는 정치력이 확대되는 계기를 이용하여 대만의 지방문화를 확립하자는 주장을 내놓았다. 대표적인 것이 장원환이 주도한 『대만문학』의 창간1941인데 『문예대만』의 시 위주의 낭만적 경향과 달리 소설 위주의 현실적 기조를 유지

40 庄司總一의 장편소설로 전쟁시기 內臺通婚을 소재로 하여 일본여성 安子가 대만자산계급 지식인인 陳清文과 결혼 후 경험하게 되는 여러 일들을 그린 것이다.

41 「關於庄司總一的『陳夫人』」, 『臺灣時報』 257, 1941.5.1.

42 「取材自領臺戰役的戰爭文學」, 『文藝臺灣』 2 : 6, 1941.9.20.

했다.[43] 동인으로 참여한 뤼허뤄呂赫若는 잡지 창간을 기뻐하며 취미 본위의 문학, 대만의 풍속습관에 대한 단순한 호기심이 아니라 장원환의 『산다화山茶花』와 같이 열정과 성의를 가지고 생활에서 우러나오는 문학을 창작해야 한다고 주장했다.[44] 황더스는 대동아공영권확립과 고도국방국가건설의 과제의 목표를 완성하기 위해 문화기구의 새로운 재편이 필요하다는 전제에서 건설적, 생산적, 국민적, 지방 분산적 문화를 건립해야 하는데 문화의 지방 분산이란 지방문화의 확립을 의미하며 지방문화란 그 지방의 향토에 적합한 문화로 이 특유한 문화를 활용하여 대만문단의 새로운 건설을 지향해야 한다고 주장했다. 특히 총독부에서 적극적으로 문화인의 협조를 요청하고 있는 시점에서 관민합작을 통해 독자적인 대만문단을 건설해야 하므로 풍속부터 시작해 역사, 지리, 정치, 경제, 교통, 산업, 위생, 교육 등 대만에 대한 연구가 선행되어야 하며 특히 농민생활, 미당상극米糖相剋[45] 등을 문학의 제재로 삼을 수 있다고 했다.[46] 문학의 국책역할을 중시하는 신체제하 시대적 분위기를 활용해서 독자적인 대만문단을 건설하자는 입장을 보여주고 있음을 알 수 있는데 국책에 호응하는 전제에서 출발하고 있기는 하나

43 두 잡지의 비교연구는 王昭文, 「臺灣戰時的文學社群－『文藝臺灣』與『臺灣文學』」, 『臺灣風物』 40 : 4, 1990.12, pp.69~103 참고.

44 「我見我思」, 『臺灣文學』 1 : 1, 1941.5.27.

45 米糖相剋은 일제시기 대만의 쌀농사와 사탕수수농사를 둘러싸고 일어난 농작지 경쟁현상을 말한다. 그 이유는 농경지 자연 조건이나 농민의 수요에 의한 것이 아니라 일본의 수요에 의해 일방적으로 경작품목과 농산물 가격이 정해졌기 때문이다.

46 「臺灣文壇建設論」, 『臺灣文學』 1 : 2, 1941.9.1.

중일전쟁기의 대만문단 재건 입장을 견지하고 있다. 장싱젠張星建 역시 황민皇民봉공회의 실천 강목에 문예의 제고가 있어 다행이라 생각한다면서 대만은 예로부터 여러 지역의 문화가 들어와 융합된 곳이며 남방의 중심이므로 남방공영권 기지의 역할에 맞는 특유의 문화를 창조해야 한다고 주장했다.[47] 그가 말하는 특유의 문화란 대만의 특수성을 감안할 때 중일 양국문학의 교량역할을 할 수 있는 번역인데 이는 본도작가들에게 큰 기회가 될 것이라고 했다.[48] 왕비자오王碧蕉도 동아공영권 확립, 세계 신질서 건설을 위한 전면전이 진행되고 있는 지금 문화도 중요한 역할을 해야 하며 중앙 집중보다는 지방 분산주의가 더 유효하므로 대만의 독특한 문화를 발굴하고 그 특질을 문학화해야 한다는 의견을 제시했다.[49] 이렇듯 본도인 작가들은 문화의 중요성을 언급하는 신체제 담론 공간을 이용하여 여전히 문단재건과 대만문화의 향상을 꾀하고자 했음을 알 수 있다.

그러나 대동아전쟁이 기정사실화되면서 문화의 전쟁동원에 대한 언급이 갈수록 많아지고 전쟁의 추이에 따라 강도를 높여갔다. 1942년 벽두에 『대만예술臺灣藝術』 잡지사가 마련한 「대만예술계에

47 「書籍與文化」, 위의 책.

48 「論翻譯文學」, 『臺灣文學』 2 : 1, 1942.2.1. 당시 黃得時가 『水滸傳』을 西川滿이 『西遊記』를 吉川英治가 『三國志演義』를 井上紅梅가 『金瓶梅』를 번역하는 등 중국의 4대 奇書가 모두 일본어로 번역되었고 대만작가들에게 일본문학작품의 중국어 번역도 요구하였다.

49 「臺灣文學考」, 위의 책.

거는 기대」 기획[50]에서는 문화의 정치적 효용에 관한 다양한 의견이 나왔는데 특히 재대만일본인들에 의해 문학보국文學報國이 정식으로 거론되기 시작했다. 전쟁기 『민속대만民俗臺灣』 잡지[51]를 주도한 민속학자 가나세키 다케오金関丈夫와 이케다 도시오池田敏雄는 각각 문학을 통해 남경의 국민정부 문학자와 상호교류하면서 동아공영을 위한 문학보국의 길로 나가야 하며, 농촌생산현장을 반영한 진정한 대중소설을 생산하자고 했다. 또한 니시카와 미쓰루은 형식주의 예술보다는 지방특색을 확보하여 황국신민으로서 신일본문화를 건설해야 한다고 하여 기존의 남방문학 주장을 시국의 필요성에 수렴시켰다. 여기서 나온 문학보국, 생산문학, 신일본문화 건설 등의 주장은 앞서 본 『문예대만』의 「신체제와 문화」 좌담회에서 나온 반서구 근대성과 함께 대동아전쟁이 끝날 때까지 지속적으로 강조되고 반복되었다.

---

50 「對臺灣藝術界的期許」, 『臺灣藝術』 3 : 1, 1942.1.1.

51 전쟁시기인 1941년 창간된 『民俗臺灣』에 대해서는 그 목적과 역할 등에 대해 상반된 평가가 학계에 대두되어 있다. 소실되어 가는 대만민속과 각 지방의 민간생활을 기록, 정리, 보존했다는 긍정적인 평가와 이 시기 대만민속의 정리는 대동아민속학의 건립에 그 목적이 있으며 이는 결국 일본이 전쟁을 통해 이루고자 했던 대동아공영권 이념에 복무하는 것이라는 점이다. 문제는 이 시기 적지 않은 대만의 지식인들이 이 잡지에 참여하여 대만의 전통과 민속, 각 지방의 역사문헌과 대중생활을 기록하고 있다는 것인데 이에 대해서는 더욱 상세한 고찰이 필요할 것으로 보인다. 『民俗臺灣』에 대한 자세한 연구는 王昭文, 「日治末期臺灣的知識社群(1940~1945)—『文藝臺灣』、『臺灣文學』、『民俗臺灣』 三雜誌的歷史研究」 國立清華大學歷研究所碩士論文, 1991; 張育薰, 『日治後期臺灣民俗書寫之文化語境研究』, 國立清華大學臺灣文學研究所碩士論文, 2012; 張修愼, 「1940年代臺灣'鄉土意識'的底端—從'鄉土文學論爭'到『民俗臺灣』的討論」, 『臺灣國際研究季刊』 10 : 3, 2014年秋季號, pp.45~74등 참고.

이러한 공세에 대한 대응적 성격을 갖는 『대만문학』 주최의 「중부지방문예간담회」[52]에서 우톈상吳天賞, 장싱젠, 양쿠이楊逵, 우융푸巫永福 등 본도인 작가들은 시국으로 인해 정치의 문학개입이 이루어지고 문화예술이 총력전에서 매우 중요한 부분이 되고 있는 만큼 명랑하고 건강한 자세로 건설적인 문화를 창조해 내야 한다는 원론적인 의견만을 제시하고 대만문화의 고유성에 대해서는 더 이상 언급하지 않았다. 이로써 1937년 전후 전쟁시국하 지방문화의 진흥이란 언술공간을 활용해 본도인 작가들이 내건 대만의 역사와 현실에 입각한 문화의 건립과 향상 주장은 더 이상 불가능해졌음을 알 수 있다.

영미로부터 10억 동아인민을 해방시키기 위한 성전이라는 대동아전쟁의 의미가 강조될수록 문화담론은 반서구사상, 일본정신, 전쟁수행의 필연성을 강조하고 주입하는 내용으로 기울어졌다. 문학보국, 문화보국에 입각한 전쟁문학/문화의 창조가 그 목적이 되면서 서구 근대성의 폐해를 일소하고 일본고유의 전통과 정신을 재인식하여야 한다는 논리로 귀결되었다. 반서구사상은 신체제운동의 주요 이념인 전체주의와 일본주의의 전제라고 할 수 있는데 서구근대성을 추동한 자본주의, 자본주의부터 파생한 자유주의와 개인주의 이념을 분쇄하고 멸사봉공, 즉 개인을 버리고 천황을 위해 죽음도 불사하자는 과격한 주장으로까지 나아갔으며

52 「關於中部文藝懇談會」, 『臺灣文學』 2 : 1, 1942.2.1.

서구근대성을 몰아낸 자리에 일본 고유의 역사와 전통, 사상과 정신을 채워 넣는 일본중심주의가 자리하게 되었다. 이로써 지방/외지의 문학/문화 논의는 더 이상 불가능하게 되었다.

> 내 생각에 이번 전쟁의 특색은 문화의 파괴가 아니라 오히려 적극적으로 문화의 건설을 촉진하는 것을 국책의 하나로 삼고 있다는 점이다. 近衛 전 수상이 대정익찬회에서 말한 바도 그렇다. 고도국방국가체제의 건설은 정치, 경제, 문화의 각 방면에서 과거의 모든 껍데기를 벗어버리고 새로운 목표를 향해 일억 인구가 한 마음으로 협력하는 체제 아래서만 가능하다. 이 문화체제의 목적은 국체정신에 기초한 雄渾, 高雅, 明朗하며 과학적인 신일본문화를 건설하여 안으로는 민족정신을 고취하고 밖으로는 대동아문화의 발양을 위해 노력하는 데 있다. (…중략…) 오늘 마땅히 건설해야 하는 신일본문화는 신체제 아래의 신문화이며 이는 당연히 필수적으로 일본식의 문화이다. 이점은 당연하게도 이전의 자본주의문화를 부정하는 것이다. 원래 자본주의문화는 그 사상이 바로 개인주의, 자유주의이므로 국가의 이익보다는 개인의 이익을 우선시하여 국민생활이 날로 생기를 잃었고 일부분 자산가들의 향락문화만이 번영하게 되었다. 이렇게 하여 우리가 잘 알고 있듯이 일본문화의 유럽화가 초래한 향락문화가 오늘날 만연하게 된 것이다. 자본주의가 생산력을 촉진하는 기능을 상실했다면 전쟁만이 목표가 되어 거국일치로 생산

에 매진해야 하는 지금 자본주의문화는 당연히 부정되어야만 한다.[53]

서구문화와 사상에 대한 부정과 비판을 거쳐 국체정신에 기반한 새로운 일본문화의 건설 주장은 대동아전쟁을 지탱하는 이데올로기로 1942년 내내 언급되었고 이듬해 총독부 문학상을 둘러싸고 작품비평으로까지 확산되어 개똥사실주의논쟁이 일어나게 되었다. 이 논쟁에 대해서는 여러 측면의 기존 연구가 많지만[54] 본도인 작가의 작품에 일본전통과 미학이 결여되어 있을 뿐 아니라 대만 현실을 반영한 것이 서구 사실주의의 아류라는 비판에서 발생한 것은 분명한 일이다.

오늘날 가장 많은 오해를 받고 있는 작가 중의 한 명이 泉鏡花일 것이다. 비록 그의 작품이 황당무계한 면도 없지 않으나 문장의 화려함, 어휘의 풍부함, 구조의 완벽함에서 일본문학의 전통을 활용했음은 부인할 수 없다. 이러한 소위 문학의 '藝'의 위대함을 홀시해서는 안 될 것이다. (…중략…) 현재 대만문학의 주류라고 여겨져 온 개똥사실주의는 전부 다 메이지 이후 일본으로 전파되어 온 구미문학의 수법으로 적어도 벚꽃을 사랑하는 우리 일본인들은 이에 대해 근본적으로 공명을 갖지 못한다. 그것은 값싼 인도주의 나부랭이이며 조악하고 속된 것으

53 皇民奉公會臺北州支部娛樂指導班,「關於在臺北州下青年演劇挺身隊的根本理念」,『臺灣文學』2 : 3, 1942.7.11.

54 관련자료는 http://nrch.culture.tw/twpedia.aspx?id=2194 참고.

로 비판정신이라고는 찾아볼 수도 없고 일말의 일본전통도 없다. (…중략…) 일본의 문학자로서 설마 구미인들이 써내지 못하는 일본정신을 가진 작품을 쓸 수 없겠는가? 문학세계에서 구미의 침입에 저항하는 것이 내가 泉鏡花를 예로 드는 가장 큰 이유이다.[55]

'優美'는 바로 일본문학의 전통이다. 목불인견의 더럽고, 메스껍고 잔혹한 제재를 써놓고 득의양양하는 꼴은 자연주의의 해독 때문이다. 정말 눈을 뜨고 봐 줄 수가 없다. 자연주의의 끝도 없는 진흙더미에서 벗어나지 않는 한, 아 말도 말자. 어쨌든 19세기의 자연주의를 숭상하는 데 머물러 있는 대만작가가 얼마나 많은가?[56]

이러한 도를 넘은 비판에 문학상 수상자였던 장원환은 자신의 문학수업 경험에 비추어 의견을 표출했다. 그는 본도작가에게 일본고전을 통해 황도정신을 배우기를 요구하는 것은 무리가 있다고 하면서 인간성과 인정미를 가진 작품만이 진정한 문학이라는 의견으로 일본정신의 강요를 에둘러 비판했다.[57] 물론 이러한 의견은 하마다 하야오에 의해 곧 바로 비판받았고[58] 결전으로 치달으면서 더 이상의 논쟁으로 이어지지는 않았다. 이들이 말하는 일본전통과 정신은 대동아전쟁 이후 본격적으로 등장한 것인데 기존의 지방/외지 문학/문화에서 중시하던 지방특색과는 완전히 상

55 西川滿, 「文藝時評」, 『文藝臺灣』 6 : 1, 1943.5.1.

56 西川滿, 「文藝時評」, 『文藝臺灣』 6 : 2, 1943.6.1.

57 「臺灣文學雜感」, 『臺灣公論』 8 : 5, 1943.5.1; 「我的文學心思」, 『臺灣時報』 285, 1943.9.15.

58 「文藝時評」, 『文藝臺灣』 6 : 3, 1943.7.1.

반된 일본중심주의사고이다.

> (대만문예가협회의 개조改組로 새로 출발하는 이때) 원래 지방적 존재에 불과했던 본도의 문학이 지금은 중앙의 승인을 받아 일본의 한 성원으로 심지어 이웃나라와 왕래하는 지위로 도약했다. 우리는 본도의 문학운동에 대해 지대한 관심을 가지고 있다. 특히 대동아문학자대회에 대만대표를 파견하는 것은 대만이 외지라는 특수함을 버리고 과거의 자아에서 해방되어 일본문학의 일익이 되는 정신의 길로 매진하라는 뜻이다. 이렇게 할 때만이 대만문학계는 문예부흥을 이룰 수 있고 신문예가 탄생하는 여명의 시각을 맞이할 수 있으며 이는 오로지 대만문예가의 분기정신만이 가능케 하는 일이다.[59]

전쟁시국의 문학/문화 동원에서 관방의 입장을 대변하고 관철시켜 온 야노 호진矢野峰人의 이 말은 지방색과 향토성을 통해서 중국과의 문화교류 역할을 요구받던 대만문화와 문학이 대동아전쟁시기 전면적으로 일본성으로 수렴되었으며 전쟁수행에 필요한 임무만을 요구받았음을 여실히 보여준다. 일본정신이란 대동아문학자대회에 참가하고 돌아온 네 명의 작가들이 이구동성으로 말하고 있는바 일본의 대자연이 배양해 낸 일본의 전통 및 이 전통이 제련해 낸 미美, 도의道義, 도덕道德, 및 서구 이성주의와는 다른 직관력 등이다.

---

59 矢野峰人, 「臺灣文學的黎明」, 『文藝臺灣』 5 : 3, 1942.12.25.

영미문화가 줄곧 유지해온 주지주의, 합리주의, 유물주의와 비교해 볼 때 아시아의 문화는 '全人格의 直觀主義'에 기초한 '한 번만에 사물의 본질을 꿰뚫어 보는 힘'이다. 전인격의 직관은 사물의 본질을 보는 힘으로 예술이 아니면 무엇이겠는가? 아시아문화의 본체는 예술이다.[60]

이번 대회가 성공할 수 있었던 것은 다행하게도 직관력을 가진 대동아문학자들이 함께 모였기 때문이다. 원래 직관의 민족인 동양은 오랫동안 영미의 침략을 받아 직관력을 상실하고 합리주의, 이성주의 사상을 주입받아 왔는데 이를 회복하려면 반드시 더 많은 문학의 수양을 거쳐야 한다.[61]

니시카와 미쓰루, 하마다 하야오과 함께 제1회 대동아문학자대회에 참가하고 돌아온 본도인 작가인 룽잉쭝은 "근대의 종언이란 과학문화가 막다른 골목에 이르렀고 파탄의 지경이 되었음을 말하는 것이다. 이번 전쟁은 과학문화를 초월하여 동양 본래의 도의문화를 설립하기 위함에 다름 아니다. 동양문화는 도의문화였는데 근세의 과학문화의 박해를 받아 깊은 혼수상태에 빠져 폐허가 되어 없어질 지경에 처한 것이다. 이때 동아 유일한 문화의 보존자인 우리 일본이 동아부흥을 목표로 영미의 과학문화를 격퇴하여 동아 본래의 면모를 건립하고자 한다"[62]고 하여 전쟁시국에 부합

---

60 浜田隼雄,「大會的印象」,『文藝臺灣』5 : 3, 1942.12.25.

61 西川滿,「自文學者大會歸來」,『臺灣文學』3 : 1, 1943.1.31.

62 「道義文化的優勢」,『臺灣文學』3 : 1, 1943.1.31.

되면서도 도의문화를 일본에 국한시키지 않고 여러 민족들로 구성된 동양문화의 범위에서 언급했고 팔굉일우八紘一宇 역시 중국의 사해개형제四海皆兄弟의 정신으로 해석했다. 장원환 역시 후지산을 보며 느끼는 감동에는 동의했으나 팔굉일우의 정신을 중국의 배천사상拜天思想과 연결시킴으로써 일본중심주의를 전면적으로 드러내지는 않았다.[63] 이에 비해 일본인 작가들은 일본정신의 유무를 일어의 운용능력에서 찾을 수 있다고 언급함으로써 배타성을 드러내면서[64] 특히 대동아문학자대회에서 귀국한 후 이광수, 유진오 등 조선작가를 들어 본도인 작가들의 일어능력을 비판했다.

> 만약 본도인이 낭독을 통해 일본의 아름다고 정통한 국어를 배울 수 있다면 대만의 진정한 국어보급, 아니 일본정신의 함양에 얼마나 많은 작용을 발휘할 수 있을 것인가? (…중략…) 대회에서 얻은 수확은 많지만 그중 조선인에게서 매우 강렬한 인상을 받았다. 그들의 수양의 깊이나 철학적인 사유뿐 아니라 아름답고 정확하며 유창한 일본어에 정말 탄복하지 않을 수 없었다.[65]

일어의 사용능력을 포함하는 소위 일본정신의 유무는 황민 여부를 가늠하는 척도였는데 대동아전쟁 이후 문화담론에서 가장 큰 비

---

63 「自內地歸來」, 『臺灣文學』 3 : 1, 1943.1.31.

64 「臺南地方文學座談會」, 『文藝臺灣』 5 : 5, 1943.3.1.

65 西川滿, 「自文學者大會歸來」, 『臺灣文學』 3 : 1, 1943.1.31.

중을 차지하는 내용이 되어 일본정신총동원日本精神總動員 구호를 외우게 하거나 일본정신진흥조日本精神振興週같은 행사를 통해 실제로 민중에게 강요되었다. 평론가 시부야 세이이치澁谷精一는 '일본정신이 무엇인지 한마디로 말하기는 어렵지만 일본역사를 정확하게 이해하고 체득하는 것에서 출발해야 하는데 가령 청명심淸明心이라 함은 명랑하고 낙천적이며, 정직하고 용감하며, 명예를 존경하고 염치를 아는 정신이다. 삼국조약 체결시의 일본역사에서 얻을 수 있는 교훈으로 각득기소各得其所, 각안기도各安其堵가 있는데 이것이 일본정신의 진수眞髓이다. 일체의 사사私事를 망각하고 천황 옆에서 웃으며 죽는 황군용사의 영웅행위가 바로 이 일본정신이며 이러한 장렬壯烈한 정신은 오직 일본에만 있는 것이다'[66]라고 하여 일본정신의 강조는 결국 전쟁수행을 위한 동원의 논리였음을 알 수 있다.

대동아전쟁은 동시에 두 방면의 전투를 진행하고 있다. 문화건설전은 바로 이렇게 중요하고도 긴급한 문제이다. 대동아전쟁이 장기전으로 백년전쟁이라 불리는 이유도 여기에 있다. 따라서 개국 이래 미증유의 대전쟁에서 최후의 승리를 얻어내기 위해 문화를 희생시키면 안 될 뿐만 아니라 도리어 일본민족전통이 키워온 우리의 견고하고 아름다운 문화를 무기로 잘 활용해야 한다. 우리 일본은 대동아의 지도자로서 마땅히 대동아를 침략한 영미가 가져온 자유주의, 이기주의와 같은 천박

---

66 「日本精神及其他」, 『臺灣文學』 3 : 2, 1943.4.28.

한 사상과 문화를 일소하고 대동아권내의 오래된 지역 혹은 신흥의 토지에서 우리나라의 개국정신을 기초로 한 웅대한 문화를 건설하여야 한다. (…중략…) 진정한 일본문학의 일원이 되기 위해 마땅히 뼈속으로부터 외지문학의 특수성을 제거하고 동시에 일부분의 작가들이 가지고 있는 취미성의 문학, 형식에 치중하는 약점, 모양만 내는 창작태도를 버리고 엄숙하고 집요한 정신을 기초로 맹렬한 작가혼을 불살라야 한다. (…중략…) 현재 우리가 종사하고 있는 문학은 우리가 직면하고 있는 일본민족의 격렬한 감동과 결합시켜야 하며 시국과 관련없는 문학은 일말의 가치나 하등의 의미도 없다. (…중략…) 감히 말하건대 건전한 본도문학을 창조하기 위해서 우리에게는 엄격한 반성의 회초리가 필요하며 우리가 일본민족으로 태어난 것을 행운이라고 느낄 때만이 일본민족 본래의 雄渾한 정신을 체득한 일본문학을 창작할 수 있다. (…중략…) 대만을 사랑하는 문학인으로서 요구하고자 한다. 문학에 대한 영원한 동경이나 향수에서 나오는 감정적인 탄식을 부정하고 국어의 아름다움을 체득하여 국어의 아름다움을 선양하고 시대의 눈을 개척하기 위해 노력하자.[67]

위에서 보듯이 오로지 전쟁수행에 유용한 문화와 문학의 건설만이 요구되고 있는데 총독부정보과, 대만문학봉공회, 일본문학보국회 대만지부臺灣支部 등의 성립과 이들 관방에 의한 대만문예가협회

67 田中保男, 「我的看法－爲了臺灣的文學」, 『臺灣公論』 8 : 5, 1943.5.1.

의 개조에 이어 황민봉공회에 문화부文化部가 설치되자 문학/문화의 전쟁협조만이 강조되었다. 또한 작품평론을 둘러싸고 일어난 『대만문학』, 『문예대만』, 『대만공론臺灣公論』, 『대만예술』 등 당시 잡지의 불협화음을 제거하기 위해 문단의 대단결大團結과 문화인의 대화목大和睦을 요구했는데 이는 사실상 본도인 작가들을 향한 경고였다.

대만의 문학운동은 건실하게 진행되고는 있지만 과거를 회고해 볼 때 주의해야 할 점이 한두 가지 있다. 문학운동이 서로 어떠한 연계를 가지지 못하고 공통의 목표도 없이 각 단체들이 통일되지 않은 채로 각자 자아표현에 만족하면서 본도문화를 위한 진일보한 노력이나 문예보국의 성의를 보이지 않고 있다. 이렇게 사분오열되어 하나의 사회세력으로 발전하지 못하고 사회대중의 지지를 받지 못해 매우 유감이다. 만약 각 단체들이 동심협력하여 연합행사를 개최한다면 문학의 사회적 침투력이 지금보다 급속하고 광범위하게 영향을 미칠 수 있을 것이다.[68]

강철과 같은 의지와 기율이 있어야만 총알보국의 단체가 될 수 있다. 겨우 함께 조직을 이루어 내었는데 일부 사람들이 그 자리에서 혼란을 일으키면 우리의 행동이 어떻게 위엄을 갖추고 힘이 생기겠는가? 모든 조직원들이 진정으로 小我를 버렸는가? 小我가 바로 황민문화운동의 암이라는 것을 자각해서 이를 버려야만 한다. 그렇지 않으면 어떻게 전장에서 죽어간 용사들의 영혼을 대할 수 있겠는가?[69]

---

68 矢野峰人, 「臺灣的文學運動」, 『臺灣時報』 277, 1943.1.1.

69 浜田隼雄, 「文藝時評」, 『文藝臺灣』 6 : 3, 1943.7.1.

이러한 요구가 지속되다 결국 1943년 중반 이후 결전기에 이르면 강제로 문학결사의 해체와 잡지의 통폐합이 이루어지고 단일전선이 형성되며 오로지 증산의 고취만이 문학의 내용과 목적이 된다. 이 시기에 이르면 문학과 문화논의의 모든 자율성은 사라지고 오로지 전쟁에 발휘될 실질적 효과의 유무만이 논의되었는데 바로 증산보국의 문화담론이었다.

> 전력의 증강을 위해 반드시 증산이 필요하며 증산만이 전쟁의 최후결과를 결정한다. 따라서 전체 국력을 투입해야 한다. 따라서 문학이 어떻게 증산에 공헌할 것인가를 생각해 보아야 한다. 문학자체는 못 하나도 만들 수 없다. 어떤 이는 문학이 전체국가도 움직일 수 있는 힘이 있다고 말하기도 하는데 일본고전 중의 至誠과 熱情을 말하는 것이리라. 그렇다면 지금 이 상황에서 문학의 이런 힘을 어떤 형식으로 증산과 관련시킬 것인가를 생각해야 한다. 이 문제에 대한 해답이 문학의 생존방법을 결정하는 유력한 길이다. 그 방법은 오로지 산업전사들에게 활력을 주어 다음날에도 쉬지 않고 다시 노동을 할 수 있게 만드는 작품의 창작일 것이다.[70]

대단합과 총궐기의 함성 아래서 결국 이러한 작품의 창작을 위해 작가들은 증산 현장으로 파견되어 갔고 전쟁에 복무하는 목적

70 瀧田貞治, 「增産與文學」, 『臺灣公論』 9 : 3, 1944.3.1.

문학을 생산해야만 했다. 그 결과물은 황민문학봉공회가 발간한 일원화된 잡지 『대만문예臺灣文藝』1944 등을 통해 발표되었고 『결전대만소설집決戰臺灣小說集』1944~45으로 발간되었다. 이리하여 전쟁기 대만의 문화담론은 전쟁을 지탱하는 배후이데올로기로 또 직접적인 전쟁동원의 수단으로 이용되었음을 알 수 있다.

4. 대만문인의 대응과 사고

이상 서술한 내용을 정리하면, 1937년에서 1945년까지 신문과 문학잡지 등 대만의 언론매체에서 언급된 문화담론은 1941년말 대동아전쟁의 발발을 전후하여 두 단계로 나누어 고찰할 수 있는데 중일전쟁기는 대만문화가 중일 양국민 간의 상호이해와 소통을 담당하는 교량 역할을 할 수 있다는 전제에서 우선 대만의 문학과 문화를 알아야 한다는 목소리가 생겨났다. 중국에 대한 전면전의 시작과 함께 한문의 사용이 금지되어 본도인의 대만문단은 침체되고 1939년 니시카와 미쓰루, 시마다 긴지 등 재대만일본인이 주도하는 전시문단이 성립되면서 이전부터 이들에 의해 제기되었던 지방문학으로서의 남방문학과 외지문학 논의가 문단의 주류경향이 되었는데 그 내용은 일본내지와는 다른 외지대만의 지방색채와 향토성을 반영한 문학작품을 창작하고 연구하자는 것이었다. 마침 남진론이 제기된 시점이어서 대만 특색의 문학과 문화건립 주장은 중일전쟁기 대만문화의 역할을 수행하는 동시에 남방 진출의 거점인 대만지역과 대만문화를 중시하는 계기가 되었다.

그러나 중일전쟁이 예정보다 장기화되면서 이들이 주도한 강렬한 색채와 풍부한 감각적 이미지의 남방문학은 대만의 사회현실과 유리되어 정확한 인식을 가져오지 못하므로 대만의 진실을 드러낼 수 있는 문학과 문화의 방향이 요구되었다. 이로써 지방문단의 향토성 내용은 낭만적 이국정조에서 객관현실의 묘사로 선회했다. 형식미에 치중하는 니시카와 미쓰루의 시작을 취미성 문학으로 비판하면서 대만인이 실제 부딪히고 있는 현실적 문제를 그려내는 것이 대만문학의 본령이라 생각한 장원환, 뤄허뤄 등 본도인 작가들은 외지문단의 진흥이라는 전쟁시국을 이용해 침체된 대만문단을 다시 일으키려는 의도를 보여주었다. 이들에 동조한 재대만일본인 작가와 이국정조에서 선회한 문인들도 대만현실을 직시하자는 주장에는 동의했으나 본도인 작가들과는 다르게 주로 내지인들의 대만생활에 초점을 맞추었다.

다음 단계는 1940년 말부터 시작된 신체제운동의 여파와 이 운동의 목적인 대동아전쟁이 가져온 문화의 동원담론이다. 서구제국의 식민지인 동남아와 미국령 진주만의 공습은 직접적으로 영미를 대상으로 한 총력전체제로 나아갈 수밖에 없었고 그 과정에서 서구대항논리인 근대의 부정과 아시아 여러 지역을 아우르는 단결논리로 동양문화론이 제기되었다. 서구근대의 부정은 자본주의, 자유주의, 개인주의에 대한 비판을 기조로 하여 개인보다 공공의 이익을 우선하는 멸사봉공의 강조로 이어졌고 서구 이성주의에 기초한 비판적 현실인식도 부정되었다. 따라서 문학을 통해 대만사회의 현실을 직시하고 문화의 향상을 꾀하고자 했던 본도인 작가들의 담론공간은 더 이상 허용되지 않았고 그들의 소설은 서구 사실주의의 아류, 자연주의의 여독으로 치부되었다.

동시에 기존 식민지와 새로운 점령지를 아우르는 동양문화론을 제기하는 데 서구근대성과는 다른 특질로 동양의 도의문화, 직관력, 포용성 등을 들었으며 이에 입각한 대동아문화의 창조를 주장했다. 그러나 이는 곧 일본정신과 전통, 역사, 언어에서 발원했고 지금도 일본만이 구비하고 있는 특징이므로 일본을 중심으로 천황아래 모여들어 성전을 수행해야 한다는 팔굉일우의 논리로 수렴되었다. 동양문화론은 사실 일본중심주의 문화론이었던 것이다. 때문에 일본역사와 고전의 학습을 통한 황도정신의 습득이 본도인 작가들에게 요구되었고 그들 작품속의 일본어는 정통성이 없고 조악하다는 비판을 들어야 했다. 이에 대해 장원환과 룽잉쭝은 표현수단인 문자보다 내용이 더 중요하며 나아가 본도인 작가들의 언어구사가 오히려 일어의 확장을 가져올 것이라며 일본인들의 배타적인 시각을 문제 삼기도 했다. 또한 동양 제민족의 전통과 역사에 기초한 대동아문화의 창조가 진정한 팔굉일우 이념의 실천이라는 논조로 맞섰다.

그러나 1942년 중반기부터 전황이 불리해지고 관방의 문화동원이 제도적으로 강화되면서 본도인 작가들의 원론적 대응과 우회적 저항은 더 이상 지속되기 어려워졌다. 특히 1942년 말 대동아문학자대회 이후 일본중심주의 문화담론은 대만문단과 논단을 휩쓸었고 1943년 말 결전문학회의에서 문학결사의 해체와 문학잡지의 통폐합이 일본인들의 주도하에 결정되어 전쟁협력의 역할, 그중에서도 증산에 어떻게 기여할 수 있을지 하는 것만이 문학/문화담론의 유일한 내용이 되었다. 이로써 전쟁기 관방과 그에 동조하는 일본인 문화인들이 주도한 대만문화담론은 철저하게 전쟁수행이라는 특정목적을 위한 동원수단이었음을 확인할 수 있다. 또한 전쟁국면을 전유하여 대만문단과 문화건설을 시도한 본도인 작가들의 대항공간은 점차 강화되는 정치권력의 동원논리에 포섭되어 갔다고 하겠다.

그렇기는 하나 엄혹한 전쟁과 동원국면에서도 국가주도의 문화담론에 대응하는 본도인 작가들의 의견과 주장을 보면 1920~30년대의 문화담론과 일정정도 호응하고 있음을 알 수 있다. 앞서 서술한 바 1920년대의 문화담론은 국가 간 약육강식의 무력충돌을 야기한 물질적, 기계적 서구근대문명의 비판에서 출발하여 이성적, 평화적, 정신적 문화를 지향했고 이를 통해 식민통치가 초래한 피압박상태를 벗어나고자 했다. 이는 정치적 목적을 띤 문화계몽운동의 방식으로 추진되었으며 근대문학은 그 실천의 한 방식이었다. 그러나 식민당국의 언론통제와 제한, 타율적 식민지사회가 갖는 발전의 제약과 독자대중층의 미성숙 등 요인으로 인해 이러한 문화담론의 실천은 여의치 못했다. 게다가 1920년대 말의 경제대공황과 자본주의 위기설 이후 경제적 타격을 식민지 수탈을 통해 만회하려는 식민당국의 강화된 지배와 이러한 기형적 자본주의 근대화의 일정한 진전이 가져온 민족전통의 소실상황에 직면해 대만의 지식인들은 민간문학의 채집과 정리를 통해 선인들의 생활과 정신면모를 보존하고자 했다. 따라서 1930년대의 민간문화 지향은 일본주도의 자본주의 근대화에 맞서는 저항담론의 성격을 가지고 있었다. 그 구체적인 방안은 대중이 사용하는 언어의 문자화, 민간가요와 전설의 채집과 정리 등이었다.

이러한 1920~30년대의 문화담론은 중일전쟁기 외지문단과 지방문화의 진흥, 풍부한 향토성의 남방문학론이 운위될 때 어떤 식으로든 본도인 작가들에게 자극을 주었을 것이다. 우선 외지문단 건설 주장은 열악한 환경에서도 구축하려 노력해왔던 본도문단 재건에 대한 기대를 가져왔을 것이며 향토성과 지방적 제재의 채용은 민간문학과 문화의 채집과 정리경험을 상기시켰을 것이다. 때문에 장원환 등 본도인 작가들은 전쟁 수요로 인한 지방문학열기라는 사실을 분명하게 인지하고 있었음에도 이 공간을 활용해 대만문단의 재건을 주장했고 그 방향은 이국정조의 유미적 경향이 아니라 식민지의 낙후된 생활과 문화를 향상시킬 목적의 비판적 현실주의 문학의 추구였다. 대동아전쟁기 서구 근대성의 부정과 일본중심주의로 귀결된 동양문화담론에 대해서는 강력한 총력전의 요구로 인해 저항의 공간이 압축된 이유가 있기는 하지만 사해일가四海一家, 배천사상같은 접수 가능한 논리를 내세워 아시아 여러 민족이 평등하게 존중받는 대동아문화를 건설하고자 했다. 본문에서 따로 다루지는 않았지만 적지 않은 본도 지식인들이 『민속대만』에 참여하여 대만의 역사문헌과 민간생활의 정리에 종사한 것이 이를 입증해 준다 하겠다. 그러나 이러한 대응과 노력은 결전시기 오로지 증산의 도구로 문화담론이 고정되면서 더 이상의 담론공간을 확보하지 못하고 막을 내렸다. 본문은 전쟁기 대만 언론매체의 문화담론을 대상으로 식민정치권력의 문화동원논리와 지식인에 대한 통제양상, 그리고 이에 대응하는 대만문인들의 사고를 전시기 문화담론과 관련시켜 개략적으로 고찰해 본 것이다.

문화 징용과 전시의 양심

류수친

1. 시작하는 말

1937년 7월, 중일전쟁 발발 후 타이완 문화계에는 지방의 특수성 강조를 계기로 문화적 전환 현상이 일어난다. 그것은 황민화운동 배경하에서의 1937~40년에는 본토문화가 억제되다가 1940~43년에는 본토문화가 다시소생되었던 현상을 두고 한 말이었다.

전시 타이완의 문화 소생 현상은 익찬 운동이 타이완에서 일으킨 관방官方 문화전쟁, 1930년대 중기 이후 새롭게 대두된 재타이완 일본인들의 문화의식, 그리고 익찬 문화 담론의 전용을 통해 활기를 되찾은 본토 문화운동이라는 이상의 세 세력이 상호 교차 촉진되면서 형성된 결과이다. 이상 세 세력의 상호 작용을 촉발한 촉매는 바로 대정익찬회에서 주도한 지방문화 진흥운동이었고, 일본 내지에서부터 촉발된 이 운동이 타이완으로 확산되면서 타이완 내부에서는 총독부 문화 기관과 본토 지식인들을 양축으로 하는 관/민 지방문화 담론을 촉발하였다. 외관상으로 양자는 모두 '타이완 지방문화 담론'이라는 형태로 드러났지만 그 함의와 내포에 있어서는 정반대였다. '관제 지방문화 담론'으로서의 전자는 전시 국민정신의 건설을 그 취지로 하면서 궁극적으로는 '국민성'의 건설을 목표로 하고 있었고, '본토 지방문화 담론'으로서의 후자는 문화의 주체 유지와 지속적인 현대화에 치중한 '지역 주체'의 건립, 즉 '타이완성' 문제로 귀결되고 있었다. 따라서 '국민성'과 '지방 주체' 사이의 틈새 담론은 재타이완 일본 지식인들이 재타이완 일본인들의 사회문화적 처지와 미래상에 근거한 '외지문화 담론'이었다.

전쟁은 문화의 혼융을 가속화시킨다. 전시 본토문화와 지역문화의 혼합은 문화체文化體 내부 고유의 요소와 발전 방향, 지역문화나 글로벌문화의 후속적인 상호 작용에도 어느 정도 영향을 미친다. 1920~30년대 이래 본토에서 한시 흥행했던 향토문학/문화 담론은 전시 외지문학/문화 담론의 개입과 익찬 지방문화 진흥운동의 제창으로 궁극적으로는 지방문화운동을 촉발시키고야 말았다. 복수의 맥락과 기원을 가지고 있는 지방문화 담론이 결국 전시 타이완의 문화 발전을 활성화시키는 새로운 동력이 되었던 것이다. 오랫동안 현지문화를 갈고 닦아온 본토 지식인들 외에도 관방의 문화기관, 제국대학의 학자들, 그리고 재타이이완 일본 지식인들이 적극적으로 문화 장場에 개입하면서 문화계의 새로운 세력을 형성하게 된다.

외지문화 담론이라는 비균질적인 단체에서 일부 세력은 관방의 논평과 정책을 적극 긍정하고 그에 협조했으며 또 일부 세력은 타이완의 본토문화운동을 동정하고 지지하는 농후한 엘리트 의식을 드러냈다. 이 중에서 타이완 제국대학 문정학부 교수들이 우위를 점하기 시작하면서 점차 논평의 지도자로 거듭났고 궁극적으로는 공공 문화 논평의 견인자 역할을 하게 된다.

전시 타이완 주체 담론의 구성에 있어서 결정적인 영향을 미친 '지방문화 담론'은 식민정부의 문화기관, 재타이완 일본인 문화 엘리트, 타이완 본토 지식인 등을 대표로 하는 세 부류의 담론을 포함하고 있으며 균형적이지 않은 경쟁 관계와 상호 이익 구조 속에서 결성된 산물이기도 하다. 따라서 본고는 다음과 같은 문제들에 대해 논의를 전개해 보고자 한다. 첫째는 익찬회 지방문화 진흥론이 어떻게 타이완 지방문화 담론의 발생을 촉발하였고 어떻게 황민화 운동 중에서 본토문화의 재생을 주도하였는가 하는 문제이다. 둘째는 타이완 문화가 '향토문화'에서 '지방문화'로 전환되고, 제국의 군사적 확장이 유발한 남방학과 타이완학의 구축이라는 유행 속에서 종래로 남방연구와 타이완 연구에만 매진했던 타이베이제국대학 교수들이 어떠한 역할을 단행하였는가 하는 점이다. 마지막으로 셋째는 학술 동원 체제 속에서 기술적인 자본이 가장 취약했던 문학부 교수들이 타이완섬 내부 문화 협력과 문화 통제 면에서 어떻게 서로 다른 방식으로 개입하면서 문화적 자주성의 수호자 또는 문화 통제의 협력자가 되어갔는가 하는 점이다.

2. 타이완 지방문화 담론과 전시의 문화 소생

전시 타이완 지방문화 담론의 핵심인 '지방문화 진흥론'은 근위 내각 대정익찬운동 문화부가 제시한 문화 통치 원칙이다. '지방문화 진흥론'은 전시 '신국민문화' 건설의 기초였고 그 핵심은 농촌 문화/지방문화의 진흥이었으며, 일본 내지를 제외한 기타 식민지 지역에도 중요한 영향을 미쳤다. 익찬문화운동은 국민정신총동원 운동 속에서 형식주의에 편향되어 있었던 경직된 황민화 정책이나 본토문화의 억제주의와는 다르게 비도시권의 문화적 잠재력을 개발하고 지방의 전통문화를 존중하는 문화 동원주의의 방향으로 나아갔다. 때문에 익찬문화운동은 비록 문화적 통치 범주를 벗어나지는 않았지만 지방문화의 진흥과 도시문화의 건전화로의 전환이라는 양자를 접목시킨다는 취지와 내/외지에서 동시에 실시한다는 원칙으로 여전히 전시 식민지 문화의 규제 완화와 활성화에 생기를 불어넣고 있었다.[1]

나치적인 문화 정책의 색채를 띠고 있는 이 운동은 지방문화가 추구하는 국민문화의 혁신을 통하여, 그리고 지방문화를 진흥시키고 전시 문화를 지도한다는 명의로 문화 활동에 개입하였다. 관방의 문화계 중시라는 흔치 않은 현상이 계기가 되어 비록 문화 통치가 문화 변질을 초래하긴 하였지만 그래도 짧은 기간 동안의 전

---

1 吳密察, 「『民俗台湾』発刊の時代背景とその性質」, 藤井省三 · 黃英哲 · 垂水千恵 編, 『台湾の「大東亜戦争」』, 東京大學出版會, 2002, pp.231~265.

시 문화의 번영을 맞이하게 하였다. 일본 내지, 식민지, 만주국과 중국 점령지베이징北京, 톈진天津, 난징南京에서도 모두 정도부동하게 이 운동의 영향을 받았다.[2] 조선에서는 1940년 12월에 국민총력조선연맹을 설립하였고 이어 다음 달에 문화부를 설치하였다. 조선은 중일전쟁 후 대륙병참기지로 설정되었고 내선일체의 황민화 정책 하에서 문화계가 심각한 타격을 받았지만 신체제라는 전환기 정책이 마련되면서부터 조금 완화되기 시작하였다. 타이완에서는 1941년 8월에는 대륙익찬운동의 타이완 집행기구인 타이완 황민봉공회가 설립되었고 일본이나 조선에서처럼 문화부를 설치하여 봉공문화운동을 주도하였으며 지방문화의 진흥이라는 새로운 명목으로 국민정신 총동원시기의 강경한 방식을 대체하였다.

익찬 문화운동이 제국과 타이완에서 동시에 문화 소생 효과를 발생시킨 데에는 정책 자체가 가지고 있는 탄력성 외에도 현지 운영에 있어서의 인사人事적인 요소도 포함되어 있다. 우미차吳密察는 타이베이제국대학 부교수 나카무라 데쓰中村哲와 소화연구회昭和研究會의 중요한 구성원이자 동경제국대학 교수였던 야베 테이지矢部貞治와의 사생관계에 착안하여 익찬 지방문화 운동의 타이완판 정부 선언「皇民化の指導原理特集」, 『台灣時報』, 1941.1; 나카무라 데쓰(中村哲), 「文化政策としての皇民化問題」이 학술/관료체계를 통해 문화계에 하달되었고 타이베이제국대학 교수들에 의해 타이완에서의 선전 계도와 공공토론이 시

2 施淑, 「文藝復興與文學進路 : 『華文大阪每日』與日本在華占領區的文學統制(二)」, 『新地文學』제4기, 2008, pp.21~37.

작되면서 정치적 확장 과정을 거친 운동이었다고 밝힌 바 있다.[3]

정책적인 요소 외에도 전쟁의 확대와 장기화가 유발한 지역 지정학geopolitics의 변화와 제국/식민지 권력구조의 조정은 지방주의의 대두와 지방문화 담론의 성행에 긍정적인 영향을 미치기도 했다. 제국 일본의 공간적 재편은 초기의 지구화 과정이 동아시아에서 기형적으로 구현된 모습이었고 이는 중일전쟁, 태평양전쟁의 연이은 발발과 광범한 지역에서 점령구가 발생하면서 극에 달한다. 1940년 이후 타이완 총독부의 문서에서는 이미 '남방권'이라는 용어가 등장해 '남지南支'와 '남양南洋'을 지칭하고 있었고, 1941년 말 태평양전쟁이 발발하면서는 '남방권南方圈'이라는 말이 광범위하게 유행되기 시작하였다. 이 시기의 '남지'는 푸저오福州, 샤먼廈門, 산터우汕頭 등 일본제국 영사관의 관할지역을 지칭했고 '남양'은 말레이 제도를 중심으로 한 필리핀, 영국령 보루네요, 영국령 말레이말레이시아, 네덜란드령 인도인도네시아와 티모르섬, 프랑스령 인도지나베트남, 샴태국 등[4]을 지칭했는데 이 지역들은 모두 총독부가 제국주의 사명으로 세력의 범주를 확대시킨 지역들이었다. 대동아전쟁시기의 '대동아'는 타이완, 신난군도新南群島, 관동주, 가라후토樺太, 남양군도, 조선, 만주, 중국 점령구, 청도 조계지, 동남아시아, 남아시아, 남양, 남태평양…… 등을 포괄하는 광활한 지역을 지칭하는

---

3 위의 글.

4 周婉窈, 「從南方調查到南方共榮圈—以台灣拓殖株式會社在法屬中南半島的開發為例」, 『台灣資本主義發展學術研討會』, 2001.12, 2 · pp.27~28.

말이었다. 급속도로 형성된 점령구 영토에 대한 새로운 인식과 자원 약탈의 필요성은 타이완을 필두로 한 '외지'로 하여금 점차 제국의 주변에서 중심부로 근접해 가게 했고, 제국과 전쟁 지역 또는 제국과 새로운 점령지 사이의 중개자로 나서게 하면서 내지와의 차이를 줄였고 궁극적으로는 "대동아 건설의 좌우익"[5]으로 비유되기에 이른다. 이렇게 '제국 최초의 식민지'로서의 타이완은 점차 역사가 있고 교화敎化가 있는 '준국토'로 거듭났다.

일본의 제국화 과정은 남방권南方圈과 대동아공영권의 확장 과정에서 점차 절정에 이르렀다. 제국의 확장 과정에서 타이완은 지정학적 위치에 의해, 그리고 황민화 운동의 전개 과정에 점차 탈중국화, 탈국족화脫國族化되어 가면서 제국의 '특수한 지방-남방'으로 전환되었고 남방에서 출발하여 더 남쪽으로 전진할 수 있는 '남진南進 기지'가 되었다. 제국 경내에서 수많은 '지방'들이 앞다투어 등장하기 시작하였고 기존의 동화주의를 모범으로 하고 내/외지의 차별적 통치에 기반하고 있었던 식민지 문화정책은 여전히 일본문화 우월주의를 표방하는 본위주의本位主意를 견지하고 있었다. 그러나 제국 내부에 갑작스럽게 유입된 융합 불가능한 문화적 차이들로 하여 식민지 문화정치 지역사회 내부의 다원적 문화 현실을 강제적으로 인정해야 하는 상황이었고 다른 한편으로는 다른 문화

5　문예대담 중 나카무라 데쓰의 공개적인 발언이다(「中村哲, 龍瑛宗之座談會—關於台灣的文化」, 『台灣藝術』 4권 2호, 1943.2; 黃英哲 編, 『日治時期臺灣文藝評論集』 제4권, 台南 : 國家台灣文學館籌備處, 2006, pp.76~86).

의 지역적 융합을 허락하고 승낙하는 방식으로 제국 내부의 차이와 모순을 봉합해야 했다.

타국 영토에 대한 군사적 점령은 제국의 공간적 재편을 초래했고 이는 절실한 자원 점령 문제와도 연관되어 있었다. 새롭게 점령한 지역의 풍부한 자원을 빠르게 징발하기 위해서는 군사적인 통제 외에 반드시 체계적인 학술조사와 개발 연구를 병행해야 했고 징발 계획을 세워야 했다. 이 시기 동남아와 동북아 대륙의 주변에 위치해 있었던 타이완과 조선, 이 양대 식민지의 관료기구와 학술조직, 그리고 민간 엘리트들은 지리적 문화적 근접성으로 하여 '남진/북진'이라는 제국의 사명을 위한 가장 거대하고 무거운 임무를 짊어지게 되었다. 하지만 이와 같은 제국의 선봉자로서의 역할은 타이완과 조선으로 하여금 '식민지/제국'이라는 상하 직속관계에서 해방될 수 있게 하였고, 제국의 다각적인 지역 확장의 수요에 의해 식민지는 어느 정도에 한해서는 주변 지역과의 관계를 회복하거나 확장할 수 있었다. 예를 들면 타이완과 화난華南, 해남도海南島, 동남아, 그리고 조선과 만주, 몽고 같은 경우이다. 영토, 자원, 인력이 제한되어 있었던 일본은 제국이 확장되면서 기존에 일본화라는 이름으로 개조, 차단하고자 했던 식민지가 그가 원래 소속되어 있었던 지역, 사회와의 연결을 새롭게 회복하는 것을 허락하지 않을 수 없었다. 전시의 새로운 정세는 중일전쟁 초기 황민화운동 과정에 성급하게 관철되었던 문화일원주의를 완화시켰고 이는 식민지의 우세와 문화자원에 대한 평가를 새롭게 진행하게 하였다.

제국 공간의 재편은 식민지 공간의 재편과 동일화의 재구축을 초래했다. 1930년대 중반에 이르면, 타이완 대중들에게는 이미 신체적인 감각기관을 통해 새로운 식민의 시간과 공간을 체험하고 내면화했던 경험들을 공유하게 된다. 따라서 식민 도시의 공간적 재편이나 공공 전시(예를 들면 박람회)는 구체적인 신체적 경험에 제한 받지 않고, 타이완 내부의 지리적 상상력에도 구애받지 않고, 대체적으로 외부로 확장할 수 있게 되면서 당시 사람들의 사회적 의식 속에 상상력과 개척성으로 충만된 '세계적인 경관'을 형성하게 한다. 이 '경관'은 식민지적이고 제국적이었으며 지역적이었고 지구적이기도 했다. 이는 식민지인들이 자아와 세계를 인식하는 특별한 입지점이었고 관점이었고 희망이면서도 제국 확장의 상상력과 제국의 계급적인 세계관으로부터 도망칠 수 없었던 숙명이었고, 동시에 그 숙명을 받아들일 수밖에 없었던 무의식의 표출이었다. 주변 생활의 세계적 경관이 지속적인 전쟁 보도로 충만해 지면서 식민지인들은 점차 민족 또는 민족국가 고유의 공동체 인식을 초월하여 변두리에서 부유하는 '제국 공동체' 또는 '동아시아 지역 사회'라는 모호한 상상을 형성해 가기 시작하였다.[6]

지방문화 담론의 증폭은 우선적으로는 제국 공간의 재편과 중앙 문화 정책의 전환이라는 외부적 영향을 받은 결과였고 다음으로는 식민지 관료 체계와 재타이완 일본주민의 '외지화', 타이완 엘리트

6 柳書琴,「殖民都市、文藝生產與地方知識－1930年代台北與哈爾濱的比較」,『日本台灣學會第11回學術大會』, 東京 : 日本台灣學會主辦, 2009.6.6.

들과 본토 사회의 점차적인 '일본화'라는 양자가 서로 다른 배경하에서의 '지방화'되어 갔던 내적인 추세와도 긴밀하게 연관되는 문제였다. 40여 년의 통치를 거치면서 타이완 총독부 관료체계는 점차 자기완성을 이루었고 일본인 관리들은 타이완에서 토착적인 식민지 관리사회를 형성하였으며 전시 식민지 행정 체계는 타이완 특수성에 부합해야 한다는 실무적인 측면을 특히 강조하였다. '학력, 민족출신, 관리의 계급적 질서' 등 차별적인 구조가 변하지 않는 환경 속에서 관료체계는 행정적 특수성 시대를 정시할 수밖에 없었고 지속적으로 '외지화'되었으며 타이완인 관리들은 숫자와 직급에 있어서는 여전히 열세에 처해 있었지만 진급을 위한 꾸준한 노력과 하급 간부의 확충을 멈추지 않았다.[7] 관료체계의 '외지화' 과정 중에서 재타이완 일본인 의식의 형성과 타이완인 의식의 강화라는 두 요소가 서로 작용하면서 발전하였다.

1935년 중후기부터 재타이완 일본인들의 희곡, 문학, 예술에 대한 문화적인 소비와 오락적인 수요에 의해 생성된 '만생 담론灣生論述'이 두각을 드러내기 시작하면서 본토의 엘리트들이 주도하고 있었던 타이완 향토 담론과는 별개로 문화계의 새로운 논제로 떠올랐다. 재타이완 일본인들의 문화 의식이 점차적으로 성장하고 있었고 타이완 지식인들도 다문화적인跨文化, Cross-cultural 것에 대한 장기적인 학습과 저항, 조율 과정에 학습의 창구이자 저항의 대상이

7 岡本真希子,『植民地官僚の政治史—朝鮮・台湾総督府と帝国日本』, 東京:三元社, 2008, pp.366~375.

기도 했던 일본을 통해 근대성을 비롯한 다양한 이문화異文化의 양분을 섭취하는 한편 혼합식의 타이완 본토 담론과 현대문화의 실천을 전개해 나갔다. 다양한 요소들이 누적되면서 제국의 문화 통치, 외지문화 의식, 타이완 본토 의식 등 서로 다른 벡터의 '식민지 지방주의'가 비상시기 타이완 문화의 재생에 중요한 양분을 제공하고 있었다.

타이완 지방문화 담론은 신체제 하 관제 운동의 틈새에서 생성·발전하였고 관/민, 일본/타이완 및 지식인들의 사고방식의 차이에 의해 대체적으로 외관상으로는 비슷해 보이지만 질적으로는 다른 입장과 생각, 담론, 행동을 보여주었던 다음과 같은 세 부류로 구분되었다. 그것은 각각 대정익찬회 문화부와 타이완 황민봉공회 문화부에 협력하는 재타이완 일본인 관료, 학자, 지식인 중심의 문화전文化戰이라 불렸던 '관제지방문화 담론', 타이완/일본의 자유주의 경향의 관료, 학자, 문화 엘리트들에 의해 구성되었고 타이완의 문화 소생에 유익했던 '본토지방문화 담론', 그리고 재타이완 일본인들을 중심으로 하면서 외지문화의 입장에서 희망하고 외지문화의 소비 수요에 의해 형성되었던 '외지문화론'이다. 지방문화 담론이 타이완으로 확장되기 시작하면서 관제문화운동 이념은 식민지 일본학자와 지식인들의 공동의 해석하에 30년대 전반기에 활발하게 발전하였던 타이완 향토문화 담론의 양분과 30년대 후기 새롭게 대두되었던 재타이완 일본인들의 외지문화 담론을 흡수하면서 다양한 논설과 그 혼재 양상을 만들어냈다. 이는 결국 전시 문화 통제의 일방적인 추진 방향을 교란하게 되고, 관방의 제약이 존재하는 전제하에서 1940년 말부터 1943년 말 사이에 발생하였고 희곡, 문학, 민속, 민예, 음악, 방송, 미술 등 전 영역을 포괄하였던 타이완 문화의 소생을 촉진하였다. 이러한 현상은 타이완에만 한정되지 않았고 제국의 통제하에 있었던 기타 여러 지방에서도 비슷한 현상이 나타났으며, 다만 시행 정책과 문화적 관성의 차이로 인해 구체적인 표현은 다소 다르게 드러났을 뿐이다.[8]

익찬 문화운동을 촉매로 하면서 전쟁의 장기화가 초래한 정책의 변화, 제국의 공간 재편이 불러온 지정학적인 변화, 식민지 관료기구와 이주민의 '외지화'로의 발전, 식민지 지방주의의 대두 등 현상은 궁극적으로 타이완 전시 문화로 하여금 일시적으로나마 숨을 고를 수 있게 하였다. 문화 소생의 전체적인 배경은 문화 동원이었고 이와 같은 수요하에서 본토 지식계급은 근대화, 일본화, 전통화 문제를 두고 통치 당국과 모순적이면서도 전략적인 힘겨루기를 하였다. 시국적인 사정에 의해 타이베이제국대학 학자, 재타이완 일본 지식인/문화단체들까지도 관제 문화운동에 휘말리게 되고 식민지 문화장에서 그들은 전에 없는 깊은 개입을 하게 된다. 식민자든 피식민자든 '전쟁기의 문화문제'는 이 시기 모든 지식인들에게 있어서 가장 중요하면서도 가장 어려운 과제였다.

8 조선지식인들도 국민총력조선연맹 문화부의 설립 과정을 적극적으로 이용하여 민족문화의 연속 기회를 쟁취하였다(宮本正明, 「戦争期朝鮮における「文化」問題」, 赤澤史朗 편, 『戦時下の宣伝と文化』, 東京 : 現代史料, 2001, pp.185~214 참조).

3. 전시 문화의 전환과 타이베이 제국대학 교수들의 문화적 개입

전시 문화 통제는 정체한 적도 쇠퇴한 적도 없었고 전쟁기의 전반적인 문화 환경은 점차적으로 변질되어 가는 과정에 있었다. 다만 통치 방식이 단계적으로 변화하고 관방, 본토, 외지지방문화 담론, 이 삼자의 세력이 상이함에 따라 문화의 자주적인 발전이 통제에서 벗어나거나 본토문화 담론과 외지문화 담론이 격렬하게 경쟁하거나 또는 문화 통제가 자주적인 발전을 능가하는 등 서로 다른 단계적 현상이 나타났을 뿐이다.

전시 타이완문화의 전환이라고 하는 것은 1937~1945년의 타이완 문화의 성쇠기복盛衰起伏과 문화 통제하에서의 문화적 변질을 지칭하는 것 외에 더욱 중요하게는 타이완 문화 발전의 주류, 의제, 개념, 성격이 중일전쟁 발발 전과 달라진 점을 말하다. 전시의 본토문화 담론은 1930년대 타이완 문화 담론의 주류였던 향토문화 담론의 일부분을 흡수함과 동시에 급속하게 확장되는 동아시아 점령지역에서 대두하였던 정치, 경제, 문화 문제, 그리고 향토문화운동의 사상적 기초와는 다른 새로운 논리를 발굴해 내기도 했다. 1937~1945년에 '지방문화'라는 술어가 획득한 새로운 의미는 기존의 지방문화 담론을 핵심으로 하는 타이완 문화 담론으로 하여금 사회주의 혹은 민족주의를 기초로 하여 구성된 30년대 향토의식을 암암리에 계승하게 하는 동시에 전시 지정학의 변화에 대응하는 새로운 저항적인 차원을 개척하게 하기도 하였다. 그것은 '제국의 한 지방주체'로서의 타이완이 지속적인 확장 중에 있는 제국 판도와 그 구성원이 형성한 대동아에서의 타이완의 위치와 역할을 참조한 새로운 상상이었다. 공간적 재편과 날로 심각해지는 준전시체제 그리고 전시 식민지의 정치사회적인 정세가 전쟁 전의 문화 의식, 문화 저항과 문화적 상상에 대한 검토와 위상 변화를 이끌었다. 30년대 전기와는 다르게 1937년 이후 타이완에서의 '향토문학'이라는 말은 이미 타이완 사람들의 저항정신과 민족주의 의식을 내포하고 있는 민감한 단어로 변질해 있었다. '문예의 대중화', '식민지 문학' 등과 같은 과도기적인 의제들이 아직 '향토문학'을 승계하는 대략적인 문화적 지도 개념으로 자리 잡지 못한 상황에서 사변 후 타이완문화 담론의 주류는 점차 애매한 의미의 '지방문화'라는 단어에 의해 대체되었다.

중일전쟁에서 태평양 전쟁이 발발하기까지의 타이완문화 담론의 전환, 즉 향토문화 담론의 퇴각과 지방문화 담론의 등장은 전환과 확장이라는 관계를 가지고 있다. 당시의 의미에 따르면 '향토'는 민족/국가에 대응하는 술어였고 '지방'은 지구적/지역적 개념으로서의 제국에 대응하는 말이었다. 지방문화는 '향토'가 아닌 '지방'으로 명명되었고 그것은 후퇴의 방식을 통해 타이완이 제국의 한 지방 세포임을 인정하는 것이었으며 나아가 전시 식민지에서의 새로운 권익과 지위를 쟁취하고자 하는 의도를 내포하고 있었다. 따라서 명칭이 바뀌었을 뿐만 아니라 담론의 내용, 비평적 위치, 문화적인 논리 차원에서도 지방문화 담론은 1930년대 중기 이전에 '제국 하의 민족주체'로 구성되었던 '민족주의로부터의 분리를 지향했던 사회주의, 세계주의 상상으로서의 향토 문화'와는 대립적인 이미지를 형성하면서 변이를 일으켰다. 이 시기 '지방문화', '국민문화', '대동아문화'의 내용 정의와 관계는 제국적인 관점과 식민지적 관점 사이에서 분기를 일으켰다. '대동아 신질서의 건설', '국방국가체제의 완성'이라는 국책적 견지에서 사고할 때 제국 담론은 '국민문화VS(복수)지방문화', '대동아 문화권VS(복수)지방문화' 사이의 일두다체一頭多體의 '수首/체體', '지도/옹호', '지도/피드백' 관계를 강조하는 것이었다. 즉 '중앙문화'의 엘리트주의, 개인주의, 도회 중심주의에 대한 수정을 통해 집단주의적 우월성을 지닌 '(신)국민문화', '대동아문화', '국민정신운동'을 이끌어나감으로써 일본내외지에서의 국민총력을 더욱 광범위하게 책동하고자 했다. 하지만 식민지 담론은 '총력전'이라는 저항할 수 없는 국책의 필요에 의해 대동아 문화권의 하위 단위인 지방문화체地方文化體 고유의 문화적인 전승과 문화적 차이 체계의 존재 필요성으로 나아갔으며 이로써 전시 지방의 전통을 유지하고 다원적 문화주의의 토착화를 위한 최대치를 쟁취하고자 하였다. 이러한 인식의 거리는 전시에 날로 쇠락하여갔던 타이완 주체 담론을 위해 변신의 공간을 제공하였다.

광범위한 지역에 걸쳐있는 전장과 매일같이 날아드는 각 지역의 전쟁 보도는 타이완문화의 '제국의 한 지방문화'로의 편입을 촉진

시켰다. 일본, 타이완, 조선, 만주국에 이어 중국의 윤함구淪陷區까지를 포함한 전 지역에서 정도 부동하게 지역을 초월한 공존사상, 지역 교류, 정보 유통과 문화적 연동을 형성하고 있었다. 1942년 말 제1차 대동아문학자대회의 타이완 대표들이 귀국한 후 대표자 파견 기관의 하나였던 타이완 문예가협회의 회장 야노 호진矢野峰人은 "타이완문학의 여명"이라는 말로 이 행사를 축하하였다. 그가 보기에 타이완 본도문예本島文藝는 원래는 지방성의 하나에 불과했고 그래서 내지에 의해 '그림자'와 같은 것으로 무시되었는데 이번 대회의 참가를 계기로 타이완의 목소리가 비로소 문예를 통해 바다 건너편과 남방 여러 나라에 전해질 수 있었고 이로써 "처음으로 본도문예의 존재적 의의를 공식 인정받았다はじめてその存在と意義とを公認された"고 하였다. "이제는 중앙의 인정을 받아 일본의 한 구성원이 되었을 뿐만 아니라 이웃 나라와 왕래할 수 있는 수준으로까지 지위가 상승되었고, 이는 타이완 문예사에서 전무후무한 일이며 문화사에서도 전례를 찾아볼 수 없는 일이다.(中央の承認によって日本的なものとするのみならず、一躍隣邦とも接触せしむる事を示すものだからである。まことにこれらすべては、台湾の文芸史上は言ふ迄も無き事、その文化史上未だ前例を見ざる所である)"[9] 라고 하였다. 자원 징발의 수요와 남방 지역의 전략적 위치, 그리고 제국 내 각 지역 문화 대표들의 의례적인 이동과 교류는 지방 역할

9 矢野峰人, 「台灣文學の黎明」, 『文藝台灣』 5권3호, 1942.12, pp.6~9.

의 상승과 지방문화의 활약을 촉진시켰다. 익찬 지방문화 담론은 이와 같은 배경하에서 급속도로 수용되었고 전파되었다. 타이완에서의 전파 과정을 보면 문화적인 조치와 함께 관방의 인사말, 매체의 특집, 평론, 좌담회, 창작 등 여러 영역에서 무시할 수 없는 한 세력의 존재를 부각시켰는데 그것은 바로 문화적 개입에서 우세를 점하면서 타이완/남방연구의 전문가들로 거듭났던 타이베이 제국대학 교수들의 식민지 공공 담론과 문화 활동에의 참여였다.

식민지 최고의 학술기관으로서 1928년 타이완에 설립된 타이베이제국대학과 1926년 조선에 설립된 경성제국대학을 비교해 보면 이 학교들은 보편적인 학술적 목적 외에 강렬한 정치성,[10] 국책성北進/南進, 식산성殖産性과 '식민지학植民學'의 설립이라는 특수한 취지를 공유하고 있다. 타이베이제국대학은 제국 유일의 열대 지역에 위치한 대학으로서 개교 초기 대학의 주요한 역할은 열대의학, 농학農學, 이학理學 등을 포함한 남방 지역 산업과 열대과학 연구였는데 점령 지역의 확대와 함께 후에는 남방인문연구 영역으로 분야가 확장되었다. 범박하게 '종합성 열대 식민지학'이라고 통칭할 수 있는데 여기에는 인종학, 인류학, 민족학, 언어학, 문학, 사회학, 역사학, 민속학, 심리학, 철학, 종교, 정치학, 경제학, 풍토기후학, 동·식물학, 생태학, 토양학, 농림축산학, 원예학, 작물학, 조림학造林學, 수산학, 농산가공학農産加工學, 농예화학農藝化學, 제당화학, 양조학,

10 식민지 사회의 수요에 부응하여 엘리트들을 포섭하고 국가사상을 주입하며 고등교육을 통해 응집력을 키우는 민족운동을 해소하는 등이다.

이학理學, 공학, 열대의학, 수의학, 병리학, 위생학, 약학, 곤충학, 균학菌學, 미생물학, 지리학, 지질학, 에너지과학…… 등 인문사회과학, 기초과학, 응용과학의 여러 학과들이 모두 포함되어 있었다.

일본이 패전하기까지의 개교 18년 동안 타이베이제국대학에서 가장 큰 영향력을 지녔던 대표적인 강좌나 조직, 학술성과들은 모두 식민통치의 보조 역할을 하거나 침략적인 점령 사업과 관련된 분야들이었다. 만주사변 후부터 군사와 학술의 협력이 점차 강화되기 시작하였고 이는 중일전쟁 후에 더욱 격화되었다.[11] 식민지 제국대학 교수들은 각자 연구 보조원과 학생들을 대동하고 조사 사업과 보고서 편찬1940~1942 남방학술 조사[12], 학술조사단1938 경성제국대학의 몽강학술탐사대, 1940~1942 타이베이제국대학 해남도학술조사단의 조직에 투입되었다. 이 외에도 새로운 연구조직경성제국대학의 1932 만몽문화연구회, 1938 대륙문화연구회, 1945 대륙자원과학연구소와 타이베이제국대학의 1939 열대의학연구소, 1943 남방자원과학연구소와 남방인문연구소을 결성하고 남방 작전과 자원 개발에 관한 강좌를 새롭게 증설하는 한편 고문이나 이사 등의 자격으로 총독부 외

11 1935년 후 타이베이제국대학 일부 강좌들은 중국지역의 새로운 점령지에 대한 조사를 시작하였고, 1938년에는 화중전선(華中戰線)의 보급 장기화 문제를 해결하기 위하여 현지 농장의 개발을 결정하고 제국대학 교수들에게 현지 조사를 위임한 등이었다. 이 방식은 훗날 남양 전쟁에서도 일본군에 의해 채택되었다.(鄭麗玲, 「帝國大學在殖民地的建立與發展—以台北帝國大學為中心」, 台北 : 台灣師範大學歷史所博士論文, 2001, pp.218~219.)

12 1940년 후, 남진(南進) 정책에 부응하여 타이베이제국대학에서는 남방학술조사보고서가 대량으로 제작되었다. 1942년 「남방 관계 인쇄물 목록」에 근거하면 총 532집(輯)의 남방조사서 중에서 82집이 타이베이제국대학 사생들에 의해 완성된 것이었다.(葉碧苓, 「台北帝國大學與日本南進政策之研究」, 台北 : 中國文化大學史學研究所博士論文, 2007, pp.102~106.)

부단체의 조사연구 사업1939년에 성립된 타이완남방협회을 지원하였다. 이와 같이 여러 측면에서 식민지 지방관청의 정치 시행과 제국의 군사 행동에 대한 전문적인 협조와 기술적인 협력을 아끼지 않았다.

이理·공工·농農·의醫 분야의 교직원과 학생들이 전쟁 조사와 연구개발 사업의 협조를 위해 분주하게 뛰어다닐 때 문정학부도 비록 실용성 측면에서는 조금 뒤처졌지만 마찬가지로 남방 식민지학의 유행 열기에 휩쓸리기 시작했다. 문학, 사학, 철학, 정치학 등 네 개 분과와 남방/타이완연구를 중심으로 하는 '남양사학南洋史學', '토속학, 인종학', '언어학', '심리학' 등 네 개 강좌를 포함하고 있는 문정학부에서 사학과가 중심이 되어 설립한 타이완관계사료의 수집 정리와 타이완 내 사적史蹟 조사를 위한 '타이완사료조사회臺灣史料調査會'와 '남지南支·남양南洋연구'에서 독특한 성과를 이룩한 '남양사학강좌南洋史學講座'무라카미 나오지로(村上直次郎), 이와오 세이치(岩生成一)교수 담당, 그리고 '토속·인종학강좌'우츠시가와 네노조(移川子之藏) 교수, 미야모토 노부히토(宮本延人) 조수 담당가 식민지학 참여 자격에서는 가장 큰 기술적 자본을 가지고 있었다. 연구실과 과학회에서는 학제간 연구인 '남방토속연구회'1925년 성립, 『南方土俗』 발행, 1940년 『南方民族』으로 개칭, 그리고 교사와 학생수가 상당하고 학술활동이 활발했던 정치학과의 '금요회金曜會'가 가장 큰 응집력을 가지고 있었다. 전후의 타이완 사학, 인류학, 사회학에도 여전히 중요한 영향을 미쳤던 상기의 교수들은 사학과, 정치학과 중심의 교수들이었고 이 외에 언어학 강좌 담당이었던 오가와 나오요시小川尙義, 아사노 에리淺野惠倫 등도 포함되어 있었다.

문학과 교수들도 상기의 연구회와 토론회에 간혹 한 번씩 출석하였지만 참석 횟수가 적었고 깊이 관여하지는 않았다.[13]

제국대학 교수들의 화남/남방조사사업과 타이완 연구에의 광범위한 개입은 타이완 지방문화 담론 중의 일본인 관점에 제3의 차원, 즉 관방 문화정책과 재타이완 일본인 문화 담론 외의 전문적인 식민지 학술기구를 중심으로 하는 제3의 차원을 추가시켰다. 세 부류의 세력으로 구성된 담론 공간에서 본토 지방문화론자들에게도 비로소 서로 다른 저항과 연맹 결성의 가능성이 생겨난 것이다. 총체적인 타이완 지방문화 담론은 '국민문화'의 건설에서 '지방주체'의 발전이라는 각자 서로 다른 자기 구미에 맞는 목표를 가지고 있었고 동시에 거기에는 국책 사상, 식민지 통치 정책, 본토와 외지 지식인의 서로 다른 문화적 입장과 청사진이 혼잡하게 뒤섞여 있었다. 타이완 지방문화 담론이 전시 타이완의 문화 발전에 미친 중요한 가치 중의 하나는 다중적인 문화 세력의 존재를 가능하게 함으로써 통치 정책과 본토문화계의 직접적인 충돌을 막는 완충지대적 역할을 한 것이다. 개별적인 정치적 동기의 경중이나 일본인 관점의 깊이와는 별개로, 조사사업과 공적인 발언에서 주요한 위치를 점했던 타이베이제국대학 학자들의 날로 적극적이 되어갔던 타이완문화 담론이나 그들의 발언이 개척과 지속을 위한

13 陳偉智, 「文政學部—史學科簡介」, 『Academia－台北帝國大學研究』創刊號, 台灣大學台灣研究社, 1997.5, pp.72~98; 陳昭如 · 傅家興, 「文政學部－政學科簡介」, 『Academia－台北帝國大學研究』 創刊號, pp.19~22.

전시 타이완 문화 담론의 공간과 그 합법성 측면에 일정한 조력적 역할을 한 것은 사실이다. 황민문화의 개조, 총력전 문화동원, 그리고 타이완 문화의 경쟁/합작이라는 전시의 문화 정세하에서 학술적 비평과 일반적인 논평을 통해 형성된 지방문화 담론의 공공 공간은 총독부의 정책 제정과 문화 조율이 지나친 독단으로 나아가지 못하게 하였고 동시에 타이완 지식인과 관방 정책의 상호 조율을 위한 여유 공간을 제공하기도 하였다.

4. 문화 갱생 중의 문학과 교수들

날로 심각해지는 무력전武力戰, 지식전知識戰, 자원전資源戰 중에서 문학과는 다소 '무용지물'처럼 보이기도 했다. 하지만 문학과는 칸다 키이치로神田喜一郎 교수를 필두로 하는 중국고전문학 중심의 '동양문학강좌'에서 타이완어, 타이완 가요, 대련對聯, 타이완 고서, 인형극布袋戲, 가자책歌仔冊, 타이완 현대문학의 수집, 편역, 주해 및 연구에 투입되었던 우서우리吳守禮, 톈다슝田大熊, 황더스黃得時, 이나다 인稻田尹 등과 같은 우수한 학생들을 배양해 냈다.[14] 이로부터 알 수 있는바 제국대학의 활발한 타이완 연구와 남방 연구의 분위기가 교사와 학생들의 문화적 관심과 연구에 일정한 자극과 영향을 주

14 柳書琴,「文化遺產與知識鬥爭：戰爭期漢文現代文學雜誌『南國文藝』的創刊」,『台灣文學研究學報』第5期, 2007, pp.217~258.

었던 것은 사실이다. 하지만 보편적인 타이완 문화 연구 외에도 문학과 교수들 중에는 총독부 남방정책과 전시 열대 학술 유행에 민감하게 반응하거나 비교적 이른 시기에 점령구 문화 사업 또는 남방조사사업을 위탁 받은 사람들이 있었는데 그들은 바로 앞서 언급했던 문학과 원로 교수인 칸다神田와 영어, 불어, 문학개론 등 과목을 담당했던 강사 시마다 긴지島田謹二였다.

쿄토제국대학을 나왔고 가문의 오랜 학술 전통을 가지고 있는 칸다 키이치로는 중국 고서에 정통하고 있었기 때문에 샤먼대학廈門大學이 일본군의 남지나南支那 파견대에 의해 점령되었던 1938년 7월에 민속학, 고고학 전공의 우츠시가와 네노조移川子之藏, 미야모토 노부히토宮本延人 등 두 명의 사학과 교수와 함께 전쟁 중에 파손된 샤먼대학 도서관과 박물관의 진귀한 소장품 정리를 명받았다. 후에 도서실은 피해를 입지 않았다는 것을 확인했지만 칸다는 여전히 철저한 조사를 위해 진귀한 선장본과 근대의 연판서적 그리고 서양서적을 포함한 도서들은 모두 타이베이제국대학으로 운송했으며 이 서적들은 1945년 전쟁이 끝난 후에야 샤먼에 반환되었다.[15] 한편 불어에 능통하였던 시마다는 타이완 총독부 외사부外事部의 외부 단체인 '타이완 남방협회'1939.11 성립와 '남방강습회'의 불어 교수 임무를 지시 받았다. 칸다의 첫 번째 타이완적 학생이었던 톈다슝田大熊, 1929~1932 재학은 졸업 후 모든 타이완인 학생들의 부러움의 대상이었

15 葉碧苓, 앞의 글, pp.135~138.

던 타이완 총독부 도서관에 취직하였고 1941년부터는 총독부 외사부外事部로 전근되어 고원雇員으로 있으면서 화남/남양조사문학의 번역 작업에 종사했다.[16] 이것이 문학과 교수와 졸업생이 함께 협력한 전시 학술 징집의 시초였다. 1943년 칸다는 재차 총독부 위탁을 받아 점령 지역인 홍콩으로 건너가 '시민도서관'원 홍콩대학 도서관 관장을 역임했고 시마다가 함께 동행하여 부임했는데 그의 직위는 부관장에 상당했다. 당시 도서관 요직에 있었던 홍콩의 유명한 지식인 천쥔바오陳君葆의 평가를 보면 시마다에 대해서는 상당한 악평을 하고 있고 칸다에 대해서도 여전히 비판적이었다.[17] 그의 일기 속에는 제국주의의 학술 침략 기계로서의 일본 학자들에 대한 냉담함이 곳곳에 드러나고 있으며 마음 속 깊은 곳에 간직되어 있는 경계와 소원 그리고 강렬한 반감이 표출되기도 하였다.

제국대학의 타이완/남방연구의 관련 학자들은 일본/타이완인을 포함한 당시의 식민지 지식 단체 중에서 중요한 지위를 차지하고 있었다. 그렇다면 문학과 교직원들의 식민지학 영역에서, 타이완 문화계 내에서의 지위와 영향, 특히 전시의 문화 소생 현상과의 관계는 어떠했는가? 문학과의 양대 강좌였던 '동양문학강좌'칸다 키이치로 담당와 '서양문학강좌'야노 호진 담당는 고전문학과 서양문학을 중심으로 하고 있었기 때문에 지식 특성상 다급하게 군사 정보, 자원 분석, 기술적인 연구개발을 제공할 수 있는 기능을 갖추지 못하고

16 예를 들면『南支の桐油事業』(1941),『戰前のシンガポール事情』(1942) 등이다.

17 陳君葆,『陳君葆日記』下冊, 香港 : 商務書局, 1999, p.62.

있었고 따라서 제국대학의 동원 체계 내에서 드물게 도서관 행정, 어학교육, 정보 번역 작업에 개입하는 것 외에는 장기적이고 체계적인 대형 프로젝트를 담당한 적은 없었다. 그렇다고 하여 문학과 교수들과 식민지학 사이에 거리가 존재한다거나 또는 그들이 남방사회와 타이완 문화계에 개입하여 능력을 발휘할 사명감과 야심을 가지고 있지 않다는 것을 대변하는 것은 아니었다. 엄청난 정력을 투자하여 조사 연구와 개발에 몰두해야 하는 이理·공工·농農·의醫학과와는 달라서 학술대군學術大軍을 결집시킨 남지南支/남양南洋/타이완과 관련된 계획으로부터 조금만 시선을 돌리면 문학과 교수들이 학술적 우세를 이용하여 관방 문화기구와 민간 문화단체 사이를 조율하고 지도하면서 타이완 내 문화계에서 활약했던 자태를 확인할 수 있다. 전시 타이완 내 문화계에 대한 지도와 통제가 바로 문학과 교수들이 가지고 있는 기타 학과 교수들과 다른 특수한 사명이었다. 교수들은 총독부 통치 당국의 임용, 위탁, 암묵적인 허락을 받거나 또는 그들의 기대의 대상이 되기도 했다.

야노 호진矢野峰人의 경우를 보면 제국대학 도서관장직에 있었던 그는 칸다에 뒤지지 않는 고상한 명망을 가지고 있는 인물이다. 1935년 이후부터 그는 니시카와 미츠루西川滿를 집중적으로 지지했는데 그의 처녀시집 『마조제媽祖祭』가 발행되었을 때 그는 남국정조와 이국취미에 대해 긍정적으로 평가하는 한편 '신시대적 감성新しき時代の感性'이라는 측면에서 니시카와가 유려함과 환상이 충만한 식민지 풍토를 중앙문단에 진출시킴으로써 외지문예의 새로운 동향을 예고한 것을 높이 평가하였다.[18] 이듬해, 시마다 긴지 역시 '신예술新芸術', '신영역新領域'으로서의 '외지문학'이라는 시선에서 『마조제媽祖祭』에 대해 높이 평가하면서 특히 타이완 작가들의 남유럽 스타일의 향토주의와는 판이하게 다른 풍격으로 "'타이완'으로 하여금 처음으로 일본문학사에 오르게 한日本文学史の上に始めて「台湾」を登録せしめたのである" 획기적인 의의를 높이 샀다.[19] 1938~1941년 사이 시마다는 '외지문학'의 관점에서 남도문학지南島文學志, 화려도문학지華麗島文學志 등과 같은 외지문학을 주제로 하는 시리즈 논문을 잇달아 집필하였고 나아가 비교문학적 방법론으로 프랑스령 식민지 문학을 주목함으로써 전시 본토 문단에 강력한 대화주의 충격을 준 '외지문학론'을 이론화한 사람으로 거듭났다.

학계에서의 인정과 외지문학의 의제화議題化 효과에 의거해 명성과 문단적 자본을 끊임없이 축적해온 니시카와 미쓰루西川滿는 1940년 1월에 『문예타이완文藝臺灣』을 창간하기에 이른다. 그 후 앞서 언급한 두 분의 교수가 지속적인 기고를 통해 지지를 표시하였는데 말하자면 학술 고문 격이었던 셈이다. 시마다는 비록 드러나게 문단 통제나 문예 생산을 직접적으로 간섭하고 나서지는 않았지만 그의 권위와 방대한 편폭에 이르는 다수의 학술논문들, 그리고 종합지와 문학잡지에 논문을 발표하는 특별한 방식은 본토문학과 외지문학 사이의 논쟁과 경쟁에 적지 않은 긴장감을 조성하

---

18 矢野峰人, 「『媽祖祭』禮讚」, 『媽祖』 제6호, 1935.9, pp.22~24.

19 島田謹二, 「詩集『媽祖祭』讀後」, 『愛書』 제6호, 1936.4, pp.45~56.

고 영향력을 행사했다. '외지'라는 논제에 대한 중시와 외지문학에 대한 긍정으로부터 알 수 있는 바 당시 일본인 학자와 지식인들 사이에서는 '외지'에 입각하여 지방문화의 혼종성이라는 가치로 중앙문단에 진출하고자 했던 그들의 자각과 포부가 보편적으로 확산되고 있었음을 확인할 수 있었다. 이러한 개념과 정서의 이면에는 재타이완 일본인사회의 의식 외에도 제국대학 학자들의 남방 식민지학의 신흥 추세에 대한 부응과 식민지학의 중요도가 높아짐에 따라 형성된 일종의 자부심도 포함되어 있었다.

학문에 조예가 깊었던 야노 호진 교수가 정치적인 성격의 직무를 비교적 많이 맡았다. 1941년 2월, 총독부 정보국의 책동하에 설립된 초기의 문예통치기구였던 '타이완문예가협회'가 결성되었을 때 야노가 회장에 임명되었고 이후 전쟁 말기에 이르기까지 이러한 임무는 끊이지 않았다. 1942년 8월 황민봉공회 문화부가 성립되었을 때에도 야노가 타이완문예가협회 회장 신분으로 문화부 문예반 반장으로 나섰다. 1942년 12월 대동아성이 설치되고 대동아문학자대회가 개최된 후, 야노는 『문예 타이완』과 『타이완 시보時報』에 「대조환발大詔渙發」1942.11, 「타이완 문학의 여명台灣文學の黎明」1942.12, 「타이완의 문예운동台灣の文學運動」1943.1 등과 같은 논문을 집중적으로 발표하였다. 학술적 풍격을 잃지 않는 화법을 통해 대동아문학자대회 이후 타이완 문학이 나아가야 할 방향을 지시하였는바 이를테면 기존에 표방하고 나섰던 '외지'라는 이름에 갇혀있었던 제한성을 넘어서서 "일본문학의 일익"으로서의 대동아문학을 위해 전력 매진해야 함을 지시한 것 등이다.[20] 정책적인 선언 성격의 이와 같은 논문들은 외지/지방 등의 이름으로 국책 사상의 외부에 유리되어 있는 모든 문화 특수성 논의들을 부정함과 동시에 제국대학 교수들의 관방 문화 통제 과정에서의 대변인이자 지도자로서의 중개자적인 역할을 강화하였다. 1943년 4월 타이완 문학봉공회가 성립되자 야노는 다시 상임이사직을 맡았다. 1944년 5월, 타이완 문예봉공회는 민간의 양대 문학잡지를 통합하여 『타이완 문예臺灣文藝』를 창간하였고, 1945년 1월 본 문예지가 정간되기까지 그는 한편으로 전쟁시를 발표하면서 다른 한편으로는 문예 지도적 성격의 문장과 편집 후기 등을 집필하였다.

하지만 야노가 전시 문화운동과 문예 통제 여론을 추동하거나 규범화했던 핵심 인물은 아니었다. 지방문화 진흥의 추동과 관방 문화 통제에 대한 협조라는 평형 유지가 어려운 양자 사이에서 개념에 대한 선전 계도와 비평에 대한 지도를 통해 평형을 유지하고자 했던 학계의 추동자는 앞서 기술한 바 있는 익찬 지방문화 진흥운동에 협조하였고 타이완에서의 그 전파에 시동을 걸었던 '헌법강좌'의 담당자 나카무라 데쓰中村哲였다. 이로부터 학술 분야에서도 문화 통제와 문화 동원 체제가 분업화되고 있었음을 알 수 있다. 앞서 서술한 바 있듯이 나카무라는 익찬 지방문화운동의 타이완판 관방 선언 격에 해당하는 논문을 발표한 것 외에도 제2차 근

20 矢野峰人, 「台灣文學の黎明」, pp.503~505.

위내각 성립 당시인 1940년 7월에 이미 「외지문학의 과제外地文學の課題」를 발표한 바 있으며, '외향인문학外鄕人文學'과 '외지문학'에 대한 성격 규명을 통해 외지문예계의 방향 조정을 호소한 바 있다. 그가 보기에 외향인문학과 '외지 서사'의 대상 사이에는 거리가 존재하고, 이것이 외지문학자의 지성적인 안목 개발에도 유리하지만 이는 지나친 특수성의 강조에 탐닉한 나머지 이국정조만을 강조하는 기이한 문학으로 전락할 위험성이 수반되기 때문에 이것을 외지문학의 교훈으로 삼아야 한다고 했다. 외지문학은 외지인의 생활 실정에 대한 구체적인 묘사에 진력해야지 맹목적인 도시문화 숭배에 빠지거나 의도적으로 도시문화를 기피하여 스스로를 가두어버리는 극단적인 상태에 처해서는 안 된다고 하였다.[21] 내각 교체시기에 발표된, 지방문화와 도시문화의 기능적 변증 관계, 문화 방향에 대한 검토 의도를 포함하고 있는 이 논문은 신체제 문화 정책의 전환을 위한 이념적인 선전 계도 차원에서 나카무라 데쓰가 담당했던 안내자적 역할을 증명하는 증좌이기도 하다.

익찬 지방문화운동의 이념에 동의한다고 하여 그것이 당시 관방문화 담론에서 이론이 분분하였던 '문화의 정치화'나 문화 통제 정책에 동의함을 대변하는 것은 아니다. 1940년 신체제운동이 가동되어서부터 1943년 말 문화 소생 현상이 위축되기까지 나카무라 데쓰가 발표한 일련의 문예평론들은 익찬 이념에 대해서는 지

---

21 中村哲,「外地文學の課題」,『文藝台灣』 제1권 제4호, 1940.7, pp.262~265.

지하지만 천박한 '거짓 지방주의'와 과도기적 정치성에 대해서는 반대하는 일관적인 입장을 보여주었다. 지방문화의 가치와 사실寫實적인 정신을 긍정적으로 평가하는 그에게 있어서 외지문학 탄생 초기에 우선시해야 할 일은 사실寫實적인 인식을 형성하는 것이었다. 그는 이국정조의 문학은 사실주의寫實主義의 초월이 아니라 그것으로부터의 도피이며 그것이야말로 외지문학의 사문외도邪門外道라고 비판하면서 이로써 니시카와 미츠루의 유미주의를 은근히 비난하는 한편 장원환張文環 작품의 웅혼하고 힘찬 특징을 추켜세웠다.[22] 이국정조를 반대했던 그는 "다다오청大稻埕 거리를 거닐어 봐도 우리는 특별히 특이하다는 것을 느끼지 못한다. 모든 사람들은 너나할 것 없이 세계성을 가진 생활을 하고 있기 때문이다大稻埕など歩いて見ても我々特に異つたものを感じない。みんな世界性をもつて生活しているんだ"라고 하였다. 지방문화운동의 정착화를 위해 그는 "발로 뛰는 문학운동足のつぃた文学運動"을 제창했고 타이완의 문학을 진흥시키고자 한다면 "타이베이 등 지역의 도시문학을 진흥시키기보다는 타이중臺中, 타이난對南, 자리佳里 등 지역의 지방문학을 진흥시키는 편이 낫다"고 주장했다.

작가의 의도나 정치적인 구호를 지나치게 노골적으로 표출하고 있었던 하마다 하야오浜田隼雄에 대해서도 서슴없이 "고급작문高等作文"이라고 비꼬았다.[23] 하마다가 한창 의기양양하여 『남방 이민촌』

22 中村哲, 「昨今の台灣文學について」, 『台灣文學』 2권 1호, 1942.2, pp.2~6.

23 中村哲 · 竹村猛 · 松居桃樓, 「文學鼎談」, 『台灣文學』 2권 3호, 1942.7, pp.103~109.

을 발표하고 있었던 당시에도 나카무라中村는 냉담한 태도로 하마다의 자기성찰의 필요성을 언급했고 가급적이면 정치성을 배제한 문학이어야 하는 작가적 입장을 잊지 말아야 할 것을 강조했다. 표현이 신랄했지만 수위 조절에 능숙했던 그는 문예비평을 통해 지방문학의 향방을 지도할 수 있기를 바랐고 문학의 정치화 문제에 대해서도 간접적으로 진언했다. 그는 문학의 정치화, 타이완 문학의 정형화, 신세대 작가의 결핍 등과 같은 요소로 인해 타이완 문학계에 2~3년간 출현했던 괄목할 만했던 소생 현상이 곧 위축될 것이며 앞으로 1년1943 내에 이 상황은 극에 달할 것이라고 암시했다.[24] 사실이 증명하듯 나카무라의 우려는 터무니없는 것이 아니었고 그것은 정밀한 문화 관찰이었고 성실한 정치를 위한 경종이었다. 나카무라 데쓰는 스스로를 무당파無黨派의 아마추어 문예비평가라고 자부했지만 그의 잡지 선정과 발표한 글의 비평적 내용으로 볼 때 그는 장원환張文環을 비롯한 타이완 작가들 중심의 『타이완 문학』 집단을 지지하고 그에 동조하는 편이었다. 대동아문학자대회가 개최되어서부터 1943년 초에 이르기까지의 그와 야노 호진의 문예비평이나 공개적인 대화를 비교해 보면 1943년 이후 타이완 문학의 발전은 두 사람에 의해 각각 "여명론黎明論"과 "극한론極限論"으로 대별되었고 문화 통제와 국책문학에 대해서도 각자 서로 다른 태도와 입장을 견지했음을 알 수 있다.

24 中村哲,「台灣文學雜感」,『台灣文學』3권 1호, 1943.1, pp.2~5.

『타이완 문학』 단체의 이면을 대표하고 있었던 학자들로는 용감하게 비평하고 논평에 적극적이었던 정치학과에서 활약했던 교수들 외에 일처리나 행동에 있어서 비교적 조심스럽고 조용한 편이면서 타이완 작가와 더 가깝게 지냈던 문학과의 조교수 쿠도오 요시미工藤好美, 그리고 국문학 교수로 있으면서 타이완 희곡의 발전과 실제적인 공연에도 관심을 보였던 조교수 타키타 테이지瀧田貞治가 있다. 우줘류吳濁流의 회고록과 뤼허뤄呂赫若의 일기에 따르면 1940년대 쿠도오 요시미는 장원환, 뤼허뤄, 룽잉쭝龍瑛宗, 우줘류, 왕바이위안王白淵 등의 타이완 작가들과 밀접하게 교류하면서 쿠도오의 자택 또는 연구실에서 여러 차례의 독서회를 개최한 것이 확인된다.

사실상 대동아문학자대회를 개최하여서부터 이듬해 4월 타이완 문예봉공회가 성립되기까지 문예 정책의 질식기에 해당했던 가장 민감했던 시기에도 쿠도오 요시미는 여전히 문예 정책과 외지문예에 대한 비판을 멈추지 않았다. 전쟁기에 있어서 가장 규모가 컸고 일제강점기 전체에 있어서의 제일 마지막 문학논쟁이기도 했던 '똥리얼리즘糞現實主義 논쟁'도 그의 타이완 총독부 제1회 '타이완 문화상' 심사평으로부터 촉발되었다. 「타이완 문화상과 타이완 문학台灣文化賞と台灣文學」은 쿠도오의 학원파學院派로서의 조예 깊은 평론 풍격과 심도 있는 문예 인식, 그리고 비평적 능력을 동시에 과시한 글이었다. 일반 잡지에 거의 글을 발표하지 않고 있던 쿠도오는 그렇게 길지 않은 이 한편의 평론에서 우선은 제1회 '타이완 문화상' 설정에 있어서의 미흡함을 전면적으로 검토하고 다음으로는 타이완 총독부의 문화 영역에 대한 인식의 빈약함을 비판하였다. 특히 그는 전일본의 독보적인 기관인 타이베이제국대학의 타이완문화연구 전공에 대해 특별히 주목해야 함을 당국에 건의하였다. 이어 그는 지난 세기말 타이완 시단詩壇의 퇴폐적인 풍조와 타락한 낭만주의를 통한 현실 도피의 불량한 경향에 대해 집중적으로 비판하였으며 동시에 이와 같은 폐쇄와 부패로 스스로를 곤경에 빠지게 하는 시파詩派에게는 여전히 청산해야 할 군국주의의 근원이 존재함을 암시하였다. 당선 작가에 대한 평가 부분에서는 작품과 현실의 연관성, 작품과 현실을 연관시킨 기교, 그리고 역사적인 관념에 대해 자세한 분석을 진행하고 있다. 비교와 대조의 방법을 통해 장원환의 리얼리즘 문예의 특징과 성과를 추켜세웠고 한편으로 니시카와를 풍자하고 다른 한편으로 하마다를 비웃으면서 자신의 '역사적 리얼리즘'의 문예 주장을 선전하였다.[25] 쿠도오는 '역사적 대전환기'가 이미 도래했음을 인지하고 있었고 이 과정에서 일본 문화든 식민지 문화든 모두 지난한 어려움에 당면하게 될 것임을 명확히 알고 있었다. 과장되고 내실 없는 관방의 문화 선전, 외지문학파의 낭만적인 환상 속에서의 역사 날조와 비교해 볼 때 쿠도오의 논의는 침착하고 조리가 정연했지만 여전히 그 엄숙함과 내면의 조바심은 감추지 못하고 있었다.

이러한 내면세계는 타키타 테이지瀧田貞治의 타이완 희곡에 대한

25 工藤好美,「台湾文化賞と台湾文学」,『台灣時報』279호, 1943~3, pp.98~110.

평론에서도 드러나고 있다. 타키타는 일부 반대 의견에도 불구하고 1943년 9월에 상영된 허우성연극연구회厚生演劇研究會의 떠들썩한 공연에 대해 '타이완 新희곡사에서의 획기적인 사건'이었다고 평하면서 연출 지도에 상당하는 상세한 논평을 진행하고 있다. 그는 당국에 투서를 하거나 형사에게 밀고하는 등과 같은 "꼬리표 붙이기レッテルを貼る" 방법으로 상대를 타격하는 비열한 행위를 질책하였고 예술이 슬로건スローガン에만 얽매이거나 정책의 "게시판廻らんぱん"으로 전락하는 것에 반대하였다. 정간 명령을 받고 간행한 『타이완 문학』 종간호에서 타키타는 『타이완 문학』과 자매단체였던 '허우성'에 대해 높은 역사적 평가를 아끼지 않는 한편 불량한 예문 풍조에 대해서는 대담하게 비판하고 있다. 이는 잡지 진영을 상실하고 '타이완 문학 결전회의'에서 다시 한번 '타이완에는 "비황민작가"가 존재했던가'라는 질문을 받고 의기소침해 있었던 본토작가들에게 있어서는 시의적절한 원조가 아니었나 한다. 이렇게 공개적인 성원을 보내면서도 타키타는 여전히 "타이완에서 문화 운동에 종사하는 사람들台湾における文化運動に携はる人々"은 식민지적 "특수성特殊事情" 강조를 중단해야 함을 환기시켰고 그것은 "타이완 문화의 향상을 방해하는 암적인 존재台湾文化の向上を妨げるがん"이기 때문이라고 했다. 동시에 향후의 공연에서는 「케이폰閹雞」 등과 같이 '회고懷舊'적인 풍격의 '현실 추세에 부합하지 않는' 공연은 삼가야 한다고 했다. 그 이유에 대해서는 "현실의 가혹함을 정시하면 나의 말을 이해할 것이다それは厳しい現実面を直視すればそのことはおのづから分ると思ふ"라는

의미심장한 말만 남겨 놓고 있다.[26]

전세가 급전직하 하면서 타키타도 어떻게 하면 학자의 입장에서 "증산增産과 문학"에 대해 실질적인 건의를 제기하고 어떻게 하면 관련 사무 당국과 군인가족, 문학자들에게 도서 구매, 창작과 독서의 방향을 제시할 수 있을 것인가 하는 냉혹한 현실에 당면하고 있었다. 그는 피가 있고 살이 있는 육체적인 존재로서의 군인들에게, 수백 대 적기의 공습이 쏟아지는 최전선에서 최선을 다하고 있는 군인들에게, 그리고 굳은살 투성이의 두 손으로 야채와 고구마를 재배하는 생산 전사들에게 과연 어떤 서적을 보내야 위안이 될 수 있겠는가 라는 질문을 하고 있다. 시국 정세에서 벗어난 연애소설, 숨 막히게 하는 혈전을 기록한 작품, 판에 박은 듯한 시국적인 설교조의 읽을거리들은 군인들의 험준한 처지와 팽팽한 긴장감과는 거리가 있는 것으로서 절대 적절한 선택이라고 할 수 없다고 보았다. "오히려 탄탄한 구성을 가진 작품이 사람들을 감동시킬 수 있고 이런 작품만이 촌각을 다투는 용사들에게 위로와 활력을 줄 수 있다고 생각한다.ジツクリと構へた底力のあるものが却つて人を動かし、寸刻を惜む勇士に一ときの慰みと活きる力を与へるものであることに思ひます"고 하였다. 때문에 관건은 작품의 유형이 아니라 "작가 자신의 식견과 태도作家自身のうちにある識見と態度"에 있는 것이라고 보았다. 하지만 비시국적인 소재가 반드시 국가의 방향과 어긋나는 작품을 생산하는 것은 아

26 瀧田貞治, 「演劇對談－厚生演劇公演瑣評」, 『台灣文學』 4권 1호, 1943.12, pp.70~75.

니었다.[27] 진심어린 비평에는 극소수의 문화 발언권을 가진 제국대학 교수의 비상시국하에서의 학술적인 양심이 드러나 있었다. 1944년 3월, 뤼허뤄는 그의 생애 유일의 단편소설집을 발행한다. 전세가 긴박하고 용지까지 제한을 받았던 문예 출판의 어려운 시기에 소설집 『청추清秋』를 위해 서문을 써주고, "똥리얼리즘 논쟁" 중에서 "암적문학暗的文學"이라는 오명을 얻은 것에 대해 적극적으로 변호해주고, 또 일본어교육, 전선 용사들에 대한 위문 등과 같은 측면에서 이 책의 가치를 찬양한 것도[28] 희곡이나 문학 영역에서 뤼허뤄와 교류가 있었던 타키타 교수였다.[29]

종합하면 타이베이제국대학 교수와 타이완 문단의 교류는 현대문예 영역에서는 『문예 타이완』 단체를 지지한 야노, 시마다 등과 『타이완 문학』과 관계가 긴밀했던 나카무라, 쿠도오, 타키타 등을 중심으로 한 서로 다른 네트워크가 존재했음을 알 수 있다. 한편 전쟁기 한문문예잡지의 창간과 발행은 더욱 어려워서 다각적인 지원을 받아야 했는데 『남국 문예』의 창간 과정에서는 칸다 키이치로神田喜一郎가 그 지지자 역할을 담당했다. 린싱난은 타이완 가요의 채집과 정리에 진력했던 이나다 인稻田尹과 교제하면서 『타이완 가요』의 편찬과 일역日譯에 협조하였고 직접 또는 간접적으로 이나

27 瀧田貞治, 「增產與文學」, 『台灣公論』 9권 3호, 1933.3, pp.91~95.

28 瀧田貞治, 「呂赫若君のこと」, 呂赫若, 『清秋』, 台中 : 清水書店, p.104. 타키타는 특별히 "타이베이제국대학 국문학 연구실에서 씀"이라고 밝히고 있다.

29 교류에 관한 상세한 내용은 垂水千惠, 『呂赫若研究－1943年までの分析を中心として』, 東京 : 風間書房, 2002, pp.300~301 참조 바람.

다의 은사인 칸다, 그리고 이나다가 임직하고 있었던 타이베이제국대학 남방토속연구실 동인인 미야모토 노부히토宮本延人 강사의 지지, 기고 지원을 받으면서 한문漢文이 압제당하고 있었던 어려운 시기에 어렵게 『남국 문예』의 발간 기회를 획득할 수 있었다.

이상 서술한 것과 같이 타이완 문화의 발전과 관방 문화 통제의 추격전 속에서 문학과를 중심으로 인문예술을 중시했던 학자들은 개인의 정치적 관점이나 문화적 가치에 의거하여 각자 다른 논설과 행동으로 관방 문화기관, 외지 지식인, 타이완 지식인들과 서로 다른 연맹을 결성하였다. 타이완문학이든 외지문학이든 이들은 모두 익찬 지방문화 진흥운동, 문화보국, 대동아문학, 황민문학 등과 같은 연이어 쏟아지는 문화 통제 원칙의 독촉과 압박 환경하에서 국책의 요구와 문화의 존속 사이에서 갈등하면서 한번 또 한번의 개조를 받아들여야 했다. 그럼에도 타이완문학이 받은 압력은 지방문학이 받은 압력을 훨씬 초월하고 있었다. 문화 개조를 둘러싼 매번의 풍파 속에서 우리는 매번 서로 다른 동기와 입장에서 문화적 의제에 관심을 보였던 타이베이제국대학 문학과 교수들이 위장된 중립적 입장에서 또는 방관적인 학술 입장에서 타이완섬 내 문화운동을 응시하고 있는 모습을 확인할 수 있었다. 그들의 학술적인 권위와 사회적인 명망, 그리고 전문적인 비평이 전시 타이완의 지방문화 담론을 부채질하고 선동하는 효과를 일으켰던 것은 사실이다. 그 과정에서 지방문화의 전체적인 향방을 유지 보호하고 이끌면서 규범화시키는 역할을 담당했던 제국대학 학자들의 지방문화에 대해 미친 영향은 양면적이었고 전쟁 후기로 갈수록 그 영향력은 더욱 분명해졌으며 일부 영향력은 심지어 전후에까지 이어졌다.

5. 맺는 말

익찬 지방문화 진흥운동의 가장 중요한 대상은 내지 문화계였지만 '제국의 지방으로서의 외지'라는 인식이 점차 확산되기 시작하면서 식민지에까지 확대 연장되었다. 예상치 못했던 것은 이 관제운동이 총력전 체제 중에서 지방문화의 가치를 정면으로 긍정하고 나서면서도 역으로 황민화 정책하에서 억압을 받았던 식민지 본토문화운동이 소생할 수 있는 한 계기가 되었다는 사실이다. 문화적인 차이와 지방의 가치를 추구하면서도 민족적 특질을 강조하지 않는 전시 본토화 운동은 타이완 지방문화 담론의 모습으로 표출되었고 그것은 동아/대동아전쟁에 휘말려 동아시아의 지구적 추세가 가속될 때 익찬 문화운동의 제한된 자원에 기생하면서 피어난 기이한 꽃이었다.

식민 통치는 제국의 기획에 완전히 순응할 수 없었고 제국이 원하는 방향에 따라 나아갈 수도 없었던 양방향적인 변질의 과정이었다. 외래 정권의 본토화와 본토 사회의 식민화는 균형적이지 않은 환경 속에서 반항적이거나 호혜적인 구조를 통해 서로 다른 형태와 속도로 진행되었다. 문화적인 유사성에서든 문화적인 차이에서든 제어력을 상실한 제국의 야심은 양자의 이화, 혼합과 전환의 과정을 가속화하거나 또는 사전에 설정한 식민주의의 일방적인 노선에 영향을 미쳤다. 황민화 운동 중에서 새로운 정치와 사회적 맥락에 휩쓸리면서 새롭게 네트워크화된 타이완 문화의 혼합과정은 정책적인 개입으로 하여 손해를 입거나 중지되지 않았다. 전시 문화사는 식민자와 피식민자가 동일한 공공 공간에서 교직되면서 구축한 결과물이었다.

타이베이제국대학은 개교 10년 이래의 축적을 거쳐 1938년부터 식민지 사회에 광범위하게 개입하기 시작하였고 항상 식민지 문화계와 거리를 두고 있었던 문정학부 교수들까지도 분분히 상아탑을 벗어나기 시작했다. 하지만 그들의 사회적 참여는 전쟁의 도래로 하여 각종 제약과 제한을 받았고 제국의 야심이 점차 제어력을 상실해 가면서 학술 징용과 문화적인 양심 사이에서 배회하게 되었다. 격동의 시대를 살아간 학자들의 뒷모습은 포스트제국 또는 포스트식민의 입장에서 제국의 근현대사와 식민지 역사를 연구하는 우리 모두의 공통의 교훈이기도 하다.

제4장

만주국

'만주개척' 동원하의 문예창작

류춘영 / 김창호 역

국토의 함락, 문인의 향방

류사오리

'만주개척' 동원하의 문예창작

류춘영 / 김창호 역

이민 침략은 제국주의 대외 확장의 상투적인 수단이며, 식민지를 지배하고 약탈하는 주요 형식이다. 제국주의자들은 이민 침략으로 민족 인구의 실력을 키우고, 민족의 핵심을 형성하며, 더불어 민족의 동화를 실현하여 견고한 식민 통치 기반을 구축했다. 이는 제국주의의 전면적인 침략과 영토 점령을 위해 봉사하는 역할을 했다. 이민의 한 가지 형식인 '만주개척'은 일본제국주의가 실시한 중요한 국책 중 하나이다. '만주개척' 정책의 실시는 중국 동북지역의 민중들에게 끝없는 굴욕과 쓰라린 기억을 가져다주었다. 전쟁의 포연이 걷힌 지도 어언 70년이 지났지만, 역사의 장막 속에 숨어든 어둠의 그림자는 여전히 우리로 하여금 스스로에게 경종을 울리게 한다.

1. 담론 공간의 생성과 발전

1905년 러일전쟁 이후 일제는 제정 러시아의 손에서 장춘 이남의 철도 통제권을 빼앗았고, 그 이듬해에는 남만주철도주식회사를 성립하여 철도와 그 연선의 자원을 통제할 계획을 세웠다. 초대 총재인 고토 신페이後藤新平는 다년간 대만에서 총독으로 지낸 바 있으며, 그의 일본 해외 식민지 통치전략은 일본정부의 두터운 신임을 얻고 있었다. 그는 일본과 러시아는 충돌을 멈추지 않을 것이며, 분명 다시 교전할 것이라고 하면서, 2차전이 언제 폭발하는 것과는 무관하게 교전하기 전에 일본이 만주를 완전히 장악해야만 침착하게 응전할 수 있다고 여겼다. 이에 따라 일본은 우선 철도를 경영하고 광산을 개발하며, 주민을 이민시키는 동시에 목축업을 발전시켜야 한다고 했다. 특히 그중 이민의 문제가 가장 중요한 문제라고 강조했다. 아울러 미래 국제 사회에서 쏟아질 비난에 대해서는, 프로이센-프랑스 전쟁시기 독일의 경험을 거울삼아, 압도적인 외래 이민의 수로 '논쟁의 여지가 없는 사실'을 만들어야 한다고 주장했다. 취임서에는 "10년 내 일본적 이민의 수를 50만으로 늘이면 중국 동북에서 뿌리를 내릴 수 있다"라고 적었다. 당시 외무대신인 고무라 주타로小村壽太郞는 일본국회에서 '만선 이민 집중주의에 관한 연설'을 발표하며 이민을 부추겼다. 이후 신페이는 '문화로 공격하고 무력으로 보위한다文攻武衛'는 전략적 방책을 제시하면서, 만약 무력에만 의존하고 문화의 통치에 힘을 기울이지 않을 경우, 전쟁에서 민중의 지지를 얻지 못해 즉시 붕괴될 것이라고 강조했다. 그 이후, 그의 '정신적 무기'는 토치기 요시아키栃木良明를 중심으로 한 만주청년연맹의 '오족협화운동'과 이시와라 간지石原莞爾의 '왕도국가 건설' 식민이론으로까지 발전되었고, 더불어 '만주개척'론에서 자주 차용되는 구호와 국책 방침의 현혹하에 작가들의 창작하는 지침이 되었다

탐욕스러운 일본 군국주의에 있어서 이른바 '시대의 요구'에 맞춰 나온 '만주개척문학'은 절대 민중을 우롱하는 한 가지 여론에 불과할 뿐이 아니다. 메이지 유신 이후 세계열강의 행렬에 들어선 일본 제국주의는 대동아 전역에서 전쟁을 일으키려는 생각을 하고 있었다. 그러나 본토에서 한 번도 전 민족적인 전쟁총동원을 한 적이 없었다. 따라서 '해외 식민지 개척'의 명목으로 민중을 현혹시켜 그들을 "바다를 건너 북방을 방어하고, 병력을 충원하며, 대규모적인 총력전 체제 실험을 완성"하는 도구의 역할을 하게 했다.

2. 대련시대－만철의 개척촌 실험과 '유명작가'의 광고 효과

만철은 동경에서 건립되고 나서, 그 이듬해에 바로 본부를 대련으로 이전했다. 이후 다양한 명목으로 일본의 유명작가들을 초청하여 만주답사를 하게 했다. 1920년대와 1930년대를 살펴보면 거의 매년 작가와 교육가, 그리고 예술가 등을 초청하여 중국의 동북

지역과 내몽골 지역을 답사했다. 1930년대 말에 이르면 거의 모든 유명작가들이 이런 우대를 받은 것으로 보인다. 만철은 유명인사의 효과를 노려 그들이 그려낸 '다채로운 만주화폭'으로 일본의 민중을 만주로 끌어들이려고 했다.

1909년 나쓰메 소세키夏目漱石는 제2대 만철 총재인 나카무라 제코中村是公의 초청으로 만주지역과 조선반도를 답사한다. 그는 대련 부두에서 중국인 인부들이 뜨거운 태양을 이고 산더미 같은 대두大豆자루를 어깨로 메다 나르는 모습을 보고 눈이 아찔해짐을 느낀다. 그 후 귀국하여 유명한 『만한 여기저기満韓ところどころ』를 창작한다. 작품의 관점을 차치하고, 나카무라 제코가 나쓰메 소세키를 초청한 이유는 영국 유학경험이 있고 또 『아사히신문朝日新聞』에 근무하는 그의 명성을 빌려 만철과 총재 개인의 지명도를 높여 영향력을 확대하려는 데에 있다.

1928년 5월, 일본의 유명 단카短歌시인 요사노 뎃칸与謝野鉄幹과 부인 아키코晶子 부부도 만철의 초청으로 40일간 만몽満蒙지역의 10여 개 도시와 명승지를 답사하고 현지의 명사들을 방문했다. 이밖에 만철은 만주의 대두실험전大豆試験田 참관도 그들의 일정에 포함시켰다. 일제는 남만을 점령하고 나서 중국 산동지역의 인부들을 고용하여 매년 수천만 톤에 달하는, 국제적으로 유명한 중국 동북지역의 대두를 선박으로 실어 날랐다. 일본 사학자 오카베 마키오岡部牧夫는 "만주의 대두가 전쟁 전 일본인의 건강을 지켰다"고 하면서 감개무량해 했다. 귀국 후 요사노 아키코与謝野晶子 부부는 답사

기간의 견문들을 묶어 1930년 『만몽유기滿蒙游記』를 출판했다. 재미있는 것은 요사노 뎃칸은 일본상인들이 이익의 극대화를 위해 품삯이 저렴한 중국인을 고용하고, 일본인을 배척하는 현상에 대해 이의를 제기했다는 점이다. 그는 "곧 이곳에 들어올 수백만의 일본 농민들과 상인들을 위해 새로운 국책을 마련해야 한다"고 제의했다. 그의 이런 제의는 만철의 최초 취지에 어울린다.

그 이전 만주로 이주한 일본이민은 대부분 자유이민으로 러일전쟁 승리의 수혜자이며, 또한 모험적인 생활을 즐기는 성격을 가지고 있어 만주문단의 초창기에 아마추어 작가의 신분으로 문학을 창작했다. 이 시기 일본문단에서 두각을 나타내기 시작한 작가들도 퍽 여유 있는 창작 분위기를 띠고 있었다. 그들은 만주 '신천지'를 두루 돌아다니면서 자유롭게 창작을 이어나갔다. 비록 작품 전체가 만철의 뜻대로 쓰여진 것은 아니지만, 어쨌든 현재에 와서 보면 『만한 여기저기滿韓ところどころ』와 『만몽유기滿蒙游記』는 일본인을 이해하는 데, 특히 문화인이 당시 중일관계와 중국에서의 세력 확장에 대한 생각을 읽어내는 데에 견본을 제공했다.

나가요 요시로, 사토미 돈里見弴, 노구치 우죠오 등 많은 작가들도 초청받아 만주를 답사한 바 있다. 그들은 전공에 따라 서로 다른 임무가 주어졌는데, 귀국 후 만몽과 만철을 홍보하여 일본인들이 만주에 대한 짙은 정취와 친화감을 형성하는 데 일조했다. 유명인 효과를 이용해 만주 '신천지'를 홍보하는 동시에 만철은 '만주개척촌' 실험을 시작했다.

러일전쟁 이후, 이미 많은 일본 이민들이 살길을 찾아 남만주로 들어왔다. 통계에 따르면 1909년 관동주대련와 부속 지역 외에도 동북지역에는 12,124명의 일본인이 있었으며, 1928년 말에 이르면 그 수는 20배 가까이 늘어난다. 그러나 이들 대부분은 이익을 쫓아 여러 지역에 산재해 있는 단기 체류객들과 상사商社, 그리고 당국의 관리자들로, 대부분 대련, 여순旅順과 같은 대도시에 체류하고 있었다. 하지만 일본의 국책은 일본 농민을 중국 동북지역에 이민시켜 정주하게 하는 것이다. 일본은 토지를 점유해야만 이국타향에서 민족의 대를 이어가는 데 안전감을 얻을 수 있다고 여겼으며, 더불어 동북 농촌으로까지 발전하는 기반을 다질 수 있다고 여겼다.

1913년부터 만철은 이에 대한 실험을 진행하기 시작했다. 1917년까지 철도 연선 수비대에서 제대한 병사들 중 34명을 선발하여 가족들과 함께 요녕성遼寧省 개원開源, 대석교大石橋, 요양遼陽 등 일대에서 농업에 종사하게 했다. 아울러 1915년 관동 도독부도 일본 야마구치 현山口县에서 19명의 농민을 모집해 대련 근처의 금주金州에서 '애천촌愛川村이민단'을 조직했다. 이로써 30년의 '개척의 역사'가 시작됐다. 그러나 "천재지변, 불량자질, 농사에 전념하지 않는" 등 원인으로 인해 인원이 유실되어 개척촌 실험은 결국 실패로 끝나고 말았다.

3. 신경시대–관동군이 기획한 무장이민과 그 문예창작의 다양성

1931년 '만주사변'이후 일본은 중국 동북지역 전반을 점령한다. 일본제국주의는 이를 중국 동북으로 일본인을 이민시킬 수 있는 천재일우의 기회로 보았다. 1932년 관동군은 '이민방책안' 등 세 개의 문안文案을 제정하여, 15년 내에 일반이민 10만 호, 둔전병屯田兵이민 만 호를 이주시킬 계획을 세웠다. 그들은 많은 학자와 문인, 그리고 농업 전문가들을 초청하여 계획의 실천을 도모했다. 또한 '대화민족'의 중국 동북지역으로의 이민은 '민족팽창운동'으로, 그 취지는 '만주이민'이라고 외쳐댔다. 뿐만 아니라 '민족운동'으로서의 만주농업이민의 성공 여부를 일본이 동아시아를 제패하는 관건이자, 기아에 허덕이는 일본 농촌 잉여 노동력의 문제를 해결하는 관건으로 보았다. '만주국' 식민정권이 중국 민중들의 완강한 저항에 부딪힌 점을 고려하여, 일제는 관동군이 동북에서의 치안 유지에 호응하고, 항일무장세력을 진압하기 위해 본토에서 이미 제대한 병사를 모집해 중국 북만주 지역으로 무장이민을 보냈다. 1932년부터 1936년까지 모두 5차례 근 만 명에 달하는 일본인들이 무장이민을 했다. 그리고 '만주국'의 이른바 치안을 확보하고 방어를 충실히 하기 위해 1934년부터는 '개척증산'의 명목으로 중국과 소련의 변경에서 다양한 청소년 이민촌을 건설했다. 이는 이후 '청소년의용군훈련소'를 양성하는 모형이 되었다.

1932년 만주국이 설립되고 나서, 일제는 중국 동북지역에서 식민지를 경영하기 시작했다. 일제가 중국 동북지역에 대한 정치, 경제, 군사적 침략을 진행하면서 일본 식민주의 정권도 현지의 문화에 적극 침투하여 강제적으로 통제했다. 따라서 만주의 문화는 기형적으로 발전하기 시작했다. 그동안 일본작가들은 수백 가지의 일본어 잡지와 일본어 신문 문예전문란文藝副刊을 창간해 대량의 문예작품을 실었다. 그중에는 '만주개척'에 현혹되게 하는 홍보작품들도 적지 않게 들어있다. 특히 만주이주협회가 1936년 4월 25일 창간한 『만몽개척』이후 『해척(偕拓)』과 『신만주(新滿洲)』로 잡지 이름을 변경 잡지는 간행물마다 장황할 정도로 개척을 주제로 하는 문장들을 많이 실었다. 이 작품들은 소설, 르포, 수필, 동요, 시가, 희곡, 촬영이미지, 무도武道, 민속 등 다양한 장르를 포함했고, 내용에 있어서는 개척민 생활의 구석구석을 두루 담아냈다. 작품 속 개척민의 생활배경 역시 북만주의 밀산, 경박호, 가목사, 송화강 등 모든 개척지를 포함했다. 작가들도 다양하여, 구메 마사오久米正雄, 도쿠나가 스나오德永直, 하야마 요시키, 타무라 시각에 근거하여, 이국에서의 개척 생활의 고달픔과 시국과 국책에 순응하는 허망한 꿈을 묘사하였다. 십여 년 전 만주를 여행하던 대문호인 나쓰메 소세키夏目漱石에 비하면 '만주개척'의 정책은 이미 그들을 총체전 체제 실험의 최전방에 내세웠다.

일제가 동북지역을 점령하면서 선진적인 매체 시설도 홍보의 중요한 수단이 되어버렸다. 1932년 가을에 처음으로 일본 무장이민이 중국 동북지역으로 이주하기 시작했고, 문부성은 '사회교육과 만주국이민교육'을 위한 영화를 촬영하기 위해 활영팀을 구성했다. 그들은 인류학자인 도리이 류조鳥居龍藏를 고문으로 내세우고 돈화, 흥안령 등 지역에서 촬영을 진행했으며, 선후로 『만주자원편』, 『만주서편』, 『만주지방편』, 『만주풍물편』 등 영화들을 제작해냈다. 대련에서 시작된 만철영화반滿鐵映畵班, 만주교육영화회滿洲教育映畵會, 육군신문반陸軍新聞班, 척무성拓務省, 대일본국책영화연구소大日本國策映畵研究所, 만주이주협회滿洲移住협회, 만주개척공사滿洲開拓公司, 천리교청년회天理教青年會 등 조직들도 적극 참여하여 『북만개척』, 『제1회 만주이민』, 『낙토신만주』, 『만주 특별 농업 이민단 근황』 등 개척민 생활을 반영한 기록 영화들을 촬영했다. 이 영화들은 융성 발전하는 도시의 광경, 소와 양이 가득한 산비탈, 끝없이 넓은 들판, 가슴 설레이는 아름다운 풍경을 보여주어 이민영화의 시대를 열었다.

그중 1936년에 상영한 『북만개척』은 정치적 차원의 홍보영화로 여러 지역의 장엄하고 아름다운 풍경과 풍부한 목축업과 광산자원, 그리고 여러 민족 소녀들이 민족 복식을 하고 함께 노니는 '오족협화'의 정경을 담고 있다. 그러나 총을 들고 전투에 뛰어든 일본군도 함께 담고 있다. 영화 결말의 해설에서는 "일본인이 갑오전쟁과 러일전쟁에서 희생된 십만의 동포를 묻은 이 신성한 지역에 욕망이 있는 것은 역사적으로 보아도 필연적이다. 이런 욕망의 존재로 인해 현재의 만주는 더는 태양이 지는 지역이 아니게 됐다". 그야말로 제국주의 강도 논리에 대한 적나라한 홍보이다.

4. '백만 호 이민계획'의 제정과 중일문단의 연동 및 개척영화의 흥행

1936년 8월 일본 히로타広田내각은 '백만 호 이민계획'을 통과하고, 금후 일본정부의 '7대 국책'의 하나로 정하여, 1937년 '만주산업개발 5개년 계획강요'와 함께 실시하기로 결정했다. 따지고 보면, 두 정책은 모두 대소對蘇작전과 장기전을 위해 제정한 것이다. 실제도 그러했다. 1938년 여름, 일본군과 러시아군은 중국과 소련의 변경지역인 장고봉张鼓峰 지역에서 무력충돌을 일으키는데, 일본은 500명의 사상자를 내고 패전한다. 이 사건으로 인해 일본은 북쪽 변경에 대한 경계를 강화하였고, '만주개척운동'은 고조에 이르렀다. '백만 호 이민계획'은 일본 건국 후 첫 민족대이동으로, 일본정부는 이를 통해 본토의 정치, 경제 위기를 해결하려고 했다. 또한 소련의 남침을 방어하는 장벽을 구축하려고 했다. 따라서 '백만 호 이민계획'은 일본이 '신대륙 정책의 거점'을 마련하는 초석이자, 남으로 전진하고 북으로 방어하며 대륙을 굳게 지키는 보루였다. 동북을 삼키려는 야심을 실현하려면 일본은 반드시 '대화민족'을 핵심으로 하는 식민통치를 확립해야만 했다. 계획의 시작은 일본 본토에서 주저하면서 이민을 지켜만 보던 이들에게 큰 파동을 일으켰고, 만주국 당국이 풍요로운 토지를 차지하려는 일본이민에 대한 우려를 낳았다. 그러나 일본 식민주의자들의 협박과 유혹으로 이를 받아들이고 말았다.

관동군의 조처에 보조를 맞추기 위해 중일문단도 움직이기 시작했다. 관련 문학조직들이 줄지어 성립되었다. 1937년 6월 30일에는 만주문화회가 성립되었고, 1938년 1월에는 일본대륙개척문예간담회가 성립되었다. 이어 1941년 7월 27일에는 만주문예가협회가 성립되었고, 1942년 5월 26일에는 일본문학보국회가 성립되었다. 관동군과 홍보처의 유도에 의해, 이들 조직이 성립 후 주목을 받은 움직임은 '만주 개척지'와 연을 맺은 것으로, 많은 작가를 개척지로 보내 고찰하게 했다. 그 결과 몇 년 안 되는 사이에 근 백 명에 달하는 개척문학작가들이 나타났고, 그들은 수백 편의 소설, 보고문학, 평론, 기행, 유기, 수필 등 다양한 장르의 작품을 써냈다. 그 예로는 도쿠나가 스나오德永直의 『선발대先遣队』1938, 와다 츠토우和田伝의 『흙土』1938, 『대일향촌大日向村』1939, 하야시 후사오林房雄의 『대륙신부大陸新娘』1939, 구메 마사오久米正雄의 『백란의 노래白蘭之歌』1939, 시마키 겐사쿠島木健作의 『만주기행滿洲紀行』1940, 야마다 세자부로山田清三郎의 『나의 개척단 수기我的開拓團手記』1940 등이 있다.

이 작품들은 선후로 국책에 호응하기 위해 창간된 『선무월보宣撫月報』1936, 『개척開拓』1937, 『북창北窓』1939, 『협화운동協和運動』1939, 『신만주新滿洲』1939, 『북만합작北滿合作』1940, 『문예文藝』1942, 『만주공론滿洲公論』1944 등 잡지에 실렸다. 그 취지는 '오족협화'와 '왕도낙토'를 선양하고, 일본제국주의의 이민정책을 응원하는 것이다.

또한 만주국 식민정권은 막 건립된 만영의 기술적 우세와 화려한 여배우 이향란의 인기, 그리고 정치적 사명을 부여받은 신경에서 급부상한 여러 극장을 십분 활용하여 동보東寶 등 저명 영화사들과 손을 잡고 그중 10여 편의 소설을 영화로 제작하여 상영했다. 영화를 통해 더 많은 일본인들이 광활한 만주의 풍성하고 다채로운 면을 생생하게 느끼게 했다. 그중 동보영화사와 만영은 구메 마사오久米正雄의 『백란의 노래白蘭之歌』와 와다 츠토우和田伝의 두 작품 『대일향촌大日向村』과 『흙土』을 영화로 공동 제작하는 데 큰 영향을 일으켰다. 만영에서 촬영한 백여 부에 달하는 기록영화 중 20% 이상이 개척을 소재로 하고 있다.

일제가 대동아 전쟁에서의 기세가 나날이 기울어지면서, 관동군과 홍보처의 주선으로 1941년에 전향작가 야마다 세자부로山田清三郎를 주석으로 하여 설립된 '만주문예가협회'는 만주 전역의 수백 명에 달하는 각 민족 문예가들을 끌어들였다. '예문지도강요'의 견제하에 그들은 전부 어용 홍보원의 굴레에 묶여 여러 차례 전국 각지의 개척단을 찾아 방문하고 위문하도록 강요받았다. 또한 많은 미술회화작품전을 열었는데 그중 95% 이상의 작가가 일본인이었다. 작품에는 개척민의 생활을 담은 작품이 여러 폭 포함되었다. 한마디로 일본 식민통치 당국은 모든 신문매체와 문예형식을 이용하여 '만주개척'을 유혹적인 케익으로 포장했다. 그들은 중국과 일본의 국민들에 대해 현혹적이고 세뇌적인 홍보를 하는 것을 통해 식민정권의 '장기적인 안정'을 유지하는 비열한 목표에 도달하려고 했다.

5. 제국의 꿈이 깨지다－개척단의 악몽

중일전쟁이 끝나고 70년도 넘는 세월이 흘렀다. 당대 이 시기 역사에 대해서는 다양한 의미에서의 해석이 존재한다. 개척문학의 백 편의 경전으로 불리는 작품들은 1980년대 말부터 시작하여 이미 일본과 한국의 여러 출판사를 통해 복각되어 재판되었다. 작품들은 당시를 겪어보지 못한 후세의 사람들이 그 시기 역사 속의 참뜻을 알아가는 데 도움을 주었다. 그밖에도 일본은 200여 편의 전쟁 패배 시 일본정부와 관동군에 내쳐져 천신만고 끝에 일본으로 돌아오는 30만 개척민의 참담한 경험을 담은 작품들을 출판했다. 개인적인 전쟁 기억으로서, 그들의 전쟁 책임에 대한 회피와 감정적인 인지의 착란에 대해서는 동의할 수 없다. 이런 것들을 대조해 볼 때 이 생생한 글들이 일본 젊은이들에게 어떠한 충격과 반성을 가져다줄지 궁금하다.

국토의 함락, 문인의 향방

류사오리

1. 서론

1998년 『줴칭 대표작爵青代表作』 예퉁(叶彤) 편이 중국현대문학관에서 편찬한 『중국현대문학백가총서中國現代文學百家叢書』의 한 권으로 정식 출간되었다. 이는 만주국시기 작가의 작품선으로는 유일한 것이었고 이 작품선의 출간은 그의 고향인 중국 둥베이東北 문화계에 적지 않은 반향을 일으켰다. 둥베이문학 연구자의 한 사람인 상관잉上官纓은 다음과 같이 말하고 있다. "만약 줴칭의 고향에서라면 이 책은 출판되지 않았을 것이다. 설사 출판된다고 하더라도 지금의 이 상태로는 아니다. 보다시피 현재 이 책에는 '서序'도 없고 '후기後記'도 없으며 작가 약력에는 만주국시기 그의 정치적 성향에 대한 언급이 누락되어 있다."[1]

줴칭은 만주국시기 다각적으로 주목 받았던 중요한 작가 중의 한 사람이다. 그럼에도 불구하고 그의 정치적 성향은 지금까지도 분명하게 밝혀진 바가 없으며 그의 작품은 그로테스크하고 모호하며 언론에 비춰진 모습은 다면적이고 기묘하다. 이처럼 줴칭을 둘러싼 많은 부분이 여전히 모호한 상태로 남아있다. 본고는 줴칭의 정치적 성향, 그의 작품과 언론활동 등에 대한 고찰을 통해 지금껏 겹겹이 쌓여있던 여러 의문점들을 해명함과 동시에 이를 통해 만주국시기라는 특수한 시공간을 살아갔던 한 지식인의 존재방식에 대해 살펴보고자 한다.

줴칭1917~1962의 본명은 류페이劉佩이며 필명으로는 줴칭爵青, 류줴칭劉爵青, 류닝劉寧, 커씬可欽, 랴오딩遙丁 등이 있다. 만주국시기에 출판한 작품집으로 단편소설집 『군상群像』, 『귀향歸鄉』, 중편소설집 『구양가의 사람들歐陽家的人們』, 장편소설 『황금의 좁은 문黃金的窄門』, 『청복의 민족靑服的民族』, 『맥麥』 등이 있으며 이중 『구양가의 사람들』이 제7차 '성경문예상盛京文藝賞', 『맥』이 제2회 '문화회작품상文化會作品賞', 『황금의 좁은 문』이 제1차 '대동아문학상大東亞文學賞'을 수상한 바 있다.

---

1 줴칭의 딸 류웨이충(劉維聰)은 부친의 작품집 출판을 의뢰하기 위하여 특별히 베이징(北京)에서 창춘(長春)의 상관잉을 방문한 적이 있다. 그러나 상관잉은 작품집 편찬을 거절하였다. 역시 줴칭의 정치적 신분이 문제가 되었기 때문이다. 상관잉은 말하기를 단행본 출간이 아주 불가능한 것은 아니지만 만약 책을 출판할 경우에는 이미 밝혀진 줴칭의 정치적 신분에 대해 해명을 해야 하는데 사실 줴칭에 대한 본인의 감정도 상당히 복잡하다고 털어놓았다. 그는 말하기를 "나는 그가 한간(漢奸)이라는 것을 인정하고 싶지 않지만 또 그렇다고 하여 그의 작품의 훌륭한 예술성을 이유로 그가 한간이라는 사실을 부정할 수도 없는 노릇이다"고 하였다. 필자는 2003년 5월 창춘에서 상관잉 선생을 인터뷰한 바 있다.

2. 정치적 신분을 둘러싼 수수께끼

동시대 작가들 중에서도 쥐칭의 정치적 신분은 여전히 하나의 수수께끼로 남아있다.[2] 쥐칭에 대해 사람마다 각자 다른 기억을 가지고 있고 서로 다른 평가를 내리고 있기 때문이다. 천디陈隄의 기억[3] 속에서 쥐칭은 우울하고 과묵했으며 검정 옷을 즐겨 입는 사람이었다. 그는 홀어머니와 함께 살고 있었고 상당한 효자였으며 늘쌍 큰 뜻은 자고로 고독한 것이라고 말했다고 한다. 그들은 자주 함께 문학 이야기를 했고 가끔은 함께 잠들기도 했다. 천디는 또 "쥐칭은 중국어보다 일본어를 더 잘 했다. 중국어를 할 때 그는 항상 말을 더듬었지만 일본어를 하면 아주 유창했다. 그의 일본어 실력은 창작이 가능한 수준이었다. 그러나 나는 그가 관동군과 어떤 내왕이 있었다는 사실에 대해서는 들은 바가 없다"라고 했다. 천디는 1941년 12월 31일 "12·30 시건"[4]으로 체포되었다가 둥베이가

---

2 쥐칭의 당안(黨案)자료는 현재 지린대학(吉林大學)에 남아있는 임시당안이 유일하다.

3 천디(1915~)의 원명은 류궈싱(劉國興)이며 현재 사용명은 천디이다. 필명으로는 천디(陳隄), 수잉(殊瑩), 파리(巴力), 이니(衣尼), 류웨이(劉慰), 장싱민(將醒民), 만디(曼弟), 만디(曼娣), 위취밍(余去名), 위취밍(余去明), 궈싱(果行), 장챠오(江橋), 허웨이(何爲), 두밍(杜明) 등이 있으며 랴오닝(遼寧)랴오양(遼陽) 사람이다. 만주국시기 출판한 주요 작품으로는 장편소설 『노래를 파는 사람(賣歌者)』, 『추적(追尋)』, 중편소설 「윈즈구냥(云子姑娘)」, 단편소설 「생의 풍경선(生之風景線)」, 「솜두루마기(棉袍)」 등이 있다. 2003~2005년에 필자는 천디 선생을 여러 차례 방문하였다.

4 태평양전쟁 발발 후 1941년 12월 30일 일본은 둥베이 지역의 후방 안정을 위한다는 이름으로 둥베이 전 지역을 대상으로 대규모 검거를 진행하였고 불온하다고 판단되는 사람들은 무조건 잡아들여 구류를 시켰다. 역사에서는 이 사건을 "12·30

해방이 된 뒤에야 석방되었다. 줴칭에 대한 그의 기억은 1942년 전의 것이다.

반면에 만주잡지사滿洲雜誌社에서 함께 일했던 줴칭의 동료였던 이츠疑遲는 "줴칭은 일본어가 능숙하여 일본인들과 가깝게 지냈고 관동군 사령부의 통번역을 담당하기도 하였다. 우리는 모두 줴칭을 두려워했고 심지어 일부 일본인 작가들까지도 그를 꺼려했다"[5] 고 기억한다. 필자는 이와 비슷한 이야기를 상관잉에게서도 들은 적이 있다. 상관잉은 당년의 예문지파藝文志派 동인이었던 이츠 선생을 인터뷰한 적이 있는데, 그에 따르면 한번은 줴칭이 술자리에서 '아무리 서로 잘 아는 친구들이라고는 하지만 반만항일反滿抗日하는 자에 대해서는 절대 가만두지 않을 것이야'라고 큰소리를 쳤다고 했다. 상관잉은 다음과 같은 기록을 남기기도 했다. "줴칭의 작품들 이를테면 『구양가의 사람들』이나 『청복의 민족』, 그리고 『황금의 좁은 문』 등과 같은 작품 들에는 '나라를 배신하고 적에게 투항하는' 그런 내용이 전혀 포함되어 있지 않지만 줴칭은 지금까지 줄곧 '문화 한간文化漢奸', 심지어는 '특수 간첩特務' 취급을 받아 왔다."[6]

사건"이라고 칭하고 있다.

5 이츠(疑遲, 1913~2005), 본명은 류위장(劉玉璋, 현재 사용명은 류츠(劉遲)이다. 필명으로 이츠(疑遲), 이츠(夷馳), 츠이(遲疑) 등이 있으며 랴오닝(遼寧) 톄링(鐵嶺) 사람이다. 만주국시기 출판한 작품으로 소설집 『화월집(花月集)』, 『풍설집(風雪集)』, 『천운집(天云集)』, 장편소설 『동심결(同心結)』, 『송화강 위에서(松花江上)』 등이 있다. 2003년~2004년 사이 필자는 이츠 선생을 여러 차례 방문하였다.

6 上官缨, 「论书岂可不看人」, 『上官缨书话』, 吉林人民出版社, 2001.

작가 진탕金湯, 톈빙(田兵)[7]은 줴칭에게서 도움 받았던 일들을 털어놓고 있다. "당시 나는 『해조海潮』라는 시집을 출판 준비 중이었고 심사자는 줴칭, 구딩古丁, 장원화張文華를 비롯한 '만주출판협회' 사람들이었다. 그때 줴칭이 '그 시집 말이야, 그냥 내지 말지 그래! 분위기 살벌한데(살고 싶지 않으면 내든가)'라면서 슬그머니 나에게 귀띔해주었다. 또 한번은 1940년 문화회文化會 주최하에 회의가 개최되었을 때다. 당시 나는 봉천현 선양瀋陽에서 『작풍作風』지를 발간 중이었고 관뭐난關沫南이 북만 지역에서 『북대풍北大風』을 발간 중이었는데 줴칭은 우리 두 사람을 모두 창춘으로 불러 회의에 참석하게 하였다. 우리 두 사람은 모두 문화회의 회원이 아니었고 그래서 문화회 배지를 가슴에 달지 않았다. 우리는 회의장에 들어서자마자 줴칭의 눈에 띄었고 그는 우리가 배지를 달지 않은 것을 확인하고는 크게 화를 내면서 '빨리 배지 달어!'라고 했다. 우리는 회원도 아닌데 라고 했더니 그는 말하기를 '문화회 회원이 아니어도 이제는 회원이 된 것이고 참가하기 싫어도 참가해야 되니 빨리 배지를 달아. 그렇지 않으면 시끄럽게 될거야'라고 말해주었다." 이와 같은 언질은 당년의 톈빙에게는 정말 중요한 사안이었고 심지어 이 말 한마디가 큰 화를 피면하게 하였을지도 모르는 일이었다.

---

7 진탕(金湯, 1912~), 원명은 진더빈(金德斌), 필명으로 톈빙(田兵), 페이잉(吠影), 웨이란(蔚然), 헤이멍바이(黑夢白), 진산(金閃) 등이 있으며 랴오닝(遼寧) 뤼순(旅順) 사람이다. 만주국시기 발표한 주요 작품으로는 「T촌의 그믐날(T村的年暮)」, 「선생님의 위풍(老師的威風)」, 「라이터(火油機)」, 「아랴오스(阿了式)」 등이 있다. 2003~2005년에 필자는 진탕 선생을 여러 차례 방문하였다.

톈빙의 기억과 비슷한 내용은 관뭐난의 작품집 『춘화추월집春花秋月集』에서도 확인된다. 관뭐난은 특별히 쉐칭을 위한 글을 발표하였고 다음과 같이 기록하고 있다.

쉐칭과 작가 한줴寒爵 라오한老罕이 한팀, 그리고 나와 나의 전우戰友가 한팀이 되어 우리 쌍방은 30년대에 꽤 긴 시기에 걸쳐 지상 논전을 벌린 바 있고 거의 원수지간이 되다시피 하였던 적이 있다. 그런데 어느날 쉐칭이 갑자기 나를 찾아와서 하는 말이 싸움 끝에 친구가 된다고 앞으로 친구로 지내고 싶다고 했다. 창춘만일문화협회長春滿日文化協會의 촉탁囑託으로 있던 시절 쉐칭은 부지런히 나에게 편지를 썼고 편지에서는 나를 '큰 동생'이라고 부르면서 시기별 나의 작품과 창작활동에 대해 조사를 했다. 그는 나의 소설 「어느 도시에서의 하룻밤某城某夜」을 단행본 『소설가小說家』에 수록했고 또 다른 작품인 「토치카에서의 밤地堡里之夜」을 잡지 『소설인小說人』에 게재해주었다. 일본인 작가 오오우치 타카오大內隆雄와 후지타 료오카藤田菱花 두 사람이 각각 나의 소설 「두 뱃사공兩船家」과 「어느 도시에서의 하룻밤」을 번역하여 둥베이에서 제일 큰 일본어신문이었던 『만주일일신문滿洲日日新聞』에 선후로 연재하였다. 이 일이 쉐칭과 연관이 있는지 여부에 대해서 나는 알 수 없다. 하지만 훗날 이러한 작품들은 모두 다 나의 '범죄의 증거'가 되었다.[8]

8　关沫南,「秘捕死屋」,『春花秋月集』, 辽宁民族出版社, 1998.

1941년 말 관둬난은 하얼빈좌익문학사건哈爾濱左翼文化事件으로 체포되어 수감되었고 그는 끝내 사건의 진실을 알 수 없었다.

줴칭을 부역작가로 분류하고 있는 타이완의 학자 류신황劉心皇은 줴칭에 대해 기술하면서 먼저 대동아문학자대회에 참가한 줴칭의 이력을 우선적으로 언급하고 있다. 그러나 바로 이어지는 다음 문장에서 그는 줴칭을 평가하기를 "줴칭, 그는 천재적인 인물이었다. (…중략…) 문예계에서 그의 활약은 상당했지만 그는 결코 만주국을 찬양하거나 노래하는 작품은 쓰지는 않았다"[9]고 하였다. 이어 류신황은 줴칭의 작품적 특징에 대해 간단하게 요약할 뿐 줴칭의 부역과 관련되는 문제를 언급하고 있지는 않다. 이에서 알 수 있듯이 류신황이 줴칭을 부역작가로 분류하는 중요한 기준은 대동아문학자대회에 참여한 그의 이력 때문임을 알 수 있다.

이처럼 당시 줴칭과 알고 지냈던 많은 사람들조차 우울하고 과묵한 그의 내면을 알 수 없어 했고 대부분의 사람들은 줴칭에 대해 십분 의심을 품고 있으면서도 다른 한편으로는 그의 정치적 신분에 대해 쉽게 단언하지는 못했다. 심지어 1962년에 작고한 당사자 역시 이 사실에 대해서는 그 어떤 해석을 남겨놓지 않고 있다.

여러 자료들에 근거해볼 때 현재 확실시할 수 있는 사항들은 다음과 같은 몇 가지이다. 만주국시기 줴칭은 일만문화협회 직원이었고 문화회 신징新京지부의 간사였으며 문예가협회 본부위원이었고

9 刘心皇, 『抗战时期沦陷区文学史』, 中国台北成文出版社, 1980.

개편된 문예가협회에서는 기획부 위원으로 있었고 지위는 부장인 미야가와 야스시宮川靖에 버금가는 자리였다. 제1차, 제3차 대동아 문학자대회에 참석하였고 대회 정신을 추종하는 논설을 발표하였고 만주국에 돌아와서는 여러 신문과 잡지에 성전을 옹호하는 글들을 발표하였다. 그럼에도 불구하고 수도 신경의 문화경찰들은 여전히 쥐칭에 대한 정찰을 게을리하지 않았는데 만주국특고경찰비밀보고서滿洲國特高警察秘密報告書에 기재된 쥐칭에 대한 기록이 이를 증명해 준다. 보고서에는 쥐칭의 작품에 대해 다음과 같이 분석하고 있다.

매월평론

쥐칭

『청년문화』 강덕10년 10월호

원문

내 말의 요지는 일만화日滿華 사이의 집회나 교류가 국경을 무화시키는 측면이 있다는 것이 아니라 문학의 국제적 교류 문제는 반드시 실질적인, 근본적인 문제에서 신중하게 고려한 후에 대대적으로 전개시켜야 한다는 말이다. 우리는 풍부한 일본문학을 수용해야 하며, 동시에 중국문학도 함께 공부할 필요가 있다. 하지만 국경에 대한 자각이 사라진다면 모든 것이 공 들인 보람 없이 허사로 돌아갈 것이다. 때문에 우리 모두는 "문학에는 국경이 없다고 하지만 사람 사이에 국경은 존재한다"는 말을 심사숙고하지 않으면 안 된다.

분석

일만화 사이의 문학적인 집회와 교류가 결코 민족적 경계의 소멸을 의미하는 것은 아니다. 그 필요성은 서로에 대한 참조에 있는 것이지 결코 각 민족의 문화적 방어선을 타파하는 것이 아니다. 이는 곧 만계 문화인들을 향해 국제적인 문학사업 중에서 민족의식을 상실해서는 안 된다는 것을 강조한 것이다.[10]

인용문에서 드러나듯이 쿼칭 작품에 대한 분석에는 "정찰偵察" 적인 시선이 강하게 드러나고 있으며 심지어 억지스러운 면이 없지 않다. 이러한 분석보고서가 비록 쿼칭에게 별다른 위험을 가져다주지는 않았지만 적어도 쿼칭 역시 그들의 감시 대상이었다는 사실을 확인시켜 준다. 쿼칭의 정치적 신분 문제는 결국 이와 같은 사실로 해명이 되었지만 작가 이면의 내면세계는 어떠했을까? 그리고 그러한 내면을 투사시킨 작품은 또 어떠할까?

3. 문학 창작을 둘러싼 수수께끼

만주국문학연구가 중국현대문학연구의 한 분야로 시작되던 초기에 쿼칭은 모호한 정치적 신분으로 하여 그의 문학은 물론 작가

10 「首都特秘发三六五○号」, 康德十年十一月廿九日(1943.11.29). 于雷译, 李乔校, 「敌伪秘件」, 『东北文学研究史料』 第6辑, 哈尔滨文学院编, 1987, 158쪽에서 인용.

본인까지도 연구 대상에서 배제되어 있었다. 당시 둥베이윤함기문학을 수집하고 연구하는 가장 중요한 양대 잡지였던 랴오닝성 사회과학원 문학연구소遼寧省社會科學院文學研究所와 헤이룽장성 사회과학원 문학소黑龍江省社會科學院文學所에서 교대로 편집하고 있었던 부정기 간행물인 『둥베이현대문학사료東北現代文學史料』후에 랴오닝성사회과학원문학연구소에 의해 『둥베이현대문학연구』로 개제됨, 1980~1989와 하얼빈여가문학원哈爾濱業余文學院에서 편집한 『둥베이문학총서東北文學叢書』1984~1988에는 쥐칭의 작품은 물론 연구논문도 수록하지 않고 있다. 1987년 하얼빈시 도서관에서 편찬한 내부자료인 『둥베이윤함기작품선東北淪陷期作品選』에도 쥐칭의 작품은 수록되지 않았다. 1989년 산딩山丁이 편찬한 『둥베이윤함시기작품선-촉심집東北淪陷期作品選：燭心集』 역시 그의 작품을 수록하지 않았다.

사실 쥐칭은 상당한 다작의 작가로서 당시 문학과 관련된 모든 잡지에 그의 글들이 수록되어 있다. 만주국문학을 연구하는 연구자라면 누구라도 그의 작품을 접했을 것이지만 그럼에도 그 어디에도 수록되지 않았다는 것은 그의 작품이 연구자들에 의해 의도적으로 제외되었다는 것을 말해준다. 그러다 1996년 장민마오張敏茂가 책임편집을 맡은 『둥베이현대문학대계東北現代文學大系』14권에 와서야 비로소 쥐칭의 단편소설 「귀향歸鄕」, 「하얼빈哈爾濱」과 장편 『맥』이 수록되었다. 그리고 1998년 중국현대문학관에서 편찬한 『중국현대문학백가총서』 중의 한 권으로 『쥐칭 대표작』이 포함되었다. 이 책에는 쥐칭의 총 19편의 중단편을 수록하고 있다. 후에 첸리췬錢理群이 책임 편집을 맡은 『중국윤함기문학대계中國淪陷期文學大系』14권에 쉐칭의 소설 「폐허의 책廢墟之書」, 「악마惡魔」, 「유서遺書」 등이 수록되었고 『중국현대문학보충서계中國現代文學補遺書系』에 그의 장편 『구양가의 사람들』이 수록되었다.

쉐칭의 작품 중 다수는 소설이다. 그의 문체는 독특하고 회삽하며 풍치있으면서도 화려하고 매혹적이다. 당대의 비평가 바이링百灵으로부터 "귀재鬼才"라는 평가를 받은 바 있는 그의 소설은 도시 풍경을 그려내는 데에 주력한다. 「하얼빈」, 「대관원大觀園」, 「어떤 밤某夜」, 「골목巷」 등과 같은 소설들은 공간적 구성을 통해 도시의 화려함과 부패, 개방과 몰락, 문명과 야만을 드러내면서 일군의 독특한 여성상을 구축해냈다. 항상 불안해 보였던 「하얼빈」의 여성 인물 링리靈麗는 음탕하고 자유로우면서도 넘쳐나는 생명력으로 자유를 추구했던 인물이었고, "온몸에 음미함이 흘러넘치는 꽃뱀"을 방불케 했던 「남자와 여자들의 소상男女們的塑像」에 등장하는 여자 손님은 사회와 성性에 대한 현대적인 인식을 가지고 있는 모더니스트였다. 그녀는 적극적으로 자신이 원하는 사랑을 쟁취하고 향유한 후에는 다시 제자리로 돌아가 은행가와 결혼한다. 처량함 속에서도 곱고 아름다웠던 「대관원」의 기생 장수잉張秀英은 기생이라는 신분에 얽매이지 않고 스스로를 비하하지도 않았으며 대담하게 사랑을 추구했다. 절벽 같은 도시의 건축물 사이를 베틀 북처럼 드나들었던 도시의 여성들은 "극독이라는 비료에 의해 재배된 식물에서 피어난 처량하게 아름다운 꽃"처럼 도시라는 공간을 장식하고 있다. 줴칭의소설들을 중국현대도시 소설로 독해해도 큰 의미를 지닌다. 그의 소설은 문체에 있어서나 내용에 있어서나 모두 도시가 내포하고 있는 가능성을 확장시키고 있어 "하이파이海派"의 도시문학에 견줄 정도이다.

또한 줴칭의 소설은 사변적思辨的 성격이 강하여 관념이나 문제의식에 주목한 소설적 구성을 취하는 경우가 많다. 특정한 문제에 대해 사고할 때, 그는 자주 소설을 통해 그것을 전달한다. 그의 창작을 추동하는 것은 소재적인 차원이 아닌 관념과 문제의식이다. "나는 「연옥戀獄」에서 행복의 무계획성에 대해, 「예인 양쿤藝人楊崑」에서는 생명과 예술의 절대성에 대해, 「유서遺書」에서는 생명력의 쇠진에 대해, 「풍토風土」에서는 생명의 연원적 추구에 대해, 「대화對話」에서는 생명의 예찬에 대해, 「환영幻影」에서는 생명과 허망무력함의 대결, 격투에 대해, 「위모의 정죄魏某的淨罪」에서는 생명의 자유로움에 대해 쓴 바 있다. 나에게 있어서 최근 반년은 생명을 음미하는 시간이었다고 할 수 있다."[11] 줴칭은 관념성이나 문제의식을 형상화할 수 있는 제재들을 찾아다녔지만 소재의 선택에 있어서는 그 역시 당시 다수의 만주국 작가들이 그랬던 것처럼 만주국의 현재성을 언급하는 것을 회피했으며 설사 만주국과 관련이 있다고 해도 그저 소설적 시간이나 공간적 배경에 그쳤다. 뿐만 아니라 소설적 인물과 사건은 대부분 초현실적인 것으로서 시공간적 제

11 爵青, 「『黃金的窄门』前后」, 『青年文化』 第1卷第3期, 1943.10.

한을 벗어나거나 심지어는 황당무계한 것들이었다. 당대의 줴칭 소설에 대한 평가도 이와 유사하다. "신비하고 괴이한 초현실적인 환상성, 그리고 혼신을 다해 눈앞의 현실로부터 도피하는 모습, 그는 결코 계급적 사회의 민낯을 드러내지 않았으며 스스로를 고립시키면서 외부로부터 영향받는 것을 거부했다."[12] 그리고 줴칭의 이러한 창작적 태도는 시종일관 변하지 않았다.

줴칭은 문체에 대해서도 강한 자의식을 가지고 있었다. 그의 사유는 관념적인 문제의식에만 그쳤던 것이 아니라 문학창작 자체에 대해서도 독특하고 깊은 관심을 가지고 있었다. 그는 문체적 혁신을 적극 지지했고 각종 문체적 실험을 직접 시도했는데 이를테면 그의 작품 속에는 의식의 흐름, 신감각, 황당무게, 블랙코미디 등과 같은 소설적 형식이 적극 도입된 점이다. 뿐만 아니라 그의 소설 중에는 스토리 부재, 환경 부재의 작품들도 존재한다. 그는 '소설은 거대한 산문이다. 여타의 예술들은 강령과 질서를 필요로 할지 모르지만 소설은 그것을 필요로 하지 않는다'는 영국 소설가 포스터의 소설관념을 신봉했다. 그는 "소설은 끊임없이 기존의 규정들을 타파하면서 스스로를 해방시킨다"고 보았고 "영국 현대소설 중 가장 유명한 조이스의 『율리시스』와 프랑스 현대소설의 대표작이라 할 수 있는 프루스트의 『잃어버린 시간을 찾아서』는 우리가 가지고 있는 소설에 대한 관념적인 인식을 완전히 뒤집은 작

12 「论刘爵青的创作」, 陈因 编, 『满洲作家论集』, 大连实业印书馆, 1943.

품들이다"라고 보았다.[13]

그의 소설은 문체에 있어서 선도적이고 구성에 있어서는 집요한 탐색과 실험, 과잉의 자의식으로 집조되어 있었다. 수사는 괴이하고 신비하며 모호하면서도 서구적이었다. 쥐칭의 소설은 자주 사람들에게 독서 장애를 가져왔지만 그는 본인 소설의 이러한 문제점을 알고 있으면서도 아랑곳하지 않았다. 그는 말하기를 "소설가는 사상과 직관으로 소설을 구성하고 표현해야 하며 소설적 내용은 소설가에 의해 재구성된 현실이자 사유의 산물이다. 이렇게 재구성된 현실은 더욱 조직적이며 인간 세상을 더욱 높은 차원에서 해부할 수 있다. 이러한 소설은 당연히 세상에 쉽게 받아들여지지 않는데 그것은 현실이라는 것이 대체적으로 무지몽매하고 맹목적인 것이기 때문이다. 따라서 소설은 무지몽매하고 맹목적인 현실에 아첨해서는 안 되며 소수인에게라도 받아들여지고 이해되는 것으로 만족해야 한다. 진정한 가치가 있는 소설이라면 다음 세대에 의해 반드시 사랑받고 칭송될 것이다"[14]라고 했다.

「예인 양쿤」과 「분수噴水」[15]는 쥐칭 소설의 예술적 특징의 일부를 대변할 수 있음과 동시에 특수한 시공간하에서의 그의 은밀한 내면을 들여다 볼 수 있는 작품들이다. 쥐칭은 「『황금의 좁은 문』 전후」에서 "「예인 양쿤」은 예술과 생명의 절대성에 대한 소설이

13 爵青, 「小说」, 『青年文化』 第2卷第1期, 1944.1.

14 위의 글.

15 「艺人杨崑」, 『青年文化』 第1卷第1期; 「喷水」, 『青年文化』 第2卷第2期.

다"라고 말한 바 있다. 이것을 전달하기 위해 쉐칭은 하나의 이야기를 만들어낸다. 소설 속에는 서술자 '나'가 등장하고 '나'는 방랑생활을 갈구하는 중학생이며 나중에 '문사'로 성장한다. 모든 이야기는 '나'의 경험과 사유 속에서만 전개되며 "나는 사랑과 존경하는 마음으로 이 떠돌이 예인의 삶을 기록한다"고 적고 있다. 코미디언 양쿤은 자신의 생김새가 원숭이와 흡사하다는 것을 알고는 열심히 원숭이 흉내내기에 전념하고 모든 관객들이 자신의 연기 앞에서 무릎을 꿇게 한다. 후에 양쿤은 이유 없이 살이 찌기 시작하면서 더 이상 원숭이 연기를 할 수 없게 된다. 그러자 그는 다시 '야바위'를 공들여 연습하기 시작해 결국에는 신의 경지에 이르게 된다. 그럼에도 그는 결국 작은 객잔에서 가난 속에 죽어갔다. '수獸'와 '신神' 사이의 수난자인 '사람人' 양쿤, 그는 '지성'과 '무아'를 통해 예술과 생명의 절대적인 상태에 도달한다. 소설은 두 가지 방식으로 전개된다. 하나는 생명과 예술을 중심으로 한 양쿤의 행적이고 다른 하나는 학생과 문사의 입장에서 생명과 예술의 절정에 대한 사유를 보여는 '나'의 시선이다. 지혜와 지혜에 대한 수사가 함께 구현되면서 독자들로 하여금 정신을 못 차리게 하고 동시에 곤혹스럽게도 한다.

소설 「분수」에는 '평범한 사람의 생일'이라는 부제가 달려있다. 이 작품은 '행동' 중심의 의식의 흐름수법을 보여주는 소설이다. 한 남성의 26세가 되던 생일날에 있었던 일을 중심으로 전개되는 이 작품에는 중심 이야기는 물론 스토리 자체가 거의 존재하지 않는다. 소설은 악몽→기상→점치기→아침 식사→출근→점심 식사→퇴근→산책→분수 관람→귀가의 순서로 전개된다. 한 남성의 발걸음이 그의 의식을 이끌고 있으며 하루 동안의 평범한 일정과 평범하지 않은 의식의 전개 과정 속에서 아내, 아이, 골동품상, 화가, 정원사 등과 같은 이름 없고 얼굴 없는 일련의 존재들이 스쳐지나간다. 하지만 이런 인물들은 스토리를 구성하지도 않고 남자의 의식의 흐름에 관여하지도 않은 채 의식의 흐름 외에 유리된 채로 오직 남자가 존재함을 증명하는 목격자들로 존재할 뿐이다. 남자의 하루 동안의 의식의 흐름 속에서는 과연 어떤 것들이 흘러지나갔을까?

"사납고 독살스럽게 생긴 거대한 짐승 한 마리가 어처구니없게도 그의 앞에서 비틀거리고 있었고 먼 지평선에서는 형상이 기이하고 색채가 다양한 한 줄기 불줄기가 꿈틀거리고 있었다." 이것은 남자의 꿈속이다. 몇 년 동안 남자는 거의 매일 악몽을 꾸고 있다. 어떤 초조함이 이 26세의 젊은 남자로 하여금 악몽 속에 시달리게 하고 있는 것일까? 흉악한 모습의 거대한 짐승과 기이한 형상의 다양한 색채의 불줄기는 과연 어떤 상징성을 가지고 있는 것일까? 꿈에서 깨어나 눈을 뜨자 그의 시선은 창문의 서리에 가 멈추었고 그는 그것이 망망한 바다라고 생각했다. "인생의 바다를 건널 때 나침판은 비록 믿을 만하지만", "선박의 앞날을 결정하는 것은 보통 그 선박 자체의 운명이다. 때문에 선박과 그 운명을 같이 하는 최고의 선원은 항상 온 힘을 다해 자신의 운명을 극복하고자 노력할 뿐 현판을 두들기는 눈앞의 파도에는 개의치 않는다. 따라서 선박 자체의 입장에서 보면 선원의 전적인 의지는 항상 나침판보다 우월적인 위치에 있는 것이다."

상기의 두 갈래의 의식의 흐름을 연결시킬 때 우리는 완전한 하나의 이야기를 구성할 수 있다. 험악한 생존환경에서 남자는 닻을 올려 원행에 나서고자 하고, 이때 남자는 이론적인 학설보다는 스스로의 의지에 의거하고자 한다. 한 편의 소설에 불과하지만 분명한 것은 여기서 줴칭이 자신의 의지를 남자에게 투사시키고 있다는 점이다. 그는 남자를 직업작가로 설정하고 있고 거기에 천부적인 회화적 재능을 부여하고 있는데 사실 이런 사항들은 줴칭 자신의 신분과 취미에 부합하는 부분이기도 하다.

1943년을 전후하여 줴칭의 적지 않은 친구들이 모두 화베이華北로 옮겨갔고 또 적지 않은 사람들은 검거되어 투옥되었으며 심지어 일부는 실종되기도 하였다. 이러한 현실이 예민한 줴칭에게 아무런 영향을 미치지 않았을 리 없다. 그는 생존환경의 험악함을 깊이 느끼고 있었고 그래서 그는 톈빙에게 시집을 출간하지 말라고 귀띔했으며 그들에게 문화회 배지를 달게 하였다. 예문지동인이었던 신자辛嘉와 두바이위杜白羽는 화베이로 옮겨갔고 절친 천디는 검거 투옥되었다. 이러한 환경 속에서 줴칭은 그 자신 역시 그들 중의 한 사람이 될 수 있다는 것을 잘 알고 있었다. 이러한 주위 환경이 그를 초조하게 하였고 악몽에 시달리게 하였던 것이다. 가장 간단하고 직접적인 방법은 떠나는 것이었다. 창문의 서리를 보고 그는 그가 종래로 본 적이 없는 낯선 바다를 생각했고, 다시 바다에서 살아남기의 어려움을 상상하였던 것이다.

길에서 남자는 자신의 악과 선에 대해 생각한다. 그는 자신이 인간의 악에 탐닉했던 과거를 생각하며 이제는 용기를 내어 이러한 인간의 악을 정시함으로써 "인간의 악으로부터 스스로를 구원할 수 있는 큰 도리를 발견하기 위해 필사적이 되고자 한다". 그가 생각하기에 그의 세대들이 가지고 있는 인간의 악에 대한 감정은 오직 한 가지, 즉 '증오'라고 생각한다. 심지어 어떤 이들은 이러한 '증오' 감정이 바로 그들 세대의 지고의 미덕이라고까지 생각한다. 하지만 남자는 이에 대해 다른 생각을 가지고 있다. "증오가 스스로에게 남겨주는 황량함과 다른 사람에게 가져다주는 멸망감은 필경 '미덕'이라는 두 글자로는 가릴 수 없는 것이다", "그가 보기에 어둡고 암담한 증오, 겸양과 용서에 의해 영원히 거절당할 증오는 그저 환영만을 조성할 뿐이며 심지어 그 환영이라는 것까지도 사실은 그저 교만하고 음탕한 세속의 폐허일 뿐이다. 이러한 폐허 앞에서 무엇을 얻을 수 있단 말인가? 그것은 결코 대환희라고 할 수 없는 것이며 그저 그것과 반대되는 비애일 따름이다"고 생각했다. "그는 진심으로 인간의 악을 포옹하고자 했다. 인간의 악이라는 진흙탕으로부터 벗어나 피안의 준령에 오르고자 했다."

여기서 우리는 '인간의 악'을 그대로 만주국에 등치시킬 수는 없다. 하지만 이 양자 사이의 관계를 부정할 수는 없으며 최소한 소설 속의 '인간의 악'과 악몽, 생존 환경은 상관성이 있다는 것을 알 수 있다. 남자는 점보기에 빠져 있는 동시에 다른 한편으로는 스스로에게 점보기가 가지고 있는 허망함을 또렷하게 각인시키고 있다. 아내가 만들어주는 맛있는 음식을 누리면서도 다른 한편으로 결혼이라는 것은 족쇄라고 생각한다. '인간의 악'에 탐닉하면서도 그 속에서 스스로를 구원할 수 있는 큰 도리大道를 발견하고자 한다. 그는 자신이 탐닉하고 있는 '인간의 악'을 변명하기 위해 각양각색의 그럴듯한 합리적인 이유들을 나열한다.

줴칭은 지성적인 작가이다. 그는 만주국의 실제를 잘 알고 있었고 그 속에서 존재하고 그를 위해 봉사하면서도 그 속에 있는 자신을 변명하기 위한 이유를 찾고 있었다. 그는 소설 속 남성의 의식을 통해 내면의 은밀한 생각을 보여주고 있다. 하지만 이와 같은 논법은 황당하고 무력한 것이다. 그 시기 '인간 악'이라고 하는 것은 보통 말하는 '인간 악'이 아닌 이민족이 침략하여 나라를 멸망시키고 종족을 멸하는 '인간 악 중의 극악'이었고 이 시기의 '증오'라는 것은 결코 미덕이 아니었다. 그렇다면 미덕이란 과연 어떤 것일까? '인간 악' 중에서 생존하면서 그것은 죄가 없는 것이고 '인간 악'을 포용하고자 하는 것은 그 어떤 이유로도 용서할 수 없는 죄인 것이다. 줴칭이 만주국을 떠나고 싶지 않은 이유는 여러 가지일 수 있지만 만주국을 위해 봉사하면서 동시에 스스로를 구할 수 있는 큰 도리를 발견하고자 하는 것은 환영일 뿐이고 허망한 것이었다.

줴칭 스스로도 이러한 논법의 무력함을 의식해서였을까! 이러한 작품 전개 속에서 그는 남자로 하여금 환각에 빠지게 한다. "'거짓말쟁이 귀신!', 환청은 집요하게도 남자의 귀에 대고 속삭였다." 가혹한 생활은 거짓말로도 위안을 얻지 못했다. 환각 속에서 남자는 무대 위에 있었지만 공연은 계속 끝나지 않고 있다. "예정된 공연과 대사도 모두 끝났고 남자는 웃고, 울고, 공중회전, 익살스러운 표정을 짓는 것을 할 수밖에 없었다. 하지만 웃고, 울고, 공중회전하고 익살스러운 표정을 짓는 과정에 그는 거대한 진실을 발견한다. 웃고, 울고, 공중회전하고 익살스러운 표정을 짓는 이 추태 속에서 그는 야속하게도 온 힘을 다해 자신의 생명 전반을 그대로 표현하고 있는 자신을 발견한다." '인간 악'에 탐닉하는 중에 남은 것은 오로지 추잡한 공연뿐이었고 스스로를 구원하는 큰 도리 같은 것은 없었다. 줴칭은 이것을 분명하게 인식하고 있었다.

줴칭은 자신의 의식을 소설 속에 투사하여 함께 집조하고 있었고 소설 형식을 통해 자신의 곤혹스러움을 반복적으로 음미하고 있다. 강력한 자아의식이 작품의 모든 것을 좌우하고 있었고 더 많은 작품들은 사실상 스스로와의 대화에 지나지 않았다. 줴칭은 분명하게 인식하고 있었다. 소설은 만주국 정부와 사람들이 생각하는 것처럼 그렇게 중요하지 않다는 사실을. "오늘날과 같이 가혹하고 긴박한 생활 속에서 소설이 사람들의 생활에 무엇을 더해줄 수 있을 것인가는 의문이다. 나는 항시 생각한다, 소설가 수중에서 만들어지는 2~3만 자의 원고를 통해 인생 최대의 교훈과 심취를 얻고자 하는 것은 생활의 현실성이라는 측면에서 보면 불가능한 것이다. 뿐만 아니라 실질적으로 그것을 얻고자 하는 것 자체도 사실은 굉장히 위험한 행동이다."[16] 그는 소위 말하는 '문학 보국' 같은 것을 믿지 않았고 그의 작품 속에도 이러한 의식은 드러나지 않고 있다. 하지만 언론에 발표된 줴칭의 글은 이와는 상당히 다르다.

4. 언론의 이면

언론에서 줴칭의 표현 방식은 소설과는 완전히 반대된다. 우울하고 기괴하고 회삽한 줴칭은 더 이상 존재하지 않으며 그것을 대신하는 것은 앙양되고 명석하며 아첨하는 줴칭이다. 언론에 발표한 줴칭의 글들을 정리하면 다음과 같다.

줴칭, 「결전과 문예활동決戰與文藝活動」, 『청년문화』 제2권 제3기, 1944.3.

줴칭, 「제3회대동아문학자대회 소감第三屆大東亞文學者大會所感」, 『청년문화』 제3권 제1기, 1945.1.

줴칭, 「만주문예의 동양적 성격의 추구滿洲文藝的東洋性性格的追求」, 『예문지藝文志』 제1권 제6기, 1944.4.

제웨칭 · 우랑 · 톈빙, 「좌담회 – '만주를 어떻게 쓸 것인가怎樣寫滿洲'」, 『예문지』 제1권 제3기, 1944.1.

---

16 爵青, 「小说」, 앞의 글.

줴칭 · 톈랑田瑯, 「소설을 논함談小說」, 『예문지』 제1권 제11기, 1944.9.

줴칭 · 우랑, 「대동아문학자대회 참가 소감出席大東亞文學者大會」, 『기린麒麟』 제3권 제2호, 1943.2.

줴칭 · 산딩山丁 · 퉁펑董鳳 · 덩구鄧固 · 바오후이保會 · 치펀其芬, 「좌담회 —예문가들의 십년 고투에 대한 쾌담藝文家十年苦鬪快談」, 『신만주新滿洲』제 4권 제3호, 1942.3.

줴칭, 「결전의 제3년과 만주문학決戰第三年與滿洲文學」, 『성경시보盛京時報』, 1943.1.9.

이 중 몇 부분을 기록해 보면 아래와 같다.

만주문학은 아직 발전 단계에 처해 있고 그 근본정신은 일찍이 『문예지도요강』의 반포를 통해 명시한 바와 같이 기본적으로 건국정신에 기반하면서 역사적, 정신적인 측면에서는 북방 보호라는 사명을 완성하고 팔굉일우 정신의 미적 현현으로서의 아세아의 동양적 성격을 확대발전시키는 것을 간절히 원하는 바이다.[17]

전세의 격화에 따른 사상전의 범위는 일층 더 확대되고 심화될 것이다. 만주예문이 당면하고 있는 앞으로의 임무는 더욱더 증대될 것이며 예술가, 문인에 대해서도 더욱 왕성한 결전 의식과 적극적인 활동을 요구하게 될 것이다. 더욱 견고하고 더욱 치열한 의지로 각종 난관에 맞서

17 爵青,「出席大东亚文学者大会所感」,『麒麟』第3卷2月号, 1943.2.

야 할 것이며 죽음으로써 예문보국의 정성에 보답해야 할 것이다.[18]

만약 우리의 문학이 한 자 한 자가 전투적 역량을 증강시키는 힘이 되고 한 줄 한 줄이 적을 섬멸하고 국가를 발흥시키는 선서가 되어 한 나라 한 마음과 대동아의 혼魂이라는 우리의 '지志', 를 작품 속에 깊이 함축시킨다면 그것이 곧 만주문학의 미美가 되고 영원이 되는 것이다.[19]

우리는 대동아전쟁은 반드시 승리하고 대동아공영권은 반드시 성공할 것이라는 것을 굳게 믿는다. 만주문학이 꽃을 피우고 열매를 맺는 것은 오로지 이 승리의 결의와 성공이라는 사실에 의거한 것이고 제3차 대동아문학자대회에 참석하고 나서 이와 같은 신념을 더욱 공고히 하게 되었다. 나는 문학자로서 가장 행복하고 가장 위대한 시대에 태어난 것을 참으로 다행스럽게 생각한다.[20]

이상에서 살펴본 바와 같이 아무런 특색 없는 낯간지러운 글귀들에서는 마치 만병통치약 처방하듯이 '건국정신', '팔굉일우', '예문보국', '대동아성전' 등과 같은 단어들을 남발하고 있다. 줴칭의 이러한 태도는 당시의 만주국 선전기관에 있어서는 가히 '모범'이라고 할 만한 것이다. 생명과 예술의 절대적 경지를 운운하던 줴칭, 예민하고 악몽에 시달리던 청년, 관념과 문제의식을 추적하면서 문체 혁신에 집요했던 작가는 도대체 어디로 사라졌단 말인가?

---

18 爵青,「决战与艺文活动」,『青年文化』第2卷第3期, 1944.3.

19 爵青·田琳,「谈小说」,『艺文志』第1卷第11期, 1944.9.

20 爵青,「第三届大东亚文学者大会所感」,『青年文化』第3卷第1期, 1945.1.

사람은 진정 마술처럼 한순간에 변신하여 근엄한 창조자에서 유치하고 파렴치한 아첨쟁이로 전락할 수 있는 것인가, 아니면 이 두 가지가 과연 동시에 가능한 것일까? 언론의 뒤에 숨어버린 쥐칭의 진실한 얼굴은 과연 어떤 표정을 하고 있었을까?

쥐칭은 '마술'을 할 줄 알았다. 당시의 구딩은 쥐칭에 대해 다음과 같이 묘사한 적이 있다. "쥐칭과 대면했던 사람들은 그 특유의 표정을 발견한 적이 있지 않은가? 눈을 살짝 치켜뜨고 눈알을 굴리면서 입을 삐죽 내미는, 그것이 곧 그의 '망연함'이고 '막연함'이다. 하지만 그의 이런 '망연함'과 '막연함'이 곧 눈을 멍하니 뜬 채 입을 벌리고 있는 그 자체라고 착각해서는 안 된다. 그에게 있어서의 '망연함'과 '막연함'이라는 것은 일종의 마술이기 때문이다. 쥐칭의 이 마술의 규칙을 먼저 까발리지는 않겠다. 왜냐하면 이 마술의 규칙을 이해하지 않고서는 최근의 역작인 『맥』을 이해할 수 없기 때문이다."[21] 구딩은 『맥』의 주인공 천무陳穆의 인물 형상을 통해 쥐칭을 평가하고 있다. '공상의 천국'에서 인간 세상으로 떨어져 사고뭉치가 된 인물 천무, 그의 '마술의 법칙'은 무엇일까? 그는 속으로 무엇을 생각하고 있을까?

"그는 틈이 날 때마다 수시로 자신의 공포에 대해 복습한다. 그는 스스로도 본인의 그런 괴팍하고 불량한 취미에 대해 자각하고 있다."[22] 이것은 지쉐칭 자신이 이야기하는 그의 일과이다. "그의

21 古丁,「麦不死——读『麦』」, 陈因 编,『满洲作家论集』, 大连 实业印书馆, 1943.6.
22 爵青,「独语」,『新满洲』第3卷第4号, 1941.4.

공포는 실제로 기타의 모든 감정들을 초과할 정도다. 공포의 크기는 위인의 가르침이나 논객의 성명만큼이나 대단한 때도 있었고 주위의 소소한 행불행과 같은 환경이나 개인적인 문제와 같이 보잘것없을 때도 있었다." "다른 사람들에게 있어서는 태연자약할 만한 작은 일"도 그에게 있어서는 "마음이 복잡하고 산란하여 어찌할 바를 모르게 하는 일이었다".[23]

줴칭의 공포라는 것도 특별한 것은 없다. 그것은 일종의 '지식'에 대한 공포인데 "위인의 가르침과 논객의 설명"이라는 것은 지식에 대한 그의 회의이자 불신이라고 할 수 있다. "나는 수십 가지의 교의, 수십 종의 설법을 들은 바 있으며 이러한 교의와 설법을 나에게 주입한 사람들은 당시에는 모두 자신만만했고 추호의 의혹도 없었지만 아쉽게도 현재 그들은 모두 존재하지 않는다."[24] 지성인의 한 사람으로서, 이러한 현실이 그로 하여금 "분신과 같은 불안과 초조 그리고 고독을 느끼게 하였다". 기존에 그가 신봉했던 모든 것은 눈 깜박할 사이에 사라졌음에 반해 그것과 반대되는 '교의'와 '설법'이 오히려 주류를 차지하면서 모든 사람들에 의해 신봉되고 있었다. 이러한 '교의'와 '설법'은 줴칭이 살아가던 그 시대를 대표하는 각종 의식 형태라고 생각해도 좋다. 청나라시기부터 중화민국시기까지, 장쭤린張作霖 정권부터 국민당 정권시기를 거쳐, 다시 만주국시기에 이르기까지 모든 집권자는 둥베이를 통치하면

23 위의 글.

24 爵青, 「『黃金的窄门』前后」, 『青年文化』第1卷第3期, 1943.10.

서 그들의 큰 도리大道를 설명했다. 이러한 체험이 감수성 예민했던 쉐칭에게 가져다준 공포는 가늠하고도 남는다. "나는 아주 예민했다. 그 예민함은 마치 양손에 묻은 접착제와 같아서 매번 어떤 대상을 만날 때마다 그 대상이 사상이든 사람이든 상관없이 그것을 느끼고 싶을 때에는 손을 뻗기만 하면 찰싹 달라붙었지만 그 대상을 느끼고 싶지 않거나 심지어 반박하고 싶을 때에도 양손에 들러붙은 접착제 때문에 손에는 여전히 상대의 찌꺼기와 냄새가 남아 있었다. (…중략…) 이러한 초조함과 고독이라는 감정 이전에 나의 생명 속에, 아니 나의 정신생활 속에는 이미 순결하지 않은 혼합물이 스며들어있었고 이미 내부에서 분열하고 있었다."[25]

정신적으로 이미 분열의 극에 달하여 수습이 불가능한 상태에 이른 쉐칭은 만주국에 대해 신심 같은 것을 가지고 있지 않았을 것이며 "대동아전쟁의 필승"이나, "대동아공영권의 실현" 같은 것도 믿지 않았을 것이다. 당연히 "가장 행복하고 가장 위대한 시대에 태어난 것을 참으로 다행스럽게 생각"하지도 않았을 것이다. 그럼에도 그는 여전히 각종 공공적인 장소에서 "눈을 치켜뜨고 눈알을 굴리며" 앙양된 어조로 믿고 있는 구호를 외쳤는데 그 중요한 원인 중 하나는 바로 그의 또 다른 공포인 생존의 공포 때문이었다. 그것은 "주위의 소소한 행불행과 같은 환경이나 개인적인 문제" 같은 것이었다.

---

25 위의 글.

정신세계에서 몸부림치고 고투를 벌이고 분열하면서 공포를 느끼는 줴칭에게 있어서 생존의 문제 역시 똑같은 공포였다. 이 공포에는 두 가지 측면이 포함되는데 하나는 '환경'으로서 생존할 수 있을지 없을지의 문제이고 다른 하나는 '개인'으로서 잘살 수 있을지 없을지의 문제이다. 줴칭은 일본어에 능숙했다. 그래서 일부 사람들은 장난삼아 줴칭은 중국어보다도 일본어를 잘 한다고 말했고, 일본인들과의 관계가 밀접했던 것 또한 사실이다. 만일문화협회에서 근무勤務직을 맡았고 후에 겸직한 다수의 '간부幹部' 신분은 그로 하여금 만주국의 위태로움을 보고 접하면서 익히게 하였고, 그래서 그는 친구들에게 이것도 하지 마라 저것도 하지 마라고 충고를 할 수 있었던 것이다.

당시의 문인들에게 있어서 과연 살아남을 수 있을 것인가의 문제는 직접 대면해야 하는 문제였다. 비록 줴칭과 일본인들과의 교류나 합작이 순조로웠다고 하지만 그 또한 하나의 공포였다. 당시 줴칭보다도 지위가 높았고 일본에도 더욱 영합적이었던 구딩이 통계처統計處를 떠날 수밖에 없었던 것은 새로 부임된 일계 사무관의 배척 때문이었다. 결국 구딩은 협화회로 좌천되었고 그곳에서 그는 차 심부름까지 해야 했다.[26] 이러한 푸대접과 배척이 줴칭에게서 발생하지 말란 법은 없다. 대부분의 경우 "구딩군을 마주칠 때면 두 사

26 만주국 통계국 근무시절 구딩과 가깝게 보냈던 친구이자 동료였던 우츠미 이치로(内海庫一郎)가 오카다 히데키(冈田英树)에게 보낸 편지 중에서 이렇게 쓰고 있다.(冈田英树, 靳丛林 역, 『伪满洲国文学』, 吉林大学出版社, 2001, 270쪽.)

람은 서로 계면쩍게 인사하며 그 시간들을 견뎌내야 했다".[27]

이러한 생활 속에서 줴칭은 '죽음'과 '위기'라는 두 단어에 대해 큰 매력을 느끼기 시작했고 결국 그는 살고 싶었을 뿐만 아니라 잘 살고 싶었다. 그는 '생활지상주의'를 신봉하기 시작했고 복잡하고 모순적인 상태에서 정신적인 평안과 양호한 생존 환경을 탐구했다. "나는 퇴폐를 반박한 적이 있지만 나 자신이 퇴폐했고 패덕, 허무, 간교, 향락, 몽환, 오뇌, 혼란…… 많은 것을 반박한 적이 있지만 이 모든 정서들이 내 안에 모두 들어있다."[28] 내면의 근엄함과 생활 속의 후안무치, 이 양자가 병존하는 것, 이것이 바로 줴칭의 '마술의 법칙'인 것이다. 잘 살기 위해서는 비록 회의적이고 증오하며 심지어 반대하는 '교의'와 '설법'일지라도 그것을 말해야 하거나 반드시 말해야 하는 장소라고 판단되면 스스럼없이 당당하게 말할 수 있어야 했다.

줴칭과 함께 『예문지』를 만들었던 친구는 이렇게 줴칭을 묘사한다. 줴칭은 "그 누구를 반대하지도 무시하지도 않았다. '생활지상주의'는 그의 구두선口頭禪이 되었고 소설 쓰기가 결코 필생의 직업이 될 수 없다고 하면서도 수년 동안 계속 써왔으며 결국에는 지드의 『신량新粮』이 좌우서左右書가 되었다. 또 호죠오 타미오北条民雄의 한센병문학에 대한 심취에서도 그라는 사람을 어느 정도 알 수 있다. 말

27 爵青, 앞의 글.

28 위의 글.

하자면 그 시절의 쿼칭은 너무 둥글둥글하게 살았던 것이다".[29]

"이 시대는 복잡하기가 괴기스럽게 영롱하며 풍부하기가 가늠할 수 없다", "나는 살고 싶다, 살아가고 싶다. 적어도 정신적으로 살아가고 싶다". 많은 것을 경험하고 많은 것을 목도하고 모든 것에 회의적인 쿼칭에게 있어서 그 천박한 '교의'와 자질구레한 '설법'은 이미 아무 쓸모가 없어졌고 그는 그저 그 '교의'와 '설법'을 각종 장소에 어울리는 언사로 허무하게 직조하고 있을 뿐이다. 그가 살아가는 이유는 그 자신의 정신을 그의 작품 속에 침윤시킴으로써 그곳에서 스스로의 생명을 구원할 수 있는 가능성을 찾고 자유로운 정신의 희열을 얻을 수 있기 때문이다. 그는 작품을 통해 생명을 탐구하고 표현할 수 있는 형식을 탐색했다. 정신적으로 살아가야 할 이유가 생기자 그는 다시 생존적인 측면에서 잘 살아갈 수 있는 '능력'을 '연마'하였다. 그는 '시국'에 영합하기 위하여 '찬사'를 미리 준비했고 수시로 그것을 꺼내 낭독했다. 지금까지 살펴본 그 천편일률적인 '찬사'는 쿼칭의 수많은 생존 책략 중의 하나였을 뿐 실제로 쿼칭 자신은 그것을 그렇게 중요시하지 않았다.

29 「艺文志同人群像及像赞」, 『艺文志』 第3辑, 1940.

5. 결론

우리는 당시 줴칭의 생활환경을 환원할 수 있지만 그의 생존 전략에 대해서는 환원 불가능하다. 우리가 해야 하는 질문은 '말하지 않'을 가능성, '기타에 대해 말'할 가능성은 없었는가 하는 문제이다. 대동아문학자대회의 발언자로 지정되었을 때는 발언하지 않을 수 없었고, 대동아문학자대회 참석자로서 만주국으로 돌아와서는 잡지에 글을 쓰지 않을 수 없었지만 기타의 여러 장소에서 과연 '말하지 않을' 가능성이 없었는가의 문제는 확실시하기 어렵다. 필자가 방문한 바 있는 리민李民은 다음과 같은 이야기를 한 적이 있다.[30] "한번은 구딩, 줴칭, 샤오숭小松, 신쟈, 오오우치 타카오, 야마다 세이자부로山田清三郎 등과 함께 연회에 참석하였다. 석상에서 사람들은 문학 문제며 문인들의 이야기며 가벼운 대화를 나누고 있었고, 그런데 그때 구딩이 일어나 사람들에게 인사를 하면서 '강덕 황제의 건강을 기원합니다'라고 하였다." 리민은 당시 일본인에게 아첨하는 구딩의 행동이 아주 혐오스러웠다고 했다. "당시의 야마다나 오오우치도 아마 그런 말을 듣고 싶지는 않았을 것이다." 어쩌면 이 역시도 구딩이 저도 모르게 한 말일지도 모른다. 하지만 '저도 모르게'가 바로 자연스럽게 한 말인 것이다. 그것은 대뇌를 거치지 않고도 흘러나오는 말인 것이고 그것이 사

30 리민(李民, 1916~), 필명으로 바이위(白羽), 두바이위(杜白羽), 왕두(王度), 스민(時民), 린스민(林時民) 등이 있으며 지린(吉林)시 사람이다. 만주국시기 발표한 작품집으로는 시집 『신선한 감정(新鮮的情感)』과 수필집 『예술과 기술(藝術與技術)』 등이 있다. 2003~2005년 사이 필자는 리민선생을 여러 차례 방문하였다.

실이라면 과연 '한간'이라는 감투를 씌워도 과하지는 않은 것이다. 그렇지 않으면 일본인들을 의식하여 한참 동안 마음속으로 궁글린 끝에 한 말일 수도 있으며 그렇지 않다면 역으로 구딩이 의도적으로 일본인들에게 잘 보이기 위해 아첨한 것이다. 사실 이런 장소에서는 '말하지 않을' 수도 있는 것이다. 줴칭 역시 마찬가지다. 어떤 발언은 하지 않을 수도 있었지만 그는 그 발언을 하였던 것이다.

그렇다면 반드시 말해야 하는 상황에서 우리가 할 수 있는 질문은 '기타에 대해 말할' 가능성은 없었던가 하는 것이다. 똑같이 대동아문학자대회에서의 발언이었지만 줴칭은 "각국의 민족은 모두 각자의 자부심과 긍지를 가지고 있지만 결국에는 일본정신인 팔굉일우의 웅대한 정신이 반드시 전 아세아에 군림할 것이다"라고 하였고 우잉吳瑛은 "우리 동양 부인의 부덕과 정절과 효행의 선양"에 대해 말했으며 백계러시아 작가 바이코프는 "청소년 교육의 중요성"에 대해 발언했다. 물론 우잉은 여성 작가이고 바이코프는 만주국의 백계러시아 작가라는 주변부적인 신분으로 하여 시국에서 벗어난 화제들에 대해 발언할 수도 있었을 것이다. 하지만 이는 마찬가지로 '다른 것에 대해 말할' 가능성의 존재를 보여준 것이다. 하지만 줴칭은 '다른 것에 대해 말'하지 않았다.

줴칭은 『만주학동滿洲學童』에 「결전의 중국 수도-남경의 인상」이라는 수필 한 편을 발표한 바 있다. 이 글은 그가 제3회 대동아문학자대회 참석 기간에 남경을 유람한 인상기이다. 첫머리는 "생사를 함께 하는 동맹국 중화민국의 수도 남경에서"라고 적고 있다. 이렇듯 명백하고 앙양된 필치는 줴칭의 문학적 글쓰기가 아닌 언론적 글쓰기로서 이어지는 내용이 시국 영합적이라는 것은 자명한 일이다. 하지만 이와 같은 마음의 준비를 하였음에도 불구하고 아첨하는 일본어 문장은 결국 필자의 마음을 아프게 하였다. "여기서 나에게 가장 깊은 인상을 남겨준 것은 사당이었다. 사당 안에는 중국혁명 과정에서 희생된 일본 열사의 위패가 진열되어 있었다. 우리는 저도 모르게 일본의 위대한 지사들을 향해 머리를 숙였다."[31] 이것은 '말하지 않'아도 되는 상황에서의 말하기였고 '기타에 대해 말'할 수 있는 상황에서의 말하기였으며 궁극적으로는 중국인에게 상처 주기였다. 줴칭의 '막연'하고 '망연'한 표정 뒤에 가려진 뒤틀린 것, 그것은 구차한 삶 속에서 적극적으로 일본에 아첨함으로써 개인적인 이익을 도모하고자 했던 삶의 방식이었고, 그저 단순한 공포에서 기인하는 것은 아니었다.

대부분의 사람들에게 있어서 국토의 함락은 그저 묵묵히 감내해야 하는 것이었지만 그 감내하는 방식은 제각각이었다. 라오서老舍의 소설 『사세동당四世同堂』은 일본 점령 하의 하루하루를 살아가는 중국 민중의 식민지 일상을 잘 보여주고 있다.

본고는 지면관계상 개별적인 한 작가에 한해서만 논의를 전개하였다. 하지만 이 문제를 개인적인 차원이 아닌 집단의 견지에서 접근할 때 논의는 더욱 생산적이고 풍성해질 것이라 생각한다.

---

31 爵青, 「决战中国首都－南京的印象」, 『满洲学童』, 1945.2 · 3月合刊.